目次

―用語―

◆修真界《しゅうしんかい》
―古代中国で、仙人となることを目的とする修行者たちの世界。

◆仙術《せんじゅつ》
―仙人の行う術。また、仙人となる目的で行う術。

◆修士《しゅうし》
―仙術を修行する人。

◆道士《どうし》
―道教の修行者。

◆玄門《げんもん》
―仙門や道教など、正統派の術を研究し修行する世家・門派全体の総称。

◆仙門《せんもん》
―主に仙術を修行する世家、門派の通称。

◆世家《せいか》
―血族を中心として構成される一門。「地名＋姓」で呼称されることが多い。

◆仙府《せんふ》
―各世家の本拠地。

◆宗主《そうしゅ》
―世家の長。

◆公子《こうし》
―世家、名家の子息への敬称。

―人物名―

古代中国では、個人の名前には「姓・名・字」の三つがあり、その他に「号」も呼び名として使われる。

◆姓《せい》
―家族・一族に受け継がれる固有の名前。

◆名《めい》
―本名。家族や目上の人、親しい相手以外が呼ぶのは失礼に当たる。

◆字《あざな》
―成人する際につける通称で、「姓＋字」で呼ぶのが一般的。

◆号《ごう》
―身分や功績、世間からの評判などを表す称号。

―登場人物―

魏無羨《ウェイウーシエン》 名 魏嬰《ウェイイン》 号 夷陵老祖《いりょうろうそ》

前世では人々が恐れる「大悪党」となり討伐されたが、意に反して現世に蘇る。

自由奔放でいたずら好きな性格で、少年時代から藍忘機にはちょっかいばかりかけていた。

彼の死を取り巻く事情には、何か大きな秘密があるようで――？

藍忘機《ランワンジー》 名 藍湛《ランジャン》 号 含光君《がんこうくん》

姑蘇藍氏。誰もがうらやむ文武両道の美男子だが、真面目すぎるほどに真面目で無口な孤高の存在。

前世の魏無羨とは衝突も多かったが、再会後はなぜか行動を共にする。

彼には、13年間ずっと胸に抱き続けた強い想いがあり――。

雲夢江氏《うんぼうジャンし》

——仙府：蓮花塢《れんかう》

◆［字］江晩吟《ジャンワンイン》／［名］江澄《ジャンチョン》
［号］三毒聖手《さんどくせいしゅ》
—現宗主。魏無羨と兄弟のように育った弟子。

◆江厭離《ジャンイエンリー》
—江澄の姉。

◆江楓眠《ジャンフォンミエン》
—前宗主。江澄・江厭離の父。

◆虞紫鳶《ユーズーユエン》
—江澄・江厭離の母。

姑蘇藍氏《こそランし》

——仙府：雲深不知処《うんしんふちしょ》

◆［字］藍曦臣《ランシーチェン》／［名］藍渙《ランホワン》
［号］沢蕪君《たくぶくん》
—現宗主。藍忘機の兄。義兄弟の契りを結んだ聶明玦・金光瑤とともに「三尊」と呼ばれる。

◆藍啓仁《ランチーレン》
—藍忘機・藍曦臣の叔父。

◆藍思追《ランスージュイ》
—藍家の弟子。

◆藍景儀《ランジンイー》
—藍家の弟子。

蘭陵金氏《らんりょうジンし》

——仙府：金鱗台《きんりんだい》

◆［字］金光瑤《ジングアンヤオ》
［号］斂芳尊《れんほうそん》
—現宗主。仙門百家を束ねる「仙督《せんとく》」でもある。

◆金凌《ジンリン》
—金家の弟子。江澄・金光瑤の甥。

◆金光善《ジングアンシャン》
—前宗主。

◆金子軒《ジンズーシュエン》
—金光善の嫡男。

清河聶氏《せいかニエし》

仙府：不浄世《ふじょうせい》

◆聶懐桑《ニエホワイサン》

―現宗主。魏無羨や藍忘機とは机を並べた仲。

◆聶明玦《ニエミンジュエ》

［号］赤鋒尊《せきほうそん》

―前宗主。聶懐桑の兄。

岐山温氏《きざんウェンし》

仙府：不夜天城《ふやてんじょう》

◆［字］温琼林《ウェンチョンリン》　［名］温寧《ウェンニン》

―魏無羨の第一の手下。「鬼将軍」と呼ばれ恐れられる最強の存在。

―他―

◆莫玄羽《モーシュエンユー》

―献舎によって魏無羨を蘇らせた。

◆蔵色散人《ぞうしきさんじん》

―魏無羨の母。

◆抱山散人《ほうざんさんじん》

―蔵色散人の師。

◆薛洋《シュエヤン》

―蘭陵金氏の客卿であったごろつき。

◆暁星塵《シャオシンチェン》

―抱山散人の弟子で、盲目の道士。

◆宋嵐《ソンラン》

―道士。暁星塵の知己。

装画

千二百

魔道祖師 1

第一章　復活

「魏無羨《ウェイウーシエン》が死んだぞ！　こりゃ愉快だ！」

乱葬崗殲滅戦《らんそうこうせんめつせん》が終わってすぐ、何日も経たないうちに、この知らせは修真界《しゅうしんかい》全域に飛ぶように広まった。戦火の拡大よりも速いくらいの勢いだ。

名門世家《せいか》の者たちはもちろん、一般の修士《しゅうし》たちも、今回の玄門《げんもん》世家率いる大小百もの仙門《せんもん》が関わった戦《いくさ》の話題で持ちきりだった。

「よしよし、いい気味だ！　それで、あの夷陵老祖《いりょうろうそ》にとどめを刺したのはいったいどこの英傑だ？」

「誰って、そりゃあ奴の弟弟子で雲夢江《うんぼうジャン》氏の若き宗主、江澄《ジャンチョン》だろう。雲夢江《ジャン》氏、蘭陵金《らんりょうジン》氏、姑蘇藍《こそラン》氏、清河聶《せいかニエ》氏……四大世家が先頭に立って、大義のために魏無羨《ウェイウーシエン》の巣窟だった乱葬崗を壊滅させたんだ」

「まあ俺に言わせりゃ、よくぞ殺してくれたよ」

「その通りだ。よくぞやってくれた！」

たちまち周りから拍手喝采が起こる。

「雲夢江《ジャン》氏が引き取ってやらなければ、魏嬰《ウェイイン》なんて一生田舎のごろつきで終わって何もできやしなかったはずだろ？　先代の宗主は奴のことを実の息子のように育ててやったっていうのに、平気で離反して仙門百家を敵に回し、雲夢江《ジャン》氏の顔に泥を塗りやがって！　その上、江《ジャン》氏一門がほぼ皆殺しにまで追い込まれたのも奴のせいだろう……恩知らずとは奴のための言葉だ！」

「江澄《ジャンチョン》もよく今まであいつに好き勝手させていたもんだ。私だったら、あいつが一門から抜けた時に一刺しどころか、そのまま始末していた。そうすれば奴もあんな残虐非道なことできなかっただろう。あんな奴に同門の義や幼馴染の情なんてかけるべきじゃなかった！」

「おや？　そりゃ私が聞いた話とちょっと違うぞ？　魏嬰《ウェイイン》は自分が作り出した邪術の反動を受けて、手下にしていた鬼どもに噛みちぎられ喰われて死んだんじゃないのか？　生きたまま木っ端微塵《みじん》に噛み砕かれたって聞いたぜ」

「ハハハハ！　これこそ因果応報。だから言っただろう、奴が飼っていた鬼どもは首輪のない狂犬みたいに誰彼構わず噛みつくって。最後は自分が噛み殺されて、ざまぁ見ろだ！」

「まあその通りだが、今回の戦で、もし江《ジャン》宗主が夷陵老祖の弱点を突く計画を練らなかったら、勝てたかどうかもわからないんだぜ。奴の手には何があったか忘れたか？　一晩で三千以上の名士たちをどうやって全滅させたのか」

「五千じゃなかったっけ？」

「三千も五千もそう変わらないだろう。五千の方が信憑性があるけどな」

「まさに残虐非道……」

「でも、奴が死ぬ前に陰虎符《いんこふ》を壊せたのは良かった。あんな恐ろしいものを残されたら、世の中の安寧は脅かされて、奴の罪は重くなる一方だ」

「陰虎符」の三文字が出た途端、周囲はまるで何かに怯えるように、急にしんと静まり返った。しばらくして、誰かが嘆くように重い口を開く。

「はぁ……魏無羨《ウェイウーシエン》か……。昔は仙門でも評判の公子《こうし》で、功績だってあっただろう？　若くして名を成して順風満帆だったのに……いったい何が彼をこんなふうに……」

それを聞いて、黙りこくっていた者たちからまた声が上がった。

「やはり、修行は正道を進むのみ。邪悪魔道なんぞ、一時はもてはやされて、さも偉そうにのさばっていたが、見てみろ、最期はなんてざまだ？」

男は「死して屍《しかばね》拾う者なし！」と語気を強める。

「全部が全部、間違った道を修行したせいでもないと思うよ。結局、魏無羨《ウェイウーシエン》自身が邪悪な人間だったから、天の怒りに触れ人の恨みを買ったんじゃないか？　因果応報、すべては返ってくるのさ……」

皆、棺《かん》を蓋《おお》いて事定まると好き勝手に議論した。誰の意見にもそう大差なく、まれに少しばかり異なる発言が出ても、すぐさま大衆に抑圧されてしまう。

ただ、誰もが心の中に、たった一つ拭い去れない暗い陰を抱いていた。

確かに夷陵老祖 魏無羨《ウェイウーシエン》は乱葬崗で死んだはずなのに、その後彼の魂を召喚しようとしても、どうしてもできないのだ。

もしかすると、千万の鬼どもに体を噛みちぎられた時に、魂までも一緒に食われたのか、あるいは逃げ果《おお》せたのか。

前者なら、皆歓声を上げ大喜びだが、夷陵老祖は天地をひっくり返し、山海を入れ替えるほどの力を持っていたのだ——あくまで噂だが。そんな彼が招《しょう》魂《こん》を拒むのは、そう難しいことでもないだろう。だがもし、彼の魂が再び現世に戻り、奪舎《だっしゃ》（誰かの体が奪われ、別の魂が入ること）して復活したら、その時は玄門百家どころか人間界すべてに、必ずやさらなる邪悪で狂気に満ちた復讐と呪いをもたらし、血生臭い漆黒の嵐の日々が訪れるに違いない。

そのため、大世家は百二十の鎮山石獣《ちんざんせきじゅう》（霊力を含んだ獣の石像。広範囲の妖魔邪祟《じゃすい》を鎮圧できる）を乱葬崗の山頂に置いたあと、皆頻繁に招魂の儀式を行うとともに、奪舎された者たちを容赦なく調べ上げた。さらに各地で起きた異変異常を徹底的にかき集め調査し、全力を挙げて警戒に当たった。

一年目、平穏無事。

二年目、平穏無事。

三年目、平穏無事。

……

十三年目、依然として平穏無事。

その頃には、「実は魏無羨《ウェイウーシエン》も噂ほどすごくはなかったのかもしれない。やはり彼の魂は正真正銘、体とともに消滅したのだ」と多くの人々が信じるようになっていた。

かつては手のひらを返すだけで天地を揺るがすほどだった男も、結局最後は自分がひっくり返される側になってしまったのだと。

一人の人間が、永遠に神として崇《あが》められることなどない。

伝説なんて、所詮ただのお伽噺《とぎばなし》にすぎないのだ。

第二章　荒狂

誰かに踏みつけられて、魏無羨《ウェイウーシエン》は目を覚ました。

「死んだふりしてんじゃねぇよ！」

耳元で雷鳴の如く怒鳴りつける声がする。

胸をめがけた強《したた》かな衝撃に、思わず血でも吐いてしまいそうになりながら、床に仰向けになったまま霞《かす》む頭で考える。

（この俺を足蹴《あしげ》にするなんて、いい度胸じゃないか）

もう何年も生身の人間の声を聞いていなかったのに、突然こんな脳天に響く大声で怒鳴られて、眩暈《めまい》を覚えた。先ほどと同じ少し高めのガラガラ声が、耳鳴りとともに重く響く。

「よく考えろ。お前が今住んでいるのは誰の家だ？　食べているのは誰の米だ？　使っているのは誰の金だ⁉　お前のものを一つや二つもらったくらいで何が悪い⁉　もともと全部俺のものだったはずだろうが！」

続けて周りで棚や箱などが荒らされ、物が床に乱暴に叩きつけられて壊れる音がした。

次第に両目が物を映すようになると、ぼんやりとした視線の中には薄暗い天井があり、つり目の見知らぬ少年が、魏無羨《ウェイウーシエン》の真上で唾をぶちまけながら怒鳴っていた。

「お前！　よくも母さんに言いつけやがったな！　それで俺が怖がるとでも思ったか⁉　だいたいな、この家でお前の話を聞こうなんて奴は誰一人いねぇんだよ！」

激昂《げきこう》してまくしたてる少年の顔を眺めていると、家僕《かぼく》〔家に隷属する召使いの男女〕らしい二人のがたいのいい男が寄ってくる。

「公子、全部ぶっ壊しました！」

「もう終わったのか？」

「このボロ家、もともと物が少ないですから」

それを聞いて、ガラガラ声の少年はひどく満足そうに魏無羨《ウェイウーシエン》に向き直り、押し込むような勢いで人さし指を彼の鼻先に突きつけた。

「母さんに言いつける度胸はあるくせに、なに今さら死んだふりしてんだ!? 誰がお前なんかのガラクタや紙屑を欲しがるもんか！ もう二度と卑怯な真似ができないように全部ぶっ壊しといたからな！ たかが数年、仙門世家で修行したくらいでいい気になってんじゃねぇよ！ 結局実家に追い返された負け犬のくせに！」

未《いま》だ体に力が入らず、状況が呑み込めないまま横たわっていた魏無羨《ウェイウーシエン》は考えを巡らす。

魏無羨《ウェイウーシエン》は既に死んで何年も経つ。決して死んだふりなどではない。

こいつは誰だ？

ここはどこだ？

（――俺はいつ奪舎なんてやったんだ？）

少年は人を蹴るだけ蹴って、部屋中の物を壊すだけ壊して気が済んだのか、二人の家僕を連れて意気揚々と部屋から出ていき、扉を固く閉じた。

「また外に出て恥をさらさないように、しっかり見張っとけ！」

扉の外で命令する声と、家僕たちが何度も「はい」と答えているのが聞こえる。

少年たちの気配が離れていき、辺りが静まるのを見計らって、魏無羨《ウェイウーシエン》は体を起こそうとする。しかし、手足がまったく言うことを聞かず、また倒れ込んでしまった。やっとの思いで仰向けからうつ伏せに体を捻《ひね》り、周りの見知らぬ風景と床一面の乱雑さを見て、また眩暈を覚える。

傍《かたわ》らに打ち捨てられた銅の鏡があるのが目に入り、それを手に取って覗き込むと、異様なほど白い顔が映し出された。しかも両の頬には大きく不規則に赤い何かが塗られていて、これで真っ赤な舌を口から出せば、首つり鬼の出来上がりだ。

そのあまりの不気味さに鏡を置いて顔を手で擦ると、手のひらに白い粉がびっしりついていた。

幸い「この体」は生まれつき奇妙な顔を持ってい

るわけではなく、ただ趣味が奇妙なだけのようだ。大の男が顔中に白粉《おしろい》と紅《べに》を塗って化粧するなんて。しかもこんなに不細工に塗るなんて——。

驚きで少し気力も回復してきて、ようやく上半身を起こすと、座り込んでいる床に丸い呪術陣が描かれていることに気づく。それは赤黒く、円も歪《いびつ》で、おそらく血を使って素手で描いたのだろう。まだ湿っていて生臭い悪臭を放っている。

陣の中に書かれた呪文も歪に乱れていて、擦れてところどころ消えているが、残った図形と文字からは邪気が漂い、不気味さが溢れ出ている。魏無羨《ウェイウーシエン》はこれでも昔は「無上邪尊《むじょうじゃそん》」や「魔道祖師《まどうそし》」などと呼ばれ、こういう正道とはいえない呪術陣の類《たぐい》に関して彼の右に出る者はいなかった。

（俺は誰かの舎《からだ》を奪ったわけじゃなくて——誰かに献舎《けんしゃ》され召喚されたんだ！）

「献舎」の本質は呪いの一種である。「献舎」する術者は、まず自分の体を傷つけ、傷口から出た血で呪術陣と呪文を描いて、陣の中央に座る。肉体を邪霊に差し出し、自らの魂を天地に返すことを代償に、最強最悪の悪鬼《あっき》邪神を召喚して、術者の体に入って願いを叶えてもらう。これが「奪舎」と正反対の「献舎」だ。

どちらも悪名高い禁術だが、実行しようなどと考える者は「献舎」の方が圧倒的に少ない。喜んで自分のすべてを捧げるほどの強い願いを持っている人間なんて、そうそういないからだ。

過去、実際に術を発動した者はごくわずか。ここ百年で、もはや術自体が失われそうになっていたはずだ。古い文献に記録はあるが、証拠が残っているのは千年の間にわずか三、四人。しかもその願いは皆同じく復讐だったらしく、召喚された悪霊は残虐で凶暴なやり方で完璧に彼らの願いを叶えたようだ。

だが魏無羨《ウェイウーシエン》は内心納得がいかなかった。

（なんで俺が「残忍な悪鬼邪神」に分類されたわけ？）

確かに彼の評判は悪いし、死にざまもとてつもなく凄惨《せいさん》だった。しかし、第一に彼は祟《たた》りを起こしたことなどないし、第二に誰かに復讐をしたこともない。

（こんなに大人しくて害のない亡霊、天上天下どこを探しても俺くらいのもんだろうが！）

ただ困ったことに、献舎は術者の意思が優先されるので、いくら彼が納得いかなくても、召喚された以上は契約に応じたことになる。つまり、彼は必ず「この体」の願いを叶えなければならない。さもなくば呪いが発動して魂は完全に滅ぼされ、永遠に生まれ変わることができなくなるのだ。

魏無羨《ウェイウーシエン》は服の帯を解き、腕を持ち上げて体のあちこちを調べた。やはり、両腕には刃物で斬りつけたような凶悪な傷痕が数本交錯していて、傷口の血は既に乾いているが、ただの怪我《けが》でないことは明白だった。この体の元の持ち主の願いを叶えなければ、この傷は決して治らない。しかも時間が経つほどに悪化し、期限を過ぎれば、この体と体を受け入れた魏無羨《ウェイウーシエン》の魂は生きたままズタズタに引き裂かれてしまう。

状況を再三確認し、結論が変わらないことを悟った魏無羨《ウェイウーシエン》は、心の中で「冗談じゃねぇ」と十回連呼し、やっとのことで壁を伝って立ち上がった。

改めて見回した室内は、広いが物が少なくみすぼらしい。寝床らしき敷き布と布団も、どれくらい洗わずにいたのか、薄汚れてかび臭かった。

部屋の隅には竹籠《たけかご》が一つあって、どうやら元は屑籠だったようだが、先ほど少年たちに蹴飛ばされて、ごみや紙屑が床一面に散らかっている。その中にいくつか丸めた紙があり、墨の跡が見えたので適当に一つ拾って広げてみると、びっしりと文字が書かれていた。魏無羨《ウェイウーシエン》は驚き、急いですべての紙を拾い上げる。

それは、この体の持ち主だった人間が苦しみ悶《もだ》えていた時に、鬱憤《うっぷん》を晴らすために書き残したもののようだった。ところどころ途切れてまとまりがなく、意味不明な箇所も多くて、焦《あせ》りと緊張が歪な筆跡を通してひしひしと伝わってくる。魏無羨《ウェイウーシエン》はじっくり一枚ずつ読み進めたが、読めば読むほど、尋常でない内容だった。

想像と憶測を大いに働かせる必要はあったが、だいたいの事柄は把握できた。

まず、この体の持ち主だった人物の名前は莫 玄《モーシュエン》羽《ユー》、そしてこの地域は莫《モー》家《け》荘《そう》というらしい。

莫 玄 羽《モーシュエンユー》の母方の祖父は地元の大地主で、なかなか子宝に恵まれず、長年頑張ったものの生まれたのは二人の娘で、男の子は授からなかった。二人の娘の名前は書かれていなかったが、正室の夫人が産んだ長女は、婿養子を迎え入れたという。次女は容姿は秀《ひい》でているが、母親が侍女だったため、莫《モー》家としては適当に外に嫁がせるつもりだった。

ところが次女に奇遇が訪れた。十六歳の時、ある仙門名家の宗主がこの地を訪れた際に彼女に一目惚れしてしまい、そのまま二人は莫《モー》家荘を逢い引きの地にした。そして一年後、次女は男の子を産んだ――それが莫 玄 羽《モーシュエンユー》だ。

莫《モー》家荘の人々は、初めは次女が身籠もったことを不義理で恥だと思っていた。しかし、皆が仙術や仙門道教に憧れているこの時代、玄門世家は世間の人々からすれば天に恵まれた人であり、神秘的で高貴な存在だ。しかも、その宗主は次女に金銭的援助をしていたため、次第に風向きが変わり始めた。莫《モー》家は次女のことを恥どころか名誉に思い始め、周囲からも羨望《せんぼう》の眼差しで見られるようになったのだ。

しかし、それも長くは続かなかった。宗主は一時の火遊びで逢瀬《おうせ》を楽しんだものの、二年足らずで飽きてしまい、莫《モー》家を訪れる回数も減っていった。そして莫 玄 羽《モーシュエンユー》が四歳になる頃には、ぱったりと来なくなったのだった。

すると風向きはまた変わり、嘲笑の的に逆戻りした上、軽蔑とともに憐《あわ》れまれるようになった。しかし次女は、宗主が自分の息子を絶対に捨てるはずがないと信じていた。それは現実となり、莫 玄 羽《モーシュエンユー》が十四歳になった年、宗主はたくさんの使いを出してきて、丁重に彼を仙門に迎え入れた。

次女は再び堂々と顔を上げることができた。息子についていくことは許されなかったが、今まで我慢してきた悔しい気持ちも晴れ、長い間抑圧されていた状態から抜け出せたのだ。意気揚々と、会う人会う人に得意顔で「自分の息子は将来必ず玄門の頂きに立ち、地位と名声を得て、莫《モー》家の名を広めるに違いない」と話した。これでまた莫《モー》家荘に三度目の憶測が飛び交い、またもや人々は態度を変えたのだった。

だが莫玄羽《モーシュエンユー》は、修行を為し終え父親の跡を継ぐ前に追い返されてしまった。それも非常に無様な理由で。

莫玄羽《モーシュエンユー》は断袖《だんしゅう》〔男色のこと〕で、大胆にも同門の弟子につきまとった挙句、このことを衆人の前で言いふらされたのだ。加えてもともとの資質も平凡だったため、修行に関しても成長が遅く、彼を一門に残す理由はないと判断された。

さらに悪いことに、莫玄羽《モーシュエンユー》にいったい何があったのか、莫《モー》家に戻った時にはまるっきりおかしくなっていた。ごくたまに正気に戻るものの、まるで何か恐ろしいものでも見て、精神をやられたかのように――。

ここまで読み解いて、魏無羨《ウェイウーシエン》はぴくりと眉を動かした。

断袖はまだしも、気が触れていたとは。これで合《が》点《てん》がいった。どうりで、顔中に白粉と紅を塗りたくって首つり鬼のような化粧をしていても、部屋の床にこんなに大きく血生臭い呪術陣があっても、少年たちが何も言わなかったわけだ。たとえ彼が部屋中の床や壁、天井まで全部血で塗り潰しても、誰も不思議には思わないだろう。

（だってこいつがおかしくなってるってこと、皆知ってるんだからな）

莫玄羽《モーシュエンユー》が地元に戻ると、軽蔑、侮辱、嘲笑が雨のように降り注いで、今度こそ信望を取り戻すのは不可能に思われた。母親は、度重なる誹謗《ひぼう》中傷に耐えられず、悔しい思いを胸に抱えて憤死したのだった。

この時、祖父は既に他界していて、長女――莫《モー》夫人が一家の長となっていた。夫人は子供の頃から、見目麗しい妹が気に入らず、妹の子をも毛嫌いしていた。彼女にも息子が一人いて、名は莫子淵《モーズーユエン》といった。どうやらそれが先ほど怒鳴り散らした挙句、魏《ウェイ》無羨《ウーシエン》を踏みつけ、好き放題部屋を荒らしていった少年らしい。

莫玄羽《モーシュエンユー》が盛大に仙門に迎え入れられた時には、夫人は「自分たちも仙門と繋《つな》がりを持った親戚なのだから、使者たちが莫子淵《モーズーユエン》も一緒に連れていってくれるはず」と思っていたようだが、もちろんにべもなく断られた。はっきり言うと、無視された。

(当たり前だろうが……市場で白菜を買うんじゃないんだから、一玉買えばもう一玉おまけでついてくる、なんてことあるわけないっての!)

しかしこの一家、どこから湧いてくるのか妙な自信があって、「うちの莫子淵《モーズーユエン》には絶対仙術の才能があるのだから、もしあの時修行に行ったのが彼だったら、従兄《いとこ》みたいな落ちこぼれよりずっと気に入られたはず」と考えていた。

莫玄羽《モーシュエンユー》が修行に出た時、莫子淵《モーズーユエン》はまだ幼かったが、子供の頃からずっとそのような根拠のない思想を頭に叩き込まれてきたため、当然彼もそれを信じて疑わず、毎日のように莫玄羽《モーシュエンユー》を捕まえてはいびり罵《ののし》った。

お前が俺の未来を奪った、と責め立てながらも、仙門から持ち帰られた呪符、丹薬《たんやく》、小さな法器などには興味津々で、全部自分のものだと宣《のたま》い、欲しければ奪い、仕組みが気になれば分解した。

莫玄羽《モーシュエンユー》は確かに正気とは言えなかったが、自分がいじめられていることくらいわかっていた。それでも我慢に我慢を重ねていたのだ。

しかし、横暴な態度はひどくなる一方で、莫子《モーズー》淵《ユエン》は部屋中のものすべてを持ち去る勢いだった。やがて忍耐の限界を迎え、伯父と伯母のところへ行っておどおどしながらも抗議したのだ。それで今日、莫子淵《モーズーユエン》が腹いせに来た――と、どうやらそういうことらしい。

丸められた紙いっぱいにびっしりと書かれた小さな文字を追うごとに、魏無羨《ウェイウーシエン》は目が痛くなってきた。

（ったく、クソみたいな話だな。献舎して悪鬼邪神を召喚してまでも晴らしたい恨みってわけか……）

目の痛みが治まってくると、今度は頭が痛くなってくる。

普通なら、献舎の術を発動する時に術者が心の中で願いを唱えれば、召喚された邪霊である魏無羨《ウェイウーシエン》は、目覚めた時既にその願いを詳しく知っていたはずだ。しかし、莫玄羽《モーシュエンユー》の術は、おそらくどこかでこっそり盗み見てきた不完全なもので、何か必要な過程をすっ飛ばしていたようだ。幸い残された手記のおかげで、莫《モー》家の者たちに復讐したいのだろうと想像はついたが、いったいどのような方法を望んでいるのか、肝心なことがわからない。

（どの程度やれっていうんだ？　奪われたものを取り返す？　莫《モー》家の奴らをぶん殴る？）

――それとも……一族皆殺し？

（まあ、ご希望は皆殺しだろうな！）

修真界に入ったことがある者なら、魏無羨《ウェイウーシエン》が恩知らず、残虐非道と評されていることは誰もが知っているし、彼以上に「残忍な悪鬼邪神」の言葉に相応《ふさわ》しい者はいないだろう。魏無羨《ウェイウーシエン》を指名した以上、生半可な願いであるはずがない。

しかし当の本人は、退路を断たれたこの状況に困惑し頭を抱えた。

「人選間違ってるよ……」

ひとまず顔を洗ってこの体の素顔を拝みたかったが、部屋の中には飲み水はもちろん、水一滴ない。

唯一の器らしきものはおそらく用を足すためにあって、体を洗うのには使えない。

それなら外へ出ようと部屋の扉に手をかけるが、外から閂《かんぬき》で施錠されている。莫玄羽《モーシュエンユー》が外に出て暴れるの防ぐためだろう。

（まったく、せっかく蘇ったっていうのに、こんな状況じゃ何一つ喜べやしない！）

仕方なく一旦瞑想《めいそう》して霊力を育《はぐく》み、まずは新しい体に慣れることにした。そうして丸一日が過ぎ、目を開けると日差しが扉と窓の隙間から差し込んでくる。

立ち上がってみると、歩くことはできるようになったが眩暈だけはずっと治らない。

「莫玄羽《モーシュエンユー》の修為《しゅうい》（重ねた修行の成果。また、その段階）が低すぎてこれっぽっちしか霊力がないのはさて置き、俺にこの体を制御できないはずがない。なのになんでこんなに使いにくいんだよ？」

疑問をこぼしたその時、腹から音が鳴りようやく理解した。

修為も霊力も関係なく、この体は辟穀《へきこく》（穀物を断ち、体内の気を清澄に保つ修行）をしたわけでもないのに空腹なのだ。早く食べ物を探さないと、もしかすると古今東西で初の「召喚されてすぐ餓死した悪鬼邪神」になってしまうかもしれない。

魏無羨《ウェイウーシエン》が呼吸を整え、扉を蹴破ろうと足を上げたその時――。

突然足音が近づき、誰かが扉を蹴りつけながら「飯だ！」と苛立《いらだ》った声で怒鳴った。

しかし、扉が開く様子がないので屈《かが》み込んで見てみると、扉の下の方にもう一つ小さな扉があって、そこから碗《わん》が一つ押し込まれてきた。犬も通れないような大きさの扉なので、人間の出入りはもちろん、碗と箸くらいで精一杯だ。

「早くしろ！　もたもたしてないで、食べ終わったらさっさと器を出せ！」

ご飯とおかずが二品、辛うじてそれとわかるひどい見た目だ。魏無羨《ウェイウーシエン》は碗に刺さっていた箸でご飯を混ぜながら、いよいよ悲しくなってきた。

夷陵老祖と呼ばれた自分が現世に蘇ったというのに、足蹴にされるわ怒鳴られるわ、復活を祝う最初の宴《うたげ》もこんな冷たい残飯だなんて――。

血の雨、漆黒の嵐は？　残虐非道は？　一族郎党皆殺しは？

こんな仕打ち、あとで話したところで誰も信じてくれないだろう。

虎も山を下りれば犬にいじめられ、龍も浅水《せんすい》で泳げば海老《えび》に遊ばれ、鳳凰《ほうおう》の羽を抜けば鶏《にわとり》以下――力を失ったら、こんな格下の存在にも愚弄《ぐろう》されるなんて。

すると、また外から先ほどの男の声が聞こえた。

「阿丁《アーディン》！　こっちに来いよ」

今度はまるで人が変わったようにへらへらしている。

「阿童《アートン》、またそいつにご飯を持ってきたの？」

「じゃなきゃこんな不吉な所に来るわけないだろう！」

遠くから答える女のなまめかしい声に、男――阿《アー》童《トン》は言い捨てる。

「あんたは一日に一回ご飯を届けるだけじゃない。たまに油を売ってたって誰にも何も言われないし、こんな楽な仕事なのに不吉くらいで何よ。私なんて仕事が多すぎて、ちょっと遊びに出かけることすらできないのに」

文句を言いながら、阿丁《アーディン》も扉の前まで近づいてくる。

「俺だって他にも仕事があるんだ！　それより、外に遊びに行きたいだって？　あんなに大量の彷屍《ほうし》がうろついていて、どこの家も皆ガッチガチに扉を閉ざしているんだぞ」

魏無羨《ウェイウーシエン》は扉に寄りかかってしゃがみ込み、碗を持って長さの違う二本の箸で食べながら聞き耳を立てた。

どうやら、近頃の莫《モー》家荘は平穏ではないようだ。

「彷屍」は、最もよく見かける低級の屍変者《しへんしゃ》の一種だ。死んだ目で、歩く速度も遅く殺傷力も低いが、一般人からすれば十分恐ろしいし、その腐敗臭は桶一杯は吐けるほどだ。

だが、こと魏無羨《ウェイウーシエン》にとっては、奴らは最も制御しやすく、最も従順な傀儡《かいらい》でもある。ふいに、妙な懐かしさが込み上げてきた。

「外出したいなら、俺を連れていけ。守ってやるから……」

「あんたが？　私を守るって、まさかあいつらに勝てるとでも思ってるの？」

「俺が勝てなければ、他の奴だって無理だね」

阿童《アートン》は何やら媚《こび》を売っているようだったが、それを聞いた阿丁《アーディン》は笑っている。

「なんでそんなことわかるの？　実はね、今日仙門の使者がこの莫《モー》家荘にいらっしゃったのよ。しかも、ものすごく有名な世家なんだって！　今奥様が大広間でもてなしてるけど、町の人たちも珍しがって見物に来てるの。騒がしいのが聞こえない？　だから今はあんたの相手をしてる暇なんてないのよ。また呼ばれて仕事させられるかもしれないし」

魏無羨《ウェイウーシエン》も耳を澄ましてみると、確かに東の方から何やらざわついた人の声が聞こえてくる。少し考えたあと、立ち上がって足を上げ扉に一蹴り入れると、閂は「カッ」と音を立てて壊れた。

まだいちゃついていた二人の家僕は、突然両側に開いた扉に驚いて叫び声を上げた。

魏無羨《ウェイウーシエン》は碗と箸を投げ捨てると、部屋の外に踏み出す。すると、外は目を開けていられないほどの日差しで、肌には微かな痛みすら感じる。しばらくの間、手で目元に影を作り、瞼《まぶた》を閉じているしかなかった。

阿童《アートン》は先ほどの阿丁《アーディン》よりも甲高い声で叫んだが、落ち着いてみれば、出てきたのは皆にいじめられているあの阿呆だと気づいた。声を上げて驚いた失態を打ち消そうと、犬を追い戻す時のように手を振りながら怒鳴る。

「戻れ、戻れ！　早く！　部屋から出てくんじゃねぇ！」

物乞いやハエにだってこんなひどい扱いはしない。だが、この家僕たちは今までずっとそんなふうに莫《モー》玄羽《シュエンユー》を扱ってきたのだ。彼がちっとも反抗しないのをいいことに、ここまでやりたい放題しているのだろう。

魏無羨《ウェイウーシエン》は阿童《アートン》にさっと蹴りを入れ、後ろに勢いよく転がす。その様子を見て笑いながら「誰をいびってると思ってるんだ」と言い放った。

騒がしい声のする東の方に向かうと、大広間は建物の中も外も人で溢れている。魏無羨《ウェイウーシエン》が庭に一歩足を踏み入れたその時、ある婦人の大きく甲高い声が耳に届いた。

「……実は莫《モー》家にも、昔仙門とご縁のあった若輩《じゃくはい》者が一人おりまして……」

これは、あの莫《モー》夫人がまた仙門世家と関わりを持ちたい一心で画策したことに違いない。そう確信した魏無羨《ウェイウーシエン》は、彼女が言い終わるのを待たずに、周りの人たちをかき分けて大広間に入り込む。そして激しく手を振りながら、「来たよ来たよ。ここ、ここ！」と叫んだ。

大広間の上座《かみざ》には一人の中年の女性が座っていた。手入れの行き届いた肌で、仕立てのいい綺麗な服を着た莫《モー》夫人だ。すぐ隣の下座《しもざ》に座っているのは彼女の婿養子である夫で、さらにその向かい側には剣を背負った数名の白衣《びゃくえ》の少年たちが座っている。

野次馬の中から急に薄汚れた身なりの変人が現れたせいで、人々はしんと静まり返った。魏無羨《ウェイウーシエン》は周囲の様子には少しも気づかないふりをして、「さっき誰か俺を呼んだ？　仙門と縁があるといえば、この俺しかいないでしょ！」と恥ずかしげもなく叫んだ。

白粉を顔に塗りすぎているせいで、笑うとひびが入ってポロポロと落ちてしまう。それを見た白衣の少年のうちの一人が「ぷっ」と危うく吹き出しかけたのを、隣にいた彼らを率いている少年が窘《たしな》めるように一瞥《いちべつ》する。少年はすぐに堪《こら》えて真顔に戻った。

彼らをざっと見渡して、魏無羨《ウェイウーシエン》は驚いた。世間知らずの家僕が大げさに言っただけだと思っていたが、まさか本当に「ものすごく有名な世家」の弟子たちが来ているとは。

少年たちが纏《まと》っている服は、襟袖《えりそで》がふわりとしているのが風雅《ふうが》で、少し近寄り難《がた》い雰囲気があって非常に美しい。あの校服《こうふく》を見れば、姑蘇藍《ラン》氏から来た者だと一目でわかる。しかも藍《ラン》家の血筋で本家の弟子だ。なぜなら彼らは皆、額に指一本分の幅の同じ巻雲紋《けんうんもん》の抹額《まっこう》〔鉢巻きのように額に結ぶ装飾品〕を結んでいるからだ。

姑蘇藍《ラン》氏の家訓は「雅正《がせい》」。雅《みやび》で模範的で正しく、その抹額は「自らを律する」という信条を表している。巻雲紋は藍《ラン》家の家紋だ。大世家に頼っている別姓の門弟や客卿《かっけい》たちは、無地で家紋のない抹額を結んでいる。

前世では藍氏《ラン》の校服のことを「喪服《もふく》みたいだ」となじり散々冷やかしてきたから、絶対に見間違えたりはしない。

魏無羨《ウェイウーシエン》は藍家《ラン》の者に会うと、どこか鼻白んだ気持ちになった。

莫《モー》夫人は久しぶりに甥《おい》の姿を見たからか、一瞬呆然としていたが、すぐに我に返ったようだ。この濃い化粧をした男が何者なのかに気づき、内心では憤りつつも、怒鳴るわけにはいかないと思い至ったのだろう。「誰が出したの？　早く戻してきて！」と声を潜めて自分の夫に命じている。

夫はすぐさま作り笑いを浮かべて「わかった」と妻に答えてから、とばっちりを食らった顔でやむなく立ち上がる。

だが、捕まえようとするなり、魏無羨《ウェイウーシエン》は突然その場に倒れ込み、手足を広げて床にぴたりと張りついた。引っ張っても引きずろうとしてもびくともしないため、何人か家僕を呼んで加勢させたが、まったく動かせない。もし客人がいなければ、とっくに足で蹴っていただろう。ちらりと窺《うかが》った莫《モー》夫人の表情はどんどん険しくなっていく。夫は額に汗をびっしょりかいて、自棄になって怒鳴った。

「この阿呆が！　早く戻らないと容赦しないぞ！」

莫《モー》家に痴《し》れ者の公子が一人いることは莫《モー》家荘では周知の事実だ。莫玄羽《モーシュエンユー》は、あの暗い部屋に何年もの間閉じ込められていた。彼の化粧と言動が妖魔鬼怪《ようまきかい》のようになっているのを見て、皆ひそひそ話し合いながら、もっと面白いことにならないかと期待している。

魏無羨《ウェイウーシエン》は、「戻ってもいいけど」と前置きをしてから、莫子淵《モーズーユエン》を指さして言った。

「先に、彼が盗んだ物を返してくれれば」

莫子淵《モーズーユエン》はこの虚《うつ》け者にこんな度胸があるとは夢にも思わなかったらしい。昨日怒鳴りつけたばかりなのに、まさか今日、こんな所にまで抗議しに来るなんて、と顔を真っ赤にして逆上した。

「でたらめを言うな！　この俺がお前如きの物を盗

むはずないだろう？」

「そうそうそう！　盗んだんじゃなくて、奪ったんだ！」

　莫《モー》夫人はその様子を見て、莫玄羽《モーシュエンユー》が本当は正気で、わざと自分たちに恥をかかせようと準備万端でここに来たのだと気づいて愕然《がくぜん》とし、思わずカッとなった。

「あんた、わざと暴れるために来たわね？　そうでしょう!?」

「俺の物を奪われたから、取り戻しに来ただけなのに。これのどこが暴れるためなんだ？」

　魏無羨《ウェイウーシエン》は困り果てたふうを装って答えた。

　莫《モー》夫人が口を開く前に、莫子淵《モーズーユエン》が焦って飛びかかり、魏無羨《ウェイウーシエン》を蹴り上げようとする。だが、剣を背負った白衣の少年の一人が指を微かに動かすと、莫子《モーズー》淵《ユエン》の足が強張《こわば》り、宙を蹴って逆に自分が転ぶ羽目に陥った。

　それなのに魏無羨《ウェイウーシエン》は後ろに転がり、まるで本当に彼に蹴飛ばされたように見せかけた。しかも襟を開けて見せれば、胸元にはちょうど昨日、莫子淵《モーズーユエン》に踏みつけられた足跡がくっきりと残っているではないか。

　莫《モー》家荘の住民たちはこの茶番に興味津々で大盛り上がりだ。

（あの足跡はどう考えても莫玄羽《モーシュエンユー》が自分で蹴るのは無理だろう。彼だって同じ莫《モー》家の血筋なのに、なんてひどいことを。帰ってきた当初はまだここまでおかしくなかったのに、あんなふうになったのは八割方こいつらにいびられたからに違いない。まあとにかく、こっちには被害も及ばないし、仙門の使者なんかよりずっと面白い！）

　皆が見ているせいで殴るわけにはいかず、追い返すこともできない。莫《モー》夫人の腹の虫は収まらず、それでもなんとかこの場を切り抜けるためにやんわりと説得にかかった。

「盗むとか奪うとか、人聞きが悪いわね。家族じゃないの？　ただちょっと借りただけよ。阿淵《アーユエン》〔莫子《モーズー》淵《ユエン》の愛称〕はあなたの従弟《おとうと》なのよ。ちょっとくらいいいじゃない？　返さないとは言ってないでしょう、年上なのにケチケチして、こんな小さなことで子供みたいに暴れるなんて」

　白衣の少年たちは互いに目を見合わせ、お茶を飲もうとしていた一人の少年などは危うくむせるところだった。姑蘇藍《ラン》氏で育った弟子たちがこれまで見聞きしてきたのは、雪月風花のような雅で美しいものだけだろう。こんな茶番を見たことも、あんな自分勝手な言い分を聞いたことも初めてのはずで、彼らにとってはかなりいい勉強になったに違いない。

　魏無羨《ウェイウーシエン》は心の中で爆笑し、ずいと手を差し出した。

「じゃあ返してよ」

　莫子淵《モーズーユエン》は奪ったものなどとっくに壊して捨てていたので、もちろん返せるはずはなかった。それにたとえ壊していなかったとしても、絶対に返さないだろう。彼は真っ青になって、「母さん！」と叫び、視線で彼女に訴えた。

　――息子があいつにここまで侮辱されていいのか？

　莫《モー》夫人は、ともかく落ち着きなさいと息子を睨み返す。

　だが、さらに魏無羨《ウェイウーシエン》は続けた。

「盗みに来るだけでも悪いことなのに、真夜中に来るなんてもっと最低だ。本当に破廉恥《はれんち》だな。俺が男好きってことは皆知ってるのに、わざわざ誤解されるような真似をするなんて」

　莫《モー》夫人は驚きのあまり口をぽかんと開けた。

「この恥知らずが、皆さんの前でなんてことを！　阿淵《アーユエン》はあなたの従弟《いとこ》なのに！」

　暴れることに関しては、魏無羨《ウェイウーシエン》の得意分野だ。前世では自分の身分をわきまえ、躾《しつけ》がなっていないと苦言を呈されない程度に抑える必要があったけれど、この莫玄羽《モーシュエンユー》はどうせ変人だ。面子《めんつ》など気にせず思う存分暴れられる。この際だから思いきりやってやろうと決めて、堂々と答えた。

「彼こそ従兄弟同士だってわかっていて来たんじゃないか。いったいどっちが恥知らずだよ!?　俺に罪を擦《なす》りつけるなよな！　俺だってもっといい男と結ばれたいんだから！」

莫子淵《モーズーユエン》は大きく一声叫んで椅子を持ち上げ、魏無羨《ウェイウーシエン》に投げつけた。ようやく彼の堪忍袋の緒が切れたのを見て、魏無羨《ウェイウーシエン》が素早く立ち上がって避けると、椅子は地面に叩きつけられてバラバラになる。

辺りを取り囲んで見物する野次馬たちは、ただ莫《モー》家の茶番を見て、散々恥をかく様子を嘲笑《あざわら》うつもりだったが、椅子が飛んできたことで慌てて蜘蛛《くも》の子を散らすように逃げた。

魏無羨《ウェイウーシエン》は唖然《あぜん》として見ていた藍《ラン》家の少年たちの後ろに隠れると、彼らに訴えた。

「皆見たな？　見たよな？　物を盗んだ上に暴力を振るうだなんて、ひどすぎる！」

莫子淵《モーズーユエン》が追いかけてさらに殴ろうとしてきたため、皆を率いる少年はすぐさま彼を止めた。

「公子、落ち着いてください」

莫《モー》夫人はこの少年たちが莫玄羽《モーシュエンユー》を庇《かば》うつもりだと気づき、無理やり笑顔を作った。

「その子は私の妹の息子で、実は……ちょっとおかしくて、莫《モー》家荘の人なら皆、その子が痴れ者だと知っています。いつも妙なことばかり言っていて、何もかも事実無根なんです。なにとぞ……」

言い終わる前に、魏無羨《ウェイウーシエン》は少年たちの背後から頭を出して反論した。

「事実無根だって？　今度また俺の物を盗んでみろよ。誰であろうが、一回盗んだらその代わりにそいつの腕を一本斬り落としてやるから！」

それを聞いて、既に父親に押さえつけられていた莫子淵《モーズーユエン》はまた暴れだす。

魏無羨《ウェイウーシエン》はというと、「ららら～」と歌いながら、魚みたいにするりと外に逃げた。すると、先ほど助けてくれた少年がさっと出口を塞《ふさ》ぐように立つ。彼は莫《モー》夫人に向かい厳しい顔つきで本題に入った。

「あの……今晩、西の離れをお借りします。先ほどご説明したことを必ず守ってください。夕方以降、扉と窓をしっかり閉め、決して外を出歩かないこと。そして、西の離れには絶対に近づかないこと」

莫《モー》夫人はまだ憤《いきどお》りを隠せなかったが、少年を押しのけて莫玄羽《モーシュエンユー》を追うことはできず、「はい、どうぞお願いします……」と答えるしかなかった。

その言葉に、莫子淵《モーズーユエン》はとっさに口を挟んだ。

「母さん！　あの痴れ者が俺をあんなに侮辱したのに許すのか!?　母さんが言ったんじゃないか、あいつはただの……」

「黙りなさい。話はあとでいくらでも聞くから！」

と莫《モー》夫人が潜めた声で一喝する。

莫子淵《モーズーユエン》は今まであんなひどい仕打ちを受けたことも、面子を潰されたこともなく、何より母親にここまで叱られたことなど、ただの一度もなかった。心の中は憤りと恨みでいっぱいになり、吠えるように声を上げた。

「あの阿呆、今晩絶対に懲《こ》らしめてやるからな！」

魏無羨《ウェイウーシエン》はひとしきり暴れ回ったあとで大通りに出た。そうして、莫《モー》家荘をあちこち歩き回って自分の姿をさらし、すれ違う人が皆驚く顔になるのを楽しんだ。痴れ者としての楽しみを知ったせいか、首つり鬼の化粧も気に入ってきて、落としてしまうのが少々惜しくなる。

（どうせ洗う水もないし、このままでいいか。髪を整えた時に見た腕の傷痕は少しも薄くなってなかった。つまり、莫玄羽《モーシュエンユー》の悔しい気持ちを晴らすような軽い報復だけじゃ、全然足りないってことだ）

まさか本当に彼は、莫《モー》家を皆殺しにしてほしいのだろうか？

（……正直なところ、できないわけじゃないけど）

魏無羨《ウェイウーシエン》はそう考えながら、のんびりと歩いて莫《モー》家に戻る。

忍び足で西の離れを通りかかった時、先ほど会った藍《ラン》家の弟子たちが目に留まった。彼らはそれぞれが屋根の上や庭を囲う塀の上に立ち、かしこまって何かを話しているようだ。魏無羨《ウェイウーシエン》はそろそろとした足取りで近づき、彼らの様子を密かに眺めた。

姑蘇藍《ラン》氏は、前世で魏無羨《ウェイウーシエン》を討伐した者たちの筆頭である、四大世家のうちの一つだ。とはいえ、当時はこの少年たちはまだ生まれていないか幼子《おさなご》だったから、あの戦いとは関わりがない。魏無羨《ウェイウーシエン》は足を止め、彼らがどう対処するかを見物した。

見ているうち、ふいに引っかかりを覚えた。

屋根と塀の上にはいくつかの黒い旗が立てられて、風になびいている。

（……あの旗、ものすごく見覚えがあるんだけど？）

この旗の名は「召陰旗《しょういんき》」という。生身の人間に持たせれば、一定範囲内の怨霊、悪霊、凶屍《きょうし》、邪祟がすべて引き寄せられ、旗を持っている人間だけを攻撃するのだ。

つまり、旗を持たせた人間は生きた的になるというわけで、「的旗《まとばた》」とも呼ばれる。もちろん家の屋根にも立てられるが、その場合、家の中には必ず生きた人間がいる必要がある。そうなると攻撃範囲は拡大し、家にいる人間すべてが対象となる。立てられた旗の周りには邪気がまとわりつき、黒い風がぐるぐる回っているようにも見えるので、「黒風旗《こくふうき》」とも呼ばれている。

少年たちが西の離れに旗で陣形を作り、誰も近寄らないようにと警告したのは、彷屍たちをここに引き寄せて一網打尽にするつもりだからだろう。

なぜその旗に見覚えがあるかというと……それは当たり前のことだった。

召陰旗を発明したのが、夷陵老祖、つまり魏無《ウェイウー》羨《シエン》本人だからだ！

玄門百家は、彼を許さない、殺すとほざいておきながら、彼が作った物はちゃっかりそのまま使っているらしい。

その時、屋根の上に立っていた少年が、魏無羨《ウェイウーシエン》に見られていることに気づいた。

「帰りなさい。ここはあなたが来るような場所ではありません」

追い返す言葉ではあったが、それは善意から発せられたもので、口調もあの家僕たちとは大違いだ。

魏無羨《ウェイウーシエン》は隙を見て跳び上がると、ぱっと旗を一枚引き抜いた。

少年はひどく驚き、地面に飛び降りて彼を追った。

「触るな！　それはあなたが持っていい物ではな

い！」

魏無羨《ウェイウーシエン》は走りながら喚《わめ》く。髪が乱れ、手足をジタバタさせるさまは、正真正銘の痴れ者に見えるはずだ。

「嫌だ！　嫌だ！　これが欲しい！　欲しい！」

少年は二歩で一気に彼に追いつき、その腕を掴《つか》んだ。

「返せ！　じゃないと殴るぞ！」

魏無羨《ウェイウーシエン》は旗を胸に抱えて頑として手放さない。

皆を率いる少年もこちらの騒ぎに気づいたらしい。旗の布陣を指示するのを中断し、ふわりと屋根から下りてきた。

「景儀《ジンイー》、そこまでにしなよ。穏便に返してもらえばいいじゃないか。声を荒らげる必要はないよ」

「思追《スージュイ》、本当に殴ったりしないよ！　でも見ろ、旗をこんなにぐちゃぐちゃにして！」

揉み合っている隙に、魏無羨《ウェイウーシエン》は素早く手に持っている召陰旗を調べ終える。紋の描き方は正しい。呪文に欠けも間違いもないから問題なく使える。ただ、旗を描いた者が未熟だったようで、この旗では五里以内の邪祟と彷屍しか引き寄せられないだろう。だが、それで十分だ。

藍思追《ランスージュイ》は彼に微笑《ほほえ》んだ。

「莫《モー》公子、そろそろ日が暮れます。もうすぐ彷屍を捕まえるので、ここにいては危険です。早く自分の部屋にお戻りください」

魏無羨《ウェイウーシエン》は密かにこの少年を観察した。

彼は優しく雅な雰囲気を纏い、俗離れした容貌に笑みを浮かべて上品に話す。躾も礼儀も良くできていて、称賛に値する少年だと心の中で褒めた。加えて、彼が指示した旗の陣形も規則正しく、立派に完成されている。

姑蘇藍《ラン》氏のような古い堅物しか集まらない恐ろしい所で、いったい誰がこんなに優秀な若者を育て上げたのだろう、と魏無羨《ウェイウーシエン》が考えていると、藍思追《ランスージュイ》はまた、「その旗……」と切り出す。

彼が続きを言う前に、魏無羨《ウェイウーシエン》は召陰旗を地面に捨てた。

「ただの下手くそな旗じゃないか。何を偉そうに！俺ならもっと綺麗に描ける！」

魏無羨《ウェイウーシエン》は旗を捨てるとすぐさま逃げだした。

屋根の上で面白そうに事の成り行きを見守っていた少年たちは、彼の戯言《たわごと》を聞いて危うく屋根から落ちそうなくらいどっと笑いだした。藍景儀《ランジンイー》も憤慨しつつ苦笑し、召陰旗を拾い上げて埃《ほこり》を払う。

「あいつは本当におかしい！」

「そう言わないで。それより、早くこっちを手伝ってよ」と藍思追《ランスージュイ》が言った。

魏無羨《ウェイウーシエン》はというと、またぶらぶらとあちこちをうろついて、夜になってから莫玄羽《モーシュエンユー》のあの離れに戻った。扉の閂は壊れ、乱雑に荒らされた室内もそのままだ。それらは無視して散らかっていないところに座り、瞑想して再び霊力を育むことにする。

けれど、今度はまだ夜も明けきらぬうちに、外から物々しい音が聞こえてきて、彼を瞑想から引きずり出した。

騒がしい足音の中に泣き喚く声と叫び声が混ざっている。どんどん近づいてくるその声の中から、いくつかの物騒な言葉が繰り返し聞こえてきた。

「……殴り込んで、そのまま引きずり出せ！」「役所に届けよう！」「何が役所だ。頭に布被せて殴り殺すんだ！」

目を開けると、何名かの家僕が今まさに怒鳴り込んでくるところだった。離れの中も外もたいまつの火で明るく照らされている。

「この人殺しの痴れ者を大広間に連れていけ。その命で償《つぐな》ってもらう！」

誰かが大声で叫んだ時、魏無羨《ウェイウーシエン》の頭にある考えがよぎった。

それは、まさかあの少年たちが作った旗の陣に何か問題が起きたのだろうか、という懸念だった。

彼が作り出した物は、少しでも使い方を間違えれば大変なことになる代物ばかりだ。それで先ほど念のために、召陰旗の描き方が間違っていないか確認したのだ。

いくつかの大きな手が彼を強引に外へと引っ張り

出す。魏無羡《ウェイウーシエン》は内心でやれやれと思いつつも、自分で歩かずに済んで好都合だと、彼らに引きずられるまま大人しく連れていかせることにした。

　大広間に着くと、そこには思いのほか多くの人々が集まっていた。その人数はといえば、昼間集まっていた莫《モー》家荘の住民たちとほぼ同じくらいで、どうやらすべての家僕と親族たちが出てきているようだ。中には、まだ中衣《ちゅうい》〔下着と外衣《がいい》（外出時に着る服）の間に着用する衣服〕姿の人や、寝起きなのか乱れ髪の人もいて、皆一様に顔に恐怖の色を浮かべている。

　莫《モー》夫人は床に座り込んで、まるで気を失って目覚めたばかりのように呆けている。頬には涙の跡が残り、目にはまだ涙が溜まっている。しかし魏無羨《ウェイウーシエン》が引きずられて大広間に連れてこられると、彼女の目にはたちまち憎悪に満ちた冷たい光が宿った。

　床には、胴体を白い布で覆われ、頭だけが外に出た人型の何かが横たわっている。藍思追《ランスージュイ》と少年たちも重々しい表情で体を屈め、横たわった人物を調べながら小声で話し合っていた。その話し声は魏無《ウェイウー》羨《シエン》の耳にも届いた。

「……見つかってまだ一炷香《いっちゅうこう》〔線香一本を焚く時間〕経っていない？」

「彷屍の制圧が終わってから東の大広間の方に向かったら、その廊下で亡骸《なきがら》を発見しました」

　その人型の何かは、驚いたことに莫子淵《モーズーユエン》だったのだ。

　魏無羨《ウェイウーシエン》は我が目を疑い、思わずもう一度、まじまじと彼を眺めた。

　この死体は、とても莫子淵《モーズーユエン》とは思えない。確かに顔の形と目鼻立ちはあの名ばかりの従弟だけれど、その頬は深く落ちくぼみ、目のふちと目玉は異様に突き出ている。しかも皮膚はしわしわで、元の若くて瑞々《みずみず》しい少年の姿と比べたら、確実に二十歳は老けて見える。まるで血肉を根こそぎ吸い取られ、極薄の皮に覆われた一体の骸骨《がいこつ》のようだ。元の莫子《モーズー》淵《ユエン》を「醜い」とするならば、今の彼は「老いた上に醜い」死体とでも言おうか。

　魏無羨《ウェイウーシエン》がじっくりと死体を眺めていると、横から莫《モー》夫人が突然駆け寄ってきた。彼女の手元が一瞬光り、刃物を握りしめていることに気づくと、魏無《ウェイウー》羨《シエン》が避ける前に、藍思追《ランスージュイ》が素早くそれを叩き落とした。

窘められる前に、莫《モー》夫人は彼に向かって甲高い声で叫んだ。

「あんな姿にされた息子のために復讐するのよ！　どうして邪魔するの!?」

魏無羨《ウェイウーシエン》はまた藍思追《ランスージュイ》の後ろに隠れてしゃがんだ。

「あんたの息子が殺されたことと、俺にいったいなんの関係があるっていうんだ？」

昼間、藍思追《ランスージュイ》は大広間で魏無羨《ウェイウーシエン》が暴れるところを目の当たりにし、そのあとで他の者から、莫《モー》家の庶《しょ》子《し》の捻じ曲げられた噂を聞かされた。そのせいで、彼に深く同情する気持ちになり、思わず庇うように答えた。

「莫《モー》夫人、ご子息の亡骸のこの様子、血肉と精気がすべて吸い取られていて、どう見ても邪祟の仕業です。これは彼がやったことではないと思います」

莫《モー》夫人は大きく息を吸い、声を荒らげた。

「あんたらに何がわかる！　この痴れ者の父親は仙門の人間で、こいつもきっといろいろな邪術を習ったに違いないんだから！」

藍思追《ランスージュイ》は後ろに隠れてとぼけた表情をしている魏《ウェイ》無羨《ウーシエン》を一瞥した。

「夫人、証拠もなくそんなことは……」

「証拠は息子の体にある！」

莫《モー》夫人は変わり果てた息子を指さした。

「見てわからない？　阿淵《アーユエン》が私に教えてくれたのよ。誰に殺されたのかを！」

他の誰かが動く前に、魏無羨《ウェイウーシエン》は真っ先に近寄り、死体を覆う白い布を頭の方から一気にめくった。

確かに莫子淵《モーズーユエン》の死体には、足りないものが一つあった。

――彼の左腕が、肩の先から全部消えていたのだ！

「わかったでしょう？　昨日ここで、あんたらも聞いたわよね？　あの時、この痴れ者はなんて言った？　もし阿淵《アーユエン》がまたこいつの物を触ったら、腕を斬り落とすと言ったのよ！」

彼女は荒々しい憤りを藍《ラン》氏の少年たちにぶつけたあと、今度は顔を覆ってむせび泣いた。

「……かわいそうな阿淵《アーユエン》。こいつの物なんて何一つ触ったりしなかったのに、濡れ衣《ぎぬ》を着せられるどころか、残虐非道に命まで奪われ……」

（残虐非道だって！）

魏無羨《ウェイウーシエン》は自分を指さしたまま、言葉が出なくなった。かつては自分の代名詞のようによく言われていたこの言葉を、こうして面と向かって言われるのはもう何年ぶりだろう。そう思うと、強烈な懐かしささえ覚える。

自分がおかしいのか、それとも莫《モー》夫人がおかしいのかわからない。確かに若い頃の彼は、一族一門皆殺し、百万の屍を積み重ね、血の海を見せてやるなどといったひどいことをよく言っていたものだ。だがそれは、ほとんどがただ口先だけの戯言だった。もし本当に有言実行できていたら、彼はとっくに仙門百家を制覇していただろう。

莫《モー》夫人は息子の仇討《かたき》ちと言いながら、ただ誰かを捕まえて、やるせない怒りや悲しみをぶちまけたいだけなのだ。

魏無羨《ウェイウーシエン》はそれ以上彼女の相手をするのをやめた。そして少し考えてから、莫子淵《モーズーユエン》の懐を探ると、何かが手に触れたのがわかった。取り出して広げてみれば、それはなんと一枚の召陰旗ではないか。

その瞬間、彼はすべてを理解し、「自業自得じゃないか！」と心の中で叫ぶ。

そして藍思追《ランスージュイ》らも、莫子淵《モーズーユエン》の懐から出たその旗を見て、同じく事の顛末《てんまつ》を理解した。

昨日のあの茶番を思い返せば、なぜそれを彼が持っていたのかは容易に想像できる。

莫子淵《モーズーユエン》は昼間、莫玄羽《モーシュエンユー》に恥をかかされたことを恨み、なんとしても彼に報復するつもりでいた。しかし莫玄羽《モーシュエンユー》は外に出たままちっとも戻ってこない。それで仕方なく、夜中に彼が戻ってきたところを待ち伏せして仕返ししてやろうと考えたのだろう。

そうして夜になり、こっそり部屋を抜け出して西の離れを通りかかった時、庭の塀に立てられた召陰旗を見つけた。夜は絶対に出歩かない、西の離れにも近づかない、黒い旗には決して触らないようにときつく釘を刺されていたはずなのに、莫子淵《モーズーユエン》はその言いつけをただ珍しい法器を盗まれないための脅しだと聞き流していた。この召陰旗の力がどれほど危険で、ひとたびそれを懐に入れたらたちまち生きた的になってしまうことなど、まったく知らなかったのだろう。

そもそもが盗みの常習犯で、従兄の呪符や法器を盗むのが癖になっていた彼のことだ。似たような珍しい物を見たら興味を惹かれて我慢できず、どうしても手に入れたくなって、少年たちが庭で彷屍たちの相手をしている隙に、こっそり旗を一枚持ち帰ったのに違いない。

陣形に使用した旗は全部で六つ。そのうちの五つはすべて西の離れに設置され、藍《ラン》家の少年たちをおとりにしていたが、彼らは皆身を守るための法器を数多く持ち歩いている。

一方莫子淵《モーズーユエン》は、盗んだ旗は一枚きりだが、防御用の法器を何一つ持っていなかった。獲物は弱い方から狙われる。だから邪祟も自然と彼に引き寄せられたのだ。

それがただの彷屍であれば、何度か噛まれるくらいでまだ助かる余地もあった。だが不幸にも、持っていた召陰旗が彷屍より恐ろしい何かを引き寄せてしまったようだ。そしてこの正体不明の邪祟が莫子《モーズー》淵《ユエン》を殺し、彼の腕を一本奪ったのだ！

魏無羨《ウェイウーシエン》が自分の手首を上げて見ると、やはり左腕の傷が一本消えていた。つまり献舎の契《ちぎ》りは、既に莫子淵《モーズーユエン》の死を彼の手柄であると認識したようだ。召陰旗はもともと、魏無羨《ウェイウーシエン》が作り出して広めたものだ。自ら考案した旗の効力が、期せずして、彼が強《し》いられた契約の一部を遂行してくれた。

莫《モー》夫人は息子の手癖が悪いことを重々承知していたが、それでも決して莫子淵《モーズーユエン》の死が自業自得だとは認めたくなかった。焦りに駆られ、一気に血が上ってきたのか、湯呑を掴むと魏無羨《ウェイウーシエン》の顔をめがけて投げつけた。

「あんたが昨日大勢の前で暴れて息子を侮辱しなかったら、あの子だって夜中に外に出たりしなかったのに！　この馬の骨が！」

　魏無羨《ウェイウーシエン》は彼女を警戒していたため、飛んできた湯呑をさっと避けた。そして莫《モー》夫人は、今度は藍思《ランスー》追《ジュイ》に向かって金切り声を上げた。

「あんたもだ！　使えない奴らめ、何が仙門だ。何が退治だ。子供一人すら守れなかったくせに！　阿《アー》淵《ユエン》はまだ十代なのよ！」

　藍《ラン》家の少年たち自身もまだ幼く、姑蘇を出て鍛錬したのもほんの数回だけだ。この地の異常に気づけず、まさかここまで残虐な邪祟が現れるなんて思いもしなかった。彼らも自分たちに見落としがあったことを心苦しく思っていたが、莫《モー》夫人から理不尽に怒鳴られて、全員の顔色が微かに青くなった。

　何しろ名門世家の公子たちだ。今まで誰からもこのようなひどい仕打ちを受けたことなどなかった。

　姑蘇藍《ラン》氏の指導は恐ろしいほど厳しく、無力で抵抗できない一般人に手を出すのはもちろん、失礼を働くことも許されない。本音ではどれだけ彼女の言い分を不快に思っていても、表には出せず、我慢のあまり顔色はさらに青褪めていく。

　魏無羨《ウェイウーシエン》はとてもじゃないがその様子を見ていられなくなった。

（何年も経つっていうのに、藍《ラン》家の奴らは相変わらず昔のままだな。あんなに自分を抑えてちゃ、我慢しすぎて息が詰まるぞ……よし、俺が手本を見せてやる！）

　彼は抗議の意味を込めて、「ぺっ！」と唾を吐く時のような音を立てて、莫《モー》夫人に不快感を表した。

「あんた、誰に向かって怒鳴ってるんだ？　彼らを自分の家僕だとでも思っているわけか？　遥々遠くからここまで来て、タダで彷屍を退治してくれているっていうのに、彼らに何か貸しでもあるようなその態度はなんだ？　そもそもあんたの息子は何歳だって？　十七にはなっているよな？　それを、まだ

『子供』だって？　だったらいったい何歳になればちゃんと人の言葉を理解できたんだ？　昨日あれだけ西の離れには近づくな、何も触るなってきつく言われていたよな？　それでもあんたの息子は夜中出歩いて物を盗んだ。それが、俺や彼らのせいだって？」

それを見て、藍景儀《ランジンイー》たちはやっと鬱憤が晴れて、顔色も先ほどよりはずいぶんましになった。

莫《モー》夫人の方は傷心のあまり、そして憤りのあまり、「死」の一文字しか考えられなくなっていた。それは自分が死んで息子のもとに行きたいのではなく、世の中すべて、特に目の前の者どもが死ねばいいという願いだ。

彼女はいつものように夫をこき使おうと、ぐいっと手で押して命じた。

「屋敷の者を集めなさい！　全員よ！」

だが、夫は一人息子が死んだ衝撃が大きすぎたのか、抜け殻のように何も言わず呆然としている。それだけではなく、なんと逆に彼女を押し返した。莫《モー》夫人は体勢を崩して倒れ、驚きすぎて固まった。

これまでは、たとえ乱暴に押されたりせずとも、彼女が少し声を高くするだけで彼は言いなりだった。どんな命令にだって従ってきたというのに、今確かに歯向かったのだ！

家僕たちは皆彼女の顔色に怯え、阿丁《アーディン》はがくがくとぎこちない動きで彼女を起こした。莫《モー》夫人は手で自らの胸を押さえ、怒りで震えながら言った。

「あ……あんた……ここから出ていけ！」

夫はまるで何も聞こえなかったというような顔で呆けたまま動かない。阿丁《アーディン》は阿童《アートン》に何回も目配せし、やっと気づいた阿童《アートン》が急いで夫を支えて外に出た。

大広間の中も外も集まった人々でざわついている。魏無羨《ウェイウーシエン》は周りがやっと静かになったところで、改めて死体を調べようとしたが、いくらも見ないうちに、また誰かの甲高い絶叫が庭の方から響いてきた。

大広間の中から人々が一斉に外に飛び出す。庭には痙攣《けいれん》した二人の人間がいて、一人はその場に座り込み、もう一人は地面に倒れていた。座り込んでいる方は阿童《アートン》だ。彼は生きている。そして倒れているもう一人は誰だかわからないが、まるで全部の血肉を吸い取られたかのように肌がしわしわに乾いている。さらに、左腕が一本なくなっていて、その傷口からは一滴の血すらも出ていなかった。干からびたみたいに変わり果てているが、おそらくこれは莫《モー》夫人の夫だ。死体の様子は、莫子淵《モーズーユエン》とまったく同じだった。

莫《モー》夫人は阿丁《アーディン》の支えを振り払って大広間を飛び出し、地面に倒れている死体を目にした。彼女はカッと両目を見開き、もう暴れる気力もなくなったのか、ぐったりとして気絶してしまった。横にいた魏無《ウェイウー》羨《シェン》はとっさに彼女を抱きかかえ、追いかけてきた阿《アー》丁《ディン》に渡す。ふと自分の右腕を見てみると、傷がまた一つ消えていた。

大広間を出て、庭を抜けるまでのわずかな間に、莫《モー》夫人の夫は皆の目の前で無残に死んだ。すべては一瞬の出来事だった。

藍思追《ランスージュイ》、藍景儀《ランジンイー》らの顔からもまた血の気が引いていたが、それでも藍思追《ランスージュイ》は真っ先に落ち着きを取り戻し、座り込んでいる阿童《アートン》に問いかけた。

「何を見たのですか？」

阿童《アートン》はよほど恐ろしいモノを見たのか、口を開けることもできず、しばらく何も言えないまま、ただひたすら首を横に振るばかりだった。藍思追《ランスージュイ》は焦りを感じて、他の弟子に指示して彼を中まで運ばせると、振り向いて藍景儀《ランジンイー》に聞いた。

「信号弾は打ち上げた？」

「ああ。でも、もしこの近くに助けに来られる方がいなかったら、藍《ラン》氏からの応援はおそらく半時辰《じしん》〔一時辰は二時間〕はかかるぞ。どうすればいいんだよ？　あれがいったいなんなのかすらもわからないのに」

彼らにはここから逃げるという選択肢はない。もし邪祟に出会い、自分たちだけ逃げ出したりしたら、一族に恥をかかせるのはもちろんのこと、人に合わせる顔がなくなってしまう。それに、驚き動揺している莫《モー》家の人たちを連れて、一緒に逃げることもできない。なぜなら、あの邪祟は場合によっては彼らの中に潜んでいる可能性もあるからだ。

藍思追《ランスージュイ》は歯を食いしばった。

「応援が来るまで、ここは守り抜くんだ！」

既に救難信号は出したから、もうすぐ誰かしら駆けつけるはずだ。魏無羨《ウェイウーシエン》は、面倒なことになる前に早くここから立ち去った方が良さそうだと思った。応援に来るのが知らない者ならまだしも、もし前世で関わりのあった者、あるいは戦ったことのある者だったら、再会は避けた方が無難だ。

だが、この腕に刻まれた呪いが残っている以上、彼は今すぐに莫《モー》家荘を離れることができない。しかも召陰旗に引き寄せられてきたモノは、こんな短時間に二人の命を奪うほど、尋常でない残虐さを持っている。もし魏無羨《ウェイウーシエン》が今ここを離れたら、誰かが応援に来た時には、莫《モー》家荘の全員が左腕をなくした死体となり、あちこちに横たわっているに違いない。しかもその中には、姑蘇藍《ラン》氏の本家の公子も数名含まれているだろう。


少し考えて、魏無羨《ウェイウーシエン》は決めた。

（さっさと片づけるか）

密かに見回すと、少年たちは皆駆け出しで経験が浅いため緊張した様子ではあるものの、大広間の周りの各方位に立って厳重に守りを固め、さらに大広間の中と外に呪符をびっしりと張っている。先ほどの家僕の阿童《アートン》は既に中に運び込まれ、藍思追《ランスージュイ》は左手で彼の脈を測り、右手を莫《モー》夫人の背中に当てて霊力を送っているようだ。両方同時に手当てするには限界があり、彼が焦っていたその時、阿童《アートン》が急にむくりと起き上がった。

阿丁《アーディン》が「あ」と声を上げる。

「阿童《アートン》、目を覚ましたの？」

彼女が笑顔になる前に、阿童《アートン》はぱっと左手を上げ、あろうことか自分の首を絞め始めた。

それを見て、藍思追《ランスージュイ》は彼の経穴《けいけつ》〔血液の流れや霊力の経絡にあるツボ〕を素早く続けて三か所突いた。藍《ラン》家の人間は確かに穏やかで優しく見えるが、その腕力はちっとも優しくなどないことを、魏無羨《ウェイウーシエン》は身をもって知っていた。あんな突き方をされれば、普通ならすぐさま身動きできなくなるというのに、阿《ア》童《トン》は何も感じていないらしい。左手は自らの首を一層きつく締めつけていて、苦痛を感じさせる恐ろしい表情を浮かべている。藍景儀《ランジンイー》もなんとか彼の左手を首から引き剥《は》がそうとしたが、まるで鉄の塊みたいにびくともしない。

間もなく、「カッ」という音とともに、阿童《アートン》の頭がだらりと垂れて、やっと自分の首を絞めていた手が離れた。頸椎《けいつい》は既に折れているようだ。

皆が注目している前で、彼は自分の手で自分を絞め殺したのだ！

それを見て、阿丁《アーディン》はがたがたと震えだした。

「……悪霊よ！　目に見えない悪霊がここにいる！　そいつが阿童《アートン》に自分で自分を絞め殺させたのよ！」

甲高く悲惨な声音の訴えを聞いた周りの人は震え上がり、彼女の言葉を信じたようだ。

だが、魏無羨《ウェイウーシエン》の考えはその逆だった。

（「悪鬼」じゃない）

彼は少年たちが張った呪符に目をやった。それは、すべての霊体を寄せつけないという物で、しかも大広間にくまなく張り巡らしてある。もし本当に悪鬼だったら、大広間に入った時点で呪符に描かれた術が自動的に発動し、呪符は緑色に燃え上がる。今みたいに何も起きないはずがないのだ。

呪符に反応がないのは、少年たちの対処が遅かったわけではなく、ただ来たモノがあまりにも凶暴で残虐だからだろう。

玄門では「悪鬼」という言葉には厳格な基準があって、月に一人を殺し、続けて三か月祟りを起こしたら、それは悪鬼に分類される。

こういう類のモノは彼の得意分野で、この基準も魏無羨《ウェイウーシエン》が作ったものだったけれど、おそらく今でも使われているだろう。七日で一人を殺したら、祟りを起こす頻度の高い悪鬼だと言える。なのにこの正体不明の何かは、わずかな間に立て続けに三人も殺した。おそらく名のある修士でもすぐに解決策を見い出せはしないだろう。ましてやこの駆け出しの若者たちにはもっと無理なことだ。

そう考えていると、明かりが少し揺らいだ。一陣の邪気を含んだ風が頬を掠めたかと思うと、庭と大広間の中のすべての灯籠《とうろう》と蝋燭《ろうそく》の火が、一斉にふっと消える。

その瞬間、周りから叫び声が相次ぎ、男も女も押し合って逃げ惑い始めた。

混乱の中に、藍景儀《ランジンイー》の声が響く。

「そのまま動くな！　動いた者から捕らえる！」

決してはったりではない。暗闇に乗じて騒ぎを起こし襲いかかるのは邪祟の本性だ。泣き叫んで走り回ったりすればするほど、知らないうちに災いを引き寄せてしまう。こんな時、むやみに取り乱したり、一人で離れたりしては非常に危険だ。だが、彼らは皆恐怖のあまり、藍景儀《ランジンイー》の言葉などさっぱり耳に入らず、理解もしていない。

ほどなくして大広間は静かになり、軽い呼吸音以外、微かに啜《すす》り泣く声しか聞こえなくなった。ほとんどの人が出ていったようで、おそらく、ここにはもう数人しか残っていないだろう。

暗闇の中、突然明かりが一筋ぽわりと浮かび上がる。藍思追《ランスージュイ》が明火符《めいかふ》〔火を起こせる呪符〕を燃やしてくれたのだ。

明火符の炎は邪気を含んだ風では消せないので、彼は指に挟んだそれで灯籠と蝋燭に再び火をつける。他の少年たちは怯えている人たちを慰めに行った。

明かりを頼りに、魏無羨《ウェイウーシエン》がさり気なく自分の腕を見てみると、また傷が一本消えている。

ふいに彼は、傷の数が合わないことに気づいた。

もともと彼の両腕には、それぞれ二本の傷があった。莫子淵《モーズーユエン》が死んで、一本消えた……莫子淵《モーズーユエン》の父親が死んで、また一本……そして、家僕の阿童《アートン》が死んで、さらに一本。つまり三本の傷が消え、最後に一番深く、一番恨みがこもった傷がまだ一本残っているはずだ。

しかし、今彼の腕に傷は一本も残っていない。

莫玄羽《モーシュエンユー》の復讐対象の中には必ず莫《モー》夫人がいると魏無羨《ウェイウーシエン》は考えていた。あの最も長く深い傷は、彼女のためのものに違いない。なのに、なぜかそれも消えてしまった。

莫玄羽《モーシュエンユー》が突然考えを変え、復讐をやめたのだろうか？　……そんなことはあり得ない。既に魏無《ウェイウー》羨《シエン》を召喚し復讐を果たす対価として、彼は魂を捧げたのだ。莫《モー》夫人が死なない限り、傷が消えることはない。

彼は視線をゆっくりと腕から外す。人々に囲まれ、目覚めたばかりで顔色が紙のように真っ白な莫《モー》夫人を見た。

――つまり、彼女は既に死んでいなければならない。

魏無羨《ウェイウーシエン》は確信した。何かが莫《モー》夫人に憑《と》りついているのだ。でもそれが魂などといった霊の類じゃないとしたら、いったいなんなのだろう？

その時突然、阿丁《アーディン》が泣きだした。

「手……手、阿童《アートン》の左手がぁ！」

藍思追《ランスージュイ》が明火符を阿童《アートン》の死体の上に掲げた。やはり、彼の左手も消えている。

――左手！

電光石火のような閃《ひらめ》きを感じ、魏無羨《ウェイウーシエン》は目を輝かせた。祟りを起こすモノ、消えた左腕――すべての点と点が、線になったように繋がる。

魏無羨《ウェイウーシエン》は突然「ぷっ、ハハハ！」と笑いだした。

藍景儀《ランジンイー》は顔を顰《しか》め、「このバカ、こんな時まで笑うなんて！」と言い放ったが、考えてみれば彼はもともと虚《うつ》け者なのだから、気にしても仕方ないと思い直す。

しかし、魏無羨《ウェイウーシエン》は藍景儀《ランジンイー》の袖を引っ張ると、首を横にぶんぶんと振った。

「違う、違う！」

藍景儀《ランジンイー》はイライラしてその手を振り払おうとする。

「何が違うんだ？　自分がバカじゃないってことか？　大人しくしてろよ！　あんたの相手をする暇なんてないんだ」

魏無羨《ウェイウーシエン》は床の上に横たわった莫子淵《モーズーユエン》の父親と阿童《アートン》の死体を指さした。

「これは彼らじゃない」

さらに怒鳴りかけた藍景儀《ランジンイー》を押し止めて藍思追《ランスージュイ》が聞き返す。

「『彼らじゃない』とは、どういう意味ですか？」

「これは莫子淵《モーズーユエン》の父親ではないし、あれも阿童《アートン》じゃないんだ」

彼のその厚化粧の顔は、真面目に答えれば答えるほど、一層虚《うつ》け者に見える。しかしうす暗い明かりの中では、その言葉にはなんとも言えない恐ろしさがあった。藍思追《ランスージュイ》はしばしぽかんとしてから、続けて問いかけた。

「なぜですか？」

魏無羨《ウェイウーシエン》はやや胸を張って答える。

「手だよ。彼らは左利きじゃない。俺を殴る時、いつも右手を使っていたことくらい覚えてるよ」

藍景儀《ランジンイー》は我慢の限界で、「そんなに自慢気に言って！　調子に乗るな！」と吐き捨てた。

だが、藍思追《ランスージュイ》の方は彼とは違い、冷汗をかくほど驚いていた。

思えば、阿童《アートン》が自分で自分を絞め殺した時、使ったのは左手で、莫《モー》夫人の夫が妻を突き飛ばしたのもまた左手だ。

でも昼間、大広間で暴れる莫玄羽《モーシュエンユー》を掴み追い出そうとした時、二人が使っていたのは右手だった。死に際に突然左利きに変わったなどということは、いくら考えてもあり得ないだろう。

どうしてそうなったのかはわからないが、祟りを起こすモノの正体を暴くには、この「左手」から切り込む以外にはない。

藍思追《ランスージュイ》はここまで考えてから、驚きとともに微かな疑念を感じて、魏無羨《ウェイウーシエン》をちらりと見た。

（突然こんなことを言うなんて……まぐれとは思えない）

魏無羨《ウェイウーシエン》はその視線に気づき、少々はにかんだ笑みを浮かべる。先ほどの助言は少しばかりあからさまだったかもしれないが、他に方法がなかった。幸い藍思追《ランスージュイ》もそれに関して問い詰める気はないようだ。

（いずれにしても、助言してくれるということは、おそらく莫《モー》公子に悪意はないはずだ）

藍思追《ランスージュイ》は視線を彼から外すと、泣きすぎて先ほど気絶した阿丁《アーディン》をちらりと見てから、莫《モー》夫人に目をやった。

顔から下へと眺めていき、彼女の両手のところまできてふと目を留めた。腕は真っすぐ下に垂れている。その大半は袖の中に隠れていて、指の半分しか外に出ていない。右手の指は雪のように白く華奢《きゃしゃ》で、まさに裕福な環境で暮らし、身の回りの世話を全部人任せにしている婦人の手だ。

しかし、左手の指は右手の指より少し長くて太かった。関節も曲がっていて、なんとも力強い手だ。

あれはどう見ても女の手じゃない——明らかに男の手じゃないか！

「彼女を押さえろ！」

藍思追《ランスージュイ》が声を張り上げると、数名の少年たちがすぐさま莫《モー》夫人を押さえつける。藍思追《ランスージュイ》は「失礼」と言ってから、一枚の呪符を急いで彼女に張りつけようとした。だがその時、莫《モー》夫人の左腕があり得ない角度で捻《ねじ》れて、いきなり彼の首を掴もうとしてきた。

生きた人間の腕がこんなふうに捻れるなんて、骨は確実に折れているだろう。彼女の手は非常に素早く、もう少しで藍思追《ランスージュイ》の首に届く寸前だった。助かったのは、藍景儀《ランジンイー》が「うわ！」と叫びながら彼の前に飛び込んできて庇ったからだ。

一瞬明かりがぱっと閃き、莫《モー》夫人の左腕が藍景儀《ランジンイー》の肩を掴む。その瞬間、彼の服から緑の炎が燃え上がり、夫人はすぐに手を引っ込めた。

藍思追《ランスージュイ》は一難を逃れ、身を挺《てい》して庇ってくれた藍《ラン》景儀《ジンイー》に感謝を伝えようとしたが、彼の校服の半分は既に燃え尽きて灰となっている。

半分だけ残った服は実に不格好で、慌てて脱ぎながら、藍景儀《ランジンイー》はカッとなって振り向くと怒鳴った。

「俺を蹴ったな！　この痴れ者め、殺す気か!?」

魏無羨《ウェイウーシエン》は頭を抱えてあちこち逃げ回りながら声を上げた。

「蹴ったりしてないよ！」

本当は魏無羨《ウェイウーシエン》が蹴ったのだ。藍《ラン》家の校服の外衣は、その内側に服と同じ色の細い糸でびっしりと呪術と真言《しんごん》が刺繍《ししゅう》されていて、守護の効力がある。しかし、今回のような強力な相手には、一度使ったらもう終わりだ。切羽詰まっていたため、やむなく藍景儀《ランジンイー》を蹴り、彼の体で藍思追《ランスージュイ》の首を守るしかなかった。

藍景儀《ランジンイー》はさらに怒鳴ろうとしたが、莫《モー》夫人が急に倒れ込んできたので、とっさに口を閉じた。

莫《モー》夫人の顔の血肉はすべて吸い取られ、皮一枚だけで覆われた髑髏《どくろ》となっていた。左腕は彼女の肩から抜け落ちているにもかかわらず、五本の指は未だに気味悪く蠢《うごめ》いている。まるで何かの準備運動をしているかのようで、その手には浮き出た血管が脈打っているのがはっきり見えた。

――この腕が、召陰旗に引き寄せられた邪のモノ。

つまり誰かの死体の一部だ。バラバラ死体と聞けば、誰もが悲惨な死に方だと思うだろう。とはいえ、魏無羨《ウェイウーシエン》の最期よりはほんの少し、本当にほんの少しだけマシだが。

粉々に砕かれた場合と違って、バラバラにされた死体には死者の怨念がそれぞれに移り、元の体に戻りたい、元通りの状態で死にたいと切望する。そのため、分かれた死体はあらゆる手段を使って離れ離れになった体たちを探し出そうとするのだ。無事見つかれば安息を得て死を受け入れるかもしれないし、もしくは逆に、なんらかの祟りを起こすことになるかもしれない。しかし、もし見つからなかった場合、バラバラになった死体は仕方なく別の方法を取ることになる。

別の方法――それは、一時凌ぎに、誰か生きている人間の体を拝借《はいしゃく》することだ。

この左腕のように、生きた人間の左手を呑み込んで自らが取って代わり、寄生した相手の精気と血肉を残らず吸い取ったら体を捨てて、また次の入れ物を探す。分かれた元の体をすべて見つけ出すまで、それを繰り返すのだ。

この左腕が一旦体に寄生したら、寄生された者は即死するが、死んだあとも全身の血肉を吸い取られるまでの間は腕に制御されて普通に動き回る。まるで、まだ生きているかのように。

左腕が最初に見つけた入れ物は莫子淵《モーズーユエン》で、二番目の入れ物は莫子淵《モーズーユエン》の父親だ。莫《モー》夫人が彼女の夫に出ていけと言った時、彼は呆然とし、いつもと違う態度を取って彼女を押し返した。あの時魏無羨《ウェイウーシエン》は、息子を亡くした悲しみと、妻の横柄《おうへい》な態度にほとほと嫌気が差したせいだと思い込んでいた。だが今思えば、あれは息子を亡くしたばかりの父親の姿などではなかった。心が傷つき抜け殻のように静まり返っていたのではなく、既に命を失った死者の静寂だったのだ。

三番目の入れ物は阿童《アートン》で、四番目の入れ物は莫《モー》夫人だ。先ほど明かりが消えた混乱に乗じて、左腕は阿童《アートン》から彼女に乗り移った。その瞬間、莫《モー》夫人は死に、魏無羨《ウェイウーシエン》の腕に残されていた最後の大きな一本の傷も消えたのだ。

藍《ラン》家の少年たちは呪符が効かない代わりに校服が効くと気づくと、皆で一斉に外衣を脱いで放り投げた。その外衣を莫《モー》夫人から離れた左腕に覆い被せ、何重にも重ねると、腕はまるで厚くて白い繭《まゆ》に包まれているようになる。しばらくして、白い服の塊はボッと音を立てて燃え始め、緑色の炎は異様なほど高く燃え上がった。

しかし、これも長くは持たないはずだ。校服が燃え尽きたら、左腕はまた灰の中から出てくるだろう。隙を突き、誰にも気づかれないように、魏無羨《ウェイウーシエン》は西の離れまで走った。

少年たちが捕らえた十体もの彷屍たちは、静かに庭に立ち尽くしていた。地面には彼らを封印する呪文が書かれている。魏無羨《ウェイウーシエン》はその中の一文字を足で潰し、封印の陣を壊してから二回手を叩いた。彷屍たちは、まるで落雷の衝撃で目覚めたかのようにびくっとして、突然カッと白目をむいた。

「起きろ。仕事だ！」

魏無羨《ウェイウーシエン》が屍を操る時には、複雑な呪文も召喚の言葉も一切必要ない。ただ普通に直接命令すればいいだけだ。

前に立っている彷屍は震えながらなんとか数歩は歩いたものの、彼に近づいた途端、恐怖で足がすくみ、まるで生きている人間のように地面に伏せてしまった。

魏無羨《ウェイウーシエン》は顔を引きつらせて、また二回、今度はかなり軽く手を叩いた。

だがこの彷屍たちはおそらく莫《モー》家荘で生まれ、莫《モー》家荘で死んだ世間知らずな者たちなのだろう。本能的に召喚者の命令に従おうとはするが、なぜか召喚者をひどく恐れ、地面に伏せたまま「うう」と呻《うめ》くだけで立ち上がることすらできない。

屍がより残虐で凶暴であればあるほど、魏無羨《ウェイウーシエン》は意のままに操ることができる。この彷屍たちは彼が調教した者ではないため、彼からの直接的な指示はあまりに強力すぎて耐えられないようだった。とはいえ手元には他に使える物もなく、材料もない中では、すぐに力を緩和する道具を作ることも難しい。

だが東の方で燃え上がる緑色の炎が次第に勢いを失っていくのを見て、突然、魏無羨《ウェイウーシエン》の心に一筋の光が差した。

（怨念のすこぶる強い凶暴な死者を、外に出て探す必要があったか!? 大広間にあるじゃないか。しかも、一体だけじゃない！）

彼はすぐさま大広間の方に駆け戻った。

藍思追《ランスージュイ》は校服の効力がだんだんと弱まってきたことに気づき、もう一つ新たな手を打っていた。少年たちは皆剣を抜いて地面に刺し、剣欄《けんらん》〔封じたい目標を囲み、剣を地に刺して作った結界〕を作っている。

あの左腕は剣欄の中であちこちぶつかって暴れていた。彼らはそれが出てこられないように剣の柄《つか》を押さえつけるのに必死で、誰が大広間を出入りしているかなど見る余裕もなかった。

魏無羨《ウェイウーシエン》はそっと近づき、左手と右手に莫《モー》夫人と莫《モー》子淵《ズーユエン》の二人の死体を掴み上げ、低い声で一喝した。

「起きやがれ！」

その一声だけで、即座に彼らの魂は体に戻った！

莫《モー》夫人と莫子淵《モーズーユエン》は白目をむき、悪鬼の魂が戻った時特有の鋭く凶暴な叫びを上げた。

高く低く響く二つの叫び声の中で、もう一体の死体もおどおどしながら立ち上がる。そしてこれ以上ないほど低い声で、二人に続けて弱々しく叫んだ。莫《モー》夫人の夫だ。

叫び声の大きさに不足はなく、怨念も十分すぎるほど強い。魏無羨《ウェイウーシエン》は満足げに微笑んだ。

「外にあるあの腕、覚えてるか？　……引き裂いてこい」

莫《モー》家の家族三人は、まるで三つの黒い風のように瞬時に飛び出していった。

その時、あの左腕は剣を一本打ち壊して、ちょうど剣欄から出てきたところだった。だが次の瞬間、左腕をなくした三体の凶屍が一斉に飛びかかった。

魏無羨《ウェイウーシエン》の命令に抗《あらが》えないだけではなく、この三人は自分たちを殺した左腕に対して激しい恨みを持っているため、すべての怒りをそれにぶつけた。

一番強いのはもちろん莫《モー》夫人だ。女の死体が凶屍になると、より凶暴で残虐になる。彼女の髪は乱れ、白目は血走っていた。右手の五本の指の爪は数倍にも長く伸び、口元には白い泡を吹き、甲高い咆哮《ほうこう》は屋根を吹き飛ばしそうな勢いで、もはや狂気の沙汰だ。莫子淵《モーズーユエン》も母親に続き、左腕に噛みついたり手で切り裂いたりしている。彼の父親もまたそのあとを追い、他の二体の凶屍の合間に攻撃を繰り出す。

ずっと必死に堪えていた少年たちは、その様子を見て驚きのあまり唖然とした。

彼らは今まで、書物の中や噂だけでしか凶屍同士が戦う様子を知らなかった。初めて自分の目でこのような血肉が飛び交う場面を見て驚愕し、食い入るように見つめる。その迫力に圧倒され、「なんだこれは!?　すごい!!」と揃って内心で驚嘆した。

三体の凶屍と一本の腕は激戦を繰り広げていたが、突然、莫子淵《モーズーユエン》が高く叫んで身を反らした。彼の腹部は左腕にくり抜かれて、腸が少しはみ出ている。莫《モー》夫人はそれを見て吠えるような声を上げた。息子を後ろに庇いながら、左腕に激しく掴みかかる。空気を切り裂く爪には鋼《はがね》の刀のような鋭さがあった。

だが魏無羨《ウェイウーシエン》の目には、彼女はそろそろ限界のように見えた。

三体の凶屍たちが手を組んでも、一本の腕を制圧することができないなんて！

魏無羨《ウェイウーシェン》は戦いの行方を静観しながら、舌の先を少し曲げ、唇の奥で舌笛を吹くかどうかをためらっていた。彼が舌笛を吹けば、凶屍のさらなる残虐さと凶暴さを呼び起こせる。もしかするとこの局面を打開できるかもしれないが、その場合、誰が凶屍たちを操っているかを周りに気づかれる危険性がある。

しかし、迷っているその間に、左腕は稲妻の如く素早く動き、的確かつ残忍に莫《モー》夫人の頸椎を折ってしまった。

莫《モー》家の三人が次々と押さえつけられ、魏無羨《ウェイウーシェン》が口の中で抑えていた長い舌笛を吹こうとした、その時だ。

遠い空の方から、弦《げん》を弾《はじ》く音が二回鳴った。

清らかで透き通ったその音は、まるで冬の風が松林を吹き抜ける時のような冷涼さがあった。

庭で一塊になって激しく戦っていた凶屍たちもその音を聴き、一瞬動きを止める。

姑蘇藍《ラン》氏の少年たちは瞬時に顔を輝かせた。藍思《ランスー》追《ジュイ》は顔についた血の跡を急いで拭うと、ぱっと頭を上げて嬉しそうに叫んだ。

「含光君《がんこうくん》！」

遥か遠くから届くその二音の琴の音を聴いた次の瞬間、魏無羨《ウェイウーシェン》は背を向けてその場を立ち去った。

また弦が弾かれる音が一音響く。今度の音程はやや高めで、微かなもの寂しさを帯びている。琴の音は雲を貫き、空を破った。

三体の凶屍はどんどん後ずさり、同時に右手で必死に耳を塞ぐ。だが、姑蘇藍《ラン》氏の破障音《はしょうおん》がそれくらいで防げるはずもない。数歩しか下がれず、逃げ場を失った三体の凶屍の頭から、軽い爆裂音が聞こえた。

あの左腕も、先ほどまでの激戦で疲弊《ひへい》していた上にこの破障音を聴いて、力を失ってぼとりと地面に落ちた。指はまだぴくぴくと痙攣しているが、腕そのものは沈黙して動かなくなった。

しばらく静まり返ったあと、少年たちは思わず喝采の声を上げた。歓声は生き残れた喜びに満ち溢れていた。心身ともに追い詰められた一夜が過ぎ、やっと応援が来るまで耐えきったのだ。たとえあとで礼儀に反して騒いだことを「家風に傷がつく」という理由できつく罰せられたとしても、もうそんなことはどうでも良くなった。

月に向かって手を思いきり振りながら、藍思追《ランスージュイ》はふいにある人物がいなくなったことに気づき、藍景《ランジン》儀《イー》の腕を引っ張って尋ねる。

「あの人は？」

藍景儀《ランジンイー》はひたすら喜ぶばかりで、消えた者には気づいていないようだ。

「誰のこと？」

「莫《モー》公子だよ」

「え？　あの阿呆を捜してどうするんだよ？　俺に殴られるのが怖くて、どこかに逃げたんじゃないかな」

「……」

藍思追《ランスージュイ》は、大雑把で単純な藍景儀《ランジンイー》が何事も細かく考えない質《たち》なことを知っているため、それ以上は聞かなかった。含光君が来たらあの人のことも併せて報告しようと決める。

莫《モー》家荘の住民たちはまだ静かに眠っている。それが本当の眠りなのか、それとも眠ったふりをしているだけなのかはわからない。だが、たとえ今夜のように、莫《モー》家のあちこちで血肉が飛び交うほど激しい戦いが繰り広げられたとしても、夜中や早朝に起きだしてわざわざ見物に来る者などいないだろう。野次馬するにも節度がないと、命に関わる。

魏無羨《ウェイウーシエン》はぱぱっと素早く莫玄羽《モーシュエンユー》の部屋にある献舎の呪術陣の痕跡を消して、離れを飛び出した。

いったいどんな偶然か、来たのは藍《ラン》家の者で……しかもよりによって、あの藍忘機《ランワンジー》だなんて！

彼は前世で関わりがあった上に、戦ったこともある者の一人だ。

即刻逃げなければ、と魏無羨《ウェイウーシエン》は急いで移動手段になる馬などがいないかを探す。そして、ある庭を通りかかった時、庭の中にある大きな石臼《いしうす》に、むしゃむしゃと何かを咀嚼《そしゃく》している一匹のロバが繋がれているのが見えた。そのロバは、彼が慌ただしく自分の方へ走ってくるのに気づき、やや怪訝《けげん》そうな様子で、まるで人間のように横目でちらりと彼を見た。

魏無羨《ウェイウーシエン》はロバと目が合った瞬間、その瞳の中に見える微かな軽蔑の感情に興味を惹かれた。彼はロバの手綱《たづな》を引っ張って外に連れ出そうとするが、ロバは抗議を示すように大声で喚く。

魏無羨《ウェイウーシエン》は宥めながらロバを引きずり、やっとのことで懐柔に成功すると、その背に乗せてもらい、明け方のまだ薄青い遠くの空に向かって大通りへと走り出た。

第三章　驕傲

　莫《モー》家荘を出てから何日も経たないうちに、魏無《ウェイウー》羨《シエン》は自分がどうやら間違った選択をしたらしいと気づいた。

　それというのも、彼が連れ出したロバは、非常に手間がかかるのだ。

　ただのロバのくせに、露を帯びた新鮮で柔らかい草しか食べず、少しでも先端が黄色ければそっぽを向く。魏無羨《ウェイウーシエン》が通りかかった農家から麦藁《むぎわら》を少し盗んできて食べさせたら、何回か咀嚼してから「ぺっ」と吐き出した。その様子は人間が唾を吐く様子よりも一層忌々《いまいま》しげだ。美味しいものを食べさせなければ立ち止まって癇癪《かんしゃく》を起こし、後ろ脚を蹴り上げる。もう何度も蹴られそうになったし、その上、このロバは鳴き声も非常に耳障りなのだ。

　乗り物としても、愛玩用としても、全然役に立たない！

　魏無羨《ウェイウーシエン》はふと、かつての相棒であった自分の剣を思い出した。あの剣はおそらく今頃はどこかの大きな世家の宗主の手に渡り、戦利品として壁に飾られていることだろう。

　そうこうして、ロバが立ち止まる度に降りて、必死に引っ張りながら進ませていると、やがてある村の大きな田んぼに辿り着いた。

　強い日差しが照りつける田んぼの横には、一本の大きな槐《えんじゅ》の木が立っている。枝は生い茂り、大きな木陰の下には古い井戸があった。往来する人たちが喉の渇きを潤せるようにと、村人は親切にも井戸の横に桶と柄杓《ひしゃく》を一つずつ置いてくれているようだ。

　ロバは木陰に入った途端、頑として一歩も動かなくなった。魏無羨《ウェイウーシエン》はわがままなロバから降りて、その尻をぺちんと叩く。

「お前って本当にいいご身分だよな。俺よりも手がかかる」

やれやれとため息をつく魏無羨《ウェイウーシエン》に、ロバは「フン」と強く鼻息を吹きかけた。

座り込んで退屈を持て余していると、畔道《あぜみち》を遠くから何人かの人々が歩いてきた。

彼らは手編みの竹籠を背負い、軽装に草履《ぞうり》という姿で、頭のてっぺんからつま先まで田舎の農民といった風体だ。その中には少女が一人いて、丸顔で辛うじて清楚と言えなくもない容姿をしている。少女は暑い中をかなり歩いてきたようだ。先客と同じように木陰に入って涼み、井戸の水を飲もうとしたが、そこには鳴き叫んで暴れるロバが繋がれている。加えてその隣には、顔に化粧をし、髪も服装も乱れた変人が座っているので、怖くて近寄ることもできない。

魏無羨《ウェイウーシエン》は昔から女の子には親切にしてきたと自負している。だからその様子を見て、井戸から少し離れてロバの相手をしてやることにした。

一行は彼が危険な人物ではないとわかり、安心して木陰に入る。皆汗をびっしょりとかいていて頬も真っ赤だ。扇いで涼もうとする者もいれば、水を汲《く》む者もいた。先ほどの少女は井戸の横に座り、自分たちに場所を譲ってくれた魏無羨《ウェイウーシエン》に向かってにっこりと微笑んだ。

一行のうちの一人は羅針盤《らしんばん》を手に持ち、遠くを見渡してから視線を手元に落として困惑していた。

「もうすぐ大梵山《だいぼんざん》の麓《ふもと》に着くっていうのに、この針はちっとも動かないぞ？」

その羅針盤に彫られた文字と指針はとても不気味で、明らかに普通の羅針盤とは異なる。それは東西南北を指すための物ではなく、凶屍や邪祟、妖魔、殺鬼《さっき》を指す「風邪盤《ふうじゃばん》」だ。

魏無羨《ウェイウーシエン》はそれを見て、この一行はどこの世家にも属さない田舎の貧乏修士だとわかった。高尚で資金力のある世家以外にも、独自に修行する小さな集まりは少なくない。おそらくこの一行は田舎から出てきて、遠い親戚に当たる世家にでも身を寄せようと考えているか、あるいは夜狩《よかり》に向かう途中か、そのどちらかだろう。

まとめ役らしき中年男性は、皆に水を飲むように促《うなが》しながら答えた。

「壊れてるんじゃないか？　今度新しいのを買ってやるよ。あと十里足らずで大梵山に着くってのに、ここで長く休むわけにはいかないだろう。遥々旅してやっとここまで来たんだ。今、気を抜いて誰かに先を越されたら、それこそ割に合わない」

やはり目的は夜狩だったようだ。多くの仙門世家は、あちこちを旅して妖魔を退治することを「遊《ゆう》猟《りょう》」、もしくは妖魔が主に夜に出没することから「夜狩」と風雅な名前で呼んでいた。

仙術の修行をする世家は数多くあるが、その中で名を万世に広められるのは一握りだけだ。先祖が積み重ねてきた様々な功績がなければ、弱小の一世家が成り上がり、名門の仲間入りを果たすなど絶対に不可能である。玄門で名声と尊敬を獲得するには、残虐で凶暴な妖獣を捕まえたり、あるいは土地に災いをもたらす悪鬼殺鬼を退治したりして、大きな実績を挙げる必要がある。それでやっと、一族の発言が重みを得るのだ。

夜狩はもともと魏無羨《ウェイウーシエン》の得意分野だが、ここ数日の旅の途中でいくつかの墓地を掘り返しても、捕らえられたのは弱い悪霊ばかりだった。手下として働かせる悪霊が足りないと思っていたところだったので、先ほど聞いた「大飯山《だいはんざん》」とやらに行って運試しをしてみようと決意した。

（もし使い勝手のいい奴がいたら、捕って手下にしよう）

修士一行はしばらく休んだあと、出発の準備を始めた。すると発つ前に、さっきの丸顔の少女がそばまでやってきて、背負っている竹籠から半分青く、あまり赤くない小さな林檎《りんご》を取り出して渡してくれる。

「これどうぞ」

魏無羨《ウェイウーシエン》が笑顔でそれを受け取ろうとすると、いきなり頭を上げたロバが、歯をむき出しにして林檎にかじりついてきた。魏無羨《ウェイウーシエン》は奪われないように素早く林檎を掬《すく》い上げながら、ロバが小さな林檎によだれを垂らしているのを見て、ピンといいことを閃いた。

長い木の枝を一本と釣り糸を拾って、林檎を枝に吊るす。そうしてロバに乗ってから、その鼻面《はなづら》の前に林檎をぶら下げてみたのだ。ロバは目の前から漂う林檎の香りに、猛烈に引きつけられたようだ。もう少しでかじれそうな林檎を追いかけ、頭を上げて前に突進し始めた。その速さはといえば、魏無羨《ウェイウーシエン》が今まで見てきたどの駿馬《しゅんめ》とも比べものにならないくらいだ！

ロバは勢い良く走り続け、日が暮れる前に大梵山に到着した。麓に着くや否や、彼はこの山の名前が「大飯山」ではなく「大梵山」だとようやく気づく。

山を見渡すと、まるで悠々と鎮座する一体の仏像のように見えるため、大梵山と名づけられたらしい。そして、その麓にある小さな町は佛脚鎮《ぶっきゃくちん》と呼ばれていた。

ここに集まっている修士たちは想像よりも多かった。強い者も弱い者も入り交じっているようで、各世家や門派の様々な校服の色を見ているだけで目が回りそうだ。町を往来する修士たちはなぜか皆緊張した面持《おもも》ちで、妙な化粧をした彼の滑稽《こっけい》な姿を見ても、突っかかってきたり嘲笑《あざわら》ったりする余裕もないようだ。

町を貫く長い道の中央に修士が数名集まり、険しい顔で何かを話している。どうやら意見が大きく食い違っているらしく、遠くからでも魏無羨《ウェイウーシエン》の耳には彼らの話し声が聞こえてきた。最初は落ち着いた様子だったが、だんだんと言い合いになってきている。

「……ここには食魂獣《しょっこんじゅう》も食魂殺《しょっこんさつ》もいないんだよ。だってどの風邪盤の針もまったく動いていないじゃないか」

「それなら『失魂症《しっこんしょう》』についてはどう説明するんだ？　七人も町人の魂が失われたんだぞ、まさか全員が同じ奇妙な病《やまい》にかかったなんて言わないよな？　そんな病聞いたこともない！」

「風邪盤が動かないからって、絶対にいないと言いきれるか？　あれはあくまで大まかな方向を指してくれるだけで、精度に欠けるから一概には信用できない。もしかしたら、この辺りに針を妨害する何かが潜んでいるのかもしれないし」

「お前、風邪盤を作ったのが誰だか知らないのか？　あれの針を狂わせる何かがあるなんて、それこそ聞いたこともないぜ」

「どういう意味だよ。聞き捨てならないな。もちろん、魏嬰《ウェイイン》が風邪盤を作ったのなんて知ってるさ。でも奴が作ったものだからって、完璧だとは言いきれないだろう。疑うことすら許されないのか？」

「そうは一言も言ってないだろ。何もそんなふうに言葉尻を捕えなくてもいいじゃないか！」

　今度はまた別の方向の言い争いが始まったため、魏無羨《ウェイウーシエン》はロバに乗って「ハハハッ」と笑いながら通り過ぎた。しかし、死んでから何年も経つというのに、彼は相変わらず修士たちの舌戦の中に登場しているようだ。いわゆる「逢魏必吵《ほうウェイひっしょう》」——魏無《ウェイウー》羨《シエン》が関わると、本人がいようがいまいが、いつも争いの種になる——のままだとは思いもしなかった。もし、善悪は問わず、仙門で最も長い間注目を集めた人物が誰か、投票で選ぶことがあったなら、間違いなく彼がぶっちぎりで一位に違いない。

　ただ正直に言うと、先ほどの修士たちが言っていたことはあながち間違ってはいなかった。現在使われている風邪盤は彼が作った第一版で、確かに精度に欠けていた。改良版に着手はしていたのだが、完成する前に乱葬崗に攻め入られてしまったのだ。だから皆には悪いが、引き続き不完全な第一版を使ってもらうしかない。

　魏無羨《ウェイウーシエン》は修士たちの会話を思い出す。血肉を食べ、骨をかじるのはほとんどが低級の彷屍などだ。知能のある高級の妖獣や悪鬼だけが、魂を吸って消化することができる。しかも一気に七人の魂を食べたとなれば、こんなにも多くの修士たちが集まってくるのも納得がいく。夜狩の獲物が並大抵のモノではないのなら、風邪盤が狂うのも仕方がない。

　魏無羨《ウェイウーシエン》は手綱を引いてロバから降りると、ずっと目の前にぶら下げていた林檎をロバの口元に持っていった。

「一口、一口だけだぞ……？　ったく、お前の一口は俺の手ごと全部食べるつもりか？」

　彼は林檎のロバがかじったのとは逆側を二口かじり、残りをロバの口に入れてやった。自分はなぜこのロバと一つの林檎を分け合う羽目になったのだろうかと頭を悩ませていると、どんと背中に誰かがぶつかってきた。振り向くと一人の少女だった。向こうがぶつかってきたというのに、まるで彼など目に入っていない様子だ。顔には微笑みを浮かべ、虚ろな両目はどこかを真っすぐに見つめている。

　魏無羨《ウェイウーシエン》は彼女の視線の先に目を向けた。そこにはうっすらとした山頂が一つ浮かび上がっている。それこそが目的地の大梵山だった。

　すると突然、少女はなんの前触れもなく彼の目の前で踊り始めた。

　手足を激しく動かすその踊りは、大胆で荒々しい。魏無羨《ウェイウーシエン》が興味をそそられて眺めていると、一人の婦人が裾《すそ》を手で持ち上げながら急いで駆け寄ってきた。婦人は彼女を抱きしめ、泣き叫ぶ。

「阿胭《アーイエン》、一緒に帰りましょう。さあ、帰りましょうったら！」

　そう言われた阿胭《アーイエン》は、なぜか全力で婦人を振り払った。しかも、顔に不気味な慈愛を帯びた笑みを浮かべたまま、さらに踊り続ける。婦人が彼女を追って必死に走り回りながら泣く様子を見て、隣に立った物売りがぼそりと嘆く。

「ああ、鍛冶屋の鄭《ジョン》旦那のとこの阿胭《アーイエン》がまた外に出てきたのか」

「母親も本当にかわいそうにな。娘の阿胭《アーイエン》に、阿《アー》胭《イエン》の夫、そして自分の夫まで、皆……」

　魏無羨《ウェイウーシエン》はあちこちを回っていろんな人の話を立ち聞きし、それらを整理して、この地に起きた異常を頭の中でまとめた。

　大梵山には古い墓地があり、佛脚鎮の町人たちの先祖の墓はほとんどがそこにある。墓地には、ごくたまに身元のわからない死体を埋葬し、木の墓標を立てることもあるという。そして数か月前、雷鳴が響く激しい嵐の夜のことだった。一晩続いた暴風雨のせいで、大梵山の一角に山崩れが起こり、多くの墓が巻き込まれて壊れた。いくつかの棺は土からむき出しになり、雷に打たれたせいで蓋が吹き飛ばされ、中の死体ごと黒焦げになってしまったものもあったという。

佛脚鎮の町人たちは強い不安に駆られ、祈りを捧げて、きちんと墓地を改修した。これで問題はないはずだ、と。しかし、その夜以来、町では魂を失い「失魂症」になる人が頻繁に出始めた。

一人目はある怠け者の男だ。彼はとても貧乏で、その上、常日頃から遊んでばかりいる放蕩者《ほうとう》だった。山に登って鳥を捕まえるのが好きで、ちょうど山崩れが起きたあの夜も大梵山にいた。嵐のせいで下山できず、死ぬほど怖い思いをしたものの、その時には無事に生還できた。

その後、いったいどういう風の吹き回しか、彼は山から戻って数日経たないうちに、急に嫁を娶《めと》って盛大な婚礼を挙げた。しかも、これからは善を行い徳を積んで、大人しく暮らしていくと明言までして。

しかし婚礼の夜、飲みすぎて酩酊《めいてい》した彼は寝床に倒れ込み、そのまま二度と目覚めることはなかった。呼んでも一向に返事がなく、不安に思って新妻が触ってみると、彼の両目は見開かれたままで、既に体は冷たくなり、まだ呼吸をしていること以外は死人も同然だった。飲まず食わずのままで数日寝込んだあと、彼は静かに息を引き取り、かわいそうな新妻は嫁いだばかりで未亡人となった。

二人目は阿胭《アーイエン》だ。彼女の未来の夫となるはずだった男は、婚約の翌日、山で狩りをしていた時に豺狼《さいろう》に噛み殺された。彼女はそのことを知ったあと、一人目の怠け者と同じ症状になった。幸いしばらく経つと、彼女の失魂症は自然と治った。けれどそれから彼女は次第におかしくなっていき、毎日外をふらふらと歩き回っては笑みを浮かべて人々に奇妙な踊りを見せるようになった。

三人目は阿胭《アーイエン》の父親、鍛冶屋の鄭《ジョン》旦那。そして今までに七人が相次いで同じ失魂症になっているのだという。

魏無羨《ウェイウーシエン》は考えた。

（おそらく食魂獣の仕業じゃない……これは、食魂殺だな）

両者は一文字しか違わないが、まったく違う種類のモノだ。「獣」は実体を持つ妖獣類で、「殺」は実体を持たない死霊類に当たる。おそらく、山崩れで墓地が壊されて雷が棺に落ち、その中で眠りについていた古《いにしえ》の悪霊を呼び起こしてしまったのだろう。その予想が正しいかどうかは、棺に封印の痕跡が残っているかを一目見ればわかる。だが、佛脚鎮の町人はきっと焦げた棺を処分し、亡骸は新しい棺に入れて埋葬しただろうから、痕跡を見つけるのは極めて困難だろう。

山に登るには町から続く山道を歩くしかない。魏《ウェイ》無羨《ウーシエン》はロバに乗ってのんびりとその坂道を登った。少し行ったところで、何人か「ついてない」と言わんばかりの表情を浮かべた人々が下りてくるのに出くわした。

がやがやと話す一行の中には、顔に傷を負った者も見えた。日も暮れて薄暗い中を、首つり鬼の化粧をしてロバに乗った男が正面からやって来たので、彼らは驚いたようだ。中には怒鳴る者もいたが、皆こちらを避けていそいそと山を下りていった。

（もしかして獲物が強すぎて、逃げ帰ってきたのか？）

魏無羨《ウェイウーシエン》はすれ違っていく彼らを見送りながら少し考え、ロバの尻を叩くと小走りで山を駆け登った。

そのわずかの差で、彼は先ほどの一行が吐き出した不平不満を聞き逃すことになった。

「ここまで横柄な人は初めて見たぞ！」

「あんな大きな世家の宗主だっていうのに、こんな所まで来て今さら私たちと食魂殺ごときを奪い合う必要なんてあるか？　昔から数えきれないほど退治してきただろうに！」

「仕方ないよ、向こうは一世家の宗主だぞ。言うじゃないか、『どの世家を怒らせても江《ジャン》家だけは怒らせるな。誰を怒らせても江澄《ジャンチョン》だけは怒らせるな』って。もう荷物をまとめて帰るぞ。今日は運が悪かったんだ!」

もう少し暗くなっていたら、たいまつを持たずにこのまま山道を進むのは無理だっただろう。魏無《ウェイウー》羨《シエン》は日が沈んでいく中をしばらく進んだが、道中で先ほどの一行を含めてわずか数名の修士としかすれ違わなかったことを不思議に思った。

(まさかここに来た奴らは、ほとんどが佛脚鎮で理屈を並べて議論するばかりで、それ以外は皆、さっきの一行みたいに手も足も出ずに負けて帰ったとか?)

すると突然、前方から助けを呼ぶ声が聞こえた。

「誰か!」

「助けてくれ!」

驚愕した様子の悲鳴には男の声も女の声も交ざっている。人気《ひとけ》のない野山での悲鳴は十中八九、邪のモノが無知な一般人を誘《おび》き寄せるための罠なのだが、先ほどの悲鳴はどうやら嘘ではないようだ。魏無《ウェイウー》羨《シエン》にとっては、邪のモノならむしろ大歓迎だが。

(邪気は強ければ強いほどいいからな。弱いモノじゃ困る!)

彼はロバに鞭《むち》を入れながら、声のする方へ走らせた。しかし、辿り着いて四方を見渡しても何も見当たらない。ふと見上げると、妖魔鬼怪などではなく、以前田んぼのある辺りで見かけた田舎修士の一行が金色に輝く巨大な網に捕らわれ、木の上から吊るされていた。

まとめ役の中年の男は、一行を連れて山で見回りをしながら地形を調査していた。だが待ち望んでいた獲物には出会えず、逆にどこかの金持ちが仕掛けた罠を踏んで木の上から吊るされ、必死で助けを呼ぶ羽目に陥ったのだ。彼らは人が来たのを見て大喜びしたが、それがただの変人だとわかって、期待した分ひどくがっかりした。

一行を捕らえた「縛仙網《ばくせんもう》」の縄は、細いけれど高級な材料で作られているため非常に頑丈で、一旦捕まれば、人、神、妖魔、なんであっても、しばらくは中でもがくことになる。しかも、それはより高級な仙器でしか切断できない。だから、この変人が来たところで、彼らを下ろすどころか、おそらくそれがなんなのかすらわからないと思ったのだ。

せめて彼に助けを呼んでもらおうとした時だ。木の枝を踏みながら身軽に駆け寄ってくる足音が聞こえ、暗い森の中から淡い色の軽装をした少年が現れた。

少年は眉間《みけん》の中央に丹砂《たんしゃ》で朱色の点をつけていて、顔は秀麗だけれど、どことなく冷たい雰囲気がある。年齢はずいぶんと若く、おそらく藍思追《ランスージュイ》と同じくらいだろう。まだ半分子供なのに、後ろに矢筒と金色に煌《きら》めく一本の長剣を背負い、手には長弓を持っている。服の刺繍は非常にきめ細かく美しいもので、胸のところでは一輪の白い牡丹《ぼたん》が咲き誇っている。贅沢《ぜいたく》に使われた金色の糸が、夜の中で繊細な光を放っていた。

(うわ、お金持ちだ!)

魏無羨《ウェイウーシエン》は心の中で声を上げる。

これはきっと、蘭陵金氏《ジン》の若い公子に違いない。金《ジン》氏の家紋は白い牡丹だ。彼らは自分たちを牡丹に例えていて、つまり牡丹は花の王だから、金《ジン》氏は仙門の王だと自らを密かに誇示しているのだ。丹砂で眉間に朱色の点をつける意味は、「知恵を啓《ひら》き、確かな志を胸に、朱の光で世を照らせ」というものらしい。

この若い公子は矢を弓に乗せ、今まさに射ようと駆け寄ってきたが、縛仙網で捕獲されたのがただの人間だとわかるとがっかりして、すぐに苛立った表情になった。

「またバカが捕まったのか。この山には四百枚以上の縛仙網を仕掛けたのに、獲物がかからないどころか、お前らみたいなのにもう十枚以上も壊されたんだぞ!」

魏無羨《ウェイウーシエン》は再び思った。

(さっすがお金持ち!)

縛仙網は一枚だけでも結構な高値なのに、一気に四百枚以上も仕掛けるなんて、小さな世家だったら絶対に破産してしまう。さすが蘭陵金氏《ジン》だ。だが、こんなに縛仙網を無駄遣いしてまで無差別に捕獲しにかかっているということは、夜狩どころか、他の修士たちを出し抜いて獲物を独り占めするつもりのようだ。おそらくはさっきすれ違った修士たちも、獲物が強すぎたせいではなく、名門世家に太刀打ちできずにやむなく引き下がったのだろう。

何日かのんびりと旅をしてきて、加えて先ほど佛脚鎮で興味深い様々な話を耳に入れてきたこともあって、ここ数年の修真界の浮き沈みについて、魏無《ウェイウー》羨《シエン》はいろいろと知ることができた。

百年にわたる仙門の大混戦の勝者として、現在は蘭陵金《ジン》氏が百家を統括し率いている。金《ジン》氏の宗主は敬意を込めて「仙督《せんとく》」と呼ばれるようになった。金《ジン》氏の家風はもともと「驕傲《きょうごう》」――つまり傲岸不遜《ごうがんふそん》で、豪華絢爛《けんらん》を好んだ。ここ数年は頂きに立ったことでさらに驕り高ぶり、しまいには一族の公子たちを皆横柄尊大に育て上げてしまったようだ。金《ジン》氏よりやや格下の世家でも、どんな侮辱もただ我慢して不平不満をすべて呑み込むのみなのだから、こんな田舎者の集まりでは到底逆らえないだろう。いくら少年がとげとげしい言葉をぶつけても、網に吊るされた人たちはただ顔を真っ赤にするだけで、言い返すことなど怖くてできるはずもない。まとめ役の男はへりくだった態度で頼み込んだ。

「若公子様、お許しを。どうかお願いします。ここから下ろしてください」

少年はちっとも獲物が現れないことにイライラしていたようだ。その怒りをちょうど良く目の前に現れた田舎者の一行にぶちまけられると考え、胸の前で腕を組んだ。

「お前らはそこで吊るされていろ。またあちこち動き回って、俺の邪魔をされたら困るからな！　食魂獣を捕まえて、まだお前らを覚えていたら下ろしてやるよ」

あのまま一晩木の上に吊るされていて、もし大梵山でうろついている例のモノに出くわしたら、彼らは身動きもできずにただ魂を吸い取られて死ぬだけだ。魏無羨《ウェイウーシエン》に林檎をくれたあの丸顔の少女は、恐ろしさのあまり声を上げて泣きだした。魏無羨《ウェイウーシエン》はあぐらをかいてロバの背に乗っていたが、その泣き声を聞いてロバの長い耳がぴくっと動いたかと思うと、突然走りだした。

　走りながらロバは長い鳴き声を上げた。このあまりにも耳障りな鳴き声を抜きにすれば、ロバの猛烈な勢いと勇敢さは、千里を走る駿馬と褒め称えてもいいくらいだ。気を抜いていた魏無羨《ウェイウーシエン》はロバの背中から振り落とされ、危うく大怪我をするところだったが。

　ロバは大きな頭を前に突き出して少年に向かって突進していく。まるで、自分の頭で彼をふっ飛ばす自信があるかのようだ。少年はまだ矢を弓に乗せたまま、今度はロバに向かって弓を引こうとするので、魏無羨《ウェイウーシエン》はまた新しい乗り物を探すなどまっぴらごめんと、めいっぱいロバの引き綱を引っ張った。少年は彼を見て、にわかに驚愕の表情を見せたが、その顔はまたすぐさま軽蔑の色に変わり、口をへの字に曲げた。

「お前だったか」

　その口調は、二分《にぶ》の疑念と八分《はちぶ》の嫌悪といった様子で、訳がわからず、魏無羨《ウェイウーシエン》はひたすら目を瞬かせた。

「なんだ、地元に追い返されたあと、おかしくなったか？　そんなみっともない化粧をしやがって。莫《モー》家の者はよくお前を人前に出したな！」

　――何やら、とんでもない話を聞いたのでは!?

　まさか……と、魏無羨《ウェイウーシエン》は太ももを叩いた。

（莫玄羽《モーシュエンユー》の父親はそこらの弱小一族の宗主なんかじゃなくて、かの有名な金光善《ジングアンシャン》だったのか!?）

　金光善《ジングアンシャン》は蘭陵金《ジン》氏の先代宗主で、既に死去している。彼のことは、とても一言では言い尽くせない。彼には同じく名門世家出身の気の強い夫人がいて、その妻の尻に敷かれていることは周知の事実だった。だが、彼は妻を恐れながらも外で女遊びを続け、金《ジン》夫人も四六時中彼を見張っていることはできず、上は名門の令嬢から下は田舎の娼婦まで、手を出せる女はすべて見逃さなかった。

しかも、庶子をあちこちで産ませたくせに、非常に飽き性で、興味がなくなったら相手のことなどすっかり忘れてしまうという責任感のなさだ。そんな彼の数多くの庶子の中でも、一人だけずば抜けて優秀だったために金《ジン》氏の一員として認められた者がいて、それが蘭陵金《ジン》氏の現宗主である金光瑶《ジングアンヤオ》だ。

金光善《ジングアンシャン》は死に際も不名誉だった。彼は自分のことを衰え知らずだと信じ、限界に挑戦して何人もの女性たちと乱交の最中に、不幸にも腹上死《ふくじょうし》した。

とても世間には明かせない醜聞《しゅうぶん》だったため、蘭陵金《ジン》氏は対外的には「先代宗主は過労で倒れた」と公言した。仙門百家の者たちは事実を知っていたが、皆知らないふりをした。とにかく、これらが彼が「とてつもなく有名」になった本当の理由だ。

かつて乱葬崗殲滅戦では、江澄《ジャンチョン》に次いで金光善《ジングアンシャン》の功績も大きかった。それが今では、討伐されたはずの魏無羨《ウェイウーシェン》が彼の庶子の体に入っている。正直、こうなってしまっては互いの損得をどう清算すればいいかさっぱりわからない。

少年は、呆然としている魏無羨《ウェイウーシェン》を見て嫌悪した様子で言う。

「さっさと失せろ！　お前を見るだけで吐き気がする。この断袖野郎」

お互いの年齢差を考えれば、莫玄羽《モーシュエンユー》はもしかすると少年の叔父に当たるような目上の者かもしれないのに、こんな若輩者に侮辱されるとは。魏無羨《ウェイウーシェン》は自分のためではなくとも、今のこの体、つまり莫《モー》玄羽《シュエンユー》のために少年を懲らしめなければと考えた。

「まったく、親の顔が見てみたいよ」

その言葉を聞いた瞬間、少年の瞳の奥で激怒の炎が燃え上がり、そして瞬く間に静まった。彼は背負っていた長剣を抜いて冷ややかに聞き返す。

「お前——今、なんて？」

刀身は強い金色の光を放っていて、滅多《めった》にない最高級の仙剣だとわかる。多くの世家の者は、一生頑張ってもこのような仙剣に触れることすら叶わないだろう。魏無羨《ウェイウーシェン》はじっくりと観察するうち、何やらこの剣に見覚えがあるような気がしてきた。だが、剣芒《けんぼう》〔仙剣が放つ光。またそれによる攻撃〕が金色の高級仙剣は数多く見てきたため、気のせいだろうとそれ以上深くは考えず、手に持っていた小さな巾《きん》着《ちゃく》をぶんぶんと振り回す。

それは、彼が先日拾ったありあわせの布切れを繋ぎ合わせて作った「鎖霊嚢《されいのう》」だ。斬りかかってきた少年を避けると、鎖霊嚢から人の形に切られた一枚の紙切れを取り出し、手のひらを返して「パン」と少年の背中に叩きつけた。

少年の動きはとても速かったが、魏無羨《ウェイウーシェン》はそれを上回った。足を掬って背中に呪符を張るような小賢《こざか》しいことを昔からよくやっていたから、このくらい彼にとっては容易《たやす》いことだ。少年は急に背中が痺れて重く感じ、へなへなと地面に伏せてしまった。剣も手から滑り落ち、どう頑張っても起き上がることはできず、まるで山がのしかかってくるようだと思った。

少年の背中には貪食《どんしょく》で死んだ陰霊《いんれい》が一匹伏せていて、息ができないほどに彼をずっしりと押し潰している。弱い陰霊だが、生意気なガキの相手なら十分だ。魏無羨《ウェイウーシェン》は彼の剣を拾い、手で重さを量るようにしたかと思うと、一振りで頭上にある縛仙網を切り落とした。

捕らわれていた一行は不格好に落ちてきて、礼も言わずに一目散に逃げていった。あの丸顔の少女だけは礼を言おうとしたが、年上の者に引っ張られていってしまった。何か一言でも余計なことを言って、さらに金《ジン》公子の恨みを買うのを恐れているようだ。

ふいに地面に伏せていた少年が怒鳴った。

「断袖野郎！　お前、霊力が低くて仙術の修練が上手くいかないからって、こんな邪道に走るなんて……気をつけた方がいいぞ！　今日は誰が来てると思う!?　俺の……」

魏無羨《ウェイウーシェン》は一切感情のこもっていない声で、手を胸に当てながら答えた。

「わあ、怖い怖い！」

前世で彼が考案した修練の方法は、人々から悪《あ》しざまに罵られていた。長く続けると体の根本から蝕《むしば》まれるが、短期間で身につけることができ、しかも霊力と生来《せいらい》の才能に左右されないため非常に魅力的で、近道を求めて人知れず修練する者は当時からあとを絶たなかった。おそらくこの少年は、莫玄羽《モーシュエンユー》も蘭陵金《ジン》氏から追い出されたあと、邪道に目覚めたと思ったのだろう。彼がそう考えるのも無理はなく、そのおかげで魏無羨《ウェイウーシエン》は余計な釈明をせずに済んだ。

少年は地面に手をついて力を込めたが、何回試してみても起き上がれない。彼は真っ赤な顔になり、歯を食いしばって怒鳴った。

「さっさとこいつを引っ込めないと、叔父上に言いつけてやるからな。死んでも知らないぞ！」

魏無羨《ウェイウーシエン》は不思議に思って聞き返した。

「なんで父親じゃなくて叔父なんだ？　お前の叔父って誰だよ？」

するとと突然背後から男の声が響いた。それは、冷酷な厳しさを感じさせる声だった。

「そいつの叔父は俺だ。何か遺言はあるか？」

その声を聞いた瞬間、魏無羨《ウェイウーシエン》は体中の血液がすべて頭に上り、またすぐさま一滴残らず引いていったように感じた。だが、幸い彼の顔はもともとが蒼白に塗られていて、さらに白くなっても誰にも気づかれることはない。

振り向くと、紫の服を着た青年が一人、大股でこちらへと近づいてきた。袖口の狭い上衣《じょうい》から伸びた手を、剣の柄に置いている。腰には銀の鈴を一つぶら下げているが、歩く時に鈴の音は聴こえない。

青年は細い眉に切れ長の目をしていて、その容貌は刺々《とげとげ》しい美しさを醸《かも》し出している。視線は重々しく、やや攻撃的な感情を帯びていた。彼が人を見る目は、まるで二本の冷たい稲妻のように鋭い。

魏無羨《ウェイウーシエン》との距離をあと十歩のところまで詰めると、彼は足を止めた。つがえた矢の如く、すぐにでもこちらを射てきそうな表情で、静かな立ち姿にも傲慢さと自負が滲《にじ》み出ている。

彼は眉間にしわを寄せた。

「金凌《ジンリン》、何をぐずぐずしてるんだ。俺が迎えに来ないと帰らないつもりか？　こんな無様にやられて、さっさと起きろ！」

脳内の痺れが解けると、魏無羨《ウェイウーシエン》は我に返って袖の中で指を曲げ、先ほどの紙人形を呼び戻した。金凌《ジンリン》は背中が軽くなったと感じるや否やぱっと起き上がり、すぐさま自分の剣を彼から奪い返した。それから叔父――江澄《ジャンチョン》の隣に下がって、魏無羨《ウェイウーシエン》を指さして怒鳴った。

「お前の脚をへし折ってやる！」

こうして叔父と甥の二人が並ぶと、微かに眉や目の形が似ているのがわかる。どちらかというと、まるで兄弟のようだ。江澄《ジャンチョン》が指を少し動かすと、紙人形が一瞬で魏無羨《ウェイウーシエン》の指の間から彼の手元へ飛んだ。それを一目見るなり、江澄《ジャンチョン》の目にひどく凶暴な色が宿る。彼が握り潰すと紙人形はぱっと燃え上がり、陰霊は鋭い叫び声を上げて燃え尽き、灰になった。

「脚をへし折るだと？　教えたはずだぞ。こういう邪道を使う輩《やから》に出会ったら、すぐさま殺してお前の犬の餌にでもしろ！」

魏無羨《ウェイウーシエン》はロバを引く余裕もなく、後ろへと飛びのく。

長い年月が経てば、江澄《ジャンチョン》が彼をどれだけ強く恨んでいたとしても、いずれその感情も消え失せるだろうと思っていた。だが、そう願い通りに事が運ぶはずもなく、消えるどころか、逆に熟成された酒のように憎悪はどんどん濃くなっていたようだ。まさかこんなふうに、彼を真似て鬼道《きどう》を修練するすべての者に当たり散らすほどまでになっていたとは！

叔父の後ろ盾があると思うと、金凌《ジンリン》は勢いを増して斬り込んでくる。魏無羨《ウェイウーシエン》が二本の指を鎖霊嚢に入れ、手を打とうとしたその時だ。

一筋の青い剣芒が稲妻のように掠め、金凌《ジンリン》の剣に激しくぶつかり、一瞬でその金色の光を粉々に打ち消した。

これは剣が高級か低級かの問題ではなく、剣の持ち主同士の実力があまりにもかけ離れているからだ。魏無羨《ウェイウーシエン》は好機を見計らって行動を起こすつもりだったのに、先ほどの剣芒によろけて地面に突っ伏し、真っ白い靴の真正面に倒れ込んでしまった。

しばらくの間固まってから、彼はゆっくりと顔を上げる。

最初に目に映ったのは、氷のように透き通り、キラキラと輝きを放つ細長い剣先。

これは、仙門百家でその名を轟《とどろ》かせる剣だ。魏無羨《ウェイウーシエン》は仲間としてともに戦った時も、敵として対立した時も、この剣の威力を何度も身をもって知らされた。剣の柄は、秘術によって錬成した純銀で鋳造《ちゅうぞう》されている。氷雪の寒気を纏った剣身《けんしん》は曇りなく透き通り、極めて薄いが、鉄をまるで泥のように斬り裂く。そのため一見すると仙気に満ちた軽くしなやかな剣でありながら、実は非常に重い。並みの者には、振りかざすことすら不可能だろう。

——剣の名は「避塵《ビチェン》」。

その剣先は向きを変え、魏無羨《ウェイウーシエン》の頭上で「チャン」と涼やかな音を立てて鞘《さや》に収まる。それと同時に、江澄《ジャンチョン》の声が遠くから聞こえてきた。

「誰かと思えば、藍《ラン》公子ではないか」

真っ白な靴は、正面の魏無羨《ウェイウーシエン》を迂回《うかい》して、急がず、また遅すぎもしない足取りで三歩前に出た。魏無羨《ウェイウーシエン》も起き上がり、すれ違いざまにさり気なく目を向けると、靴の主と一瞬目が合ってしまった。

現れた男はその体に月光を浴び、七弦の古琴《こきん》を一張《いっちょう》背負っている。その琴は黒く、しかし木の柔らかさも感じられる色をしていて、普通の古琴より幅の狭い特別な造りのものだ。

額に巻雲紋の抹額を一本結んだ彼の肌は抜けるように白く、非常に美しい雅な顔立ちをしている。まるで玉を彫り磨き上げて作られたかのようだ。瞳の色は非常に薄く玻璃《はり》のようで、その視線をより冷たく見せている。霜雪《そうせつ》を纏うようなその表情は粛然《しゅくぜん》としていて、魏無羨《ウェイウーシエン》の塗りたくった滑稽な顔を見ても、一切何も感じていないように思えた。

頭からつま先まで汚れ一つない。すべてが完璧で、文句のつけようもない姿なのに、魏無羨《ウェイウーシエン》の心には四つの文字が大きく浮かんだ。

（出た、万年喪主！）

魏無羨《ウェイウーシエン》の目には、どう見ても彼が着ているのは喪服にしか見えない。いくら皆が姑蘇藍《ラン》氏の校服が最も美しいと認め、その上藍忘機《ランワンジー》を百年に一度の類まれな美男子だと賛美しているとしても、彼のあの、妻を亡くして苦しみと深い憎しみの底にいるかのような表情では形無しだ。

　よりによって、会いたくない者にばかり出くわすなんて、ついていない。幸運はそう何度も続かず、不運は重なるものということか——。

　藍忘機《ランワンジー》は無言で、真っすぐに江澄《ジャンチョン》の正面に立った。江澄《ジャンチョン》も群を抜いた美貌の男だが、彼と面と向かって立つとやや見劣りして、どこか落ち着きに欠けて見える。

　江澄《ジャンチョン》は片方の眉を上げた。

「含光君は本当に『逢乱必出《ほうらんひっしゅつ》』の評判通りだな。騒ぎのある所には必ず現れる。今日はまたどうしてこんな辺鄙《へんぴ》な山奥へ？」

　普通、彼らのような名門世家を導く立場の者は低級の邪祟など相手にしないが、藍忘機《ランワンジー》は例外だ。彼は昔から夜狩の対象を選ばず、たとえ退治する妖魔鬼怪が弱く、殺しても自分の名声には繋がらないとしても、放っておくことはなかった。誰かが助けを求めれば、彼は必ずそこに行く。それは年少の頃からずっと変わらない。つまり、「逢乱必出」は含光君の夜狩に対する世間の評価であり、彼の人格に対する称賛でもあった。

　しかし、江澄《ジャンチョン》の先ほどの口ぶりは実に礼儀に欠けていて、藍忘機《ランワンジー》のあとを追ってきた藍《ラン》家の少年たちも、それを聞いてあまりいい気分はしなかったらしい。率直な性格をした藍景儀《ランジンイー》は、思ったことを歯に衣《きぬ》着せず言ってしまった。

「江《ジャン》宗主だって、こんな所にいるじゃないですか」

「チッ、目上の者が話しているのに口を出すな。姑蘇藍《ラン》氏は仙門の中でも礼儀を重んじる一門だと自負しているくせに、門弟にこんな教育をしていたとはな」

　江澄《ジャンチョン》が冷ややかに言った。

　藍忘機《ランワンジー》は彼と言葉を交わすつもりはないようで、藍思追《ランスージュイ》を一目見た。彼は向けられた視線の意味をすぐに理解する――それなら、若者同士で話をすればいい。彼は一歩前へ出て、金凌《ジンリン》に話しかけた。

「金《ジン》公子、夜狩は本来、仙門各家が公平に競い合うもののはずです。ですが、金《ジン》公子が大梵山の至る所に網を張ったせいで、他世家の修士たちは動きを阻《はば》まれ、罠にかかることを恐れて先に進めずにいます。これは夜狩の規則に反しているのではないでしょうか？」

金凌《ジンリン》の冷ややかな表情は、彼の叔父と瓜二つだ。

「バカな奴らが勝手に罠を踏んだだけじゃないか。俺は網を外すつもりはないからな。まだ何か言いたいことがあるなら、俺が獲物を捕まえたあとにしろよ」

その時、藍忘機《ランワンジー》は微かに眉間にしわを寄せた。金《ジン》凌《リン》が続けて話そうとすると、突然自分の口が開けられなくなったことに気づく。喉からも声が出せず、驚愕して彼の顔色は真っ青になった。江澄《ジャンチョン》は金凌《ジンリン》の上下の唇がまるでくっついたようになっているのを見て憤った表情になり、先ほどまで無理に取り繕《つくろ》っていたなけなしの礼儀も保てなくなった。

「貴様！　どういうつもりだ。金凌《ジンリン》はお前に躾《しつ》けられる筋合いはない。さっさと術を解け！」

この「禁言術《きんげんじゅつ》」は、藍《ラン》家が間違いを犯した門弟を懲罰《ちょうばつ》するためのものだ。魏無羨《ウェイウーシエン》もこの小賢しい術を何度も食らったことがあった。大して複雑な術でもないはずなのだが、藍《ラン》家の者にしか解き方がわからない。無理に話そうとすれば、上下の唇を力尽くで引き裂いて血が出るか、数日の間は喉が掠《かす》れてしまうので、大人しく口を閉じて静かに自省し、懲罰の時間が過ぎるまで耐えるしかないのだ。

「江《ジャン》宗主、落ち着いてください。彼が強引に術を解こうとしなければ、一炷香で自然と解けます」と藍《ラン》思追《スージュイ》が答えた。

江澄《ジャンチョン》がまだ何か言おうとした時、林の中から江《ジャン》氏の校服を着た紫ずくめの者が一人走ってきて「宗主！」と叫んだ。藍忘機《ランワンジー》も横に立っていることに気づくと、彼は少し戸惑った表情になる。

「言え。また何か悪い知らせでもあるのか？」

「先ほど青色の剣が一本飛んできて、宗主が設置した縛仙網が破壊されました」

江澄《ジャンチョン》の皮肉めいた問いかけに、その客卿は小声で答えた。

それを聞いて、江澄《ジャンチョン》は藍忘機《ランワンジー》をじろりと一目睨む。その顔には不快感がありありと表れていた。

「いくつ壊された？」

客卿はびくびくしながら「……全部です」と答える。

――つまり、四百枚以上！

江澄《ジャンチョン》は強烈な憤りを感じた。

今回の夜狩が、まさかこんなにも運に恵まれないとは思いもしなかった。そもそも彼がここへ来たのは、金凌《ジンリン》の手助けのためだ。今年十五歳になり、もう外に出て他世家の同世代の者たちと競い合う年齢になった金凌《ジンリン》のため、江澄《ジャンチョン》は精査の末にこの大梵山を狩場に選んだ。さらに、至る所に網を設置して他世家の修士たちを牽制《けんせい》し、一歩も進ませずに追い払ったのだ。それはすべて、金凌《ジンリン》に誰とも奪い合わずに勝利させてやるためだった。

四百枚以上の縛仙網は確かに非常に高価だったが、雲夢江《ジャン》氏にとっては大したことではない。しかし網が壊されたのは些事《さじ》であっても、顔に泥を塗られたのは大事だ。藍忘機《ランワンジー》の行動に、江澄《ジャンチョン》は腸《はらわた》が煮えくりかえり、怒りがどんどん膨らんでいくのを感じた。彼は目を細め、左手で故意にか知らずにか、右手の人さし指にはめてある指輪を軽くさすり始めた。

これは危険な仕草だ。

その指輪が非常に強力な仙器であることは誰もが知っている。そして江《ジャン》家宗主がそれを触り始めるということは、つまり殺意が芽生えたことを意味する。

しかし、しばらくさすっただけで、江澄《ジャンチョン》は敵意を自分の中に抑え込んだ。

ひどく不愉快ではあるものの、一門の宗主として考慮すべきことは山ほどあり、若い金凌《ジンリン》のように衝動的にはもうなれない。清河聶《ニエ》氏が凋落《ちょうらく》したあと、現在の三大世家の中では、蘭陵金《ジン》氏と姑蘇藍《ラン》氏は現宗主同士の親交がとても深く、しかも元から両家は親密だった。一方、江澄《ジャンチョン》は一人で雲夢江《ジャン》氏を支えており、三家の中では言わば孤立状態だ。しかも目の前にいる含光君こと藍忘機《ランワンジー》は、威光もあり、人望も非常に厚い名士で、その兄である沢蕪君《たくぶくん》こと藍曦《ランシー》臣《チェン》は姑蘇藍《ラン》氏の宗主だ。兄弟二人の仲もかねてから良いため、対立せずに済むのなら、関係を壊さないに越したことはない。

それに、江澄《ジャンチョン》の剣「三毒《サンドゥ》」は藍忘機《ランワンジー》の剣「避塵《ビチェン》」とまだ一度も正式に手合わせをしたことがなく、どちらが上かわからない。江澄《ジャンチョン》の手には一族に代々伝わる仙器である指輪「紫電《ズデン》」もあるが、藍忘機《ランワンジー》が持っている琴の「忘機《ワンジー》」もその威名を轟かせている。江澄《ジャンチョン》にとって最も耐え難いのは負けて後塵《こうじん》を拝することで、勝てるという確信がなければ、藍忘機《ランワンジー》と戦うつもりはなかった。

江澄《ジャンチョン》は指輪をさすっていた手をゆっくりと離した。おそらく藍忘機《ランワンジー》は今回の夜狩に最後まで介入してくる。自分がまた他の修士たちを排除し、甥のために狩場を整えようとしても、きっと邪魔をされるだろう。江澄《ジャンチョン》は利害を考慮し、とりあえず今日のことは覚えておくに留めた。

振り向くと、口を塞がれたままの金凌《ジンリン》はまだ腹の虫が収まらずにいるようだ。

「含光君がお前を罰したいというなら、今回は受け入れろ。他世家の門弟まで指導するなんて、滅多にないことだからな」

棘《とげ》のある口調は、いったい誰に対してのものなのか。藍忘機《ランワンジー》は昔から無意味な言い争いなど決してしないため、彼の言葉も、まるで耳に入っていないかのようだ。

江澄《ジャンチョン》は再び甥の方を向いた。

「何を突っ立っているんだ、獲物が自分からお前の剣に刺さってくれるとでも思ってるのか？　もし今日ここで何も捕れなかったら、もう二度と俺に会いに来るな！」

厳しく叱咤《しった》された金凌《ジンリン》は、思いきり魏無羨《ウェイウーシエン》を睨みつけたが、罰として彼に禁言術を使った藍忘機《ランワンジー》のことは怖くて睨めなかった。彼は剣を鞘に収め、目上の二人に礼をして、弓を持って立ち去った。

「江《ジャン》宗主、壊した縛仙網は姑蘇藍《ラン》氏が全数弁償させていただきます」

藍思追《ランスージュイ》は礼儀正しく申し出たが、江澄《ジャンチョン》は冷笑して「必要ない！」と言いきり、金凌《ジンリン》とは逆の方向へ足任せに下山していった。後ろにいた客卿は黙ってつき従ったが、帰ったら罰を受けるに違いないとわかっているせいか、どんよりと沈んだ顔をしていた。

彼らの姿が完全に見えなくなると、藍景儀《ランジンイー》は「江《ジャン》宗主って、どうしてああなんだ！」とこぼしたが、すぐさま「陰で人の悪口や噂話をしてはならない」という藍《ラン》家の教えを思い出した。怖くて思わず含光君にちらりと目を向け、それから口を噤んですごすごと後ろに下がった。

一方で藍思追《ランスージュイ》は、魏無羨《ウェイウーシエン》に向かって浅く笑いかけた。

「莫《モー》公子、また会いましたね」

魏無羨《ウェイウーシエン》も口角を少し上げると、意外にも藍忘機《ランワンジー》が口を開いた。

「――夜狩だ」

その一言は簡潔明瞭で、飾り気のない言葉だった。数名の少年たちは、ようやく大梵山に何をしに来たのかを思い出す。関係のないことを考えるのはやめ、礼儀正しく指示を待つ。しばらくして、藍忘機《ランワンジー》は言い渡した。

「全力を尽くしなさい。だが、無理は禁物だ」

彼の声は低く重厚で、もしもっと近くで聞いていたら、心臓まで大きく鼓動しそうな響きだった。少年たちは行儀良く「はい」と答え、彼のそばに長く留まることなく、すぐさま山奥に向かって歩きだした。

（江澄《ジャンチョン》と藍湛《ランジャン》って、やっぱり正反対だよな。下の者にかける言葉一つ取っても真逆だし）

一連の様子を眺めながら魏無羨《ウェイウーシエン》がそう考えていると、急に藍忘機《ランワンジー》が彼に向かって気づかないくらいほんのわずかに会釈した。それを見て、彼は思わず固まった。

藍忘機《ランワンジー》は年少の頃から見ていられないほど生真面

目だった。まったく融通が利《き》かず、活発だった頃など一度もなかったようだ。間違いは決して見逃さず、魏無羨《ウェイウーシエン》が鬼道を修練することに関しても強く反対していた。

藍思追《ランスージュイ》はおそらく、魏無羨《ウェイウーシエン》が莫《モー》家荘でとった怪しい行動を既に藍忘機《ランワンジー》に報告したはずだ。それでも彼に会釈したのは、おそらく藍《ラン》家の弟子たちを助けたことへの感謝からだろう。魏無羨《ウェイウーシエン》もすぐさま会釈を返したが、顔を上げた時には藍忘機《ランワンジー》の姿は消えていた。

しばし呆然としたものの、彼は気を取り直して麓に向かって歩き始めることにした。

大梵山の獲物がいったいなんなのかはわからないが、魏無羨《ウェイウーシエン》にはもう手が出せない。他の誰かと奪い合うことがあっても、金凌《ジンリン》とだけは争うことなどできないのだ。

――まさか、あれが金凌《ジンリン》だったとは。

蘭陵金《ジン》氏の一族には数えきれないほどの門弟がいる。だから出会ったのがよりによって金凌《ジンリン》だったなんて、思いもよらなかった。もし最初から知っていたら、金凌《ジンリン》に「親の顔が見てみたい」などと当て擦《こす》りを言えるわけがない。もし他の誰かが金凌《ジンリン》に同じことを言ったら、魏無羨《ウェイウーシエン》はその相手に、「口は禍《わざわい》のもと」とはどういうことなのかを思い知らせてやっただろう。けれど、それを言ったのは彼自身だった。

しばらく立ち止まり、魏無羨《ウェイウーシエン》は手を上げて自分の頬を引っ叩いた。

思いきり打ったので、平手打ちの音が大きく響き、右の頬は熱くてヒリヒリとしている。すると突然、横の茂みからカサカサという音がした。魏無羨《ウェイウーシエン》は横目で見て、出てきたのがロバだと気づき手を下ろす。なんと、いつもとは逆に自分から寄ってくるではないか。魏無羨《ウェイウーシエン》はロバの長い耳をちょっと引っ張ってから、苦笑いを浮かべた。

「お前が英雄ぶって女の子を助けるのは勝手だけど、俺に体を張らせるなよな」

ロバが鼻にかかった声を出して甘えてきたその時、麓の道の先から修士たちの一行が歩いてくるのが見えた。四百枚以上の縛仙網が、藍忘機《ランワンジー》が飛ばした剣にすべて切られたあと、彿脚鎮で二の足を踏んでいた修士たちがまた山に戻ってきたのだ。

彼らは皆、言わば金凌《ジンリン》の競争相手だ。魏無羨《ウェイウーシエン》は修士たちをもう一度山から追い出すべきかをしばらく考えたが、結局黙って道を空けることにした。

修士たちの校服の色は多様で、様々な世家の門弟たちが歩きながら文句を垂れている。

「あの金《ジン》の若公子め、金《ジン》家と江《ジャン》家が皆して甘やかすからって、まだ十代でこんなに横暴なんじゃ、この先彼が蘭陵金《ジン》氏を任されたら誰も逆らえないぞ。我々の居場所なんてもうなくなるな！」

魏無羨《ウェイウーシエン》はそれを聞いて歩みを緩めた。

情に脆《もろ》い一人の女性修士が嘆く。

「甘やかすのも当然じゃないでしょうか？　あんなに小さい時に両親を亡くしたんですから」

「それは違う。両親を亡くしたくらいでなんだ？　世の中にはそんな奴は数えきれないほどいるだろう。皆が彼みたいに自分勝手だったら、大変なことになるぞ！」

「しかし魏無羨《ウェイウーシエン》もひどいことをしますね。金凌《ジンリン》の母親、江厭離《ジャンイエンリー》は江澄《ジャンチョン》の実の姉で、自分を育ててくれた姉弟子だというのに」

「江厭離《ジャンイエンリー》もかわいそうに、育てたのがあんな恩知らずだったとはね。でも夫の金子軒《ジンズーシュエン》はもっと悲惨だよ。魏無羨《ウェイウーシエン》とちょっと揉めただけで、あんなひどい最期を迎えるなんて」

「魏無羨《ウェイウーシエン》って、誰とでも揉め事を起こしてるよなぁ……」

「本当だな。奴が飼っていた狂犬みたいな凶屍ども以外、仲が良い相手がいたなんて聞いたことあるか？　敵《かたき》なら数えきれないほどいる極悪人だぜ。しかもあの含光君ともお互い嫌い合って、水と油の間柄だってよ」

「そういえば、今日は含光君のおかげで……」

しばらく歩いているうち、さらさらと川の流れる微かな水音が聞こえてきた。

登る時には川の音を聞いた覚えはない。魏無羨《ウェイウーシエン》は、自分がどうやら下山の道を間違えて、別の道を進んでしまっていたことにやっと気づいた。

ロバを引いて川のほとりまで行く。月は梢頭《しょうとう》から顔を出し、水辺には枝葉など遮るものもない。そのおかげで、水面にはぼろぼろに割れた化粧を施した蒼白な顔が映っている。魏無羨《ウェイウーシエン》は川の流れに揺らいではっきりとは映らない顔を眺めた。

手のひらで水面を力強く叩き、滑稽でおかしな顔を打ち消す。そして濡れた手を上げると、川水を掬い、化粧を荒々しく洗い流した。

そうして、穏やかになった水面に映ったのは、秀麗な顔立ちに垢抜けた雰囲気をした青年だった。まるで月光に洗練されたように清らかで、輝く瞳とすっきりとした眉間、口の端は自然と微笑んでいるかのように上がっている。頭を下げて、水の中の自分とまじまじと見つめ合っていたら、まつ毛に綴られた水滴が、まるで涙のように水面へと滴《したた》り落ちて帰っていく。

若々しい、見知らぬ顔だった。かつて天地をひっくり返し、血の雨を降らせた夷陵老祖、魏無羨《ウェイウーシエン》ではない。

水に映った顔を長いこと見つめてから、魏無羨《ウェイウーシエン》はまた顔を洗い流す。目を擦りながら、川のほとりに力なく座り込んだ。

誰かに過去の出来事を暴かれて糾弾《きゅうだん》されることくらい、別に耐えられないわけではない。決断したあの時からわかりきっていたことだ。今後向き合わなければいけない道がどういう道なのか。

だから心の中では、ずっと自分自身に言い聞かせていた。

雲夢江《ジャン》氏のあの家訓を忘れるな――「成せぬと知りても、為さねば成らぬ」と。

けれどわかったのは、自分の心が磐石《ばんじゃく》のように揺るがないと強がったところで、結局人間は草木のように無感情にはなれないということだった。

ロバはどうやら、彼に元気がないことを感じ取ったらしい。珍しくいつものようなうんざりするほどの大声で叫んだりはせず、しばらく静かにそばで佇《たたず》んでいたかと思うと、尻尾を振って離れていった。

魏無羨《ウェイウーシエン》は川のほとりに座ったまま、一切反応を示さず、ロバが振り向いて脚を少し蹴り上げて見せても相手をしてやらなかった。するとロバは不機嫌そうにしながらも仕方なくそばに戻ってきて、後ろから魏無羨《ウェイウーシエン》の襟を咥《くわ》え、ぐいぐいと引っ張り始めた。

魏無羨《ウェイウーシエン》はもう投げやりな気持ちで、行くも行かないもどうでも良かったが、そこまでするならと、ロバについていく。ロバは彼を木の下まで連れていくと、草むらのある部分を中心にぐるぐると回り始めた。その草むらの中央には「乾坤袋《けんこんぶくろ》」が一つ落ちていた。見上げると、その上の木から破れた金色の網が吊り下がっている。きっとどこかの運の悪い修士が網から逃れる時に落としたのだろう。袋を拾って開けてみると、中には雑多な物が入っていた。薬酒を入れたひょうたん、呪符、小さな「照妖鏡《しょうようきょう》」等々。

しばらく中身をあさり、何気なく一枚の呪符を掴み出す。すると、急に呪符から炎が燃え上がった。燃えたのは一枚の「燃陰符《ねんいんふ》」で、その名の通り、陰の気に触れると自動的に燃える。そしてその気が強ければ強いほど、より炎は大きくなるのだ。取り出してすぐに火がついたということは、近くに陰霊がいるということだ。

火を見た瞬間から魏無羨《ウェイウーシエン》は警戒する態勢を取り、呪符を掲げて方位を確認した。東に向けると火の勢いは弱まり、西に向ければ急激に燃え上がる。西に向かって何歩か歩いたところで、彼は一本の木の下に白い服を着た前屈みになっている者を見つけた。

呪符はすべて燃え尽きて、燃えかすが彼の指先から落ちた。そこでは一人の老人が彼に背中を向けて、何やらぶつぶつと呟《つぶや》いている。

魏無羨《ウェイウーシエン》がゆっくり近づいてみると、呟き声もだんだんはっきりと聞こえてきた。

「痛いよ、痛い」

「どこが痛いんだ？」

「頭だよ、頭。わしの頭が」

「見せてもらうぞ」

魏無羨《ウェイウーシエン》が老人の横に回り込むと、彼の額にぽっかりとした赤黒い大きな穴が一つ開いているのが見えた。

この老人は「死霊」だ。おそらく誰かに凶器で頭を殴られて殺されたのだろう。彼が身につけている死装束《しにしょうぞく》は素材も作りも上等なもので、つまり既にきちんと納棺《のうかん》され、埋葬《まいそう》されていたということだ。そこから考えても、これは生きている人間から魂だけ離れた「生霊《いきりょう》」ではない。

だが、この大梵山には、絶対にこのような死霊が現れるはずがないのだ。

魏無羨《ウェイウーシエン》はその不合理が腑に落ちなかったが、胸騒ぎに駆られてロバの背中に飛び乗った。ロバの尻を叩いて一喝し、金凌《ジンリン》と藍《ラン》家の少年たちが向かった方角に走らせた。

墓地の辺りには結構な数の修士がうろついている。おそらく、棚ぼたを期待して獲物を待ち伏せしているのだろう。中には大胆に召陰旗を掲げている者もいるが、引き寄せたのは泣き喚く陰霊ばかりのようだ。魏無羨《ウェイウーシエン》は手綱を引くと、ぐるっと辺りを見回し、大きな声で彼らに尋ねた。

「すまない。少し聞きたいんだが、金《ジン》家と藍《ラン》家の若公子たちはどっちに向かった？」

不気味な化粧を落としたからか、ちゃんと相手をしてもらえるようになり、一人の修士が答えてくれた。

「彼らならここを離れて、天女の祠《ほこら》に行きましたよ」

「天女の祠？」

聞き返した時、近くにあの田舎修士の一行がいることに気づいた。彼らは縛仙網がすべて壊されたことを聞きつけ、またこっそり山に登ってきたのか、他の皆と同じくこの墓地で待ち伏せをするつもりらしい。まとめ役の中年男性は、魏無羨《ウェイウーシエン》の服装と歯をむいたロバを見て、自分たちを罠から助けてくれた変人だとやっと気づき、非常にばつが悪そうに知らん顔をしたが、丸顔の少女は彼に道を教えてくれた。

「あっちです。山の上にある石窟《せっくつ》の祠」

「どういう神が祀《まつ》られているんだ？」

「ええと、自然にできた一体の天女神の石像らしいです」

「ありがとう」

魏無羨《ウェイウーシエン》は頷《うなず》いて礼を言い、差し迫った様子ですぐさま祠に向かって走りだす。

突然嫁を娶った怠け者、棺に落ちた雷、豺狼に噛み殺された婚約者、相次いで魂をなくした父親と娘、そして上等な死装束……一つ一つの点が、一本の線に繋がった。どうりで風邪盤の指針が動かないわけ
だ。召陰旗なんてもっと役に立たない。皆、この大梵山にいるモノを見くびっていたのだ。

——ここにいるのは、彼らが考えているようなモノじゃない！

一方、藍思追《ランスージュイ》らは、墓地を調べたものの収穫はなく、天女の祠へ移動して手がかりを探していた。

大梵山には、佛脚鎮の町人たちの先祖代々の墓以外に、天女の祠もあった。祀られているのは仏でも観音でもなく、一体の「舞天女《ぶてんにょ》」だった。

数百年前、佛脚鎮の猟師が一人で山奥に入り、石窟の中で奇妙な石を発見した。一丈《じょう》〔およそ三メートル〕あまりも高さがあるその石は、自然に生み出されたものでありながら、四肢があり、踊っている人間の姿に見えた。さらに、石像の頭部には目や鼻や口などの五官も微かに存在していて、まるで微笑んでいる女のようだった。

佛脚鎮の人々は非常に驚き、これは天地の霊気が結集した神の石だと信じて、勝手にいろんな言い伝えを作り出した。

いわく、一人の男の仙人が九天玄女《きゅうてんげんにょ》〔道教における仙女〕に片思いをして、その姿を一体の石像に写し取り、焦がれる気持ちを紛らわそうとした。だが玄女はそのことを知って激怒し、未完成の石像はやむを得ずそのままになったとか。

また他にも、玉皇大帝《ぎょくこうたいてい》〔道教における神〕には非常に可愛がっていた娘が一人いて、若くして死んだ愛娘《まなむすめ》に対する大帝の思いが一体の石像と化したなど、驚くほど多種多様な言い伝えが生まれた。町人たちは、自ら広めた話をいつしか彼ら自身も信じるよう

になり、そのうちの誰かが石窟を祠にし、石の台を神座として修築した。そうして、石像を舞天女として長い間祀り続けてきたのだ。

石窟の内部は寺院のように広かった。その中央に立っている天女像に目をやると、確かに人間のように見える。腰の捻りもしなやかな美しい像だ。近づいて細部を見ると荒い造りだが、自然に生まれた物がここまで人の姿に似ているなんて、十分称賛に値する。

藍景儀《ランジンイー》は風邪盤を高く持ち上げたり、地面に置いたりしてみたものの、指針は依然として動かなかった。供物《くもつ》台の上には消え残りの蝋燭と分厚く積もった線香の灰が乱雑に散らばり、お供え物を置く皿からは腐った果物の甘い臭いが漂っている。姑蘇藍《ラン》氏の者は皆、程度の差はあれど潔癖なところがあるので、彼は鼻先を手でそっと扇いだ。

「地元の人の話によると、この天女の祠は結構ご利《り》益《やく》があるらしいけど、なんでこんなに廃《すた》れてるんだろう？　掃除くらい誰かにさせておけよ」

「七人も続けて失魂症になったのは、雷が墓地に落ちて、棺から凶悪な殺鬼が出てきたせいだと皆噂していたから、怖くて誰も山に登ってこられなくても当然だよ。お参りが途絶えたら、掃除する人もいなくなる」

藍思追《ランスージュイ》が答えると、ふいに、嘲けるような声が石窟の外から響いてきた。

「誰かが勝手に祀り上げただけのボロ石のくせに、よくも人々を跪《ひざまず》かせてきたもんだよな！」

石窟の入り口から、金凌《ジンリン》が手を後ろで組みながらずかずかと入ってきた。禁言術の有効時間はそう長くはないので、彼はもう口を開けることができる。しかし、開いた途端に出るのは悪態ばかりだ。彼は天女像を見て、さらに文句を垂れた。

「田舎者どもめ、あいつらは何かあっても自分では努力しないで、毎日お参りして神頼みばかりじゃないか。世の中には何千何万もの人がいるんだぞ。神でも仏でも自分のことで手一杯で、全員の面倒なんて見られるわけないだろうが！　ましてや、こんな聞いたこともない野良神《のら》に願い事なんて。もし本当にご利益があるっていうなら、今俺が『この大梵山で人の魂魄《こんぱく》を食べていたモノを、今すぐ俺の目の前に出せ』と願ったら、叶えてくれるんだろうな？」

金凌《ジンリン》の後ろには、他の小さな世家の修士たちが大勢つき従っており、その言葉を聞いた途端、彼らは大笑いして賛同した。静かだった祠に大勢の人たちが入ってきたせいで、一気に石窟の中は賑やかになり、狭くなったように感じる。藍思追《ランスージュイ》は人知れず頭を横に振り、ふと内部を見渡すと、天女像の顔で視線が留まった。ぼんやりとだが目鼻や口が見分けられ、慈悲深さが滲み出た笑顔のように見える。

その笑顔は、なぜかよく知っているような――いや、まるでどこかで会ったことがあるような気さえした。

――でも、いったいどこで会ったんだろう？

何か大事なことのように思えて、神座に近づくと、藍思追《ランスージュイ》は天女像の顔をもっとよく見ようとする。

その時、誰かが彼にどんとぶつかってきた。

振り向くと、もともと彼の後ろに立っていた修士が、突然なんの声もなく倒れたようだった。他の者たちは驚愕し、すぐさま辺りを警戒する。金凌《ジンリン》も周囲に目を配りながら聞いた。

「彼はどうしたんだ？」

藍思追《ランスージュイ》は剣を握ったまま体を屈めると、倒れてきた者を調べた。呼吸に異常はなく、一見するとただ眠りに落ちただけのように見える。だが、いくら叩いたり声をかけたりしても、ちっとも目を開ける気配がない。藍思追《ランスージュイ》は立ち上がって答えた。

「これはまるで……」

言いかけた時、暗かった石窟の中が突然明るくなった。石窟全体が赤く光りだし、まるで血の滝が四方の壁に沿って流れ落ちてきたかのようだ。それとともに、供物台と石窟の隅にある線香と蝋燭に勝手に火がついて燃え始めた。

石窟の中の者たちがそれぞれ剣を抜いたり、呪符を取り出したりする音が響く。ちょうどその時、祠の外から突然誰かが駆け込んできて、薬酒入りのひょうたんを天女像に向かってぶちまけた。石窟の中は、たちまちむせかえるような強烈な酒気で満ち溢れる。その男が呪符を一枚取り出して素早く石像に投げつけると、神座の上の石像から轟々《ごうごう》と烈火が燃え上がり、石窟の中をまるで昼間のように照らした。

魏無羨《ウェイウーシエン》は拾ってきた乾坤袋の中身を全部使いきると、袋を捨てて一喝した。

「全員外に逃げるんだ！　これは食魂天女《しょっこんてんにょ》だ、気をつけろ！」

すると、誰かが驚いた声で叫んだ。

「天女の姿勢が変わってるぞ！」

先ほどまで石像の両腕は上がっていた。片方の腕は天を指し、足も片方だけ上げていて、その姿はなんともなまめかしく色気があった。それが、今や炎の中のその手足はすべて下ろされている。決して見間違いなどではない！

次の瞬間、石像は再び片足を上げ――なんということか、炎の中から足を踏み出したではないか！

「走れ走れ！　斬っても無駄だ！」と魏無羨《ウェイウーシエン》が叫んだ。

だが、ほとんどの修士は彼を無視した。いくら探しても見つからなかった怪物がやっと現れたのだ、見逃すわけがない！

けれど、何本もの仙剣で斬りかかって刺し、その上呪符やら法器やらを投げつけても、石像の歩みは一歩たりとも阻めなかった。石像は動きだすとまるで巨人のようで、とてつもない圧迫感がある。二人の修士を顔の前まで摘まみ上げた時、石像の口が開いたように見えた。すると修士の手にあった剣が音を立てて地面に落ち、頭ががくりと垂れ下がった。二人とも魂魄を吸い取られたのだ。

どのような攻撃もさっぱり効き目がないとわかり、人々は魏無羨《ウェイウーシエン》の言葉を信じるしかなくなった。彼らは一斉に外に出て、命からがら四方に散る。人が多すぎて誰が誰なのか見分けがつかず、魏無羨《ウェイウーシエン》も焦っているせいか金凌《ジンリン》の姿を見つけられない。ロバに乗ってあちこち捜しているうち、竹林の中に走り込んだ。振り向くと、ちょうど逃げてきた藍家《ラン》の少年たちを見つけて、魏無羨《ウェイウーシエン》は叫んだ。

「おーい、そこの子供たち！」

「誰が子供だ！　俺たちをどこの弟子だと思ってるんだ？　顔を洗ったくらいで先輩面《づら》する気か!?」

藍景儀《ランジンイー》が怒りながら答えた。

「はいはい、お兄さんたち。信号弾を打ち上げて、お宅のあの……あの含光君を呼んでくれ！」

少年たちは頷き、走りながら自らの体をあさったが、少しして藍思追《ランスージュイ》が言いにくそうに口を開いた。

「信号弾は……莫《モー》家荘のあの夜に全部使いきりました」

「あのあと補充しなかったのか!?」

魏無羨《ウェイウーシエン》は驚いて聞き返した。確かに信号弾なんて滅多に使う機会はないだろうが、藍《ラン》氏の弟子たちにしては珍しい失態だ。藍思追《ランスージュイ》は恥ずかしそうに答えた。

「忘れました」

「忘れましたぁ？　あーあ、お前らの含光君に知られたら、どうなることか！」

魏無羨《ウェイウーシエン》がからかい交じりに脅かすと、藍景儀《ランジンイー》が死んだような顔をした。

「おしまいだ。これは絶対に含光君に死ぬほどお仕置きされるぞ……」

「お仕置きか、当然だな！　そうしないと学ばないだろ」

偉ぶって言う魏無羨《ウェイウーシエン》に、藍思追《ランスージュイ》が聞いた。

「莫《モー》公子、莫《モー》公子！　どうして魂魄を吸って食べていたのが食魂殺でも食魂獣でもなく、あの天女像だとわかったんですか？」

「なんでわかったかって？　見たんだよ」

答える魏無羨《ウェイウーシエン》は、走りながら金凌《ジンリン》の姿を捜す。

「何を見たんだ？　俺たちだってあちこち見たぞ」

藍景儀《ランジンイー》もずいと前に出てきて、両側から彼を挟んで走った。

「それで？　墓地の辺りで何が見えた？」

「何って、死霊だけど」

「そう、死霊だ。だから絶対に食魂獣や食魂殺のはずがない。わかりきったことだよ。だってもしこのどちらかだとしたら、あんなに大量の死霊が漂っているのに、食べないなんてことあるか？　食べるだろう、普通」

それを聞いて、「なぜですか？」と今度は何人かが一斉に質問してきた。

「おいおい、お前ら姑蘇藍《ラン》氏って……」

魏無羨《ウェイウーシエン》はいい加減腹に据《す》えかねて言った。

「仙門の礼儀やら修真界の世家家系図や歴史なんて、古くて無駄な知識を暗唱させるより、もっと実用的なことを教えてやれよな！　いったい何がわからないんだ？　死霊の魂は生霊の魂よりも遥かに吸い取られやすい。生きている人間の体自体が一つの防御壁だから、生霊の魂を食べたかったら先にその壁を壊さないといけないわけだ。例えるなら……」

一旦言葉を切ってロバをちらりと見ると、ぜいぜいと荒い息を繰り返しつつ、走りながら白目をむいている。

「例えば目の前に、そのまま置いてある林檎と、鍵のかかった箱に入った林檎があるとしたら、お前らはどっちを食べる？　もちろんそのまま置いてある方を選ぶだろう？　それなのに、あの天女像は簡単に食べられる死霊の魂じゃなくて、わざわざ生霊の魂だけを選ぶような偏食だ。しかもちゃんとそれを食べる方法を知っている。つまり、非常に手強い相手ってことだ」

「そういうことか！　なんかすごく納得したぞ！　……あれ、ちょっと待てよ!?　あんた、本当は阿呆じゃなかったのか!?」

藍景儀《ランジンイー》が驚いたように言った。藍思追《ランスージュイ》は走りながら説明する。

「私たちは皆、山崩れと落雷が棺を壊したことが原因で食魂事件が起こったと考えていたので、自然と食魂殺だと思い込んでしまいました」

「違うな」

「何がですか？」

「順序が間違っているし、因果関係も間違っている。聞くけど、山崩れと食魂事件はどちらが先に起きた？　どちらが原因で、どちらがその結果だと思う？」

「山崩れが先で、食魂事件があとです。前者が原因で、後者が結果です」

藍思追《ランスージュイ》は考えるまでもなく即座に答えた。

「全部外れ。実際は食魂事件が先で、山崩れがあとだ。つまり食魂事件が原因で、山崩れが結果ってこと！　山崩れの夜、突然の暴風雨で雷が落ちて、棺が一つ壊された。まずこれを覚えておけ。そして、一人目の失魂者である怠け者は山に一晩閉じ込められて、その数日後にいきなり思い立って婚礼を挙げたんだぞ？」

「それのどこが変なんだ？」

藍景儀《ランジンイー》が不思議そうに聞く。

「どこもかしこも変だろ！　常日頃から遊んでばっかりのど貧乏人が、どこから盛大に婚礼を挙げる金を用意できるっていうんだ？」

少年たちは誰も答えられない。姑蘇藍《ラン》氏はもともと金の心配とは無縁の大世家だから、仕方がないだろう。

「大梵山で彷徨《さまよ》っている死霊たちを、お前ら全部見たか？　頭を殴られて死んだ老人の死霊がいただろ。彼の死装束は上等なものだった。あんな立派な死装束なら、棺には絶対に金になる副葬品が納められていたはずだ。雷に打たれて蓋を吹き飛ばされた棺というのは、おそらくあの老人のものだ。それなのにもう一度納棺する時には副葬品がなかったのは、きっと例の怠け者が全部持ち去ったせいだろう。じゃないと彼の行動に説明がつかない。彼は山崩れのあとにいきなり裕福になって嫁を娶ったんだから、その一夜にきっと何か奇妙なことが起こったに違いない。暴風雨の夜、彼は山のどこかで雨をしのいだはずだ。大梵山で雨宿りできる場所はどこだ？　天女の祠だろ。そして人は祠に行ったら、絶対あることをする」

「願い事ですか？」

藍思追《ランスージュイ》が聞いた。

「その通り。例えば、幸運が訪れますようにとか、大金持ちになりたいとか、嫁を娶るためのお金が欲しいとかな。天女は彼の願いを叶えてやるために、雷を落としてあの墓を壊し、彼に棺の中のお宝を見せた。願いは叶ったが、その対価に天女は婚礼の夜に訪れて、彼の魂を吸い取ったんだ！」

「でも、それって全部当てずっぽうだろ？」

藍景儀《ランジンイー》が訝《いぶか》しげに言った。

「そりゃそうだけど。でもこのまま仮説を立て続ければ、きっとすべての辻褄《つじつま》が合うはずだ」

「阿胭《アーイエン》という少女はどう説明できますか？」

藍思追《ランスージュイ》が真剣な目をして聞く。

「いい質問だ。お前らも山に登る前に聞いて回ったよな。阿胭《アーイエン》が魂を取られたのは、婚約の翌日だった。婚約したばかりの女の子たちの願いなんて、たった一つだろ」

「どんな願いだ？」

藍景儀《ランジンイー》がチンプンカンプンという顔をする。

「夫が一生私だけを愛してくれますように、みたいなことだよ」

「そんな願い、本当に叶えられるんでしょうか……」

少年たちは想像がつかず、途方に暮れる。

「簡単だよ。夫の『一生』をすぐ終わらせれば、夫は『一生妻だけを愛した』ってことになるだろう？」

魏無羨《ウェイウーシエン》が、両の手のひらを上に向けて肩をすくめる。

「おお！　つ……つまり、阿胭《アーイエン》が婚約した次の日に夫が山で豺狼に殺されたのは、婚約当日に阿胭《アーイエン》が天女の祠にお参りに行ったからってことか！」

藍景儀《ランジンイー》は目から鱗《うろこ》が落ちたみたいに興奮した様子で言った。

魏無羨《ウェイウーシエン》は鉄は熱いうちに打てとばかりに続けて説明する。

「夫を殺したのが豺狼なのか、それとも別の何かなのかはわからないけどな。でも、阿胭《アーイエン》にはもう一つ特殊なところがある。なんで七人の内、彼女の魂魄だけ戻ってきたのか？　彼女と他の者との違いはなんだ？　違ったのは、彼女の家族も失魂症になったことだ。言い方を変えれば、家族が彼女の代わりに魂魄を失ったんだ！　彼女の父親は娘をとても可愛がっていた。娘が魂魄をなくしたのを見て、医者も薬も役に立たずにお手上げ状態だったら、最後はどうすると思う？」

今度は藍思追《ランスージュイ》はすぐに答えられた。

「最後の希望を天に委ねるしかなかった。つまり、彼も天女の祠に行って願い事をしたはずです。『娘の魂魄が戻ってきますように』って！」

「正解。これが阿胭《アーイエン》一人だけの魂魄が戻った理由で、三人目の失魂者、鍛冶屋の鄭《ジョン》旦那が失魂症になった原因だ。だが、阿胭《アーイエン》の魂魄は吐き出されたものの、既に傷ついていたんだろう。だから魂魄が体に戻ったあとも、彼女は無意識に天女像の舞う姿とその笑顔までも真似するようになった」

失魂者たちの共通点は、おそらく天女像に願い事をしたことで間違いない。そして願いを叶える対価は、魂魄なのだ。

天女像は、たまたま人間の姿に似ていたために、奇《く》しくも数百年も祀られ続け力を得たが、もともとただの石の塊でしかなかった。しかし非常に欲深い天女像はいつからか魔が差して、信じ難いことに魂魄を吸って食べることによって力をさらに増幅させようと目論《もくろ》んだようだ。願いの成就と引き換えに吸い取った魂魄は、自ら望んで捧げられたに等しい。双方は公平に取引をしたようなもので、実際願いは叶ったのだから、一見筋は通っている。だから風邪盤の指針は動かず、召陰旗でも引き寄せられず、仙剣も呪符も一切役に立たなかった。大梵山にいる怪異の正体は、妖魔鬼怪の類などではなく、神だったのだから！

食魂天女は、数百年にわたって祀られてきた野良神のなれの果てだ。だから、殺鬼や妖獣を退治するためのものを使って戦うのは、火で火を消そうとするのも同然なのだ！

「ちょっと待て！　さっき祠でも誰かが魂魄を吸い取られたけど、その人が願い事をするところなんて誰も見てないぞ！」

藍景儀《ランジンイー》が大声で言うのを聞いた途端、魏無羨《ウェイウーシエン》の心臓は跳ね上がり、走っていた足を止めた。

「祠で魂を吸い取られた奴がいるのか？　おい、何があったか洗いざらい教えてくれ」

藍思追《ランスージュイ》はその時の様子を素早く明確に伝え始めた。

金凌《ジンリン》のあの「もし本当にご利益があるっていうなら、今俺が『この大梵山で人の魂魄を食べていたモノを、今すぐ俺の目の前に出せ』と願ったら、叶えてくれるんだろうな？」という言葉まで聞いて、魏無羨《ウェイウーシエン》は思わず突っ込んだ。

「それはどう考えても願い事だろ！」

金凌《ジンリン》につき従っていた修士たちも皆彼に賛同したから、彼ら全員が同じ願い事をしたとみなされたのだろう。しかも、探していた食魂天女はちょうど彼らの目の前にいて、つまり願い事は口にしたと同時に叶えられたのだから、その次は対価をもらう番だ！

突然、ロバが足を止めて、真逆の方向へ走りだした。またロバに振り落とされた魏無羨《ウェイウーシエン》が必死に手綱を引っ張ると、前方の茂みから「ガジガジ」「ゴクゴク」という咀嚼音が聞こえてきた。茂みには非常に大きな人影が伏せており、巨大なその頭部は地面に横たわっている人間の腹の辺りでしきりに動いている。不審な音を聞きつけたのか、その人影が急に頭を上げたことで、ちょうど彼らと目が合った。

食魂天女の顔はもともとぼんやりしていて、なんとなく目鼻立ちがわかり、これが口や耳だろうという程度でしかなかった。だが一気に数名の修士の魂魄を吸い取ったためか、こちらを見る顔は今でははっきりとした容貌に変わっていた。微笑む女の面相で、口元からダラダラと大量の血を垂らし、ちぎられた腕を一本咥えて勢い良く咀嚼している。

それを見た全員が、すぐさま踵《きびす》を返し、ロバと一緒に走りだした。

「あり得ない！　夷陵老祖が定義していたはずです。高級は魂を食べ、低級が肉を食べるって！」

藍思追《ランスージュイ》は受け入れられない様子だったが、そう言われても、魏無羨《ウェイウーシエン》にもどうすることもできなかった。

「あんな奴の言葉なんてむやみに信じるなよ。あいつは自分のことすらちゃんとできない、めちゃくちゃな人間だからな！　法則なんてものは、一度決まったからといって絶対に変わらないとは限らない。なに、あれは赤ん坊だと思えばいい。まだ歯が生え揃わないうちは、おかゆみたいな汁物とか水しか飲めないが、成長したら歯を使って肉を食べたくなるもんだろう。あれは今、力が急激に増したから、ちょっと新鮮な肉でも試してみたくなったのさ！」

立ち上がった食魂天女は、背が高くがっしりとした体をしていた。手足全部を使って狂喜乱舞しているさまは、まるで愉快でたまらないとでも言っているかのようだ。

すると突然、一本の矢が唸《うな》りを上げて飛んできて、彼女の額に命中し、そのまま後頭部を貫いた。

弦音《つるね》を聴き、魏無羨《ウェイウーシエン》は音が鳴った方に目を向ける。そう遠くない高い斜面に立っているのは金凌《ジンリン》だった。彼は二本目の矢を弓に乗せると、弦を思いきり引いてから手を離す。また矢で頭を貫く強い衝撃は、あの食魂天女ですらふらついて、何歩か後ずさりするほどだった。

「金《ジン》公子！　あなたが持っている信号弾を打ち上げてください！」

藍思追《ランスージュイ》が叫んだが、金凌《ジンリン》はその言葉に耳を貸すつもりはないようだ。苛立った表情を浮かべ、目の前の化け物を捕りたい一心で今度は一気に三本の矢を弓に乗せた。

頭に矢を二本打たれた食魂天女は腹を立てた様子もなく、満面の笑みを浮かべたまま金凌《ジンリン》に向かって襲いかかった。彼女は踊りながら進んでいるというのに恐ろしく速く、瞬く間に半分まで距離を詰めた。

横から突然数名の修士が現れ、彼女に剣を繰り出してその進みを一時食い止める。金凌《ジンリン》が射た矢は全発命中し、さらに次の矢を放とうとしている。おそらく矢をすべて放ったあと、接近戦で倒そうという腹なのだろう。彼の弓の腕は確かで命中率も高いが、残念ながらどんな法器もあれには通用しない！

江澄《ジャンチョン》と藍忘機《ランワンジー》は二人ともまだ佛脚鎮で報告を待っているはずで、いつ異変に気づいて駆けつけられるかはわからない。火を消すには水を、仙門法器がダメなら、邪門鬼道の技を使うしかない！

魏無羨《ウェイウーシエン》は勝手に藍思追《ランスージュイ》の剣を抜くと、細い竹を切り落とし、素早く一本の横笛を作り上げた。それを口元に添えて、深く息を吸う。すると、鋭い笛の音は、まるで一本の音の矢のように夜空を切り裂き、雲の果てまで突き抜けた。

万策尽きるまで、この手を使うつもりはなかった。だがこうなったら、どんなモノが召喚されてももう構わない。邪気が強く凶暴で、あの食魂天女をズタズタに引きちぎってくれるモノであれば！

藍思追《ランスージュイ》は驚きのあまり唖然とし、一方藍景儀《ランジンイー》は手で耳を塞いだ。

「こんな時に、なに笛なんか吹いてるんだよ！　死ぬほど下手くそだな！」

先ほど食魂天女と接近戦をしていた修士たちは、既に三、四人が魂魄を吸い取られている。金凌《ジンリン》も剣を抜くが、彼と食魂天女との距離はもうわずか二丈足らずしかない。金凌《ジンリン》の心臓はドクンドクンと激しく跳ね、頭には熱い血が上ってきた。

「もし一振りで奴の頭を切り落とせなかったら、俺はここで死ぬ――それがなんだ！」

その時、大梵山の森の奥から、不気味な音が響いてきた。

チャランチャラン、チャランチャラン。時に速く、時に遅く、時にはやみ、また鳴ってと、その不規則な音は静寂な山林に響き渡る。まるで鉄の鎖がぶつかり合って、引きずられているかのようだ。しかもどんどんこちらへと近づいてくる。

なぜかわからないが、その音には人をひどく不安にさせる威圧感があった。食魂天女ですら動きを止め、腕を上げたまま、ぼんやりと音が響いてくる深い暗闇の方に目をやっている。

魏無羨《ウェイウーシエン》も笛を収め、じっと同じ方向を見つめた。

嫌な予感はどんどん膨らんでくる。だが、彼の召喚に応じたということは、少なくとも彼の命令に従うモノのはずだ。

音は突然やみ、人影が一つ、暗闇の中から現れた。

その姿と顔をはっきりと見た修士たちの顔がさっと歪んだ。

たとえ、次の瞬間に魂魄を吸い取られてしまうかもしれない天女像を前にしても、彼らは引き下がるどころか、恐れる様子すら微塵も見せなかった。それなのに、今叫んでいる声には、隠しきれない恐怖が満ち溢れている。

「……鬼将軍《おにしょうぐん》、鬼将軍だ。温寧《ウェンニン》だ!」

「鬼将軍」——この呼び名は夷陵老祖と同じく悪名高く、知らぬ者などいない。しかも両者が現れる時は、いつも一緒だった。

この単語が指すのはただ一人。それは夷陵老祖魏嬰《ウェイイン》の第一の手下で、彼の悪逆を助けて騒ぎを引き起こした共犯者であり、天地を覆《くつがえ》すほどの力を持ち、とうの昔に焼き払われ灰にされたはずの凶屍——温寧《ウェンニン》!

微かに俯《うつむ》いた温寧《ウェンニン》の両手はぶらりと垂れ下がり、まるで命令を待つ操り人形のようだ。

彼の端整な顔は蒼白で、どこか憂いを帯びている。瞳のない白目だけの目には血色がなく、青白い。その上、首筋から頬にかけて数本の黒い亀裂が伸びていて、彼の憂鬱《ゆううつ》な表情を不気味な陰鬱《いんうつ》さに変えている。身に纏った袍《ほう》〔丈の長い上衣〕の裾と袖口はボロボロに破れていて、顔と同じく血の気のない手首が覗いている。その手足には漆黒の鉄枷《てつかせ》と鉄鎖《てっさ》がつけられていた。あの金属音は、彼が鉄鎖を引きずる音だったのだ。彼が動きを止めれば、辺りはまた水を打ったように静まり返る。

この場にいる修士たちが、なぜここまで彼を恐れているのかは想像に難《かた》くない。魏無羨《ウェイウーシエン》とて余裕があるわけではなく、心の中は激しく荒ぶる大波に頭上まで呑み込まれそうなほどだった。

温寧《ウェンニン》はこの場所に現れてはならないどころか、この世に現れてはならない。なぜなら、乱葬崗殲滅戦よりもっと前に、彼は既に灰にされたはずなのだから!

金凌《ジンリン》は誰かが温寧《ウェンニン》の名前を叫んだのを聞いて、食魂天女に向けていた剣の方向をとっさに変えた。食魂天女は剣先が逸《そ》れたその隙に、嬉々として長い腕を伸ばし、彼を持ち上げた。

口を大きく開けた食魂天女が、金凌《ジンリン》を呑み込もうとしているのを見て、魏無羨《ウェイウーシェン》は動揺などしている場合ではなくなり、再び竹笛を持ち上げた。彼の手は微かに震え、吹いた旋律も同じく震えている。その上、この笛の作りは雑で、掠れた音は耳障りと言ってもよい。しかし温寧《ウェンニン》は「うう」と唸り、音に従って動き始めた。

彼は瞬く間に食魂天女の目前まで移動し、手のひらで素早く顔面を一撃した。食魂天女の首は「カカッ」と音を鳴らし、頭だけがぐるりと後ろに回る。背中の方を向いた顔は微笑みを浮かべたままだ。温《ウェン》寧《ニン》はまた素手で襲いかかり、金凌《ジンリン》を捕まえていた食魂天女の右手は、彼の手刀によって鮮やかに切り落とされた。

彼女は失った腕の断面をじっと眺めると、自分の頭を元の位置に戻すことはせず、ただ体ごとぐるっと回って、顔の正面と背中という奇妙な姿を温寧《ウェンニン》に向けた。魏無羨《ウェイウーシェン》は気を安める間もなく、一つ息を吸って温寧《ウェンニン》を操り、食魂天女を迎え撃った。しかし彼の胸には、じわじわと不安が込み上げていた。

低級の彷屍は自らの意思がないため、彼が命じて導いてやる必要がある。殺傷力の高い凶屍もほぼ心神喪失状態で、意識がない場合が多かった。だが温《ウェン》寧《ニン》は違う。彼は魏無羨《ウェイウーシェン》が生前に作り出した、この世で最強の凶屍と言っても過言ではない。思考もできて感情もある唯一無二の存在で、傷も火も寒さも毒も、生きていれば皆恐れるはずのものを何も恐れないこと以外は、生者と変わらないのだ。

でも今の温寧《ウェンニン》は、明らかに自分の意思を失っている！

魏無羨《ウェイウーシェン》の心がざわめいている間に、修士たちは何度も驚きの声を上げていた。温寧《ウェンニン》が攻撃の手を緩めず、あの食魂天女を地面に押さえつけ、人間よりも大きな岩を真上に持ち上げて、その体に強く叩きつけたからだ。激しい雷霆《らいてい》の如く幾度もそうし続けて、食魂天女の石の体が粉々になるまでやめなかった。

砕かれ一面に飛び散った真っ白な石の中から、雪のように白く輝く玉が一粒転がりだした。それは食魂天女が十数人もの生きた人間の魂魄を呑み込んで凝縮した「丹元《たんげん》」で、回収してきちんと処置すれば、先ほど魂魄を吸い取られたばかりの数人は、まだ助かるかもしれない。しかし今は、誰一人その玉を拾う余裕などなく、これまで食魂天女に向いていたすべての剣先が、一斉に別の方向に向けられていた。

「奴を囲め！」と一人の修士が声を張り上げた。

一瞬ためらってからそれに応《こた》える者もいたが、大多数はまだ戸惑いを隠せず、ゆっくり後ずさった。

「諸君、絶対に逃がすな。こいつはあの温寧《ウェンニン》だぞ！」とさっきの修士が焦《じ》れたように叫ぶ。

この一言で、皆がはっと気がついた。鬼将軍はただの食魂妖怪などとは比べようもない存在だ。彼がここに現れた理由は定かではないが、千匹の食魂殺を殺しても、温寧《ウェンニン》一人を取り押さえる手柄には敵《かな》わない。なぜなら彼は夷陵老祖の最も忠実な手下で、人を噛むが決して飼い主には吠えない狂犬だからだ。

もし彼を討ち取れたら、必ずや百家に名を馳せることができ、一気に仙門名士の仲間入りに違いない！

そもそも彼らが急いで大梵山まで夜狩に駆けつけてきたのは、妖獣や殺鬼を奪い合って、功績を挙げるためだった。先ほどの言葉でその目的を思い出し、背中を押された者もいるはずだ。だが、過去にその目で直接、温寧《ウェンニン》が暴走した時の様子を見た年長の修士たちは、依然として安易に動く気にはなれないようだった。

「何を怖がっているんだ？　夷陵老祖はもうこの世にいないんだぞ！」

考えてみれば、確かにそうだ。怯える必要などもうない。彼の主《あるじ》はとっくに八つ裂きになって死んだのだから！

そんな言葉が交わされるうち、温寧《ウェンニン》を取り囲む剣の輪が急に縮小した。温寧《ウェンニン》は腕を振り、黒くて重々しい鉄鎖を横に薙《な》ぎ払い、飛んできた剣をすべて打ち落とす。そしてすぐさま一歩踏み出し、一番近くにいた修士の首を掴んで軽々と持ち上げた。魏無《ウェイウー》羨《シエン》は、先刻の笛の音で彼に強く命令したせいで、その凶暴性も一緒に引きずり出してしまったことに気づいた。絶対に押さえ込まなければ、と心を落ち着かせてから、新たな旋律を吹き始めた。

その穏やかで静謐《せいひつ》な旋律は、自然と心の中に浮かび上がってきた。先ほどの不気味で耳障りな音とはまったく違う。温寧《ウェンニン》はその音を聞くやびくっと固まって、ゆっくりと笛の音が聞こえる方に体を向けた。魏無羨《ウェイウーシエン》はそこに立ったまま、彼の瞳のない両目と見つめ合った。

しばらくして、温寧《ウェンニン》は手の力を緩めて修士を地面に投げ捨てる。それから、両腕をぶらんと垂らし、一歩ずつ魏無羨《ウェイウーシエン》の方へ近づいてきた。

彼は項垂《うなだ》れたまま頑丈で重たそうな長い鉄鎖を引きずっていて、まるで意気消沈しているかのようだ。魏無羨《ウェイウーシエン》は笛を吹いて彼を引き寄せながら、じわじわとしばらく後ずさる。そうして森の中まで下がった時、突然ひんやりとした檀香《だんこう》が微かに鼻孔《びこう》をくすぐった。

その瞬間、背中が誰かにぶつかった。手首に急に痛みを感じて、笛の音が止まる。まずい、と思って急いで振り向くと、あの見覚えのある、薄い色をして氷のように凍《い》てついた藍忘機《ランワンジー》の両目と視線がぶつかった。

——しまった。

藍忘機《ランワンジー》は昔、彼が笛を吹いて屍を操るところをその目で見たことがあるのだ。

彼は片手で魏無羨《ウェイウーシエン》の手首を強く掴んで放さない。温寧《ウェンニン》の方は、ぼうっとした様子で彼らから二丈足らずの距離に立ち尽くし、ゆっくりと辺りを見渡していた。まるで突然消えた笛の音を捜しているかのようだ。山林の遠くから明かりと人の声が近づいてきたのを見て、魏無羨《ウェイウーシエン》は開き直り、腹を括った。

(見たことがあるからなんだって言うんだ。笛を吹ける奴なんてごまんといるんだ。そう考えたら、夷陵老祖を真似して笛で屍を操る奴だって、一つの門派にできるくらいごろごろいたっておかしくはない。

死んでも認めなければいいだけだ！）

　そう決意すると、手首を掴まれているのも構わず、腕を上げて再び笛を吹き始めた。早く温寧《ウェンニン》をこの場から追い払わねばと焦るあまり、息が整わないまま吹いたので、最後の音は凄まじく耳障りな音程になる。その瞬間、藍忘機《ランワンジー》の手に、手首を折られそうなほどの力が込められ、魏無羨《ウェイウーシエン》はその痛みで思わず竹笛を地面に落としてしまった。

　幸い命令は十分に伝わったようで、温寧《ウェンニン》はすぐさま反応し、瞬く間に音も立てず山林の暗闇へと消えていった。魏無羨《ウェイウーシエン》は、藍忘機《ランワンジー》が温寧《ウェンニン》を追いかけて殺すのではないかと危惧して、手首を捻り彼の腕を掴み返す。しかし、最初から最後まで、藍忘機《ランワンジー》は温寧《ウェンニン》に一瞥もくれず、ただひたすら魏無羨《ウェイウーシエン》を強く見据えていた。二人はそのまま互いの腕を掴みながら、対峙して睨み合う。

　ちょうどその時、江澄《ジャンチョン》が駆けつけてきた。

　彼は佛脚鎮でどうにか苛立ちを抑え、落ち着いて報告を待つつもりでいた。だが、茶の一杯も飲み終えないうちに、怯えた様子で山を駆け下りてきた門弟から報告を受けた。大梵山の怪異がとてつもなく凶暴で、かつ残虐だと知り、驚愕して再び山を駆け登ってきたのだ。

「阿凌《アーリン》〔金凌《ジンリン》の愛称〕！」

　金凌《ジンリン》は先ほど危うく魂魄を吸い取られそうになったものの、江澄《ジャンチョン》の声を聞き、まるで何事もなかったかのようにすっくと立ち上がって応える。

「叔父上！」

　金凌《ジンリン》の無事を確認して江澄《ジャンチョン》は心底ほっとし、すぐさま激怒した。

「お前は信号弾を持っていなかったのか？　あんな手強いモノが出てきたのに、なぜすぐに打ち上げない？　無茶をするな、とっととこっちに来い！」

　金凌《ジンリン》の方も叔父の言い分に憤りを感じて言い返した。

「叔父上が絶対捕れって言ったんじゃないか！　捕れなかったらもう二度と会いに来るなって！」

　江澄《ジャンチョン》はこの生意気なガキをもう一度母親の腹の中

からやり直させたいと思った。しかし、その言葉が彼の口から出たものであることは事実なので、これ以上何か言えば自らの首を絞めることになる。やむなく、今度はあちこちに倒れている修士たちに目を向けて、嘲笑った。

「お前らをここまで見事に打ちのめしたのは、いったいなんだったんだ？」

色とりどりの校服を着た修士たちの中には、実は数名、雲夢江《ジャン》氏の門弟が変装した者もいた。江澄《ジャンチョン》の命によって、密かに金凌《ジンリン》を手助けしていたのだ。

そこまで苦心するほど金凌《ジンリン》が失敗することを恐れ、なんとしても今回の獲物を捕らせてやりたいと思っていた。

一人の修士が、まだ虚ろな目をしたまま答える。

「宗主……温《ウェン》……温寧《ウェンニン》です……」

「なんだって？」と江澄《ジャンチョン》は思わず自分の耳を疑った。

「温寧《ウェンニン》が戻ってきたんです！」

一瞬にして、驚愕、憎悪、憤怒《ふんぬ》、そして信じられないという気持ちが胸の中で交錯し、混ざり合って江澄《ジャンチョン》はきつく顔を顰める。

長らく黙り込んだあと、彼はなんとか我に返り冷ややかな様子で口を開いた。

「あれはとっくに見せしめにされて灰になったはずだ。戻ってこられるわけがない」

「本当に温寧《ウェンニン》だったんです！　絶対間違いありません！　見間違ったりなんか……」

するとその修士は、突然ある方向を指さした。

「……彼が召喚したんです！」

一瞬にして、まだ藍忘機《ランワンジー》と睨み合ったままの魏無《ウェイウー》羨《シエン》にすべての視線が集まった。江澄《ジャンチョン》もあの冷たい稲妻のような視線をゆっくりと彼の方に向ける。

しばらくして、江澄《ジャンチョン》は口元を歪めて笑みを浮かべた。そしてその左手で、また知らず知らずのうちに右手の指輪をさすりながら口を開く。

「……そうか。戻ってきたんだな？」

彼が左手を離すと、一本の長い鞭が彼の指輪——紫電《ズデン》から垂れてきた。

その名前通り、ビリビリと音を立て紫色に光る電流の鞭は、非常に細く、雷雲の空を駆ける雷の一端をその手で握っているかのようだ。彼が鞭を打つと、目にも留まらないほど素早い稲妻が走った！

魏無羨《ウェイウーシエン》が反応するよりも早く、藍忘機《ランワンジー》は琴を手にしていた。その指が弦を無造作に弾くと、たった一つの石が千の波を引き起こすが如く、琴の音は空気中にさざ波を無数に作り、紫電《ズデン》とぶつかり合って衝撃を相殺《そうさい》した。

江澄《ジャンチョン》が先ほどまで自分に戒《いまし》めていた「決してむやみに手を出さない」、「藍《ラン》家との関係を壊さない」などの考慮は、まるで何もかも犬に食われてしまったかのように微塵も残っていない。夜の大梵山の上空は、時に紫色の光が満ち、時に白昼のように光り、そして、また時には雷鳴が轟き、琴の音が高く長く響いた。

その他の修士たちはすぐさま安全な距離まで避難したあと、高みの見物とばかりにその様子をじっくりと観戦した。皆震え上がりながらも、目は釘づけになっている。なんといっても彼らはいずれも名門の名士だ。それぞれの世家の一番手と二番手の手合わせを見られる機会など滅多にないため、誰しもがもっと激しい戦いを熱望していた。

その中には、とても口にはできない期待も含まれており、藍《ラン》家と江《ジャン》家の関係がこれを機に完全に壊れたら面白いのに、などと考える不届き者もいた。

そんな様子を尻目に、逃げる機会を窺っていた魏《ウェイ》無羨《ウーシエン》は、隙を見て素早く走りだした。

それを見た皆が一斉にどよめく。それまで鞭が彼に当たらなかったのは、すべて藍忘機《ランワンジー》が前に立って庇っていたからだ。なのに、そこから逃げ出すなんて、自殺行為としか思えない！

江澄《ジャンチョン》はまるで背中に目があるかのように、彼が藍《ラン》忘機《ワンジー》の守備範囲から出たのを認めた。こんな絶好の機会を見逃すはずもなく、手を上げて鞭を斜めに振り下ろす。紫電《ズデン》はまるで毒龍の如く泳ぎ出し、ちょうど彼の背中に命中した。

魏無羨《ウェイウーシエン》は危うくそのまま打ち飛ばされるところだったが、幸いにして、偶然そこにいたロバに受け止められた形になり、おかげで彼は木にぶつからずに済んだ。

この一撃が命中したのを見て、藍忘機《ランワンジー》と江澄《ジャンチョン》は手を止め、愕然とした。

魏無羨《ウェイウーシエン》は背中をさすりながら、ロバに寄りかかってよろよろと立ち上がる。そしてロバの後ろに隠れたまま、声を張り上げた。

「いやー、大したもんだ！　さすが名門のお方はやりたい放題だな！　誰彼構わず手を出すなんて、すごいすごい」

藍忘機《ランワンジー》は無言だった。江澄《ジャンチョン》もしばし言葉を失っていたが、驚きのあまり急に怒鳴り声を上げた。

「どういうことだ!?」

紫電《ズデン》はある特殊な力を持っている。奪舎した者がこれに打たれると、たちまち体と魂が分離し、魂魄はそのまま紫電《ズデン》によって肉体から打ち出されるのだ。そこに例外はない。なのに、目の前の者は鞭に打たれたあとも何事もなかったかのようにぴんぴんしている。

つまり彼は、奪舎などしていないということだ。それ以外に説明がつかない。

（当たり前だ。紫電《ズデン》が俺の魂を打ち出せるわけがない。俺は奪舎したんじゃなくて、献舎されたんだから。しかも無理やりだぞ！）

江澄《ジャンチョン》が驚愕した表情のまま、もう一鞭《ひとむち》彼にくれようとした時、藍景儀《ランジンイー》が急いで叫んだ。

「江《ジャン》宗主、もう十分じゃないですか。それは紫電《ズデン》なんですよ！」

紫電《ズデン》のような等級の仙器に一度果たせなかったことが、二度やればできるなどということはあり得ない。魂魄を打ち出せなかったのなら、それは不可能ということで、彼は間違いなく奪舎されてなどいないのだ。でないと紫電《ズデン》が虚名《きょめい》を博したことになる。面目を命と同じくらい大事にする江澄《ジャンチョン》は、二度目を打つことはできなくなった。

だが、彼が魏無羨《ウェイウーシエン》ではないなら、いったい誰が温《ウェン》寧《ニン》を召喚できるというのか!?

江澄《ジャンチョン》はいくら考えても今のこの状況が受け入れら

れず、魏無羨《ウェイウーシエン》を指さすと、憮然《ぶぜん》とした表情で口を開いた。

「お前はいったい何者だ!?」

　その時、横で観戦していた物好きな修士が、咳払いしてから口を挟んだ。

「江《ジャン》宗主はこういうことをあまりお気になさらないから、ご存じないかと思いますが、この莫玄羽《モーシュエンユー》は、あの蘭陵金《ジン》氏の……ゴホン、以前は金《ジン》家の門弟だったのですが、霊力が低くて修行にも熱が入らず、加えてあれもあって……同門の者につきまとったせいで、蘭陵金《ジン》氏から追い出されたのです。しかも噂によると、気までおかしくなったとか。私見ですが、おおかた彼は正道の修行に失敗し、腹いせに邪道に走ったのだと思われます。ですから、おそらくその……夷陵老祖に奪舎されてはいないのではないかと」

「あれ？　あれとはなんだ？」

「あれは……あれですよ……」

　修士が言い淀《よど》んでいると、誰かが我慢できずに答えた。

「断袖ですよ！」

　江澄《ジャンチョン》の眉がぴくりと動き、魏無羨《ウェイウーシエン》を見る目がさらに嫌悪感に満ちたものになる。実は、他にもいくつかの噂があったのだが、もう誰も江澄《ジャンチョン》の前で口に出すことはできなかった。

　そもそも、現在の評判は良くないとはいえ、夷陵老祖魏無羨《ウェイウーシエン》がまだ雲夢江《ジャン》氏から離反する前、彼は美男子として広く知られていた。六芸《りくげい》（身分のある者に必要とされた技芸で、礼儀・音楽・弓術・馬術・書道・算術のこと）を見事にこなす風雅な名士として、世家公子の風格容貌格づけでも第四位だったことは認めざるを得ない。世間の人々は、彼のことを口々に「豊神俊朗《ほうしんしゅんろう》」（顔は美しく、朗らかで生き生きとしていること）と称賛した――だがこの気性の激しい江《ジャン》宗主は第五位で、魏無羨《ウェイウーシエン》に負けていたので、余計にこの話を持ち出すのは憚《はばか》られた。

　魏嬰《ウェイイン》は軽佻浮薄《けいちょうふはく》で美しい女性と遊ぶことが何よりも大好きで、いったいどれほど多くの仙子《せんし》（仙門に所属し、仙術を修行する女性の敬称」たちがこの遊び人に泣かされてきたか知れない。だが、彼が男も好きだったという話は今まで誰も聞いたことがなかった。たとえ奪舎して、現世に蘇ろうと考えたとしても……魏嬰《ウェイイン》の好みからして、絶対にこんな果物をかじりながらロバに乗り、しかも少し前まで首つり鬼のような化粧をしていたおかしな断袖を選ぶはずがない――というのが修士たちの考えだ。

「どう見ても違うだろう……しかも、笛だってあんなに下手だし……真似をするにしても、あそこまでひどいんじゃ、ただの猿真似だな」

また周囲で誰かが呟いた。

かつて「射日《しゃじつ》の征戦《せいせん》」では、夷陵老祖は戦場に立って、横笛一つを夜の間ずっと吹き続けた。傀儡の兵士たちを千軍万馬のように操り、向かうところ敵なしだった。立ちはだかる者は人でも仏でも殺す勢いで、その笛の音はまるで天上人《てんじょうびと》が奏でる音のように美しかったものだ。

それは、金《ジン》家の除《の》け者が先ほど適当に吹いた耳障りな音とは比べものにならない。たとえその名声が地の底を這っていたとしても、彼を蘇った魏無羨《ウェイウーシエン》だと思い込むのはさすがにひどい。あまりにも人を侮辱しすぎだ。

周囲の反応を見て、魏無羨《ウェイウーシエン》はだんだんとうっとうしくなってきた。

(だったらお前らも、十年以上も練習しないで、急いで適当に作ったボロボロの竹笛で何か吹いて聴かせてみろ！　ちゃんと吹けたら跪いてやるよ！)

江澄《ジャンチョン》は先ほど、目の前の者が魏無羨《ウェイウーシエン》だと見定めた時、全身の血が煮え滾るような思いがした。だが、その手にある紫電《ズデン》は、それが過ちだったと彼にはっきり伝えている。

紫電《ズデン》は決して彼に嘘をつかないし、間違うこともない。彼はすぐさま冷静になって少し考え、うろたえるようなことではないと自分に言い聞かせた。適当な理由をつけてこいつを連れ帰り、あらゆる手段を使って拷問すれば、きっと何かしら白状してぼろを出すだろう。今までもそうして、様々な疑いを払《ふっ》拭《しょく》してきたのだ。ここまで考えて彼は納得し、手で合図を出した。

門弟たちは江澄《ジャンチョン》の指示を読み取り、魏無羨《ウェイウーシエン》を囲もうとする。だがその前に、彼はすぐさまロバを連れて藍忘機《ランワンジー》の後ろまで走ると、胸に手を当てながら驚いたふうに聞こえるよう声を上げた。

「お、俺に何をするつもりだよ!?」

藍忘機《ランワンジー》はちらりと彼に目を向けたが、非常に無礼で騒がしいその様子に文句を言うことはなかった。

江澄《ジャンチョン》は、魏無羨《ウェイウーシエン》との間に立ちはだかったままの彼を見据える。

「藍《ラン》公子、俺の邪魔をするつもりか？」

仙門百家には、江《ジャン》家のこの若い宗主が魏無羨《ウェイウーシエン》を警戒するあまり、まるで取り憑かれたような状態に陥っていることが知れ渡っている。たとえ間違えて捕まえた相手でも、絶対に誰一人として逃がさない。彼は魏無羨《ウェイウーシエン》に奪舎された疑いのある者を見つければ、その度に雲夢に連れ帰っては厳しい拷問にかけていた。だからもし、彼に目の前の男を連れていかせたら、生きて戻れるかどうかも怪しい。そう考えて、藍思追《ランスージュイ》が口を開いた。

「江《ジャン》宗主、今日の前で起きたことがすべてです。莫《モー》公子は奪舎されていません。それなのに、なぜそこまで構うのですか？」

「では聞くが、藍《ラン》公子こそ、なぜ先ほどからずっとそんな奴を守ろうとしているんだ？」

江澄《ジャンチョン》が冷ややかに言い放つと、魏無羨《ウェイウーシエン》が突然「ぷぷっ」と吹き出した。

「江《ジャン》宗主、あのさ……これ以上つきまとわれると、本当に困るよ」

江澄《ジャンチョン》の眉がぴくぴくと二回跳ねる。直感的に、目の前の者がこれから言おうとしていることは、絶対にろくな話ではないと確信した。

「あんたのその情熱はありがたいんだけど、ちょっと勘違いしてないか？　いくら俺が男が好きでも、男だったら誰でもいいってわけじゃないから。ましてや『うちにおいで』と言われてほいほいついていくなんてとんでもない。というか、あんたみたいな男には興味ないんだよね」

魏無羨《ウェイウーシエン》はわざと彼が嫌がる言い方をした。江澄《ジャンチョン》という男は、誰かより劣ることが何よりも大嫌いなのだ。それがどんなにくだらない比べ方だとしても、彼が他の者に敵わない、というような噂が耳に入ったら、彼は内心深く憤り、食事も喉を通らないほどで、どうしても相手に勝たないと気が済まない。今もその通りで、やはり江澄《ジャンチョン》の顔は青くなった。

「ほう、それなら聞くが、どんな男が好みだというんだ？」

「どんなって……そうだな、含光君みたいな男が好きだ」

一方、藍忘機《ランワンジー》という男は、こういう軽薄でくだらない冗談を何よりも嫌う。こんなふうに嫌がらせをされたら、彼はきっと自分から一線を引いて距離を取るに違いない。

一度で二人に嫌がらせできるなんて、一石二鳥だ！

しかし、藍忘機《ランワンジー》はその言葉を聞いて、無表情のまま体ごと魏無羨《ウェイウーシエン》の方を向いた。

「言ったな」

「え？」

「この人は私が藍《ラン》家に連れて帰る」

藍忘機《ランワンジー》は頭だけ江澄《ジャンチョン》や他の修士たちの方を振り向くと、礼儀を失わず、けれど有無を言わさぬ口調で言った。

「…………はあ？」

そう呟いて、魏無羨《ウェイウーシエン》は言葉を失った。

第四章　雅騒

〈一〉

藍《ラン》氏の仙府《せんぷ》〔各仙門の拠点〕は、姑蘇の町外れにある山奥に位置している。

　入り組んだ水閣《すいかく》が巧みに配置された趣《おもむき》ある庭園の中、長く連なる白い塀と黒い屋根瓦には年中霧がかかっていて、その中に身を置くと、まるで仙人が住む雲海の中にいるようだ。早朝なので一層霧は濃く立ち込め、曙《あけぼの》の光もおぼろげで、まさに景色と名前とが調和している――「雲深不知処《うんしんふちしょ》」。

　山も人も、すべてが静けさに満ちていて、ここにいると凪《な》いだ水面のように心が静まっていく。時折聞こえてくるのは、高楼《こうろう》から響く鐘の音だけだ。寺院などではなく一世家だが、ひっそりとして清澄な場所だった。

　けれどその静けさは、誰かの泣き叫ぶ声によって突然破られた。早朝に読書や剣の練習をしていた門弟たちは驚き、思わず声が聞こえてくる山門の方に目をやる。

　山門の前でロバに抱きつきながら、魏無羨《ウェイウーシエン》はおいおいと泣いていた。

「もう泣かないでくださいよ！　自分で含光君が好きだって言ったんじゃないですか。だから連れて帰ってきたのに、着いたらなんでそんなに嫌がるんですか！」

　藍景儀《ランジンイー》に呆れ顔で叱咤されて、魏無羨《ウェイウーシエン》は涙に濡れた顔をさらに曇らせた。

　大梵山のあの一夜以来、彼には温寧《ウェンニン》を召喚する隙などなかった。なぜ温寧《ウェンニン》が自我を失ったのか、どうして彼がまた現世に現れたのかもわからないまま、藍忘機《ランワンジー》に連れ帰られてしまったのだ。

　魏無羨《ウェイウーシエン》は十代の頃、他の世家の公子たちと一緒に藍《ラン》家の座学に送り込まれたことがある。そうして、ここで三か月間勉強させられた時に、身をもって姑蘇藍《ラン》氏の窮屈さを思い知った。

藍《ラン》家には三千条以上の家規《かき》〔一族が定めた行動規範〕がびっしりと彫られた規訓石《きくんせき》があり、それを思い出すだけで未だに体が震えだす。しかも、先ほど山を引きずられてきた時、その石の前を通りかかったら、家規はさらに千条増え、今ではなんと四千条以上になっているではないか！

（四千って！）

「はいはい！　もうやめてください。雲深不知処で騒ぐことを禁ずる、ですから！」

面倒くさそうに言う藍景儀《ランジンイー》に、魏無羨《ウェイウーシエン》は心の中で思いきり反論した。

（その雲深不知処に入りたくないからこそ、わざとこんな大声で騒いでるんじゃないか！）

一旦、中に引きずり込まれたら最後、逃げ出すのは至難の業《わざ》だ。かつてここに勉強しに来た時、各世家の門弟たちには一枚ずつ「通行玉令《つうこうぎょくれい》」が配られていた。それを身につけていれば自由に出入りできるが、それがないと雲深不知処の結界を通過することはできない。さらに、十数年も経った今、あの当時より警備が厳しくなりこそすれ、緩くなっているとは思えない。

静かに山門の前に佇んでいる藍忘機《ランワンジー》は、泣き声など一切聞こえないという素振りで、魏無羨《ウェイウーシエン》が恥もなく泣き叫ぶさまを冷たい目で眺めていた。泣き声が少し小さくなってきた頃、やっと彼は口を開いて門弟たちに命じる。

「泣かせておけばいい。疲れて泣きやんだら、中に引きずってきなさい」

その冷徹な言葉を聞いて、魏無羨《ウェイウーシエン》はロバに抱きついたまま、さらに声を張り上げて泣きじゃくり、ぐりぐりと頭をロバに擦りつけた。

（最悪だ……！）

紫電《ズデン》に一鞭打たれさえすれば、疑いは晴れるはずだと彼は軽く考えていた。だが、その思惑は見事に外れた。

おまけに、ふざけるのが大好きなこの口は、つい藍忘機《ランワンジー》にも嫌がらせを言ったが、彼は昔みたいには反応してくれず、それどころかその言葉のせいで、なぜかこんな所まで連れてこられる羽目になったのだ。

(何年も経って、修為はさすがに昔よりもっと高くなってるみたいだけど、こいつ、心の方は逆に狭くなってないか?)

「……俺は男が好きなんだ。藍《ラン》家は美男子だらけだから、我慢できなくなるかもしれないぞ」

なんとかこの場で解放してもらえないかと考え、魏無羨《ウェイウーシエン》は藍《ラン》氏の弟子たちを脅してみた。

「莫《モー》公子、含光君がここへ連れて帰ってきたのは、あなたのためなんですよ。もし私たちと一緒に来なかったら、江《ジャン》宗主は絶対に引き下がらなかったと思います。ここ十数年、夷陵老祖だと疑われて、江《ジャン》家の蓮花塢《れんかう》に連行され拷問された人は数えきれないほどで、しかも誰一人解放されていません」と藍思追《ランスージュイ》が優しく説得してくる。

「その通り。江《ジャン》宗主の拷問の手口を知らないでしょう? すごく残忍で……」

藍景儀《ランジンイー》はそう言いかけて、家規の「陰で人の悪口や噂話をしてはならない」を思い出し、こっそり藍《ラン》忘機《ワンジー》の方を窺った。含光君が自分を処罰するつもりはないと見ると、また気を取り直して続きを話しだす。

「あの夷陵老祖のせいで、邪道が流行《はや》りだして、真面目に修行しないで彼の真似をしようとする人があとを絶ちません。江《ジャン》宗主はやたら疑心暗鬼になっているようだけど、真似する人全員を捕まえようなんて、どう考えても無理でしょう? あなたみたいに、あんなに笛が下手くそな人まで……ハッ」

その「ハッ」は、どんなに言葉を尽くすよりもなお雄弁だった。

魏無羨《ウェイウーシエン》は、これだけは弁明しておかなければと思った。

「あのな、信じてくれないかもしれないけど、普段はちゃんと吹けるし……」

だが、まだ何もかも説明し終わらないうちに、山門の中から数名の白衣を着た修士たちが出てきた。

　ほとんどが藍《ラン》家の雪のように白い校服を着ていて、皆落ち着いた雅な雰囲気を纏っている。先頭に立っている背の高い者は、背筋を真っすぐに伸ばし、腰には剣以外に、白い玉で作られた簫《しょう》〔縦笛の一種〕を一本吊るしている。藍忘機《ランワンジー》が彼を見て、微かに頭を下げて挨拶をすると、彼もまた同じように挨拶を返す。そして魏無羨《ウェイウーシエン》に目を向けて微笑んだ。

「忘機《ワンジー》が家に客を招くなんて初めてだ。――そちらは？」

　藍忘機《ランワンジー》と向かい合って立つその人は、まるで鏡に映し出されたもう一人の藍忘機《ランワンジー》のようだった。ただ藍忘機《ランワンジー》の瞳の色は非常に薄く、玻璃のように淡い色をしているが、彼の目はもっと優しく、穏やかな深い色だった。

　姑蘇藍《ラン》氏宗主、藍渙《ランホワン》――藍忘機《ランワンジー》の兄で、沢蕪君《たくぶくん》こと藍曦臣《ランシーチェン》だ。

　場が人を育てるというように、姑蘇藍《ラン》氏はこれまで長い間、美男子を多く輩出する世家として名高かった。しかも現在の本家の双璧といえば、揃って際立って秀逸な美貌の持ち主だ。この兄弟は双子ではないが、容姿はとてもよく似ていて、どちらがより秀でているかは正直比べられない。ただ、同じ容貌でも、違った風格がある。藍曦臣《ランシーチェン》は清らかで温かみのある性格だが、藍忘機《ランワンジー》は厳格で真面目すぎるほど真面目な上、他人を拒み一切寄せつけず、親しみに欠けている。そのため世家公子の風格容貌格づけでは、兄が第一位で、弟が第二位だ。

　藍曦臣《ランシーチェン》はさすが一世家の宗主だけあって、魏無羨《ウェイウーシエン》がロバに抱きついているのを見ても、表情を変えることはなかった。

　それをいいことに、魏無羨《ウェイウーシエン》は満面の笑みを浮かべてロバから手を放し、遠慮もなく彼に歩み寄る。

　姑蘇藍《ラン》氏は目上への礼儀を非常に重んじるため、もし彼が藍曦臣《ランシーチェン》に無礼な口を利いたら、きっと藍《ラン》家の門弟たちに滅多打ちにされて、雲深不知処から追い出されるに違いない。そうなれば好都合と、彼が自分の得意分野を発揮しようとしたちょうどその時だ。藍忘機《ランワンジー》が彼を一瞥すると、魏無羨《ウェイウーシエン》の上と下の二つの唇はぴったりとくっつき、あろうことか一言も言葉を発することができなくなってしまった。

藍忘機《ランワンジー》はまた視線を元に戻し、何事もなかったかのように落ち着いた顔で藍曦臣《ランシーチェン》に尋ねる。

「兄上はまた斂芳尊《れんほうそん》のところに？」

藍曦臣《ランシーチェン》はゆっくりと頷いた。

「ああ。金鱗台《きんりんだい》で開かれる次回の清談会《せいだんかい》〔各世家の代表が集まって開催する会合〕について討議しに」

言葉を封じられた魏無羨《ウェイウーシエン》は、憤慨《ふんがい》しながらロバの横に戻るしかなかった。

斂芳尊《れんほうそん》とは、蘭陵金《ジン》氏の現宗主である金光瑶《ジングアンヤオ》だ。金光善《ジングアンシャン》が唯一認めた庶子で、金凌《ジンリン》の父である金子《ジンズー》軒《シュエン》の異母弟、つまり金凌《ジンリン》の叔父であり――魏無《ウェイウー》羨《シエン》の今の体である莫玄羽《モーシュエンユー》の異母兄でもある。

同じ庶子なのに、ここまで天と地ほどの差があるとは。莫玄羽《モーシュエンユー》が莫《モー》家荘の地べたで寝起きして、残飯を食べていた頃、金光瑶《ジングアンヤオ》は修真界の一番高い場所に座り、藍曦臣《ランシーチェン》を呼ぶのも清談会を開くのも、すべて思いのままだったのだ。

金《ジン》家と藍《ラン》家の宗主の親交が深いのは当然のことで、なんといっても二人は義兄弟の契りを結んだ間柄だ。

「先日莫《モー》家荘から持ち帰ってきたモノについては、叔父上が調査している」

藍曦臣《ランシーチェン》の口から「莫《モー》家荘」の三文字が出たので、魏無羨《ウェイウーシエン》は思わず会話に聞き入ってしまう。するとなぜか上下の唇が離れ、藍曦臣《ランシーチェン》が禁言術を解いてくれたのだとわかった。

そして彼は藍忘機《ランワンジー》にそっと言った。

「珍しくお前が客を連れて帰ってきたかと思ったら、そんなに嬉しそうにして。大事にもてなしなさい」

（嬉しそう？　いったいこいつの顔のどこを見て、嬉しそうって思ったんだ!?）

魏無羨《ウェイウーシエン》は驚いて、思わず藍忘機《ランワンジー》の顔をまじまじと眺めた。

出かけていく藍曦臣《ランシーチェン》を見送ったあと、「連れてきなさい」と藍忘機《ランワンジー》が弟子たちに命じた。

そうして魏無羨《ウェイウーシエン》は、前世で二度と足を踏み入れないと誓った場所に、無理やり引きずり込まれる羽目になった。

これまで藍《ラン》家を訪れる人々は、名門の要人たちばかりだったので、彼のような客は初めてだ。門弟たちは大勢で彼を取り囲み、興味深く眺めながら歩いた。もし藍《ラン》氏の家規がこれほどまで厳しくなければ、道中はきっとけらけらという笑い声が絶えなかっただろう。

「含光君、どちらまで連れていきますか?」

藍景儀《ランジンイー》の質問に、藍忘機《ランワンジー》が短く答えた。

「静室《せいしつ》」

「……静室!?」

それを聞いても、魏無羨《ウェイウーシエン》には皆が驚く理由がわからなかった。

門弟たちは互いに顔を見合わせたまま黙り込み、心の中で呟く。

(あそこは、含光君が誰にも出入りを許したことのない書斎と寝室だぞ……)

静室の中は調度品が非常に少なく、余計なものは一切置かれていなかった。屏風《びょうぶ》には筆で描かれた流れる雲が緩やかに漂い、その前には琴を弾くための卓が据えられていた。隅にある三足の香机《こうづくえ》の上には、透かし彫りされた白い玉の香炉があり、そこからゆらゆらと薄い煙が吐き出され、部屋中にひんやりとした檀香《だんこう》が立ちこめている。

藍忘機《ランワンジー》は彼の叔父のところへ話をしに行き、魏無《ウェイウー》羨《シエン》はそのまま一人で部屋に押し込まれた。だが、藍《ラン》忘機《ワンジー》が遠ざかった次の瞬間、魏無羨《ウェイウーシエン》もすぐさま静室を出た。どこかに逃げ出せる場所はないかと、雲深不知処のあちこちを探って回ったが、やはり彼が思った通り、通行玉令がなければどうにもならない。たとえ何丈もの高さのある白い壁を登ったとしても、即刻結界に弾き落とされた上、直ちに近くにいる見回りの者に知らせがいってしまう。

魏無羨《ウェイウーシエン》は渋々とまた静室に戻るしかなかった。

だが、彼はどんなことが起こっても、心底うろたえることはない。手を後ろで組み、静室の中を行ったり来たりとゆっくり歩いていれば、そのうち解決策を見つけられると確信している。それに、体に沁み渡るかのように心地良い檀香は、ひっそりとしてささやかだが、彼の心を落ち着かせてくれた。

暇を持て余し、つい余計なことを思い出す。

(そういや藍湛《ランジャン》の体もこの匂いだったな。きっとここで琴の練習や瞑想をしていた時に、香りが服に移ったんだろう)

なぜだか興味を惹かれ、隅にある香机に近づいた時、靴底で踏みつけた一枚の床板の感触に違和感を覚えた。明らかに他の板とは違う。魏無羨《ウェイウーシエン》はそれが気になって、しゃがみ込むと床板を一枚一枚叩き始めた。前世では墓を掘り返したり、穴を探したりなどは慣れっこでお手のものだったので、あまり時間をかけずに、目当ての床板を見つけてめくってみる。

藍忘機《ランワンジー》の部屋の中から秘密の場所を発見したことだけでも十分な驚きだったが、その中に隠されていたものを見て魏無羨《ウェイウーシエン》はもっと驚いた。

床板をめくると、これまでは檀香の中に交ざって気づかずにいた芳醇な香りがふわりと立ち上ってきた。そこには、七、八個のまん丸い小さな漆黒のかめ壺が、小さな四角い穴蔵にぎっしり詰め込まれていたのだ。

(あいつ、やっぱり変わったな……まさか酒を隠すなんて!)

雲深不知処は禁酒だ。この家規のせいで、二人は初めて出会った日に小競り合いになり、その時、藍《ラン》忘機《ワンジー》は魏無羨《ウェイウーシエン》が姑蘇の町から持ち帰った「天子笑《てんししょう》」を一つ割ったのだ。

「天子笑」は姑蘇で名の知れた酒屋が独自に醸造した酒で、姑蘇での座学から雲夢に帰ったあと、魏無《ウェイウー》羨《シエン》は二度と飲むことができなかった。いずれ機会があればもう一度飲みに来たいと、前世ではずっと思っていた。だが、ついにその機会は訪れなかったのだ。

穴蔵に隠された酒を飲んでみるまでもなく、その香りだけで、魏無羨《ウェイウーシエン》にはこれがあの「天子笑」なのだとわかった。まさか藍忘機《ランワンジー》のように規律を厳守し、酒を一切飲まなかった者が、自分の部屋に穴を掘ってまで酒を隠し、しかもそれを魏無羨《ウェイウーシエン》に暴かれる日が来るなんて！

善でも悪でも一周回って自分に返ってくるとは、まさにこういうことだな、としみじみ思った。

魏無羨《ウェイウーシエン》は感慨に耽《ふけ》りながら封を切り、勝手に一かめを飲み干した。だが、彼は非常に酒に強く、飲み始めると止まらなくなる。思えば藍忘機《ランワンジー》は彼に「天子笑」一つ分の借りがあるのだ。十数年も経てば、ついでに利子くらいもらってもいいだろうと考え、次の一かめも飲み始めた。上機嫌になって飲んでいるうち、彼はピンと閃いた。

（そうだ、通行玉令を手に入れるくらい、楽勝じゃないか）

雲深不知処には広い冷泉《れいせん》が湧いている。その冷泉に浸かると、不思議なことに心が静まって清められ、邪気を払ってくれるという。どれも珍しい効能なので、本家の公子は修行でよく使っていた。

（冷泉に入る時は誰だって服を脱ぐし、まさかあの玉令を口で咥えるはずもないよな？）

魏無羨《ウェイウーシエン》は手に持った「天子笑」の最後の一口をぐいっと飲み干した。しかし空になったかめ壺を捨てる場所が見当たらず、仕方なくかめ壺の中を真水で満たし、元通りに蓋をして穴蔵に戻すと、また床板を被せる。そうして盗み飲みをした痕跡を綺麗に隠してから、通行玉令を探しに外へ出た。

雲深不知処は「射日の征戦」の前に一度焼き払われたが、再建されたあとの造りは昔とまったく変わらないようだ。魏無羨《ウェイウーシエン》は、記憶を頼りに曲がりくねった小道を進み、あちこちを通り抜けていくと、奥深くに湧く例の冷泉をすぐ見つけた。

泉を見張る門弟たちはずっと遠く離れた所におり、仙子《せんし》たちは雲深不知処内の独立した区域で生活するため、こちらには来ない。何より藍《ラン》家では、今まで冷泉で覗き見をするなど恥知らずな行為をする者はまずいなかったため、警護は緩かった。つまり、魏《ウェイ》無羨《ウーシエン》が勝手気ままに動きやすい環境だということだ。しかも、冷泉の周りに生い茂った蘭草《ふじばかま》の奥の白い岩の上には、白い服が一式置かれている。好都合なことに、偶然にも既に誰かが来て冷泉に浸かっているらしい。

その白い服は非常に几帳面に畳《たた》んであって、まるで真っ白い豆腐のようだ。しかも、抹額まで少しの歪みもなくきっちりと畳まれていることに、思わず鳥肌が立ってしまう。魏無羨《ウェイウーシェン》はその服の中に手を入れて密かに通行玉令を探しながら、それを乱すのを忍びなく思った。

そうして音を立てないように手を動かし、蘭草の隙間から泉の方を見渡していた時、彼はふいに視線を留めた。

冷泉の水は肌を刺すような冷たさで、しかも温泉と違って、湯けむりが視線を遮らないため、泉の中にいる人物の上半身の後ろ姿がはっきりと見えた。

泉の中の男は背が高く、肌はまるで透き通るように白く、濡れた真っ黒な長い髪を片方の肩にまとめている。背中と腰の輪郭は滑《なめ》らかで、優美かつ力強く——端的に言って、この上なく美しかった。

だが魏無羨《ウェイウーシェン》は、決して美人の入浴を見てしまったことに驚いて視線が釘づけになったわけではない。それに、いくら美しくても彼が男を好きになるはずもない。ただ彼の背中にあるものに目を奪われたのだ。

その背中には、数十本もの傷痕が交錯していた。

それは戒鞭《かいべん》に打たれて残った傷痕だ。仙門には、大罪を犯した門弟を懲罰する時に使う戒鞭というものがあって、ひとたびこれに打たれたら、その傷痕は永遠に消えない。魏無羨《ウェイウーシェン》は戒鞭に打たれたことはなかったが、江澄《ジャンチョン》はある。江澄《ジャンチョン》はあらゆる手を使ってその屈辱的な痕跡を消そうとしたものの、どうやっても不可能だった。だから魏無羨《ウェイウーシェン》は戒鞭が残す傷痕を絶対見間違えたりしない。

普通なら、一本や二本打たれるだけでも相当に重い罰で、罰を受けた者に一生ものの傷痕を残し、二度と同じ過ちを犯させないほどのものだ。なのに、彼の背中に残る戒鞭の痕は、少なくとも三十以上はある。いったいどれほどの大罪を犯したら、そんなに重い懲罰を受けるのだろう。そもそも、それほどの大罪を犯した一門の害悪を、藍《ラン》氏はなぜ生かしておいているのだろう？

ちょうどその時、泉の中の人物がゆっくりとこちらを振り向いた。それにより左鎖骨の下、心臓に近い位置に、もう一つはっきりとした烙印《らくいん》があるのが見える。

その瞬間、魏無羨《ウェイウーシエン》の驚きと疑念は一瞬で頂点に達した。

動揺のあまり何も考えられなくなり、見間違いではないかと自問自答しながら、心臓が早鐘を打つ。相手の顔を確かめる余裕すらない。

その時突然、吹雪の幕でも下ろされたかのように、目の前が真っ白になった。続けてその幕が切り裂かれ、青い光を帯びた剣が氷のような冷気を纏い、魏《ウェイ》無羨《ウーシエン》の顔をめがけて飛んできた。

誰もがその威名を知る含光君の剣、「避塵《ビチエン》」――。

（しまった、あれは藍湛《ランジャン》だったのか！）

逃げ足の素早さと剣をかわすことに関しては、魏《ウェイ》無羨《ウーシエン》は手慣れたもので、瞬時に地面を綺麗に転がって、まさにすれすれで避けた。逃げながら髪についた草を払いのける余裕すらあり、そのままあてもなく走る。すると、ちょうど見回りで通りかかった数人の門弟たちと鉢合わせして、がしっと腕を掴まれた。

「走り回るな！　雲深不知処で走るのは禁止だぞ！」

魏無羨《ウェイウーシエン》は叱ってきた相手が藍景儀《ランジンイー》たちだとわかって、内心で大喜びした。この分なら、もともとの計画より手っ取り早く事が運びそうだ。今度こそ絶対滅多打ちにされて山から追い出してもらえるに違いない。

「俺は見てない！　なんにも見てないからね!?　絶対に含光君が沐浴《もくよく》しているところを覗きに来たんじゃないから！」

少年たちはそれを聞くや否や、驚きのあまり目を見開き言葉を失った。含光君はどこにいても気高く立派で、尊《たっと》ぶべき名士だ。特に藍《ラン》家の若者たちは彼を天上人のように崇めて尊敬している。だから、まさか含光君の沐浴を覗くだなんて、想像するだけでも罪深く、決して許されないことだ。

藍思追《ランスージュイ》などはもはや驚きすぎて、甲高い声で叫んだ。

「今、なんとおっしゃいました？　含光君が？　含光君が中にいらっしゃるんですか!?」

「この断袖野郎！　よりによって含、含、含光君の沐浴を覗くなんて、あり得ないだろ!?」

激しく憤る藍景儀《ランジンイー》に掴みかかられ、魏無羨《ウェイウーシエン》は鉄は熱いうちに打てとばかりに、重ねて罪を自白した。

「俺は含光君が服を着てないところなんて、ちっとも見ていない！」

「尻尾を出したな！　今自分で白状しただろ!?　じゃなかったらこんな所でこそこそ何してたんだ？　まったく、こんな恥ずかしいことをして、よく人前に出られるな!!」

声を荒らげて罵られ、魏無羨《ウェイウーシエン》は萎れたふりをして悄然《しょうぜん》と両手で顔を覆った。

「そんなに大声を出すなよ。雲深不知処で騒ぐことを禁ずる、だろ」

そこへ、白い衣を一枚羽織り、髪を下ろしたままの藍忘機《ランワンジー》が生い茂った蘭草の奥から姿を現した。魏《ウェイ》無羨《ウーシエン》たちが騒いでいる間に、彼は既に身なりを整えていたようだが、手にした避塵《ビチェン》は抜き身のままだ。

少年たちはすぐさま背筋を正して彼に一礼した。

藍景儀《ランジンイー》が慌てて彼に事の一部始終を報告する。

「含光君、この莫玄羽《モーシュエンユー》は実に恩知らずです。彼が莫《モー》家荘で手助けをしてくれたことを考慮して、ここに連れ帰ってくださったのに、それなのに……彼は……」

魏無羨《ウェイウーシエン》は、今度こそ藍忘機《ランワンジー》が我慢の限界を越えて、自分を山門の外に追い出してくれるに違いないと確信していた。

だが、藍忘機《ランワンジー》はちらりと魏無羨《ウェイウーシエン》を見ただけで、しばし沈黙した。それから、「チャン」という涼やかな音とともに避塵《ビチェン》を鞘に収めると、「解散だ」と一言短く告げた。簡潔だが威厳を感じさせるその一言だけで、少年たちは一切口答えせず、すぐさまその場をあとにする。

二人きりになっても、藍忘機《ランワンジー》は落ち着いた態度を崩さず、魏無羨《ウェイウーシエン》の後ろ襟を掴み上げて静室へ連れ帰った。前世では二人の身長はほぼ同じで、どちらもその辺りにはなかなかいないような、細身ですらりとしたいかにも見目のいい体型をしていたものだ。並んで立つと、魏無羨《ウェイウーシエン》は藍忘機《ランワンジー》よりほんのわずかに低かったが、その差は一寸《すん》〔およそ三センチメートル〕もなかったはずだ。だが、眠りから目覚めたあとの今生《こんじょう》の体は、普通の人と比べれば背は高い方だが、それでも藍忘機《ランワンジー》より二寸以上も低い。そのおかげで、彼に掴み上げられると手も足も出なかった。魏無羨《ウェイウーシエン》がよろめきながら叫ぼうとすると、藍忘機《ランワンジー》は「騒ぐのなら禁言術をかける」と一言冷ややかに釘を刺した。

山から放り出してくれるなら願ったり叶ったりだが、禁言術をかけられるのだけはごめんだ。それに魏無羨《ウェイウーシエン》はいくら考えても理解ができなかった。

〈藍《ラン》家はいつから本家の名士の沐浴を覗くなんて破廉恥な罪を、寛大に許すようになったんだよ⁉〉

藍忘機《ランワンジー》は彼を猫の子のように掴み上げたまま静室に入ると、部屋の奥へと直行し、無慈悲にも寝床に放り投げた。魏無羨《ウェイウーシエン》は「うわ⁉」と声を上げて転がり、痛みでしばらくの間起き上がれずにいた。この際だから、わざとらしくしなを作って怒り、彼に鳥肌を立たせてやろうと決め、身を起こして座る。そして藍忘機《ランワンジー》を見ると、彼は片手に避塵《ビチェン》を握りしめたまま、じっと魏無羨《ウェイウーシエン》を見下ろしていた。

記憶の中の藍《ラン》公子は、常に額に抹額をつけて長い髪を結び、隙のない姿をしていた。だが、今目の前にいる彼の黒髪は微かに乱れ、しかも薄衣《うすぎぬ》一枚しか着ていない。彼のこんな姿などこれまで一度も見たことがなかったので、魏無羨《ウェイウーシエン》は思わずまじまじと見てしまった。魏無羨《ウェイウーシエン》を掴み上げたり、放り投げたりしたせいで、藍忘機《ランワンジー》のきちんと合わせてあった襟が少しはだけて、くっきりとした鎖骨と、その下にある深紅の烙印が覗いている。

その烙印に、魏無羨《ウェイウーシエン》は再び目を奪われた。

前世の彼の体にも、まだ彼が夷陵老祖と呼ばれるようになる前から烙印があったからだ。

そして今、藍忘機《ランワンジー》の体にあるそれは、位置も形も彼の体にあったものとまったく同じに見える。どうりで見覚えがあるはずだ。

だが、やはりおかしい。烙印だけではなく、藍忘《ランワン》機《ジー》の背中には三十本以上の戒鞭の痕があった。

藍忘機《ランワンジー》は幼い頃からその名を馳せ、周囲の評価も非常に高かった。仙門名士の白眉《はくび》であり、姑蘇藍《ラン》氏が誇る「藍《ラン》氏双璧」の一人だ。さらにその立ち居振る舞いは各世家の諸先輩からも、仙門の弟子たちの模範として認められるほどだった。

それなのにいったいどんな許されない過ちを犯して、あんなに重い罰を受けたのか――。

三十本以上なんて、どう考えても殺すつもりで打ったとしか思えない。しかも戒鞭は一度体に打たれたら、その痕は一生消えることはない。なぜならそれは、罰を受けた者が二度と間違いを犯さないように、永遠に刻みつけるためのものなのだから――。

魏無羨《ウェイウーシエン》の視線を追い、藍忘機《ランワンジー》も目を落としていく。その先にあるものに気づくと、彼は無造作に襟を引いて、鎖骨とその下の痕を隠し、またいつもの氷のように冷たい含光君に戻った。

ちょうどその時、遠い空の方から重々しい鐘の音が響いてきた。

藍《ラン》家の家規は厳格で、就寝時間と起床時間も厳密に定められている。亥《い》の刻に就寝し、卯《う》の刻に起床する。今の鐘の音は就寝時間を知らせるものだ。藍《ラン》忘機《ワンジー》はじっと耳を傾け最後まで聞き終えると、「君はここで寝なさい」と魏無羨《ウェイウーシエン》に一言告げた。

そして返事をする隙も与えず、隣の部屋に行ってしまう。一人寝床に取り残され、魏無羨《ウェイウーシエン》は呆然とするしかなかった。

わざわざ雲深不知処に連れてくるなんて、もしや藍忘機《ランワンジー》に正体を見破られたのではないかと初めは疑っていたが、どうもそうとは思えない。

莫玄羽《モーシュエンユー》がいったいどこから術の情報を手に入れて魏無羨《ウェイウーシエン》を召喚したのかは謎だが、そもそも献舎は禁術だから、当然その存在を知っている者も限られていて、伝えられている術の内容も不完全なものばかりだ。そんな状態では実行するなどもちろん不可能なため、今や信じる者はほとんどいない。

　ましてや、藍忘機《ランワンジー》が笛の旋律だけで吹いた者の正体に気づいたなんて、どう考えてもあり得ない。

　前世において、藍忘機《ランワンジー》との間に、何か心に強く刻み込まれるような出来事はなかったはずだ。確かにともに勉強したことも、ともに危険にさらされたことも、ともに戦ったこともあった。けれど、どれも散りゆく花、流れる水のように、深い縁を結ぶ間もなく過ぎ去っていった出来事ばかりだ。

　藍忘機《ランワンジー》は姑蘇藍《ラン》氏の直系の公子だ。つまり彼は常に完璧に「雅」かつ「正しい」道を全うし、魏無《ウェイウー》羨《シエン》とは相容れるところがどこにもない。魏無羨《ウェイウーシエン》はお互いの関係を悪いとまでは思っていなかったが、だからと言って「仲が良かった」とは言わせてもらえないだろう。おそらく藍忘機《ランワンジー》の方は他の者たちと同じように、魏無羨《ウェイウーシエン》をこう評価していたはずだ――邪気に満ち、正気を失いかけていて、いずれ必ず大きな災いとなるに違いない、と。

　魏無羨《ウェイウーシエン》が雲夢江《ジャン》氏から離反し、夷陵老祖となったあと、姑蘇藍《ラン》氏との間に生まれた溝も浅くはなかったし、死ぬ直前の数か月間は特にひどかった。もし今、藍忘機《ランワンジー》が魏無羨《ウェイウーシエン》の正体を見抜いていたら、二人は絶対にどちらかが倒れるまで戦っていたはずだ。

　そう思い返すと、今の状況を喜ぶべきか悲しむべきかわからなかった。昔はどんな些細なことでも、魏無羨《ウェイウーシエン》のやること為すことすべてに藍忘機《ランワンジー》は不快そうな顔をしていたのに、今ではどんなに張り切って変なことをやっても完全に無反応だ。見事なまでの変貌を遂げた彼に「おめでとう！」とでも言えばいいのだろうか？

　そんなことを考えながら、魏無羨《ウェイウーシエン》は長い間呆然としていたが、意を決して寝床から下りると、忍び足で隣の部屋に向かった。

　藍忘機《ランワンジー》は寝床で横向きに寝ていて、既に深い眠りについているようだ。魏無羨《ウェイウーシエン》は息を潜めてそっと近づいた。

彼は例の通行玉令をまだ諦めておらず、なんとかして探ってみようと考える。しかし、手を伸ばした瞬間、藍忘機《ランワンジー》の長いまつ毛が微かに震え、目が開いた。

魏無羨《ウェイウーシエン》は覚悟を決めると、そのまま寝床にいる彼に飛びかかる。

藍忘機《ランワンジー》は、他人と体が接触するのを非常に嫌っていたことを思い出したのだ。前世では、少しでも彼に触れようものなら突き飛ばされるくらいだったのだから、これでも我慢できるというのなら、目の前にいるのは絶対に藍忘機《ランワンジー》本人ではない。そうなったら、魏無羨《ウェイウーシエン》が死んでいる間に、むしろ彼の方こそが奪舎されて中身がすっかり別人になっていることを疑うべきだ！

魏無羨《ウェイウーシエン》は藍忘機《ランワンジー》の腰に跨《また》がるようにして両膝をついた。さらに木の寝床に両手をつき、藍忘機《ランワンジー》を両腕の真ん中に閉じ込めると、ゆっくりと顔を近づけていく。二人の顔の距離はどんどん近くなり、魏無羨《ウェイウーシエン》が息ができなくなるほどまで近づいた時、藍忘機《ランワンジー》がようやく口を開いた。

「下りなさい」

「嫌だ」

臆面《おくめん》もなく答えた魏無羨《ウェイウーシエン》を、間近にある二つの薄い色の瞳が真っすぐに射貫いている。藍忘機《ランワンジー》は彼を見据えて、もう一度言った。

「……下りなさい」

「嫌だ。俺をここに寝かせたからには、こういうことが起きるってわかっていたはずだ」

「本当に下りないつもりか？」

「……」

どうしてだか魏無羨《ウェイウーシエン》は、この問いには慎重に答えないといけないような気がした。

彼が口角を上げようとしたその時、突然腰の辺りが痺れるのを感じた。両足に力が入らなくなり、信じ難いことに、彼はそのまま藍忘機《ランワンジー》の上に倒れ込んでしまう。

彼の口元は笑みを浮かべかけた形で固まり、藍忘《ランワン》機《ジー》の胸の右側に頭を預けた状態で、一切体を動かせなくなった。藍忘機《ランワンジー》の声が頭上から聞こえてくる。

「それなら一晩そのままでいろ」

彼の声は低く響き、その胸は言葉を発するのに合わせて微かに動いた。

魏無羨《ウェイウーシエン》はこんな状況に陥るなんてまったく想像もしていなかった。少し動いて体を起こそうとしたが、腰の辺りには相変わらず力が入らない。まさかこんな体勢で、自分と同じ硬い男の体に密着しなければならないなんてと、ただひたすら呆然としていた。

十数年の間に、藍湛《ランジャン》に何があった？　こいつはいったいなんでこんなふうになったんだ？

全然昔の藍湛《ランジャン》とは違う!!

――やっぱり奪舎されたのは、こいつの方じゃないか!?

魏無羨《ウェイウーシエン》の荒れ狂う胸中をよそに、ふいに藍忘機《ランワンジー》が身じろいだ。魏無羨《ウェイウーシエン》は彼がやっと我慢できなくなったのだと思い、目を輝かせる。しかし、藍忘機《ランワンジー》はただ軽く手を振っただけだった。

ふっと部屋の明かりが消えた。


そのあとも、魏無羨《ウェイウーシエン》は考え続けていた。

藍忘機《ランワンジー》との関係が悪くなかった頃までさかのぼると、彼が十五歳の頃、江澄《ジャンチョン》と一緒に姑蘇藍《ラン》氏へ勉強に来た、あの三か月間の出来事から話さなくてはならない。

姑蘇藍《ラン》氏には高潔な人格だと謳《うた》われる先達、藍啓《ランチー》仁《レン》がいる。彼は世家の間で、「古臭い」「頑固」「多くの優秀な修士を育ててきた名師」という三つの特徴で知られていた。前の二つのせいで、彼を敬遠し、裏では嫌う者も多かった。だが最後の一つゆえに、その者たちも懸命に彼に取り入り機嫌を取ってまで、自分の子供を彼のもとへ学びに行かせたがる。彼には多くの優秀な藍《ラン》家の門弟を育て上げた実績があり、どれだけ落ちこぼれであっても、彼の授業を一、二年受ければ、常識を叩き込まれ、少なくとも礼儀礼節だけは比べものにならないほど身につくらしい。

その変わりようは、子供を迎えに来た親が皆感涙するほどだという。

　これに対して、魏無羨《ウェイウーシエン》は一言言いたくなった。

「今だって俺は十分ましな人間だと思うけど？」

「お前は絶対、彼の教育人生における汚点になるだろうよ」

　江澄《ジャンチョン》は将来を見通すようにして答えた。

　当時、雲深不知処には雲夢江《ジャン》氏以外にも他の世家の公子が多くいて、全員、藍啓仁《ランチーレン》の評判を聞いた親に送り出されていた。公子たちは皆まだ十五、十六歳くらいの若さで、世家同士には密な交流があったので、親しいとは言えないまでも、ほとんどが顔見知りの者ばかりだった。

　魏無羨《ウェイウーシエン》は江《ジャン》姓ではないが、雲夢江《ジャン》氏宗主、江《ジャン》楓眠《フォンミエン》の旧友の息子で、江《ジャン》氏の一番弟子として実の息子同然の待遇で育てられたことを皆知っている。しかも若者たちは、大人たちのように出身や血統など気にせず、皆すぐに打ち解けて親しく呼び合うようになった。

「江《ジャン》家の蓮花塢は、ここよりずっと楽しいんだろ？」

　誰かの問いかけに、魏無羨《ウェイウーシエン》は笑って答えた。

「楽しいかどうかは、どう遊ぶかによるよ。でも規則は絶対ここより少ないし、毎日早起きしなくてもいいんだ」

　姑蘇藍《ラン》氏は卯の刻に起床し、亥の刻に就寝すると定められていて、わずかなずれも許されない。

「君たちはいつ起床するの？　毎日何をやってるんだい？」

　また誰かが聞いてくると、今度は江澄《ジャンチョン》が呆れかえったように答えた。

「こいつに聞くか？　こいつはいつも巳《み》の刻起床、丑《うし》の刻就寝だ。起きても剣の修行も瞑想もしないで、ただ気まぐれに舟を漕いで蓮の実を取ったり、山に登って雉《きじ》を捕まえたりするばかりだよ」

　鼻を鳴らした江澄《ジャンチョン》に、魏無羨《ウェイウーシエン》が胸を張る。

「雉を捕まえることに関しては、俺の右に出る奴はいないぞ！」

　それらを聞き、少年が声を上げた。

「僕は来年から雲夢に勉強しに行く！　誰も止めてくれるな！」

　しかし、すぐさま誰かが冷やかす。

「止めやしないよ。ただ、お前の兄上はお前の脚をへし折るだろうけどな」

　すると、言われたその少年は、水をかけられたようにしょんぼりした。彼は清河聶《ニエ》氏の若公子、聶《ニエ》懐桑《ホワイサン》。その兄である聶明玦《ニエミンジュエ》は非常に厳格で、何事も迅速に行うことで、百家の中でその威名を轟かせていた。彼らは異母兄弟だが、絆が深い。聶明玦《ニエミンジュエ》は弟の教育に対して非常に厳しく、特に勉強の進み具合を気にかけていた。聶懐桑《ニエホワイサン》はもちろん兄のことをとても尊敬しているが、彼に学業の話題を持ち出されるのを何よりも恐れていた。

「まあ、姑蘇も楽しい所だよな」

　魏無羨《ウェイウーシエン》の言葉に、聶懐桑《ニエホワイサン》が小声で言った。

「魏《ウェイ》さん、一つ忠告をすると、雲深不知処は蓮花塢と違いますから、姑蘇に来たからには、一人、絶対怒らせてはいけない人がいるんです」

「誰だ？　藍啓仁《ランチーレン》？」

　聶懐桑《ニエホワイサン》は首を横に振った。

「あのおっさんじゃないですよ。気をつけないといけないのはその教え子で、名は藍湛《ランジャン》」

「藍《ラン》氏双璧のあの藍湛《ランジャン》？　藍忘機《ランワンジー》？」

　姑蘇藍《ラン》氏の現宗主には、藍渙《ランホワン》と藍湛《ランジャン》という二人の息子がいる。かねてから二人は「藍《ラン》氏双璧」の美名を持ち、十四歳を過ぎてからは、各世家の先達が自分の一族の公子と比べる際には、模範として必ず引き合いに出すほど抜きん出た存在だ。そのため、同世代の公子たちの中でも、二人の名前を知らない者はいなかった。

「それ以外にいます？　その藍湛《ランジャン》ですよ。年は僕たちと変わらないのに、ちっとも年相応の活気がなくて、融通は利かないし、彼の叔父の藍啓仁《ランチーレン》と比べても負けないくらい厳しい奴なんです」

　魏無羨《ウェイウーシエン》は「あっ」と声を上げ、尋ねた。

「もしかしてそいつって、結構な色男？」

　その言葉を聞いて、江澄《ジャンチョン》が冷笑した。

「姑蘇藍《ラン》氏に不細工なんているか？　藍《ラン》家は顔が整っていない者は入門できないんじゃないかって言われるくらいに美男子揃いなんだぞ……むしろ普通の顔をした奴がいるなら探してこいよ」

「俺が見たのは、かなりの色男だったぞ」

魏無羨《ウェイウーシエン》は強調するように言い、手を自分の頭まで上げて背丈を示す。

「全身真っ白の外衣で、抹額を巻いてて、背中には銀色の剣を背負ってて、顔は綺麗だけど無表情で、まるで喪服を着てるみたいな奴だった」

その説明を聞き、聶懐桑《ニエホワイサン》は一瞬言葉に詰まってから、目を丸くした。

「彼じゃないですか！」

そう言ってから、彼はふと考え込む。

「でも彼は最近、閉関《へいかん》〔世俗との接触を断ち、閉じ込もって修行に専念すること〕していると聞いていたけど……魏《ウェイ》さんは昨日来たばかりなのに、いつ彼に会ったんです？」

「昨日の夜」

平然と答える魏無羨《ウェイウーシエン》に、江澄《ジャンチョン》は愕然とした。

「昨日のよ……昨日の夜!?」

「雲深不知処には宵禁《しょうきん》〔夜間の出入りを禁止すること〕があるだろ。お前、いったいどこでそいつと会ったんだ？　そもそも、なんで俺に言わなかった!?」

江澄《ジャンチョン》が苛立った顔で彼に詰め寄った。

「会ったのはあそこだよ」

魏無羨《ウェイウーシエン》がずいと遠くを指す。

そこは非常に高い塀の上だった。

皆が唖然とする中、江澄《ジャンチョン》だけは歯を食いしばって頭を抱えた。

「昨日来たばかりだっていうのに、もう問題を起こしやがって！　どういうことだ!?」

怒鳴られたところで意にも介さず、魏無羨《ウェイウーシエン》はへらへらしながら答えた。

「大したことないってば。ここに来る途中、天子笑の酒屋の前を通りかかっただろう？　それで夜にどうしても我慢できなくなったから、山を下りて町で二かめ買ってきたわけ。あれは雲夢では飲めない味だからな」

「その酒をどうした？」

江澄《ジャンチョン》が彼を睨んだ。

「それがさあ、ちょうど塀に登って、片足しか中に入れていないところで、あいつに捕まっちゃって」

「それは運が悪かったな。きっと彼が閉関を終えて夜の見回りをしていたところに、たまたま鉢合わせしたんじゃない？」

少年の一人が言った。

「しかし、夜帰ってくる者は、卯の刻を過ぎないと雲深不知処には入れない決まりになっているはずだ。なんで彼はお前を中に入れてくれたんだ？」

怪訝そうな江澄《ジャンチョン》に、魏無羨《ウェイウーシエン》は両の手のひらを上に向けて肩をすくめる。

「だから、入れてもらえなかったんだ。しかもあいつ、塀に引っかけた足も外に出せって言うんだぜ。そんなのできるわけないだろ？　そしたら今度はふわっとこっちに飛んできて、その手に持っている物はなんだって聞いてきてさ」

「なんて答えた？」

江澄《ジャンチョン》は頭痛と嫌な予感を覚えながら聞いた。

「『天子笑だよ！　一かめお前にあげるからさ、見なかったことにしてくれない？』って」

魏無羨《ウェイウーシエン》があっけらかんと笑うのを見て、江澄《ジャンチョン》は深々とため息をついた。

「……雲深不知処は禁酒だぞ。罪の上塗りだな」

「あいつも同じこと言ったよ。だから聞いたんだ。『だったら逆に教えてよ。藍《ラン》家で禁止しないものってあるのか？』って。そしたらあいつちょっと怒ったみたいで、山にある規訓石を読んできなさいって。はっきり言って、三千以上もあって、しかも全部篆《てん》書体《しょたい》で書いてある規則なんて誰が読むんだよ。お前読んだか？　お前は？」

魏無羨《ウェイウーシエン》は皆の顔を見回す。

「もちろん俺は読んでないけど、そんなに怒るほどのことでもないだろ？」

「そうだ！」と皆が同意の声を上げる。それから、口々に雲深不知処のやたら数が多く意味不明で古臭い規則に文句を言い始めた。ここでやっと仲間を見つけたとばかりの一体感だ。

「一つの世家に三千以上の家規があって、しかも重複しないとかあり得ないよな。『雲深不知処での殺生禁止、無断で手合わせ禁止、淫奔《いんぽん》禁止、夜遊び禁止、騒ぐの禁止、走るの禁止』とかはまだわかるけど、『むやみに笑うの禁止、だらしなく座るの禁止、ご飯は三杯以上禁止』みたいなのがあるなんて……」

話の途中にもかかわらず、魏無羨《ウェイウーシエン》は驚き、言った者に慌てて聞き返した。

「なんだって？　無断で手合わせするのも禁止なのか？」

「……禁止だ。お前まさか、彼と戦ったとか言うんじゃないだろうな」

江澄《ジャンチョン》が恐る恐る聞くと、悔しそうに魏無羨《ウェイウーシエン》は漏らした。

「戦ったよ。しかも、あいつに天子笑を一かめ割られた」

その言葉に、江澄《ジャンチョン》以外の皆が一斉に太ももを叩き、もったいないと叫んだ。

「二かめ持ってたんだろう。もう一かめは？」

もうこれより最悪なことはないだろうと、江澄《ジャンチョン》の気がかりは別のところへ向いた。

「飲んだ」

「どこで？」

「あいつの目の前で。『わかった。雲深不知処が禁酒なら、中に入らずに塀に立ったまま飲めば、規則違反じゃないだろう？』って言って、そのまま目の前で全部飲み干してやった」

「……それで？」

「それで、戦いになった」

「魏《ウェイ》さん」

聶懐桑《ニエホワイサン》は驚愕し、「すごすぎる……」と一言呟く。

魏無羨《ウェイウーシエン》は眉を跳ね上げて、どこか得意げな顔で言った。

「藍湛《ランジャン》の腕前は悪くなかったよ」

誰かが絶望したような声を上げる。

「君はおしまいだよ！　藍湛《ランジャン》は今まで一度もそんな無礼なことなんかされたことがないだろうから、絶対に君は目をつけられたと思う。気をつけなよ。藍《ラン》湛《ジャン》は僕たちと一緒に勉強しないけど、彼は今、藍《ラン》家の懲罰担当なんだから！」

魏無羨《ウェイウーシェン》はそれを聞いてもちっとも怖がらず、ひらひらと手を振った。

「怖くないって！　藍湛《ランジャン》の奴、小さい頃から神童って言われてたらしいじゃないか？　そんな天才なら、あいつの叔父貴が教えたことなんてとっくに身につけて、一日じゅう閉関してるだろうから、俺を見張る暇なんて……」

一行が透かし窓のある壁を曲がると、授業が行われる蘭室《らんしつ》の中に、背筋をすっと伸ばして正座している白衣の少年が見えた。長い髪に、額には抹額を結んでいる。まるで氷の冷気を纏っているかのように、彼は冷たい目で少年たちを見渡した。

十数人の口は、まるで禁言術をかけられたかのように一斉に固く閉じた。黙って蘭室に入ると、各々が好きな席に座る。だが、藍忘機《ランワンジー》の周りの文机《ふづくえ》だけは誰も座らなかった。

江澄《ジャンチョン》は魏無羨《ウェイウーシェン》の肩を叩いて、「目をつけられたな。ご愁傷様」と低い声でからかうように言った。

魏無羨《ウェイウーシェン》が視線を横にやると、ちょうど藍忘機《ランワンジー》の横顔が見えた。彼はまつ毛が長く、優雅な気品を感じさせた。正座する姿勢も完璧で、その目は真っすぐに前方に向けられている。彼に話しかけようと思ったその時、藍啓仁《ランチーレン》が蘭室に入ってきた。

藍啓仁《ランチーレン》は背が高くて痩せ型で、背筋を伸ばし、長くて黒いヤギ髭《ひげ》を生やしているが、年寄りではない。姑蘇藍《ラン》氏は代々美男揃いという伝統からしても、決して不細工ではないはずだが、残念ながら彼の全身から漂う頑《かたく》なな空気のせいで、オヤジと呼んでも違和感がない。彼は手に持った巻物を床に垂らすように、長々と転がして広げた。しかも、そのまま藍《ラン》家の家規を滔々《とうとう》と読み始めるものだから、少年たちの顔は次第に青褪めていく。

魏無羨《ウェイウーシエン》はというと、退屈のあまり視線をあちこちに泳がせていた。ふと隣の藍忘機《ランワンジー》の横顔に目を向けた時、彼の真剣な表情を見て驚愕した。

（こんっなにつまらない内容だっていうのに、そこまで真面目に聞けるなんて！）

すると皆の前に立つ藍啓仁《ランチーレン》が、突然巻物を床に叩きつけて、冷ややかに笑った。

「規訓石に刻まれていても、読んでいない者がいる。こうやって一条一条読み上げれば、もう知らないなどと言い訳して規則を破る者はいないだろう。いや、それでもまだ心ここにあらずの者がいるようだ。わかった。ならば別の話をしよう」

この言葉は、藍忘機《ランワンジー》を除いて今蘭室にいるすべての者に当てはまるが、魏無羨《ウェイウーシエン》はこれは自分だけに向けられた警告だと直感した。

その勘は当たり、藍啓仁《ランチーレン》は彼の名を呼んだ。

「魏嬰《ウェイイン》」

「はい」

「質問だ。『妖魔鬼怪』とは、それぞれ同じ類のものか？」

「いいえ」

魏無羨《ウェイウーシエン》は笑顔で答えた。

「違うならば、どう区別する？」

「『妖』は、人間以外の生き物が化けたもの。『魔』は、生者が化けたもの。『鬼』は、死者が化けたもの。『怪』は、人間以外の死物が化けたものです」

「『妖』と『怪』は非常に混同しやすいが、例を挙げて区別できるか？」

「簡単です」

魏無羨《ウェイウーシエン》は蘭室の外にうっそうと生い茂る樹木を指さした。

「例えば一本の生きた木が、百年もの間、文人《ぶんじん》の気に染められたとします。自我を持ち始め、化けて祟りを起こし、人に害をなすようになったら『妖』とし……もし俺が斧《おの》で木を切り、死んだ木の切り株だけを残して、それが化けたら『怪』とします」

「清河聶《ニエ》氏の先祖はどんな職業だった？」

「屠殺人《とさつにん》」

「蘭陵金《ジン》氏の家紋である白い牡丹の品種は？」

「金星雪浪《きんせいせつろう》」

「修真界で、血族による仙門を興《おこ》し、門派衰退への道を作った第一人者は誰だ？」

「岐山温《きざんウェン》氏の開祖、温卯《ウェンマオ》」

魏無羨《ウェイウーシエン》の淀みない答えを、他の少年たちは内心で動揺しながら聞いていた。運良く自分が当てられなかったことに安堵《あんど》しつつ、彼がそのままずっと正解し続けて、どうか藍啓仁《ランチーレン》が他の人に当ててこないようにと祈る。

「雲夢江《ジャン》氏の門弟として、これくらいのことはすらすらと暗唱できて当然だ。全部正解できたからといって、いい気になってはならない。では、次の質問だ。下手人《げしゅにん》が一人いて、両親と妻子は健在、生前百人以上の首を切り落として最期は野垂れ死にした。その死体は七日間もそのままさらされていたため、怨念は強くなり祟りを起こし、人を殺《あや》めるようになった。さて、どう対処する？」

この問いに魏無羨《ウェイウーシエン》がすぐさま答えなかったため、皆は彼が答えに窮《きゅう》していると思い、気が気ではなかった。藍啓仁《ランチーレン》は皆の様子を見て怒鳴った。

「何を見ている！　君たちも自分で考えなさい。そこ、本をめくるな！」

とっさに本へ伸ばした手を慌てて引っ込めて、皆が困った表情を浮かべた。野垂れ死んで、その死体は七日間もそのままだなんて、どう考えても悪鬼か凶屍になっていて、対処は非常に厄介なはずだ。この藍《ラン》オヤジが絶対に自分を当てませんように、と皆が祈った。

藍啓仁《ランチーレン》は、長い間無言の魏無羨《ウェイウーシエン》が何やら考え込んでいるように見えたため、「忘機《ワンジー》、どう対処するか教えてやりなさい」と甥を指名した。

藍忘機《ランワンジー》は魏無羨《ウェイウーシエン》に目もくれず、すっと一礼すると、淡々と答え始めた。

「第一に済度《さいど》、第二に鎮圧、第三に根絶。まず、両親と妻子が肉親の情に訴え、下手人の生前の願いを叶えてやり、執念をなくす。効果がなかった場合、鎮圧する。それでも大悪《だいあく》を重ね、怨念が散らなかった場合、根絶し、存在自体を滅する。玄門が事に当たる場合、必ず以上の手順を踏み、間違いは許されません」

少年たちは皆ふーっと長く息を吐き出し、藍忘機《ランワンジー》を当ててくれて良かった、と心の中で安堵した。もし他の誰かを当てていたら、きっとどれか一つや二つは忘れたり、順序を間違えていたに違いない。

藍啓仁《ランチーレン》は甥の答えを聞き、満足そうに頷いた。

「一字一句誤りのない答えだ」

そして少し間を置いて、また続けた。

「修行はもちろん、人としても、すべてこのように手堅く着実でなければならない。ただ自分の家の管轄地で、何匹か低級の鬼怪を退治できたからといって自己満足し、腕白し放題では、いずれ必ず自分の行いで恥をかくことになる」

魏無羨《ウェイウーシエン》はぴくりと眉を跳ね上げて、藍忘機《ランワンジー》の横顔をじろりと見た。

（このオヤジ、やっぱりわざと俺を狙ったな。ご自慢の生徒を一緒に勉強させて、俺に恥をかかせようって腹か）

「質問があります」

魏無羨《ウェイウーシエン》の申し出に、藍啓仁《ランチーレン》が頷く。

「申せ」

「確かに『済度』を第一にと言いますが、『済度』は大抵不可能です。『生前の願い事を叶えてやって、執念をなくす』なんて、言うだけなら簡単ですが、新しい服が欲しいなどといった願いならともかく、殺人や一族皆殺しなどの復讐を望んでいた場合、どう対処するのですか？」

「だから済度を主に、鎮圧を補助に、必要であれば根絶する」

藍忘機《ランワンジー》が口を挟み、同じことを繰り返す。

魏無羨《ウェイウーシエン》は小さく笑い、「実にもったいない」と呟くと、一拍おいてからまた続けた。

「先ほどは決して答えがわからなかったわけではなく、ただ第四の対処法を考えていたんです」

それを聞いて、藍啓仁《ランチーレン》が顔を顰める。

「第四の方法など聞いたこともない」

「下手人が野垂れ死んで、凶屍となるのは必然です。その者は生前、百人以上の首を切り落としてきたんですよね？　だったら、その百人の墓を掘って怨念を刺激し、百個の首を集めて、この凶屍と戦わせて――」

藍忘機《ランワンジー》はやっと彼の方に顔を向けた。だが眉間には微かにしわを寄せていて、その表情は非常に冷ややかだ。藍啓仁《ランチーレン》はというと、髭まで震わせて「身のほどをわきまえよ！」と怒鳴った。

蘭室中の皆が驚愕し、藍啓仁《ランチーレン》はいきなり立ち上がる。

「妖魔を制圧し、鬼怪を退治することは、そもそもが浄化を目的としている！　それを、浄化の道を捨て、逆にそれらの怨念を刺激するだと？　本末転倒、君は人倫《じんりん》をなんだと思っている！」

「でも、どうしても浄化が効かないものだってあるのに、なぜそれを利用しようとしないんですか？　洪水などの水害も、防ぐことは下策で、流れを良くすることこそが上策です。同じく鎮圧もただ防ぐだけでは下策に違いない……」

魏無羨《ウェイウーシエン》がそこまで言った時、我慢の限界を越えた藍啓仁《ランチーレン》が本を一冊投げつけてきた。彼はそれを軽く避けると、顔色一つ変えず、続けてさらにでたらめなことを言い放つ。

「霊力も怨念も、すべて人間が生み出すものです。霊力は体に溜め込んで、大いに人間のために使われているのに、なぜ怨念を人間のために使ってはならないのですか？」

藍啓仁《ランチーレン》はまた本を投げつけ、声を荒らげた。

「なら逆に聞く！　その怨念たちがきちんと君の意のままに動き、他人を害さないとどうやって保証できる？」

「それはまだ思いついてません！」

本を避けながら答える魏無羨《ウェイウーシエン》に、藍啓仁《ランチーレン》は激怒して命じた。

「もしその答えを思いついたなら、仙門百家はもう君を放ってはおけなくなる。――出ていけ！」

それはむしろ願ったりな命令で、魏無羨《ウェイウーシエン》はすぐさま蘭室から出ていった。

その後は、雲深不知処のあちこちをぶらぶらして、半日ほど草花を摘んだり弄《いじ》ったりして遊んだ。授業を終えた皆は彼を捜し回り、やっとのことで高い塀の上にいるところを見つけた。黒い瓦《かわら》の上に座った魏無羨《ウェイウーシエン》は、蘭草《ふじばかま》を一枝口に咥え、右膝の上に頬杖をつき、下ろした左足をぶらぶらと揺らしている。

するとそこへ、誰かが下から感嘆する声をかけた。

「魏《ウェイ》さん！　さすがですよ！　出ていけって言われたら、まさか本当に出ていくなんて！　ハハハハハハッ……」

見下ろすと、聶懐桑《ニエホワイサン》と江澄《ジャンチョン》が立っている。

「君が出ていったあと、あのおっさん、ぽかんとしちゃって、顔色が大変なことになってましたよ！」

魏無羨《ウェイウーシエン》は蘭草を咥えたまま、下に向かって大声で答えた。

「質問には全部答えたし、出ていけって言われたからすぐ出ていったのに、それ以上どうしろっていうんだ？」

聶懐桑《ニエホワイサン》が首を傾《かし》げて言った。

「あのおっさん、なんだか君にだけ特別厳しくないですか？　君ばっかり叱りますよね？」

「自業自得だ。どうして習った通りに答えられないんだよ？　でたらめな話は家の中だけにしろよな。よくも藍啓仁《ランチーレン》の前であんなこと言えるもんだ。死ぬ気か！」

江澄《ジャンチョン》はそう言って鼻を鳴らした。

「なんて答えたって、どのみちもう嫌われているんだし、言いたいことを言わせてもらうさ。それに、俺は別に口答えしたつもりはないし、ただ正直に思ったことを言っただけだ」

飄々《ひょうひょう》として言う魏無羨《ウェイウーシエン》を、聶懐桑《ニエホワイサン》は羨望の眼差しで見上げた。

「しかし、さっきの魏《ウェイ》さんの話はなかなか面白かったな。霊力は自分で修練を頑張って増やして、またそれを一生懸命『金丹《きんたん》』にしないといけない。僕みたいに生まれつき霊力が少なくて、才能もさっぱりな人間は、あと何年頑張らないといけないんでしょ

う ね……それに比べて怨念は凶屍や悪鬼が持っているものだから、もしそのまま利用できるなら最高ですよね」

金丹とは、修練を重ねてある段階に達すると、より多くの霊力を溜め込んで使えるように、修士の体内にできる玉状のもののことだ。結丹《けったん》――つまり無事に金丹ができれば、修練の段階はさらに一段上がる。そうなってようやく精進の道の出発点に立ち、頂点を目指すことができるのだ。金丹を持たない者は二流修士と見なされる。そのため、世家の公子が結丹に時間をかけすぎるのは、恥ずべきこととされているのだが、聶懐桑《ニエホワイサン》はどうやら少しも恥だと思ってはいないようだ。

魏無羨《ウェイウーシエン》は「ハハッ」と笑った。

「そうだろ？　使わないなんてもったいないよな！」

「やめろ。話すだけならまだいいが、絶対にそういう邪道に走るなよ」

江澄《ジャンチョン》に釘を刺され、魏無羨《ウェイウーシエン》が明るく笑った。

「俺が今いるこの前途洋々《ぜんとようよう》たる道を捨てて、わざわざそんな険しい道に進むわけがないだろう？　それに、本当に容易く進める道なら、とっくに誰かがやっていたはずだ。心配するなよ。あのオヤジの質問に適当に答えただけだって。それより、お前らも来るか？　宵禁の前に、一緒に雉を捕まえに行こうぜ」

「雉を捕まえに行く？　ここに雉なんているわけないだろうが！　お前はさっさと『雅正集《がせいしゅう》』の書き写しをしろ。藍啓仁《ランチーレン》からお前に伝言を預かったよ。『雅正集』の上義《じょうぎ》編を三回書き写して、倫理道徳を一から勉強し直せだとさ」

「雅正集」とは藍《ラン》家の家訓集だ。あまりにも多くなった家訓を、藍啓仁《ランチーレン》がすべて改訂し、一冊の非常に分厚い本にまとめた。上義編と礼則《れいそく》編だけで全体の八割を占めている。魏無羨《ウェイウーシエン》は咥えていた蘭草を吐き出し、靴についていた埃を払った。

「三回も？　一回だけでもつまらなすぎて死んじゃうよ。それに俺は藍《ラン》家の人間でもないし、これから藍《ラン》家に婿入りするつもりもないのに、そんなもの書き写してどうするっていうんだ？　絶対やるもんか」

「あっ、じゃあ僕がやりますよ！　僕が魏《ウェイ》さんの代わりに書き写します」

聶懐桑《ニエホワイサン》がすぐさま志願してくるので、魏無羨《ウェイウーシエン》は怪訝そうな顔で尋ねた。

「理由もなくご機嫌を取る奴なんていないぞ。言え。頼みはなんだ？」

「実は、あのおっさんにはある悪い癖があって……」

聶懐桑《ニエホワイサン》は話の途中で突然黙り込み、「ゴホン」と咳払いしてから、扇子《せんす》を広げて端に下がった。魏無羨《ウェイウーシエン》がその意味に気づいて視線を移すと、やはりそこには藍忘機《ランワンジー》がいた。

彼は背中に避塵《ビチェン》を背負い、生い茂った一本の古木の下に立って、遠くからこちらを見ていた。真っすぐに背筋を正して立つすらりとしたその姿は、葉の陰から射す木漏れ日を全身に受けている。向けられた視線はとても友好的とは言えず、彼に一目睨まれただけで、まるで浮氷《ふひょう》の隙間にでも落ちたかのようだ。

自分たちが大声で会話していたせいで彼がやって来たのだと気づき、下にいた二人は表情を引き締めて口を閉じた。しかし、魏無羨《ウェイウーシエン》だけは、瓦の上からぴょんと飛び降りると、藍忘機《ランワンジー》に向かって叫んだ。

「忘機《ワンジー》さーん！」

藍忘機《ランワンジー》はすぐさまその場から離れたが、魏無羨《ウェイウーシエン》は逆に嬉々として彼を追いかけながら、再び叫んだ。

「忘機《ワンジー》さんってば！　待ってよ！」

風になびく白い校服を纏った藍忘機《ランワンジー》は、古木の後ろまで歩くと瞬く間に姿を消した。彼にはまったく話すつもりがないようだ。魏無羨《ウェイウーシエン》は背を向けられてムッとし、二人の方を振り向いて訴えた。

「構ってくれなかった」

「そうみたいですね」

答えながら、聶懐桑《ニエホワイサン》は不思議そうな顔になった。

「どうも魏《ウェイ》さんはよっぽど彼に嫌われているみたい

ですね。藍忘機《ランワンジー》は滅多に……いや、絶対こんな失礼なことはしないはずですよ」

「もう嫌われちゃったのかよ？　ちゃんと謝ろうと思ったのにな」

江澄《ジャンチョン》はしょんぼりしている魏無羨《ウェイウーシエン》を嘲笑った。

「今さら謝るだと？　もう遅いだろ！　あいつもきっと自分の叔父と同じく、お前のことを芯まで最悪な奴だとわかって、相手をする価値がないと判断したんだろうよ」

魏無羨《ウェイウーシエン》は納得できずに吐き捨てる。

「相手が美人ならつれないのもわかるけどさぁ、あいつが美人だとでも言うのか？」

だが、少し考えて、藍忘機《ランワンジー》は紛れもなく美しい容姿だったことを思い出した。そう思うと妙に腑《ふ》に落ちて、単純にもむかむかしていた衝動はどこかへ消え去った。

その三日後、魏無羨《ウェイウーシエン》はようやく藍啓仁《ランチーレン》の「悪い癖」のなんたるかを知った。

藍啓仁《ランチーレン》の授業内容は非常に膨大で、しかも何もかも暗記しないといけないのだ。その上、すべてが試験に出るという。何代も続く世家の変遷《へんせん》、勢力範囲の状況、名士の名言、世家の家系図――。

授業中はまるで念仏でも聞いているかのようで、黙々と暗記している時は、藍《ラン》家に売られた奴隷になった気分だった。

魏無羨《ウェイウーシエン》の代わりに「雅正集」の上義編を二回書き写してくれた聶懐桑《ニエホワイサン》は、試験の前になると魏無羨《ウェイウーシエン》に泣きついてきた。

「頼みますよ魏《ウェイ》さん。僕は姑蘇に来るのは今年で三回目なんです。もしまた評価を乙〔成績は上から順に「甲、乙、丙、丁」の四つの評価に分けられる〕以上取れなかったら、本当に兄上に脚をへし折られちゃいます！　だいたい本家とか分家とか、直系とか傍《ぼう》系とか知りませんよ！　僕たちみたいな世家の家系じゃ、自分の家の親戚ですら多すぎていちいち覚えてられなくて、叔父叔母と適当に呼んでしまうくらいなのに、他人の家の家系図なんか暗記できるわけない！」

そして試験当日、答えを書いた紙切れがあちこちで飛び交った結果――藍忘機《ランワンジー》が突然現れて、主犯の何人かを捕まえたのだった。

藍啓仁《ランチーレン》は激怒して、それぞれの家に手紙を出し、その事実を報告した。藍啓仁《ランチーレン》は中でも魏無羨《ウェイウーシエン》のことを特に嫌悪していた。確かに元から各世家の若者たちは落ち着きがなかったが、少なくともこれまでは誰も実際に事を起こそうとはせず、頑張って尻とふくらはぎをくっつかせていた。それなのに、魏嬰《ウェイイン》が来た途端、悪巧みはすれども怖くて実行できなかった悪童どもが彼に唆《そそのか》されて、夜遊びしたり酒を飲んだりとやりたい放題で、風紀がどんどん乱れていったのだ。

この魏嬰《ウェイイン》、やはり藍啓仁《ランチーレン》の予想通り、まさしくこの世の害たる者だ！

手紙に対する江楓眠《ジャンフォンミエン》の返信は「嬰《イン》は昔からそうなのです。藍《ラン》先生にはお手数をおかけいたしますが、どうぞよろしくお願いいたします」というものだった。

かくして魏無羨《ウェイウーシエン》はまた処罰されることになった。

彼は初め、これから罰を受けることなどちっとも気にしていなかった。どうせまた本を書き写すだけだし、手伝ってくれる人もいるのだから、と。だが今回は様子が違っていた。

「魏《ウェイ》さん、もう僕は力になれません……自分で頑張ってください」

なぜか、聶懐桑《ニエホワイサン》に断られてしまったのだ。

「なんでだよ？」

愕然として尋ねると、「あのおっさ……藍《ラン》先生が言ってましたよ。今回は上義編と礼則編、両方だって」という答えが返ってきた。

礼則編は、藍《ラン》家の家訓をまとめた全十二編の中で最も長い一編で、古典からの引用や、滅多に使わない漢字も非常に多いため、一回書き写したら生きている楽しさが消え失せ、十回も書き写せばその場で成仏してしまいそうだ。

「しかも、処罰が終わるまで、誰も君とつるんではいけないし、代わりに書き写してはならないとも言ってました」

聶懐桑《ニエホワイサン》から同情するように言われ、魏無羨《ウェイウーシエン》は疑問に思って首を傾げた。

「誰かが代わりにやったかどうかなんて、どうやってわかるんだ？　まさか、誰かに俺を毎日見張らせるわけじゃないだろうし」

「その通りだ」

江澄《ジャンチョン》が憮然とした表情で言った。

「……嘘だろう？」

ようやく状況に気づき、魏無羨《ウェイウーシエン》は絶句した。

「お前はこれから毎日藍《ラン》家の蔵書閣《ぞうしょかく》に行って本を書き写し、さらに謹慎一か月——外出は一切禁止だとさ。もちろん見張りもいる。それが誰なのかは、もう言うまでもないだろう？」

◆

——蔵書閣内。

竹製の敷物が一つに文机が一つ。その上には燭台《しょくだい》が二つ、そして向かい合って座る二人。片方は姿勢正しく正座している。もう片方、礼則編を既に十数枚書き写した魏無羨《ウェイウーシエン》は、頭が痛くて眩暈を起こし、つまらなすぎて筆を放り、休憩がてら向かい側を眺めていた。

雲夢では、江《ジャン》家の多くの女子たちが、彼が藍忘機《ランワンジー》と一緒に勉強できることを羨ましがっていた。同世代で本家の「藍《ラン》氏双璧」と言われている藍《ラン》氏兄弟は、美男子揃いの藍《ラン》家の中でもさらに際立った美貌の持ち主だと皆口を揃えて言った。魏無羨《ウェイウーシエン》は、姑蘇に来てからまだ藍忘機《ランワンジー》の顔をまじまじと近くからは見ていなかったな、と思い至る。改めてじっくりと見てみると、あれこれくだらないことを考えてしまった。

（確かに綺麗だな。容姿も風格も何一つ欠点がない。でも江《ジャン》家の女の子たちには直接ここに来て、自分たちの目で見てほしいよ。毎日敵でも見ているようなこの冷ややかな視線で、まるで両親を亡くしたみたいな暗い顔をしてるんだから、いくら綺麗でも全部台無しだ）

藍忘機《ランワンジー》は今、藍《ラン》家の蔵書閣に保管されている門外不出の年代物の古書を新しく書き写す作業をしている。紙の上を滑る筆の動きはゆっくりと落ち着いていて、端正な字には彼の清らかな芯が表れているようだ。その字の美しさは、魏無羨《ウェイウーシエン》が思わず素直に称賛してしまうほど見事なものだった。

「へぇ、綺麗な字だな！　すっごく上手だ！」

心から褒めたというのに、藍忘機《ランワンジー》は一切反応しなかった。

魏無羨《ウェイウーシエン》の方は、珍しく長い間黙っていたので、誰かと話をしたくて仕方がない。

（こんな寡黙《かもく》な奴と、これから毎日何時辰も向かい合って座って、しかもこの罰が一か月も続くなんて、俺に死ねって言うのか？）

そう考えていたらだんだん耐えきれなくなってきて、彼は座ったまま体を少し前に傾けた。

魏無羨《ウェイウーシエン》は遊びを見つけることが得意で、どんなにつらく苦しい状況の中でも楽しめるのが彼の長所だった。ここに遊べるものが何もないなら、もう藍忘機《ランワンジー》で遊ぶしかないだろう。

「忘機《ワンジー》さん」

親しげに呼びかけても、藍忘機《ランワンジー》は山のようにびくともしなかった。

「忘機《ワンジー》」

呼び捨てにしても、聞こえないふりをする。

「藍忘機《ランワンジー》——藍湛《ランジャン》！」

字《あざな》ではなく名を呼ぶと、藍忘機《ランワンジー》はようやく筆を止め、顔を上げて冷たい目でじっと彼を見据えた。魏《ウェイ》無羨《ウーシエン》はさっと後ろに下がり、手を上げて防御の構えをする。

「そんな目で見ないでよ。忘機《ワンジー》って呼んでも返事しないから、仕方なく藍湛《ランジャン》って呼んだだけだ。嫌だったらお前も魏嬰《ウェイイン》って呼んでくれていいし」

「膝を立てるな」

魏無羨《ウェイウーシエン》は片方の膝を立てて体も斜めという、かなり適当な姿勢で座っていた。藍忘機《ランワンジー》がやっと口を開いたのを見て、まるで絶え間ない努力がようやく実を結んだかのように密かな嬉しさを感じた。

彼は言われた通りに足を引っ込めたが、上半身はまた前に乗り出して肘《ひじ》を文机に置き、結局先ほどと大して変わらない適当な姿勢で座る。

魏無羨《ウェイウーシエン》はふいに真面目な声音で聞いた。

「藍湛《ランジャン》、質問してもいいか？　お前……俺のことそんなに嫌い？」

藍忘機《ランワンジー》は視線をまた本に戻した。それにつられて長いまつ毛も伏せられ、玉のように美しいその頬に淡い影を落とす。

「頼むよ。無視するなって。ちゃんと反省してるから、お前に謝りたいんだ。なあ、こっち見て」

魏無羨《ウェイウーシエン》は少し待って、反応がないと見るとまた続けて話し始めた。

「見てくれないの？　わかった、じゃあ勝手に話すよ。あの夜は確かに俺が悪かった。ごめんなさい。塀に登ったのも、酒を飲んだのも、お前と喧嘩したのも、全部俺が悪かったんだ。でもこれだけは誓える！　俺はわざとお前を挑発したんじゃなくて、本当に藍《ラン》家の家規を読んでなかったんだ。江《ジャン》家の家規は全部口頭だけで、それをまとめた本なんてなかったから……じゃなきゃ絶対あんなことしなかった」

（お前の目の前で天子笑を一かめ全部飲み干したりしないで、懐に隠して部屋で毎日飲んで、それも皆に分けて思いっきり楽しめば良かった！）

心の中では正反対のことを思いながら、表向きだけはさもすまなそうに言う。

「それに、本《もと》はと言えば、先に手を出したのはそっちだろ？　お前が先に剣を抜かなかったら、俺たちはちゃんと会話をしてただろうし、説明だってできたはずだ。俺は殴られたら絶対殴り返さないと気が済まない質《たち》だから、これに関しては全部が俺のせいじゃない。藍湛《ランジャン》、お前ちゃんと聞いてる？　俺を見て。藍《ラン》公子？」

魏無羨《ウェイウーシエン》は指をぱちんと鳴らし、「藍《ラン》兄ちゃん、お願い、こっち見て」と呼んだ。

藍忘機《ランワンジー》は視線を上げずに冷ややかに答えた。

「――書き写し、もう一回追加」

「ええっ、勘弁してよ。俺が悪かったって！」

魏無羨《ウェイウーシエン》は体をぐったりと横に傾けたが、藍忘機《ランワンジー》は容赦なく彼の嘘を暴いた。

「まったく反省の色が見えない」

「ごめんなさい、ごめんなさい、ごめんなさい、ごめんなさい、ごめんなさい、ごめんなさい、ごめんなさい。何回言ってもいい。跪いて言ってもいいよ」

魏無羨《ウェイウーシエン》は一切の尊厳を捨てたかのように繰り返す。

藍忘機《ランワンジー》が静かに筆を置くのを見て、魏無羨《ウェイウーシエン》はようやく彼が我慢できなくなったのだと思い込んで嬉しくなった。しかし、自分を殴りに来るだろう彼に、へらへらと笑顔を見せようとした瞬間、突然上下の唇がくっつき、浮かべかけた笑みが凍りついた。

「ん？　んんん！」

魏無羨《ウェイウーシエン》の顔は青褪め、力の限り声を出そうとする。

藍忘機《ランワンジー》は両目を閉じ、軽く息を吐いた。そして目を開けると、またいつも通りの静かな表情に戻って、まるで何もなかったかのように筆を手に取る。

魏無羨《ウェイウーシエン》は前々から藍《ラン》家の禁言術がどれだけ厄介かを耳にしていたが、これまでは少しも信じていなかった。だが、かなり長い間奮闘して、口元が赤くなるほど手で引っかいたのに、どうしても口を開けられない。仕方なく彼は一枚の紙を取り出すと、その上で筆を素早く走らせ、書き終わった紙をそのまま前に滑らせる。藍忘機《ランワンジー》はそれをちらりと見て、「くだらない」と言い、紙を丸めて床に捨てた。

魏無羨《ウェイウーシエン》は憤慨して床にごろりと転がったが、気を取り直して文机に這い上がると、もう一枚書く。それを再び藍忘機《ランワンジー》の前に叩きつけたものの、同じく丸められて捨てられてしまった。

結局、禁言術は、彼がその日の分の書き写しをすべて終わらせるまで解いてはもらえなかった。次の日にまた蔵書閣へ行くと、床一面に捨てられていた紙玉は、すべて片づけられていた。

魏無羨《ウェイウーシエン》は昔から、喉元過ぎれば熱さを忘れるところがあり、つい昨日禁言術で痛い目に遭ったばかりだというのに、たった一刻〔一刻はおよそ十五分〕座っていただけで、また我慢できず彼に話しかけたくなっていた。そして、もう一度禁言術をかけられるかもしれない、などとは露ほども考えずに話しかけると、二言しか言わないうちに、再び禁言されてしまった。

　話せないなら、とまた紙に落書きして、昨日と同じく藍忘機《ランワンジー》の方に置いたが、また丸められて床に捨てられる。それは三日目も変わらなかった。

　このように毎日禁言され続けて一か月が経ち、とうとう謹慎の最終日がきたが、なぜかこの日、藍忘《ランワン》機《ジー》から見た魏無羨《ウェイウーシエン》はいつもと少し様子が違って見えた。

　魏無羨《ウェイウーシエン》は姑蘇に来てしばらく経つが、剣はいつもあちこち適当に置いて、きちんと背負っているところなど一度も見たことがなかった。それが今日はちゃんと剣を持ってきて、「パン」と音を立てて文机の横に置いたのだ。しかも、今までずっと、不撓《ふとう》不《ふ》屈《くつ》の精神であらゆる手を使って藍忘機《ランワンジー》にちょっかいを出してきた彼が、一言も話さず、座った途端すぐ筆を動かし始めるなんて、大人しすぎて逆に怪しい。

　だが、そうなると藍忘機《ランワンジー》には禁言術をかける理由がなく、無意識に度々目を向けて、彼が突然大人しくなったことをやけに疑っている様子だった。しかし予想通り、しばらくすると魏無羨《ウェイウーシエン》はまた藍忘機《ランワンジー》にちょっかいを出した。彼に紙を一枚差し出し、見てほしいと示したのだ。

　どうせまたくだらないことしか書いていないだろう、と思いながらも、藍忘機《ランワンジー》がついそれに目をやると、なんと彼が寄越《よこ》したのは一枚の絵だった。目鼻立ちも表情も快心の出来栄えで、それは窓辺で姿勢を正して正座し、静かに読書をしている自分の姿だった。

　魏無羨《ウェイウーシエン》は、藍忘機《ランワンジー》がこれまでのようにすぐ視線を外さなかったことににやりと口角を上げ、彼に向かって眉を跳ね上げて瞬きを一回した。言葉にしなくとも言いたいことは明白だ。似ているだろう？　良く描けているだろう？　と。

　藍忘機《ランワンジー》はゆっくりと答えた。

「君は謹慎を解いてもらうつもりがないようだな。

絵を描いている暇があったら、書き写しをしなさい」

魏無羨《ウェイウーシエン》はまだ乾いていなかった墨の跡をふーっと吹くと、晴れ晴れとした様子で言った。

「書き写しなんてとっくに全部終わったよ。これで明日からもう来なくていいんだ！」

藍忘機《ランワンジー》の細長い指は、少し黄ばんだ古書をそっと撫でていたが、しばし止まっただけで、また何事もなかったかのように次の頁をめくった。しかし、意外にも禁言術をかけてはこず、無反応な藍忘機《ランワンジー》を見て、魏無羨《ウェイウーシエン》は絵をぽいと無造作に放る。

「あげるよ」

絵はそのまま床に落ちたが、藍忘機《ランワンジー》はそれを拾おうとしなかった。

今までに書いた彼を罵る紙も、機嫌を取る紙も、謝る紙も、許しを請う紙も、でたらめな落書きの紙も、全部同じようにされたため、魏無羨《ウェイウーシエン》はもう慣れっこでちっとも気にしなかったが、突然何かを思い出したように口を開いた。

「忘れるところだった。なんか足りないと思ってたんだよな」

そう言うと、ぱっと絵を拾って筆で何やら描き足した。そして絵と藍忘機《ランワンジー》を交互に見たあと、一人でけらけらと笑いだして床に転がった。藍忘機《ランワンジー》が古書を閉じて絵を一瞥すると、絵の中の自分の耳のところに、花が一輪描き足されていた。

藍忘機《ランワンジー》の口元が少し動くと、魏無羨《ウェイウーシエン》はすぐさまむくりと起き上がって、彼より先に口を開いた。

「『くだらない』だろう？　絶対言うと思ったよ。ていうか、それしか言えないのか？　たまにはなんかつけ加えてくれてもいいんじゃない？」

「非常にくだらない」

冷ややかに言う藍忘機《ランワンジー》を見て、魏無羨《ウェイウーシエン》はからかうようにぱちぱちと手を叩いた。

「本当につけ加えてくれたんだ！　ありがとう！」

藍忘機《ランワンジー》は視線を文机に戻し、先ほど閉じた古書をもう一度開く。しかし一目見ただけで、まるで火にでも触れたかのように、瞬時にその本を投げ捨てた。

もともと彼が読んでいたのは古い経典《きょうてん》だったが、今めくって見えた中身は、全裸でまぐわいをしている人の姿ばかりで、見るに堪えないものだった。誰かが見た目を経典そっくりに装った春宮図《しゅんきゅうず》〔男女の性の交わりを描いた絵画本〕とすり替えたのだ。

考えるまでもなく、こんなことをしたのが誰なのかは明白だ。その「誰か」は藍忘機《ランワンジー》に絵を見せて、注意を引きつけた隙にすり替えたに違いない。

何より当の魏無羨《ウェイウーシエン》にはちっとも罪を隠すつもりがないらしく、文机をバンバンと叩きながら大笑いしていた。

「アハハハハハハハハハハハハハハッ！」

藍忘機《ランワンジー》は、まるで非常に危険なものを避けるように床に捨てた本から離れ、瞬時に蔵書閣の隅にまで下がると、ひどく怒って吠えるように言った。

「魏嬰《ウェイイン》――！」

魏無羨《ウェイウーシエン》は笑いすぎて崩れ落ち、文机の下で転がりながら、やっとのことで片腕を上げた。

「はーい！　ここにいるよ！」

藍忘機《ランワンジー》はすぐさま避塵《ビチエン》を抜いた。彼と出会ってから、ここまで礼儀を忘れて憤っている姿を見たのは初めてだ。魏無羨《ウェイウーシエン》は慌てて自分の剣を取ると、鞘から少し剣身を見せ、彼に忠告した。

「落ち着け、藍《ラン》公子殿！　藍《ラン》家の公子としての振舞いを忘れるな！　それに、ほら、今日は俺も剣を持ってるんだ。本気で戦ったらこの蔵書閣が大変なことになるぞ！」

魏無羨《ウェイウーシエン》はこうなることがわかっていて、万が一藍《ラン》忘機《ワンジー》が怒り心頭に発した時に備え、自分の身を守るためにわざわざ剣を持ってきたのだ。剣先を向けてくる藍忘機《ランワンジー》の薄い色の双眸《そうぼう》は、まるで火でも噴き出しそうなほど怒りの色を帯びていた。

「君という人は、いったいなんなんだ！」

「俺という人が何って？　男の人だけど！」

「この恥知らず！」

藍忘機《ランワンジー》は彼を痛烈に非難した。

「これくらいで恥ずかしがるなよ。えっ？　まさかお前、こういうの見るの初めてとか？　そんなわけないよな」

藍忘機《ランワンジー》は人を罵ることがあまりにも不得意で、反論の言葉が出てこず、しばらくの間黙り込むしかなかった。気を取り直してすっと剣を上げ、魏無羨《ウェイウーシエン》を指すと氷のように冷たい顔で口を開く。

「外に出なさい。一戦交える」

魏無羨《ウェイウーシエン》はぶるぶると頭を横に振って、しかつめらしく答えた。

「やらないやらない。藍《ラン》公子、まさか知らないの？　雲深不知処では無断で手合わせは禁止だよ？」

魏無羨《ウェイウーシエン》は先ほど捨てられた春宮図を拾おうとするが、藍忘機《ランワンジー》がそれに気づいて素早く奪う。魏無羨《ウェイウーシエン》は彼がその本を証拠に自分を告発するつもりだと気づき、わざと彼を激昂させようと目論んだ。

「興味ないのかと思ったのに、また見たくなったのか？　だったら別に奪わなくてもいいのに。もともとお前に見せるつもりでわざわざ借りてきたんだからさぁ。俺が持ってきた春宮図を見たからには、これで俺たちは友達だ。これからもっといろいろ話そうぜ。俺まだ……」

藍忘機《ランワンジー》の顔から血の気が引く。

彼は「見、な、い」と一文字ずつはっきりと答えた。

魏無羨《ウェイウーシエン》は引き続きぺらぺらと口から出任せを言う。

「見ないならなんで本を奪ったんだよ？　まさか、こっそり自分のものにするつもりとか？　それはダメだよ。俺も友達から借りてきたやつなんだから、お前も見終わったらちゃんと返せよ……ちょ、ちょっとこっち来るな。お前が近づくと緊張するだろうが。話し合いをしよう。まさかその本を持って言いつけるのか？　誰に？　まさかあのオヤ……お前の叔父貴に？　藍《ラン》公子さ、そういう淫《みだ》らなものを目上の人に渡していいのか？　絶対にお前も見たって疑われるに決まってるよ？　もしそんなことになったら、お前みたいな初心《うぶ》な奴、絶対恥ずかしすぎて死んじゃう……」

ふと気づくと、無数の紙屑がひらひらと空中を舞って降ってくる。

藍忘機《ランワンジー》が手に霊力を込め、持っていた本をバラバラに裂いてしまったのだ。魏無羨《ウェイウーシエン》は彼の怒りに火をつけ、証拠隠滅に成功したらしい。ほっと胸を撫で下ろして、わざとらしく残念そうに、「ああ、もったいない！」と声を上げる。それから、自分の髪についていた紙屑を一枚取って、憤りのあまり青褪めている藍忘機《ランワンジー》にずいと見せつけた。

「藍湛《ランジャン》、お前はなんでも良くできるけど、物をあちこちに捨てるのは良くないな。ここ一か月で紙をいくつ丸めて捨てたか覚えてるか？　しかも、今日はそれじゃ物足りなくて、裂いて紙屑にして遊ぶなんて。自分でやったんだから自分で片づけろよ。俺は知らないからな？」

言うまでもなく、魏無羨《ウェイウーシエン》は今まで一度も書き散らした紙を片づけたことなどない。

藍忘機《ランワンジー》は必死に耐えようとしていたが、とうとう我慢の限界に達したらしい。

「失せろ！」

藍忘機《ランワンジー》が大声で怒鳴った。

「藍湛《ランジャン》、お前、さすがだなぁ？」

魏無羨《ウェイウーシエン》はこの期に及んで空気を読まず、にやにやしながら言った。

「皆お前のことを聖人君子、世を照らす正義の光、誰よりも礼儀礼節を重んじる、とか褒め称えてるけど、結局この程度かよ？　雲深不知処では騒ぐの禁止って知らないのか？　しかも俺に『失せろ』ってさぁ、お前もしかして、誰かにこういう言葉を使ったのって今が初めて……」

言い終える前に、藍忘機《ランワンジー》は剣を彼の方へ鋭く突き出す。魏無羨《ウェイウーシエン》は慌ててぴょんと窓枠に飛び乗ってから言い放った。

「はいはい、失せるよ。あっ、見送りはいらないからな！」

蔵書閣の窓から飛び降りたあと、魏無羨《ウェイウーシエン》はおかしくなったかのように大笑いしながら、林の方へ走りだした。そこでは、世家の公子たちが彼を待っていた。

聶懐桑《ニエホワイサン》は期待に満ちた顔をして尋ねる。

「どうでした？　彼は中身を見た？　どんな顔をしてました？」

「どんな顔だったかって？　あいつがさっきあんなに大声で吠えてたのに、お前ら聞こえなかったのか？」

魏無羨《ウェイウーシエン》が答えると、聶懐桑《ニエホワイサン》が尊敬の眼差しを向けてきた。

「聞こえましたよ、『失せろ！』って。魏《ウェイ》さん、僕、藍忘機《ランワンジー》が誰かに『失せろ』だなんて言うの初めて聞きましたよ！　いったいどうやったんです？」

「喜ばしいことに、俺があいつにその初めてを与えてやったんだ。これでわかっただろう。藍《ラン》公子殿がいくら素晴らしい教養を持ち、高潔な人格だと世間から称賛されようが、俺の前ではそんな仮面を被ったって無駄だってことが」

　得意顔で答える魏無羨《ウェイウーシエン》を、江澄《ジャンチョン》が怒りを込めて罵った。

「調子に乗るな！　『失せろ』って言われたことのどこが自慢なんだよ！　江《ジャン》家の顔に泥を塗りやがって！」

「俺はちゃんと謝るつもりだったさ。なのにあいつが相手してくれなかったんだ。しかもずっと俺に禁言術をかけやがって。ちょっとくらいからかってもいいだろう？　俺は親切心であいつに春宮図を見せてやったのに……懐桑《ホワイサン》殿から借りたいいやつで、俺もまだ全部見終わってなかったのに、もったいない！　藍湛《ランジャン》って本当につまらない奴だな。せっかく見せてもあんなに怒ってたら、綺麗な顔が台無しだよ」

「春宮図のことなら気にしないでください！　またいくらでも貸しますから」

　聶懐桑《ニエホワイサン》が慰めてきた。

「藍忘機《ランワンジー》も藍啓仁《ランチーレン》も思いっきり怒らせやがって、お前、明日絶対死ぬぞ！　骨は拾ってやらないからな」

　江澄《ジャンチョン》にせせら笑われ、魏無羨《ウェイウーシエン》は気のない素振りで手をぷらぷらと横に振ってから、彼の肩に手を回した。

「そんなのどうだっていいよ。あいつをからかうのが優先だ。それに、お前は今まで何回も俺を助けてくれただろう？　今回も頼むよ」

江澄《ジャンチョン》は魏無羨《ウェイウーシェン》を苛立った様子で蹴った。

「離れろ！　次また同じようなことをやっても、絶対俺には知らせるな！　見物にも呼ぶなよ！」

藍《ラン》家の真面目オヤジさんと真面目ちゃんに、夜中に寝床から引きずり出されてお仕置きされることを防ぐため、魏無羨《ウェイウーシェン》は一晩中自分の剣を抱えたまま眠った。しかし何事もなく朝を迎え、不思議に思っていると、聶懐桑《ニエホワイサン》が嬉々として彼のところに知らせに来た。

「魏《ウェイ》さん、本当についてますね！　あのおっさん、昨日の夜から清河に行って、僕の家の清談会に参加しているんです。あと数日は帰ってこないから、授業もなし！」

（あのオヤジさえいなければ、真面目ちゃんの方なんて楽勝だ！）

魏無羨《ウェイウーシェン》はすぐさま寝床から飛び起きると、靴を履きながらにやにやと嘯《うそぶ》いた。

「やっぱり運も俺の味方だな！」

「でも、いずれは帰ってくるし、その時お前が処罰されないはずはないだろ」

江澄《ジャンチョン》は横で細部まで丁寧に剣を磨きながら、話に水を差した。

「あとで起こるかもしれないことなんて知らないよ。今遊べることが一番大事なんだ。さあ行くぞ！　藍《ラン》家のこの山に雉が一羽もいないなんて信じないからな」

三人は肩を組みながら雲深不知処の応接間である「雅室《がしつ》」の前を通りかかった。魏無羨《ウェイウーシェン》は目に留まったものに、「あれ？」と声を出して足を止める。

「真面目ちゃんが二人……おーい、藍湛《ランジャン》！」

雅室から数人が出てきて、先頭の二人の少年は、まるで玉を磨き上げて作られたかの如くよく似た端整な顔立ちをしていた。全身雪のように白い服を纏っていて、背中に背負った剣の柄につけた飾りの房が、抹額とともに風になびくその様子までまったく同じだ。ただ雰囲気と表情だけが大きく違っている。

魏無羨《ウェイウーシエン》は二人をすぐに見分けることができた。厳しい顔つきの方が藍忘機《ランワンジー》で、穏やかな顔つきの方は「藍《ラン》氏双璧」のもう一人、沢蕪君《たくぶくん》こと藍曦臣《ランシーチェン》だ。

藍忘機《ランワンジー》は魏無羨《ウェイウーシエン》を見て、眉間にしわを寄せた。ほとんど憎々しげとまで言えるような表情で彼を一目睨むと、まるで目が汚されると言わんばかりにすっと視線を逸らして遠くを眺める。藍曦臣《ランシーチェン》の方はといえば、逆に笑顔で挨拶をしてきた。

「お二人は？」

「雲夢江《ジャン》氏、江晩吟《ジャンワンイン》と申します」

江澄《ジャンチョン》が礼儀正しく一礼する。その横で、魏無羨《ウェイウーシエン》も彼と同じように一礼した。

「雲夢江《ジャン》氏、魏無羨《ウェイウーシエン》と申します」

藍曦臣《ランシーチェン》が一礼すると、聶懐桑《ニエホワイサン》が蚊の鳴くような声で「曦臣《シーチェン》兄様」と一言声をかけた。

「懐桑《ホワイサン》、ついこの間清河に行ってきたよ。懐桑《ホワイサン》の兄上は君の学業を心配しているようだ。どうだ？　今年はなんとか無事に終えられそうか？」

「おそらく大丈夫かと……」

聶懐桑《ニエホワイサン》はまるで萎れた胡瓜《きゅうり》みたいになって、魏《ウェイ》無羨《ウーシエン》に縋《すが》るような視線を送ってくる。魏無羨《ウェイウーシエン》はにやりと笑ってから、藍曦臣《ランシーチェン》に尋ねた。

「沢蕪君《たくぶくん》、これからお出かけですか？」

「ああ、水の祟りを払いにね。少し人手が足りないので、忘機《ワンジー》を呼びにきたんだ」

「兄上、これ以上話す必要はありません。早く出発しましょう」

藍忘機《ランワンジー》が冷ややかに言うので、魏無羨《ウェイウーシエン》は慌てて口を挟んだ。

「待て待て、水鬼のことだよな？　それなら俺に任せてよ。沢蕪君《たくぶくん》、俺たちも連れていってもらえませんか？」

藍曦臣《ランシーチェン》は何も言わず微笑み、「規則に反する」と藍忘機《ランワンジー》が答えた。

「どこが規則に反するんだ？　俺たちは雲夢で何度も水鬼を駆除したことがある。それにここ数日は授業も休みだし」

雲夢は湖が多いため、水鬼は確かに江《ジャン》家の門弟たちの得意分野だ。江澄《ジャンチョン》も姑蘇に来てからの雲夢江《ジャン》氏の失態を挽回すべくつけ加えた。

「その通りです。沢蕪君《たくぶくん》、俺たちはきっとお役に立ちます」

「結構だ。姑蘇藍《ラン》氏も……」と藍忘機《ランワンジー》がすべてを言い終わる前に、藍曦臣《ランシーチェン》が笑顔で答えた。

「いいだろう。助かるよ。準備を済ませたら一緒に向かおう。懐桑《ホワイサン》も行くか？」

聶懐桑《ニエホワイサン》ももちろん一緒に行って見物したかったが、藍曦臣《ランシーチェン》を見ると兄の顔が浮かび、怖くて遊んでいるどころではなくなった。

「僕は大丈夫です。部屋に戻って自習します……」

そう答える彼は、藍曦臣《ランシーチェン》が次に兄に会った時、自分がちゃんと勉強していたと伝えてほしいのだろう。

魏無羨《ウェイウーシエン》と江澄《ジャンチョン》は、身支度をするために一旦部屋に戻っていく。

藍忘機《ランワンジー》は二人の背中を見ながら、眉間にしわを寄せたまま、兄に問い質《ただ》した。

「兄上、なぜ彼らも連れていくのですか？　水鬼駆除は遊びではありません」

「江《ジャン》宗主の一番弟子とご長男は、雲夢ではなかなか評判が良いと聞くし、彼らも遊び半分ではないと思うよ」

藍忘機《ランワンジー》ははっきりと意見を述べなかったが、顔には「賛同しない」と大きく書いてあった。

「それに……お前は彼に来てほしかったんだろう？」

藍忘機《ランワンジー》は兄の言葉に愕然とした。

「江《ジャン》宗主の一番弟子の――彼に来てほしそうな顔をしていたから」

その瞬間、雅室の前の空気が凍りついたように静まりかえった。

しばらくして、藍忘機《ランワンジー》はやっとの思いで答えた。

「断じて違います」

彼は続けて弁明しようとしたが、魏無羨《ウェイウーシエン》と江《ジャン》澄《チョン》が剣を背負って戻ってきてしまった。それを見て藍忘機《ランワンジー》は仕方なく口を噤《つぐ》み、一行は御剣《ぎょけん》〔剣の上に立って空を飛ぶ術」して目的地へと出発した。

〈二〉

水鬼が祟りを起こしているのは彩衣鎮《さいいちん》という町で、雲深不知処から二十里〔一里は四百から五百メートル（諸説あり）〕あまり離れた場所だった。

彩衣鎮は水路が非常に多く、小さな町に水路を網の目のように引いたのか、それとも蜘蛛の巣のように張り巡らされた水路に沿って住居を建てたのかはわからない。白い壁に灰色の屋根瓦が立ち並び、水路には荷物を入れる竹籠を積んだ多くの船が浮かんでいる。町は行き交う男女で活気に満ち溢れていた。花に果物、竹の彫刻に菓子、五穀《ごこく》に茶葉と絹、すべて川沿いで売買されている。

姑蘇は南の温暖な地域に位置し、耳に入る人々の話し声は皆柔らかい。二隻の船がすれ違いざまにぶつかって、どちらかのもち米酒を割ってしまい、何やら喧嘩をしているらしいが、その声ですら、まるで小鳥のさえずりのようだった。雲夢も湖が多いが、ここのような小さな水郷《すいごう》はあまりない。魏無羨《ウェイウーシエン》はそのささやかな喧嘩を珍しそうに眺めて、ついでにもち米酒を二かめ買い、江澄《ジャンチョン》にその一かめを渡した。

「姑蘇の人って、皆ずいぶんおっとりした声で話すんだな。今のどこが喧嘩なんだよ？　雲夢の人たちの喧嘩を見たら、絶対びっくりするぞ」

魏無羨《ウェイウーシエン》が呟いたところで、こちらに目を向けた藍《ラン》忘機《ワンジー》と視線が合った。

「……藍湛《ランジャン》、なんで俺を見るんだよ。別に俺がケチだからお前の分を買わなかったとかじゃなくて、お前のところが禁酒だから買わなかっただけだぞ？」

軽口を叩きながらも、舟は進んでいく。ほとんど寄り道もせず、一行は十数艘《そう》の小舟に乗って、水鬼が集まる水域へと向かった。川の両側に立ち並ぶ住居もだんだんと少なくなり、それとともに辺りは静かになってきた。魏無羨《ウェイウーシエン》は江澄《ジャンチョン》とそれぞれ一艘の舟に乗って、どちらが速いか競い合いながら、水の祟りに関する情報を聞いた。

この川は大きな湖に繋がっていて、名は碧霊湖《へきれいこ》という。彩衣鎮ではこの数十年の間、一度も水鬼が祟りを起こすような事件はなかったが、ここ数か月で、急にこの川と碧霊湖で溺死や貨物船が沈むなどの事件が頻繁に起こるようになった。そして数日前、藍《ラン》曦臣《シーチェン》がここで水鬼駆除の陣を敷いて網を投げたのだが、一、二体程度かかるだろうと思っていたところ、なんと一気に十数体もの水鬼を捕まえたらしい。その水鬼たちの顔の汚れを落としてから町に聞き込みに行くと、大多数の水鬼――つまり水死体は見知らぬ顔ばかりだったという。そして、昨日も同じように陣を敷いたところ、また新たな水鬼が大量に捕らえられた。

「別の場所で溺死して、川の流れに乗ってここまで来たとは考えにくい。水鬼には縄張り意識があって、通常はある特定の水域、つまり奴らが溺死した水域から離れることはまれなんだ」

魏無羨《ウェイウーシエン》の言葉に、藍曦臣《ランシーチェン》が頷く。

「その通り。それで私もこの水域の水鬼はただものではないと考え、万が一のために忘機《ワンジー》を連れてきたんだ」

「沢蕪君《たくぶくん》、水鬼は皆ずる賢く立ち回ります。今みたいにゆっくり舟を漕いで探しても、万が一奴らが水底に潜ったきり出てこなかったら……まさかずっとこのまま探し続けるつもりですか？　もし見つからなかったらどうするんです？」

魏無羨《ウェイウーシエン》の問いかけに、藍忘機《ランワンジー》が冷ややかに答えた。

「見つかるまで探す。責務ゆえ」

「網だけで？」

「そうだが、まさか雲夢江《ジャン》氏では別の方法があるのか？」

藍曦臣《ランシーチェン》が不思議そうに聞いてきたが、魏無羨《ウェイウーシエン》は笑うだけで答えられなかった。雲夢江《ジャン》氏ももちろん同じように網で捕まえるが、魏無羨《ウェイウーシエン》は泳ぎが得意だから、いつも直接川に飛び込んでそのまま水鬼を引きずり出していたのだ。だがこのやり方はとても危険で、藍《ラン》家の人間の前でなど到底使えないし、もし藍啓仁《ランチーレン》の耳に入りでもしたら、絶対にまた叱られるに違いない。

魏無羨《ウェイウーシエン》はやむなく話題を変えた。

「例えば、何か釣り餌のようなもので水鬼をおびき寄せて、自分から集まってくるように仕向けるとか、あるいは奴らの方位を示してくれる羅針盤のようなものがあればいいですね」

そう言うと、江澄《ジャンチョン》が険しい顔で窘めた。

「真面目に川を見て探せ。現実離れした考えはもうやめろ」

「なんでだよ！　仙術を修行するのも、御剣して空を飛ぶのも、本《もと》を正せば全部現実離れした考えから始まったんだろう！」

そう言って魏無羨《ウェイウーシエン》がふと川面に視線を向けた時、ちょうど藍忘機《ランワンジー》が乗っている舟の底が見えた。すぐさま閃き、「藍湛《ランジャン》、こっち見て！」と叫ぶ。

藍忘機《ランワンジー》は集中して辺りを警戒していたが、それを聞いて反射的に彼の方を見る。すると、魏無羨《ウェイウーシエン》は手に持っていた竹竿で水を叩き、バシャンと水しぶきが藍忘機《ランワンジー》に向かって飛び散った。

藍忘機《ランワンジー》は足元を微かに蹴って、軽々と別の舟に跳び移り、その水しぶきを避ける。

「くだらない！」

やはり魏無羨《ウェイウーシエン》はここへ遊びに来たに違いない、と確信したようだ。

だが、魏無羨《ウェイウーシエン》は藍忘機《ランワンジー》が乗っていた舟の側面を蹴り、竹竿でその舟をひっくり返して舟底を見せた。

なんとそこには、顔中がむくみ、青白い肌をした三体の水鬼が這いつくばっているではないか！

近くにいた藍《ラン》氏の門弟がすぐさまその三体を捕らえた。

「魏《ウェイ》公子、なぜわかったんだ？」

藍曦臣《ランシーチェン》に笑顔で尋ねられ、魏無羨《ウェイウーシエン》は舟の側面をコンコンと叩いた。

「簡単ですよ、舟の喫水《きっすい》の具合がおかしかったから。彼一人しか乗っていなかったのに、二人乗りの舟よりも沈んでいたので、絶対何かが舟底にいるはずだと思ったんです」

「さすが経験豊富だ」

藍曦臣《ランシーチェン》が感心したように言った。

魏無羨《ウェイウーシエン》は竹竿を軽く動かして小舟を素早く前進させ、藍忘機《ランワンジー》が乗っている舟に近づき、その隣に並んだ。

「藍湛《ランジャン》、さっきのはわざとじゃないぞ。水鬼は賢いから、口に出して教えたりしたら、奴らに聞かれて逃げられちゃうじゃないか。おい、聞いてる？　なあこっち見てよ。藍《ラン》公子？」

藍忘機《ランワンジー》は渋々といった様子で彼をちらりと見た。

「なぜついてきた？」

「謝りたかったんだ。昨日は悪かった、俺が間違ってたよ」

魏無羨《ウェイウーシエン》が真摯に答えたにもかかわらず、その謝罪に藍忘機《ランワンジー》の眉間のしわは一層深くなった。おそらく魏無羨《ウェイウーシエン》が今までどうやって「謝った」かを思い出しているのだろう。魏無羨《ウェイウーシエン》はそれをわかっていながら、わざと聞き返した。

「お前、顔色が悪いぞ？　大丈夫だって、今日は本当に手伝いに来ただけだから」

「手伝う気があるなら黙って働け。こっち来い！」

江澄《ジャンチョン》が見かねて口を出してきた、その時だ。

藍《ラン》家の門弟の一人が叫んだ。

「網が動いています!」

見ると網が急激に震えだし、魏無羨《ウェイウーシエン》は一気に興奮して声を上げた。

「来た来た!」

黒い絹糸のように濃密な長い髪が十数艘の舟の周りで一斉にうねりだす。同時に、青白い腕が相次いで水面から伸び、舟の側面にしがみついてきた。藍《ラン》忘機《ワンジー》は手を後ろに回して剣を抜き、避塵《ビチェン》が鞘から出た次の瞬間、舟の左側面にしがみついていた十数本の腕をひとまとめに斬り落とす。残ったのは、木に深く指が食い込んでいる手だけだった。続けざまに右側面にしがみついている手も斬ろうとするが、それより前に一筋の赤い光がきらりと閃いた。気づけば右側面の手は既に斬り落とされたあとで、魏無《ウェイウー》羨《シエン》が剣を鞘に収めたところだった。

水面は穏やかになり、網もまた元通りの落ち着きを取り戻した。先ほどの魏無羨《ウェイウーシエン》の剣捌きは目にも留まらないほどだったが、藍忘機《ランワンジー》は彼が背負っているのはきっと霊力の宿る高級仙剣に違いないと睨み、粛然と問いかけた。

「その剣の名は?」

「随便《スイビエン》(なんでもいい、ご自由に、という意味の言葉)」

藍忘機《ランワンジー》が黙って見つめてくるので、魏無羨《ウェイウーシエン》は彼が聞こえなかったのかと思い、もう一度言った。

「随便《スイビエン》」

「その剣には霊力がある。いい加減に呼ぶのは失礼に当たる」

眉間にしわを寄せて言う藍忘機《ランワンジー》を見て、魏無羨《ウェイウーシエン》は「はぁ」とため息をついた。

「もうちょっと柔軟に考えてくれないかなぁ。別に、いい加減に呼んでるんじゃなくて、俺の剣の名前は本当に『随便《スイビエン》』なんだって。ほら、ここを見ろ」

そう言いながら、剣を藍忘機《ランワンジー》に渡し、刻まれた文字を見せた。鞘の模様の中には、魏無羨《ウェイウーシエン》が言った通り、「随便《スイビエン》」の二文字が古字で刻まれていた。

藍忘機《ランワンジー》はしばらくの間言葉が出てこなかった。

魏無羨《ウェイウーシエン》は彼の気持ちを察して、経緯を説明する。

「ああ、何も言わなくていいから。わかってるよ。なぜこの名前にしたのかって聞きたいんだろう？　皆聞くんだ、何か特別な意味があるのかとか。正直、別に特別な意味なんてないよ。ただ江《ジャン》おじさんから剣を賜《たまわ》った時に、どういう名前にするかって聞かれて、その時二十以上の名前が思い浮かんだんだけど、どれも気に入らなくてさ。いっそ江《ジャン》おじさんにつけてもらおうと思って『随便《スイビエン》！』って言ったんだ。それで、いざ剣が鋳造されてみたら、そのままその二文字が刻まれてたんだよ。江《ジャン》おじさんは、『お前がそう言ったからには、その剣は随便《スイビエン》だ』って言ってくれたし、確かに悪くない名前だろう？」

「……馬鹿《ばか》げている！」

やっとのことでそれだけ言った藍忘機《ランワンジー》だったが、魏無羨《ウェイウーシエン》はその言葉を意にも介さず、笑いながら剣を肩に乗せた。

「お前って本当につまらないなぁ。なかなか面白い名前じゃないか？　まあ、お前みたいな真面目くんをからかうにはちょうどいいか、ハハッ！」

ちょうどその時、青々とした湖の中に黒く長い影が覗き、舟の周りをぐるりと回って離れていった。自分の舟の周りの水鬼を斬り終わり、周囲を警戒していた江澄《ジャンチョン》は、その黒い影を見てすぐさま叫んだ。

「また来たぞ！」

数名の門弟は竹竿を動かし、舟に取りつけた網で黒い影を追う。

「こっちにも来ました！」

別の所で誰かが叫んだ。

そちらでも水の中で黒い影が素早くすり抜け、数艘の小舟が網を引いて追ったが、何も捕らえられなかった。

「おかしいな。この影の形、まるで人間じゃないもののみたいだ。しかも、どうしてか長くなったり短くなったり、大きくなったり小さくなったり……藍湛《ランジャン》、そっちに行ったぞ！」

魏無羨《ウェイウーシエン》が声を上げると、藍忘機《ランワンジー》の背負っていた避《ビ》塵《チェン》が、その声に反応するように鞘から飛び出た。白《はく》刃《じん》の剣は水面を突き刺し、煌きとともに水中に沈んでいく。しばらくして、鋭い音と一筋の虹を伴って水から飛び出してきたが、剣には何も刺さってはいなかった。

藍忘機《ランワンジー》が戻ってきた剣の柄を握り、厳しい表情で口を開きかけた時、隣の舟から門弟の一人が同じように長剣を飛ばし、水中を素早く泳ぐ黒い影めがけて刺した。

しかし、今度は一向に彼の剣が戻ってこない。剣《けん》訣《けつ》〔剣を持たない方の手で印を結ぶこと〕し、何度も剣を呼び戻そうとしたが、水中からは何も出てこなかった。彼の剣は湖に呑み込まれたかのように、跡形もなく消えてしまったのだ。この門弟は魏無羨《ウェイウーシエン》たちと同じ年頃の少年で、剣をなくしたことで顔から一気に血の気が引いていた。

「蘇渉《スーショー》、まだ水中にいるものの正体がわからないというのに、なぜ勝手に剣を飛ばした?」

隣にいる年上の門弟に聞かれ、蘇渉《スーショー》はやや怯えつつも、落ち着いた顔で答える。

「藍《ラン》公子も剣を水中に……」

まだ言い終わらないうちに、彼は自分の言っていることがいかに身のほど知らずなのかに気づいた。藍忘機《ランワンジー》も避塵《ビチェン》も、それぞれが比べようもない唯一無二の存在だ。藍忘機《ランワンジー》はまだ敵の正体がわからない状況でも、剣を水中に飛ばして、また無事に呼び戻せる力を持っているが、同じことが他の者にできるとは限らない。蘇渉《スーショー》の青褪めた顔には羞恥《しゅうち》の色も滲み、まるで侮辱を受けたかのように藍忘機《ランワンジー》をちらりと見た。藍忘機《ランワンジー》の方は彼に一瞥もくれずに、ただ水中を見据えていたが、少しして、また避塵《ビチェン》を鞘から飛ばす。

今度は水中に潜らせず、素早く泳いでいた黒い影を、剣先を使って水面から弾き出した。真っ黒でびしょ濡れの塊が勢い良く舟の上に叩きつけられる。魏無羨《ウェイウーシエン》が背伸びをして覗いてみると、それは水鬼ではなく、ただの服だった。

魏無羨《ウェイウーシエン》は笑いすぎて危うく水に落ちそうになる。

「藍湛《ランジャン》、お前すごいなぁ！　俺、水鬼駆除で水鬼の服を剥がす奴なんて、初めて見たよ」

藍忘機《ランワンジー》の方は、避塵《ビチェン》の剣先に何か異常がないかを確認して、彼のことを無視している。魏無羨《ウェイウーシェン》とは会話しないと決意しているようだ。

「お前は黙ってろ。さっき通っていったのは確かに水鬼じゃなくて、ただの服だったぞ！」

江澄《ジャンチョン》が呆れ声で叱ってくる。

魏無羨《ウェイウーシェン》にも、もちろんしっかりと見えたが、彼はただ藍忘機《ランワンジー》をからかわずにはいられなかっただけだ。

「さっきから下であちこち泳ぎ回っていたのはその服だけってことか？　形がころころ変わって、どうりで網では捕れないし、剣も刺さらないわけだ。でも、ただの服が仙剣を呑み込むなんてあり得ない。水中には、きっとまだ別の何かが潜んでいるはずだ」

その頃、舟は既に碧霊湖の中央付近まで進んでいた。そして非常に濃い緑になっている水の色を見た時、藍忘機《ランワンジー》は突然すっと顔を上げた。

「今すぐ引き返さなければ」

「なぜだ？」と藍曦臣《ランシーチェン》が聞く。

「水中の何かが、故意に舟を碧霊湖の中央まで引き寄せています」

次の瞬間、すべての舟が突然ガクンと揺れ、湖に沈み込んだ。

すぐさま水が流れ込んでくる。魏無羨《ウェイウーシェン》は、ふいに碧霊湖の水の色がいつの間にか濃い緑ではなく、ほぼ黒に近い色になっていることに気づいた。しかも、湖の中央はいつの間にか大きく渦を巻き始め、十数艘の舟はその渦に巻き込まれて旋回しながら沈んでいく。まるですべてが真っ黒い巨大な口に呑み込まれていくようだ！

剣が鞘から飛び出る音があちこちで響き、各自が続々と御剣して空に飛び上がる。魏無羨《ウェイウーシェン》も空中に上昇し、ふと下を見ると、先ほど剣を水中に飛ばした門弟、蘇渉《スーショー》が乗っていた舟が碧霊湖に呑み込まれかけているのが目に入った。

蘇渉《スーショー》も両膝まで水に沈んでおり、動揺しきった顔をしている。しかし、恐怖のあまり声が出ないのか、彼は助けを呼ばなかった。魏無羨《ウェイウーシエン》は考えるより早く前屈みになって手を伸ばし、彼の腕を掴んで引っ張った。

一人分の重量が増え、剣はガクンと降下する。少しずつ上昇してはいくものの、まだ蘇渉《スーショー》を水から引っ張り出せていないところで、急に下から強い力で引っ張られ、危うく魏無羨《ウェイウーシエン》まで剣から落ちるところだった。

瞬く間に蘇渉《スーショー》は下半身まで真っ黒な渦の中に沈んでしまう。渦の流れが速くなるにつれ、彼の体もどんどん重くなり、まるで何かが水中に潜んで、彼の足を掴んで引きずり込もうとしているかのようだ。

江澄《ジャンチョン》は既に自分の剣――三毒《サンドゥ》に立ち、悠々と湖から二十丈ほどまで上昇していたが、下の状況に気づくと、ひどく不愉快そうな様子で急降下した。

「あいつ、何やってるんだよ!?」

碧霊湖からの引力はどんどん強くなってきている。

魏無羨《ウェイウーシエン》の剣は、軽くて素早く操れるところが長所だが、あいにく力の面では不足していて、その剣身はあと少しで湖に入ってしまいそうなくらい降下していた。魏無羨《ウェイウーシエン》は体勢を崩さないように気をつけながら、両手で蘇渉《スーショー》を掴んで必死に叫ぶ。

「誰か手を貸してくれ！　これ以上下がったら、もう手を離すしかないぞ！」

その時突然、魏無羨《ウェイウーシエン》の襟がきつくなり、体ごとふわりと持ち上げられた。振り向くと、藍忘機《ランワンジー》が片手で彼の後ろ襟を掴んでいる。何事もないみたいに涼しい顔で遠くを見ているが、藍忘機《ランワンジー》はたった一人と一本の剣で、三人分もの重さを引き受けていた。さらに、すべてを呑み込もうとする湖からの強い引力にも対抗しているというのに、彼らは着実にぐんぐんと上昇し続けていく。

その様子を見た江澄《ジャンチョン》は、内心で少し動揺を感じていた。

（もし俺が先に魏無羨《ウェイウーシエン》を引っ張りに行ったとして、三毒《サンドゥ》じゃあいつみたいに二人も助けて素早く上昇することはできなかっただろう。藍忘機《ランワンジー》は俺と年もそんなに変わらないのに……）

藍忘機《ランワンジー》に掴まれながら、魏無羨《ウェイウーシエン》が口を開く。

「藍湛《ランジャン》、お前の剣ってすっごい力あるなぁ！　ありがとうありがとう。でもさ、なんで襟を掴むの？　体を引っ張るのじゃダメなのか？　これだと首がきついよ。手を伸ばすから、手にしてくれない？」

藍忘機《ランワンジー》が冷たい声で答えた。

「私は他人と接触しない」

「他人って、俺たちもうこんなに親しくなったじゃないか」

「親しくない」

「ああもう、お前って奴は……」

傷ついたふりをする魏無羨《ウェイウーシエン》を、江澄《ジャンチョン》が我慢できず横から罵った。

「お前って奴はな！　持ち上げてもらってる時くらい、少しは黙っていられないのか!?」

一行は御剣して素早く碧霊湖から離れ、岸辺に降り立った。藍忘機《ランワンジー》は魏無羨《ウェイウーシエン》の後ろ襟を掴んでいた右手を放してから振り返り、藍曦臣《ランシーチェン》に向かって冷静に言った。

「水行淵《すいこうえん》です」

藍曦臣《ランシーチェン》は頭《かぶり》を振った。

「これは困ったな……」

「水行淵」の名前が出た途端、魏無羨《ウェイウーシエン》も江澄《ジャンチョン》も理解した。碧霊湖と先ほどの川で、最もおそろしいものは水鬼などではなく、そこを流れる水そのものだったのだ。

地形や水の流れなどが原因で、船が沈んだり人が落水したりという事故が多発することがある。それが長く続くと、湖や河川の水域全体の性質として定着してしまう。例えるなら、ずっと甘やかされてきたお嬢様が贅沢な生活をやめられないように、性質を持った水域も、定期的に船や人の生贄《いけにえ》を欲しがるようになる。もし生贄がこなければ、自ら祟りを起こすまでだ。

彩衣鎮の住民は皆泳ぎが得意で、船が沈んだり、人が溺死したりする事故は極めて少ないため、ここの水域で水行淵が生まれるとは考えにくい。つまり水行淵がここに現れたということは、可能性はただ一つ。別の水域から追い出されてきたのだ。

　水行淵はひとたび生まれたら、その水域全体が一つの化け物に変化してしまうので、駆除するのは非常に困難だ。対処法は、水域全体の水を抜いて沈んだ船や人をすべて取り出し、川底を数年の間、強い日差しに当てることだが、この方法を実行するのはほぼ不可能に近い。

　だが、他人に累《るい》を及ぼすやり方で自らの水域を守る、一時しのぎの方法ならある。

　それは、水行淵を他の川か湖に追いやり、他方で祟りを起こさせることだ。

「近頃、どこかで水行淵の被害を受けていた地域はありますか?」

　藍忘機《ランワンジー》が聞くと、藍曦臣《ランシーチェン》はすっと空を指さした。

　彼が示したのは他でもなく、太陽だった。魏無《ウェイウー》羨《シエン》と江澄《ジャンチョン》はその意味を察し、顔を見合わせた。

　――岐山温《ウェン》氏。

　仙門に属する世家は大小数えきれないほど多く、至る所に広く分布している。だがその頂点には、絶対的な存在として他を凌駕《りょうが》する大物がいる。それが、岐山温《ウェン》氏だ。

　温《ウェン》氏は「太陽とともに生き、太陽の光より輝く」の意で太陽を家紋にしており、仙府も非常に広大で、一つの町と言っても過言ではない。温《ウェン》氏の仙府には夜が訪れないと言われ、不夜天城《ふやてんじょう》と命名された。またの名を「不夜仙都《ふやせんと》」とも呼ばれている。なぜ大物かというと、門弟の数から、勢力、土地、仙器まで、そのすべてが他の世家ではとても足元にも及ばず、対抗できる者などいないからだ。そのため、多くの修士は温《ウェン》氏の客卿でいられることを最高の名誉だと思っていた。温《ウェン》氏のこれまでのやり方からして、彩衣鎮に水行淵が現れたのは、彼らが追いやった可能性は十分にある。

　せっかくこの地の水の祟りの根源を突き止めたというのに、皆押し黙ってしまった。

　もし本当に温《ウェン》家の人間がやったことなら、いくら訴えても意味がない。彼らは絶対にその事実を認めはしないし、なんの償いもしてくれないだろう。

「自分のところの水行淵をここに追いやるなんて、彩衣鎮がどんなに大変なことになるか。もしこの水行淵がもっと成長して、町の水路まで拡散したら、あんなに多くの住民たちが、毎日化け物に怯えながら生活しなければならないなんて……」

藍《ラン》氏の門弟の一人が憤懣《ふんまん》やるかたない様子で漏らす。

こんな他家の厄介ごとを無理やり押しつけられ、姑蘇藍《ラン》氏はこれからきっと面倒に巻き込まれるに違いない。藍曦臣《ランシーチェン》はため息をついた。

「仕方ない。町に戻ろう」

一行は渡し場で新しい舟に乗り、元の賑やかな町の中心部に戻った。

反橋《そりはし》の下を通過して舟が水路に入ると、魏無羨《ウェイウーシエン》はまた遊び始めた。

彼は持っていた竹竿を舟に置き、片足を舟べりにかける。それから、水を鏡代わりに覗き込み、自分の髪が乱れていないかを確かめた。つい先ほど水鬼と戦い、水行淵の渦から逃げてきたとは思えないほどのんきな様子で、機嫌良く水路の両側に秋波《しゅうは》を送る。

「お姉さん、そのビワいくら？」

魏無羨《ウェイウーシエン》は若々しく、容姿も秀でている。その彼がこんなふうに生き生きと輝いた表情を見せると、まさに蜜蜂と蝶々を引き寄せる一輪の桃の花のようだ。ビワ売りの女の子は被っていた笠を少しずらし、彼と目が合うと、顔を上げて笑った。

「お兄さん、お金はいらんから一つ食べてみん？」

水郷地方の柔らかな口調は潤いがあって甘い。はにかみながら話し、聞く方の耳元で優しく響く。

「お姉さんに言われたら、それはもらわないとな！」

魏無羨《ウェイウーシエン》が拱手《きょうしゅ》〔手のひらを自分に向けて両手の指を胸の前で重ね、敬意を表すること〕すると、女の子は竹籠に手を入れ、次に手を出した時には、まん丸い金色のビワがぽんと飛んできた。

「遠慮せんといて。あんた、いい男やなあ！」

舟の進みは速く、女の子が乗っていた舟とすれ違いざまに、魏無羨《ウェイウーシエン》は振り向いてしっかりとビワを受け取って笑った。

「お姉さんも可愛いよ！」

魏無羨《ウェイウーシエン》が横で蜜蜂と蝶々相手に言葉巧みに楽しんでいる最中も、同じ舟に乗っている藍忘機《ランワンジー》は脇目も振らずに真っすぐに背筋を正して立っていた。得意げにビワを手の内で軽く投げて遊んでいた魏無羨《ウェイウーシエン》は、唐突に藍忘機《ランワンジー》を指さした。

「お姉さんたち、こいつはどう？　いい男？」

藍忘機《ランワンジー》はまさか魏無羨《ウェイウーシエン》が自分を巻き込むとは想像もしておらず、どう対応したらいいか迷っていたら、女の子たちは一斉に「もっといい男やわ！」と答えた。その中には、何やら男たちの笑い声も交ざっている。

「だったら、誰かこいつにも一つあげてくれないかな？　俺だけもらったら、あとで嫉妬しちゃうかもしれないからさ！」

するとと水路全体に小鳥のさえずりのような笑い声が溢れた。

「ええよ、二人ともやるわ。お兄さん、受け取ってな！」

今度は違う女の子が舟を漕いで、正面から近づいてきた。

二つ目を手に入れると、魏無羨《ウェイウーシエン》は声を張り上げる。

「お姉さん美人で優しいから、今度絶対買いに来るよ。その時は一籠買うからね！」

女の子は大胆にも、「そっちの彼も呼んで、一緒に買いに来てな！」と藍忘機《ランワンジー》を指さし、明るく良く通る声で返した。

魏無羨《ウェイウーシエン》は、今もらったビワをずいっと藍忘機《ランワンジー》の目の前に差し出す。だが、藍忘機《ランワンジー》は相変わらず前方から視線を外さないままで、「どかしなさい」としか言わなかった。

魏無羨《ウェイウーシエン》は大人しくビワをどかす。

「はいはい、そう言うと思ったよ。もともとお前にあげるつもりなかったし。ほら江澄《ジャンチョン》、受け取れ！」

ちょうど江澄《ジャンチョン》が乗っていた舟が横を通り、彼は魏《ウェイ》無羨《ウーシエン》が投げたビワを片手で受け取る。一瞬笑顔を見せたあと、鼻を鳴らした。

「また色目を使って思わせぶりなことやったな？」

「黙れよ！」

魏無羨《ウェイウーシエン》は得意顔で叫んだ。それからまた藍忘機《ランワンジー》の方を振り向くと、楽しげに聞く。

「なあ藍湛《ランジャン》、お前も姑蘇生まれだから、もちろんこの方言とかわかるよな？　俺にも教えてくれよ。人を罵る時はなんて言うんだ？」

「……くだらない」

藍忘機《ランワンジー》は魏無羨《ウェイウーシエン》にその一言を投げつけると、素早く別の舟に移ってしまった。

魏無羨《ウェイウーシエン》の方も、彼がきちんと答えてくれることなど期待していなかった。ただこの町の人たちが皆おっとりとした声で話すのに興味を惹かれ、藍忘機《ランワンジー》も子供の頃はきっと同じように話していたのではないかと思ったら、からかいたくなっただけだ。

魏無羨《ウェイウーシエン》はもち米酒をくいっと一口飲んでから、真っ黒に輝くまん丸い小さなかめ壺を片手に持ち、反対の手で竹竿を動かして、今度は江澄《ジャンチョン》に突っかかりに行った。

藍忘機《ランワンジー》の方は藍曦臣《ランシーチェン》と並んで立って舟に乗っていたが、二人はどちらも心配事を胸の内に抱え込んでいる様子で、表情までもが似通っている。いかに水行淵を駆除するか、いかに彩衣鎮の長に今後の対処法について説明するかに頭を悩ませていたのだ。

その時、向かい側から一隻の貨物船が走ってきた。船の中にはずっしりと重そうなビワの竹籠がたくさん積まれており、藍忘機《ランワンジー》はそれをちらりと見てから、また前方に視線を戻す。その様子に、藍曦臣《ランシーチェン》が気遣うように尋ねた。

「ビワが食べたいのか？　一籠買って帰ろうか？」

「……いりません！」

そう答えた藍忘機《ランワンジー》は、微かにムッとして袖を振り、また別の舟に移ったのだった。

魏無羨《ウェイウーシエン》は彩衣鎮でごちゃごちゃといろいろなものを大量に買い込み、雲深不知処に持ち帰ると、すべて他の公子たちに分け与えた。その後、藍啓仁《ランチーレン》が清河に行っている間は授業もなく、少年たちは朝から晩まで遊び惚《ほう》けていて、皆で魏無羨《ウェイウーシエン》と江澄《ジャンチョン》の部屋に入り浸り、夜な夜な酒を飲んでは腕相撲をしたり、サイコロを振ったり、春宮図を見たりして過ごしていた。

ある日の夜、魏無羨《ウェイウーシエン》はサイコロ振りに負けた。そのせいで、彼は塀を乗り越えて下山し、天子笑を買ってくる羽目に陥ったのだが、今度こそやっと全員でその美味しさを分かち合うことができた。しかし、翌朝まだ日も昇っていない時間、部屋の床一面でまるで死体のように雑魚《ざこね》寝しているところへ、いきなり誰かが部屋の扉を開けた。

何人かがその音の方へ寝ぼけ眼《まなこ》を向けると、ひどく厳しい表情をした藍忘機《ランワンジー》が戸口に立っているのに気づき、驚きのあまり一瞬で目を覚ます。聶懐桑《ニエホワイサン》は、自分の隣でまだ眠っている魏無羨《ウェイウーシエン》を何回も強く揺さぶった。彼は仰向けになり、体は寝床にあるものの、頭はだらりと脇に垂れ下がっている。

「魏《ウェイ》さん！　魏《ウェイ》さん！」

魏無羨《ウェイウーシエン》は彼に押されて、寝ぼけながらむにゃむにゃと呟いた。

「なんだぁ？　もう俺に挑む奴はいないのか？　江澄《ジャンチョン》、お前やるか？　いいだろう。上等だ！」

江澄《ジャンチョン》も昨晩飲みすぎたせいでまだ頭痛がしていた。床で寝ていた彼は、手の横に落ちていたものを掴むと、そのまま魏無羨《ウェイウーシエン》の声が響く方に無造作にぶん投げる。

「黙れ！」

それは一冊の書物で、魏無羨《ウェイウーシエン》の胸の辺りに投げつけられた拍子にパラパラと頁が開き、聶懐桑《ニエホワイサン》の目に入った。それはまさしく、彼が所蔵する貴重な絶版春宮図のうちの一冊だ。はっとして顔を上げれば、冷ややかな目をした藍忘機《ランワンジー》が見えて、もう少しで魂が口から飛び出してしまいそうになる。魏無羨《ウェイウーシエン》は胸の上の本を抱え、また二言三言《ふたことみこと》何か言うと、そのまま寝てしまった。藍忘機《ランワンジー》は部屋の中に入ってくるなり、すぐさま魏無羨《ウェイウーシエン》の後ろ襟を掴み、外に引きずり出す。

魏無羨《ウェイウーシエン》は寝ぼけたまましばらく彼に引きずられるうち、やっと半分目が覚めて、後ろを振り向いた。

「藍湛《ランジャン》、お前、こんな所で何してるんだ？」

藍忘機《ランワンジー》は無言のまま、構わずに魏無羨《ウェイウーシエン》を引きずって進む。魏無羨《ウェイウーシエン》は八割がた目が覚め、その他床一面の雑魚寝死体たちも次々と驚いて飛び起きた。江《ジャン》澄《チョン》は魏無羨《ウェイウーシエン》がまた藍忘機《ランワンジー》に掴まれているのを見て、慌てて部屋から飛び出した。

「どういうことだ？　いったい何をしてる？」

藍忘機《ランワンジー》は振り向いて、「懲罰だ」と一文字ずつはっきりと答える。

江澄《ジャンチョン》は酔いがさめず、まだ頭が回らなかったが、今思えば部屋の中にはそこかしこに様々なものが散らかっていた。彼らが昨晩、雲深不知処の家規を何条破ったのかをようやく思い出し、顔が強張る。

藍忘機《ランワンジー》は、魏無羨《ウェイウーシエン》を姑蘇藍《ラン》氏の祠堂《しどう》（一族の先祖代々の霊牌を置き、供養する場所。また、弟子を懲罰する場所）に引きずっていくと、そこには既に数名の藍《ラン》氏の門弟が待っていた。全部で八人。そのうちの四人は、非常に長い檀木《だんぼく》の戒尺《かいしゃく》を手に持っていて、戒尺には四角張った文字がびっしりと刻まれている。年上に見える彼らは全員が厳しい態度で、藍忘機《ランワンジー》が魏《ウェイウーシエン》無羨を連れてきたのを見ると、さっと二人が前に出て魏無羨《ウェイウーシエン》をしっかりと押さえつけた。床に折り敷かされ、抵抗もできない。

「藍湛《ランジャン》、俺を懲罰するつもりか？」

藍忘機《ランワンジー》は冷たい目で彼を見つめ、何も言わなかった。

「こんなの納得できない！」

ようやく目が覚めたその他の少年たちも駆けつけてきたが、祠堂の外で止められて、中には入れてもらえなかった。皆動揺しており、さらに戒尺を見た途端、驚いて言葉を失った。

するとなぜか藍忘機《ランワンジー》が外衣の裾をめくり、魏無《ウェイウー》羨《シエン》の隣で跪いた。

それを見て、魏無羨《ウェイウーシエン》は愕然とする。顔から血の気が引き、力を振り絞って立ち上がろうとしたが、藍《ラン》忘機《ワンジー》は「始めてください！」と鋭い一声を出した。

魏無羨《ウェイウーシエン》は衝撃のあまり、まごつきながらも必死で口を開いた。

「ま、待て待て待て、認めるから！　藍湛《ランジャン》、俺が悪かっ……ああ！」

二人の手のひらと背中と足は、それぞれ百回以上も叩かれた。藍忘機《ランワンジー》が誰に押さえつけられなくとも、終始真っすぐに腰を伸ばし、姿勢正しく跪いているのに対して、魏無羨《ウェイウーシエン》は少しの矜持《きょうじ》もなく、大声を上げて思いきり泣き喚く。外で見ていた公子たちは、皆見るに堪えず顔を顰めることしかできなかった。

罰をすべて受けたあと、藍忘機《ランワンジー》は無言ですっと立ち上がり、祠堂内にいる門弟たちに頭を下げ、外に出ていった。その様子は、先ほどまで戒尺で百回以上も叩かれた者にはまったく見えない。魏無羨《ウェイウーシエン》の方はまるで正反対で、江澄《ジャンチョン》に背負われて祠堂から出たあとも、ずっと「ああ、ああ」と喚き続けている。そんな二人のもとへ少年たちがわっと押し寄せてきた。

「魏《ウェイ》さん、いったいどういうことだ？」

「藍湛《ランジャン》が君を懲罰するのはわかるけど、なんで自分まで一緒に叩かれていたんだ？」

魏無羨《ウェイウーシエン》は江澄《ジャンチョン》の背中に顔を伏せて、しきりにため息をついた。

「はぁ！　誤算だったんだ！　とても一言では言い尽くせない！」

それを聞いて、江澄《ジャンチョン》が怒鳴った。

「もったいぶってないでさっさと話せ！　お前いったい何をやらかした!?」

「別に何もやってないって！　昨日、サイコロ振りに負けちゃって、俺が天子笑を買いに行かされただろう？」

「……まさかお前、またあいつに会ったとか言わないよな」

江澄《ジャンチョン》に恐る恐る聞かれ、魏無羨《ウェイウーシエン》は正直に答えるしかなかった。

「その通りだよ。天子笑を持って塀に登ったところで、またあいつにばったり会っちゃってさ。ついてないよな。まさかあいつ、本当に毎晩俺を見張っていたのか？」

「お前みたいな暇人と一緒にするな。それで？」

江澄《ジャンチョン》が続きを急《せ》かす。

「それで俺は、前みたいにあいつに挨拶したんだよ。『藍湛《ランジャン》！　奇遇だな、またお前かよ！』って。そしたらあいつも前と同じく何も答えずに、無言で手を出してきてさ。だから『そこまでしなくてもいいだろう？』って聞いたら、あいつ、『客人であっても宵禁を何度も破れば、藍《ラン》氏の祠堂で懲罰を受ける』って言うんだ。それで俺は、『今ここには俺たち二人しかいないだろう？　お前も俺も黙っていれば、誰も俺が宵禁を破ったなんてわからない。そうだろう？　約束するから、絶対二度としないって。俺たちこんなに仲良くなったんだし、ちょっとだけ見逃してくれない？』って言ったわけ」

皆の顔が一斉に歪んだが、魏無羨《ウェイウーシエン》はさらに続けた。

「でもあいつ、怖い顔で『仲良くない』とか言って、剣の鞘でまた殴りかかってきたんだよ。ちっとも手加減してくれないから、俺も仕方なく一旦は天子笑を置いて、あいつと手合わせしたんだ。向こうは全力でしつこくかかってきて、全然逃げられなくてさ！　最後はもう嫌になって、『本当に見逃してくれないつもりか？　本当に!?』って聞いたら、あいつがまた『懲罰だ！』って言うから」

魏無羨《ウェイウーシエン》が得意顔で興奮気味に話すのを、少年たちは皆ドキドキしながら夢中で聞いていた。そのうち自分がまだ江澄《ジャンチョン》に背負われているということも忘れて、魏無羨《ウェイウーシエン》はいきなり力強く彼の肩を叩いた。

「俺は『わかった！』って言って、逃げるのはやめて正面からあいつに飛びかかって、抱きついたまま雲深不知処の塀の外に飛び出したんだ！」

「……」

「それで俺たちは一緒に雲深不知処の外に落ちた！　あれは本当に目の前がチカチカするくらい痛かったな」

「……彼は抵抗しなかったんですか？」

聶懐桑《ニエホワイサン》はもはや呆然として聞いた。

「そりゃあ、もちろん抵抗されたよ。でも俺は手足全部を使ってがっちり締めつけてたから、あいつは抜け出したくても無理だったし、俺から離れることもできなくて、板みたいに体を硬くしてた。俺は『どうだ藍湛《ランジャン》？　これでお前も雲深不知処の外に出たんだから、俺と同じく宵禁を破ったってわけだ。お前、まさか自分を甘やかして、他人にだけ厳しくなんてしないよな。俺を罰したいなら、自分のことも罰する羽目になるんだぞ。わかったか？』って言ってやった」

皆が固唾《かたず》を呑んで魏無羨《ウェイウーシエン》の話に聞き入っている。

「それであいつは立ち上がったんだけど、顔色がすごく悪くてさ。俺は横に座って『心配するな、誰にも言わないから。このことはお前と俺、天と地のみが知る』って言ったんだよ。あいつは黙って立ち去ったのに、まさか朝になってこんなことになるなんて……おい江澄《ジャンチョン》、もうちょっとゆっくり歩けよ。振り落とされちゃうだろうが」

江澄《ジャンチョン》は彼を振り落としたいどころか、地面に人型の穴ができるくらい強く叩きつけてやりたかった。

「背負ってやってるんだから文句言うな！」

「別に俺が頼んだわけじゃないし」

「俺が背負って連れ出さなかったら、お前は祠堂の床でずっと転がったまま起きなかっただろうが！　こっちが恥ずかしいんだ！　藍忘機《ランワンジー》はお前より五十回は多く叩かれても、ちゃんと自分の足で歩いていたっていうのに、お前はよくも図々しく怪我人面《づら》できるな？　もうご免だ、さっさと下りろ！」

「嫌だ。俺は怪我人だ！」

一行は、白い石が敷かれた小道で押し問答しながら歩く。すると、白衣を纏った誰かが書物を持って近くを通りかかり、驚いた様子で立ち止まった。

「何かあったのか？」

笑顔で尋ねてきたのは、藍曦臣《ランシーチェン》だった。

江澄《ジャンチョン》は気まずさのあまりどう答えていいかわからず、聶懐桑《ニエホワイサン》が先に答えた。

「曦臣《シーチェン》兄様、実は魏《ウェイ》さんが懲罰を受けて、戒尺で百回以上も叩かれたのですが、何か塗り薬などありますか？」

雲深不知処の懲罰担当は藍忘機《ランワンジー》だ。そしてずっと皆に取り囲まれながら喚いている魏無羨《ウェイウーシエン》を見て、何やら傷がひどそうだと気づき、藍曦臣《ランシーチェン》はすぐさま近づいてきた。

「忘機《ワンジー》が罰したのか？　魏《ウェイ》公子は歩けないのか？　いったい何が？」

江澄《ジャンチョン》は恥ずかしくて魏無羨《ウェイウーシエン》がやらかしたことをとても口にできなかった。それに、本《もと》はと言えば、皆が魏無羨《ウェイウーシエン》をそそのかして酒を買いに行かせたのだ。本来なら、懲罰は全員が受けるべきだったのだから、ただ誤魔化すことしかできない。

「だ、大丈夫、大丈夫です。大したことはありません！　歩けますよ。魏無羨《ウェイウーシエン》、さっさと下りろ！」

「歩けないよぉ」

魏無羨《ウェイウーシエン》は赤く腫れ上がった手のひらを見せつけながら、藍曦臣《ランシーチェン》に恨みがましく訴えた。

「沢蕪君《たくぶくん》、あなたの弟君は本当にすごい奴ですね」

藍曦臣《ランシーチェン》は差し出された彼の手のひらに目を向けた。

「ああ、これは確かに少々重すぎたな。おそらく三、四日は治らないだろう」

まさかそこまで強く叩かれていたとは思わず、江《ジャン》澄《チョン》は驚いた。

「え？　そんなに治らないのですか？　こいつは足も背中も全部戒尺で叩かれていましたよ。藍忘機《ランワンジー》の奴、そこまでするか!?」

魏無羨《ウェイウーシエン》にこっそりとつつかれて、江澄《ジャンチョン》はやっと自分が目の前にいる彼の弟に対して不満じみたことを言ったと気づいた。だが、藍曦臣《ランシーチェン》は何も気にしないという顔で笑った。

「心配ない。塗り薬も必要ないよ。魏《ウェイ》公子、傷を早く治せる方法を教えよう。そうすれば、数時辰で治る」


——その晩、雲深不知処の冷泉。

藍忘機《ランワンジー》が冷たい水に浸かって目を閉じ、心を静めようとしていた時、突然誰かの声が耳元で響いた。

「藍湛《ランジャン》」

「……」

藍忘機《ランワンジー》が瞬時に目を開けると、やはり、そこには魏無羨《ウェイウーシェン》がいた。

彼は冷泉のほとりにある平らな青石の上に腹ばいになり、首を傾げてニッと笑う。

「どうやって入った!?」

藍忘機《ランワンジー》が驚いて問い質すと、魏無羨《ウェイウーシェン》はゆっくり起き上がり、帯を解きながら答えた。

「沢蕪君《たくぶくん》が入れてくれたよ」

「……何をしている?」

魏無羨《ウェイウーシェン》は足を蹴って靴を脱ぎ投げ、続いて着ていた服をあちこちに適当に脱ぎ散らかす。

「服を脱いだんだから、何をするかなんて決まってるだろ？　この冷泉、心を落ち着かせて清め、修行にも使える上に、淤血《おけつ》を解消して傷を癒やす効能まであるらしいじゃないか。それでお前の兄貴が、俺も一緒に浸かっていいってさ。それはそうとして、お前さ、自分だけここに来て傷を癒やすなんてちっとも思いやりがないなぁ。うお、結構冷たいな、うっ――」

魏無羨《ウェイウーシェン》が水に入り、冷泉の肌を刺すような冷たさにジタバタしていると、藍忘機《ランワンジー》はさっと動き、彼から一丈ほど離れた。

「私は治療ではなく修行のため……暴れるな！」

「だって本当に寒い、寒すぎるよ……」

今回ばかりはわざと大げさに言ったり、嫌がらせをしようとしたわけではなかった。藍《ラン》家以外の者が短時間で姑蘇藍《ラン》氏の冷泉に慣れるのは難しい。その冷たさは、一瞬でも動くことをやめたら、全身の血液が凍結し、四肢までもが凍りついてしまいそうなほどで、魏無羨《ウェイウーシェン》は体を温めるため、手足を動かし続けるしかなかったのだ。

藍忘機《ランワンジー》は静かに心を落ち着かせて修行していたというのに、魏無羨《ウェイウーシェン》が横でジタバタしているせいで集中できないでいた。それどころか、顔中に水しぶきが飛び散り、雫《しずく》が彼の長いまつ毛と真っ黒な髪を伝って滴り落ちる。

彼は我慢の限界を感じ、「動くな！」と言って片手を伸ばし、魏無羨《ウェイウーシェン》の肩に置いた。

　すると突然、じわりとした温かな流れが藍忘機《ランワンジー》の手が触れたところから流れ込んできた。その熱にほっとして、魏無羨《ウェイウーシエン》が思わず彼のそばに近寄ろうとすると、藍忘機《ランワンジー》が警戒して尋ねる。

「何をする気だ？」

「何もしないよ。そっちの方が温かそうだからさ」

　魏無羨《ウェイウーシエン》は彼に疑われたことに少しがっかりしつつそう答えた。

　藍忘機《ランワンジー》は真っすぐに伸ばした腕で二人の間を隔て、これ以上近づくなという明確な意思表示をしてから、

「そんなことはない」と厳しい声で一言告げた。

　魏無羨《ウェイウーシエン》は、ただもっと彼に近づけば、話しやすいし、仲も深められると思っただけだったが、冷たく拒まれても怒りは感じなかった。藍忘機《ランワンジー》の手のひらと背中の傷はまだ癒えておらず、彼が傷を癒やしに来たのではなく、本当に修行のために来たのだとわかったからだ。

「藍湛《ランジャン》、お前には本当に感服したよ。俺を罰する時は自分だって同罪だぞって言ったら、まさか本当に、一切手加減なしで自分も懲罰を受けるなんてさ。もう文句のつけようもない」

　魏無羨《ウェイウーシエン》は本心から感嘆してその気持ちを伝える。

　藍忘機《ランワンジー》はもう一度目を閉じて、無言で瞑想に入った。

「本当、俺はお前みたいに真面目で有言実行な奴、初めて会ったよ。俺には絶対無理だ。お前はすごいな」

　藍忘機《ランワンジー》は引き続き無視を決め込んでいる。

　魏無羨《ウェイウーシエン》はようやく冷泉の冷たさに慣れると、今度は泳ぎ始めた。しばらく遊んだあと、やはり我慢できずに、水をかいて藍忘機《ランワンジー》の前までやってくる。

「藍湛《ランジャン》、俺がさっき言ったこと、ちゃんとわかってるか？」

「わからない」

「本当に？　俺はお前を褒めてるんだ。それから、お前と仲良くなりたいんだよ」

　藍忘機《ランワンジー》は彼を一瞥した。

「なんのつもりだ？」

「藍湛《ランジャン》、友達になろうよ。俺たちもうこんなに仲良くなったじゃないか」

「仲良くなどない」

「でもお前、そんなんじゃつまらないだろ？　俺と友達になったら、絶対にいいことがいっぱいあるぞ？　あー本当だって！」

魏無羨《ウェイウーシエン》はぱしゃんと水面を叩きながら言った。

「……例えば？」

尋ねられて、魏無羨《ウェイウーシエン》は冷泉のほとりまで泳ぐと青石に寄りかかり、腕をその上に置いた。

「俺は友達にすごく義理堅いんだ。例えば、新しい春宮図を手に入れたら、絶対真っ先にお前に見せるし……あーちょっとちょっと、戻ってきて！　嫌なら見なくてもいいから。そういえば、お前雲夢に来たことあるか？　雲夢はすごく面白い所だよ。食べ物も美味しいし……姑蘇の問題なのか、それとも雲深不知処の問題なのかはわからないけど、とにかくお前の家の料理ってほんっとうに不味《まず》いよな。蓮花塢に遊びに来たら、いっぱい美味しいものが食べられるぞ。それで、俺がお前を連れて蓮や菱《ひし》の実を取りに行くとかさ。ほら、藍湛《ランジャン》、どう？　来たくなった？」

「行かない」

「お前さぁ、いつも『ない』で会話終わらせるのやめなよ。すごく冷たく感じるから。そんなふうに女の子と話したら嫌われちゃうぞ？　そうそう、雲夢の女の子たちはすごく綺麗なんだよ。姑蘇の女の子たちの綺麗とはまた違う感じなんだ」

そう言って、彼は得意げに藍忘機《ランワンジー》に向かってぱちんと左目を一回瞬く。

それから、「本当に来ないのか？」と期待を込めつつ聞いた。

「行か……」

藍忘機《ランワンジー》は少し黙ったあと、また断りかけた。だが、最後まで言う前に、魏無羨《ウェイウーシエン》が遮る。

「あーあー、お前、そんなに拒絶して、ちっとも俺の顔を立てようともしないなんてさ、俺がここから出る時、ついでにお前の服を持ち去ってもいいのか？」

「失せろ！」

藍啓仁《ランチーレン》が清河から姑蘇に戻ってくると、以前のようにまた魏無羨《ウェイウーシエン》を蔵書閣に閉じ込めて藍《ラン》氏の家訓を書き写す罰を与えるのではなく、蘭室にいる全員の前で彼をひどく叱った。

引用された古典を除いて、その内容を簡単に要約すると、魏無羨《ウェイウーシエン》のように愚かで聞く耳を持たない、厚かましくて恥知らずな人間は、今まで生きてきた中で初めて見た。さっさと姑蘇から出ていけ、早く出ていけ、できるだけ遠くまで出ていけ。もう他の教え子に近づくな、特にもう二度と彼の愛弟子《まなでし》である藍忘機《ランワンジー》を汚すな、とのことだ。

藍啓仁《ランチーレン》が怒っている間、魏無羨《ウェイウーシエン》は終始へらへらして聞いていて、自らを恥じることもなく、叱られて腹を立てることも一切なかった。藍啓仁《ランチーレン》がようやく蘭室を出ていくと、魏無羨《ウェイウーシエン》はすぐさま座って江澄《ジャンチョン》に話しかけた。

「今頃出ていけって言われたってさ、ちょっと遅すぎじゃないか？　もう汚してしまったあとだし、今さら間に合わないよ！」

◆

彩衣鎮の水行淵は、姑蘇藍《ラン》氏に大変な厄介事をもたらした。

根絶など不可能だし、温《ウェン》氏がそうしたように、他の水域へ追い出すなどということもできない。藍《ラン》家の現宗主は長年閉関しているため、対処に当たった藍啓仁《ランチーレン》はひどく消耗していた。授業がどんどん短くなったおかげで、魏無羨《ウェイウーシエン》が公子たちを連れて山で遊ぶ時間は、逆に増えるばかりだ。

そして、この日もまた、魏無羨《ウェイウーシエン》は七、八人の少年たちに取り囲まれて出かけようとしていた。蔵書閣を通りかかった時、ふと見上げると、引き立てるように咲く白木蓮《はくもくれん》の花枝の間から、ちょうど藍忘機《ランワンジー》が一人で窓辺に座っているのが目に留まった。

「彼、今こっちを見ませんでした？　変だな、僕たち別に大声で騒いだりしてなかったのに。なんでまたあの冷たい目つきで見られたんだろう？」

聶懐桑《ニエホワイサン》が腑に落ちないという顔で言い、それを聞いて魏無羨《ウェイウーシエン》は肩をすくめる。

「きっと、俺たちが何かやらかさないか監視してるんだろう」

「いいや。『俺たち』じゃなくて『俺』だ。あいつが見ていたのはお前だけだと思うけど」と江澄《ジャンチョン》がきっぱりと言う。

「へぇ。待ってろ。あいつ、戻ったら容赦しないからな」

そう言って、魏無羨《ウェイウーシエン》は窓越しに藍忘機《ランワンジー》の方を睨んだ。

「お前、あいつのこと面白くない、つまらないとか言って嫌ってなかったっけ？　だったらあんまりちょっかいを出すな。愚人《ぐじん》は夏の虫だ、身のほどを知れ。また自分で自分の首を絞める羽目になるぞ」

「そうかな？　でも、あいつみたいにあり得ないくらいつまらない奴って、いっそすごく気になるし、面白いと思わないか？」

そうして、午《うま》の刻になってから、彼らはやっと雲深不知処に戻ってきた。藍忘機《ランワンジー》が文机を前に姿勢正しく正座し、書き終えた紙の束を整理している時、突然窓の方から微かな物音がした。怪訝に思って顔を上げると、窓の外から誰かがいきなり飛び込んできた。蔵書閣のそばに生えている白木蓮の木に登り、魏無羨《ウェイウーシエン》が窓から入ってきたのだ。

「藍湛《ランジャン》、戻ったぞ！　どうだ？　数日ぶりだけど、俺に会いたかった？」

彼は得意顔で嬉しそうに話しかけてくる。

だが、藍忘機《ランワンジー》はまるで老僧が瞑想しているかのように、何も見えず、何も聞こえないといった態度で、山積みになっている書物を整理し続けた。魏無羨《ウェイウーシエン》はわざと彼の沈黙を曲解した。

「まあまあ、言わなくてもわかるよ。会いたかったんだろ？　じゃなきゃ、なんでさっき窓から俺のこと見たりしたんだ？」

藍忘機《ランワンジー》は彼を一目睨んだ。その視線は無言の叱責を滲ませていた。魏無羨《ウェイウーシエン》はやれやれといった様子で窓に座る。

「ほーら、ちょっとからかっただけですぐ食いつくだろ？　そういうところがちょろいんだって。なんでそんなに怒りっぽいんだよ」

「出ていけ」

「出ていかなかったら、どうする？　ここから叩き出すのか？」

藍忘機《ランワンジー》の表情の変化を見て、魏無羨《ウェイウーシエン》は思わず息を呑んだ。これ以上の無駄口を叩いたら、おそらく藍《ラン》忘機《ワンジー》は本気で残り少ない理性を捨て、彼をそのまま窓に釘づけにしてしまいそうだ。

魏無羨《ウェイウーシエン》は慌てて話題を変えた。

「そんな怖い顔するなよ！　お詫びの印に、お前に贈り物を持ってきたんだ」

「いらない」

藍忘機《ランワンジー》は一顧《いっこ》だにせず、即座に拒絶した。

魏無羨《ウェイウーシエン》が、「本当にいらないの？」と聞くと、藍《ラン》忘機《ワンジー》の目に微かな警戒の色が浮かんだ。

魏無羨《ウェイウーシエン》は手品をするように、懐から二羽の白いウサギを取り出した。長い耳を手で掴んでいるさまは、まるで二つの雪だるまをぶら下げているようだ。彼はまだバタバタと後ろ脚を蹴っている二羽を、藍忘《ランワン》機《ジー》の目の前の文机にそっと置いた。

「お前ん家の山、本当に変だよな。雉はいないのに野ウサギがいっぱいいいて、しかも人を見ても逃げないし。どう？　結構肉づきいいだろう？　いらない？」

藍忘機《ランワンジー》は興味はないという目で冷ややかに彼を見た。

「わかったよ。いらないなら他の奴にあげる。ちょうど最近肉が食べたいなと思ってたところだし」

最後の一言を聞いて、藍忘機《ランワンジー》はとっさに「待て」と言った。

「まだどこにも行ってないけど」

魏無羨《ウェイウーシエン》は両の手のひらを上向きにして肩をすくめた。

「今、この二羽を誰にやると？」

「ウサギ肉を美味しく焼いてくれるなら、誰でも」

「雲深不知処での殺生を禁ずる。規訓石の第三条だ」

「いいよ、じゃあ下山して、絞めてから持って帰ってきて焼くから。どうせお前はいらないんだろ、なんでそんなに気にするんだ？」

「……」

一瞬黙り込んだあと、藍忘機《ランワンジー》は一文字ずつはっきりと、「もらう」と端的に告げた。

魏無羨《ウェイウーシェン》は窓に座ってへらへらと笑う。

「やっぱり欲しくなったのか？　お前って奴は、いつもそうだなぁ」

二羽のウサギは、両方ともふわふわの毛が生えていてまん丸だ。一羽は死んだ魚のような目をしていて、のんびりと床に伏せたまままちっとも動こうとはしない。葉っぱを咀嚼している薄紅色の口の動きもゆったりしている。

もう一羽の方はといえば、それとは正反対で、闘《とう》蟋丸《しつがん》〔興奮剤〕を呑んだかのように、片時も休まずぴょんぴょんと飛んだり跳ねたりして落ち着きがない。仲間の体に覆い被さったり、体を捻ったりと暴れ回っている。魏無羨《ウェイウーシェン》はどこからか拾ってきた葉っぱを床に捨て、「藍湛《ランジャン》、藍湛《ランジャン》！」と急に声を上げた。

だがその時、藍忘機《ランワンジー》は心底戸惑っていた。暴れ回るウサギの方が、先ほど硯《すずり》を踏んでしまい、文机に点々と墨の足跡を残していたからだ。紙を一枚手にして、真剣にそれをどう拭くかを考えていたので、魏無羨《ウェイウーシェン》の相手をしている暇などなかった。だが、彼の声色にどこかただならぬ気配を感じ、「どうした？」と聞き返した。

「見ろよ。こいつら重なって何かしてるぞ。もしかして……」

藍忘機《ランワンジー》は彼の言葉を遮るように鋭く言った。

「二羽とも雄だぞ！」

「雄？　変だなぁ」

魏無羨《ウェイウーシェン》は二羽の耳を掴んで持ち上げて確認してみた。

「本当だ、雄だな。それよりお前、急に口を挟むなんて、何をむきになってるんだ？　いったい俺がなんて言うと思ったんだよ？　ていうか、俺は捕まえてくる時も、こいつらが雄なのか雌なのかなんて全然気にしてなかったよ。なのに、お前は既にこいつらのあそこを……」

　藍忘機《ランワンジー》は堪忍袋の緒が切れ、とうとう彼を蔵書閣の窓から叩き出した。

「ハハハハハハハハハハハハハハハハッ！」

　魏無羨《ウェイウーシエン》は下に転がり落ちながら笑い声を上げた。

　パンッと音を立てて勢い良く窓を閉めると、藍忘《ランワン》機《ジー》はずるずると文机の横にへたり込んだ。

　床一面に散らばった紙とあちこちについた墨の足跡、そして葉っぱを引きずりながら転げ回る二羽の白ウサギを見回して、目を閉じ、両耳を塞いだ。

　微かに揺れて入り込んでくる白木蓮の花枝は窓の外に締め出すことができた。それなのに、どうあがいても、魏無羨《ウェイウーシエン》のあの陽気な笑い声だけは締め出すことができない。

　その翌日から、藍忘機《ランワンジー》は二度と授業に出なくなった。

◆

　魏無羨《ウェイウーシエン》はこれまでに三回席替えをした。

　もともとは江澄《ジャンチョン》と一緒に座っていたが、江澄《ジャンチョン》は真面目に勉強をしていて、さらに雲夢江《ジャン》氏の名声を高めるため、最前列に席を替えた。最前列はあまりにも目立って好き勝手にできないため、魏無羨《ウェイウーシエン》は江澄《ジャンチョン》を見捨てて、藍忘機《ランワンジー》の後ろの席に座った。藍《ラン》啓仁《チーレン》が授業をしている時、藍忘機《ランワンジー》はまるで一面の鉄壁のように背筋を真っすぐに伸ばしているため、魏《ウェイ》無羨《ウーシエン》はその後ろでずっと寝ているか、筆に任せて落書きをしていた。たまに魏無羨《ウェイウーシエン》が他の公子に投げる丸めた紙を、藍忘機《ランワンジー》がさっと手を上げて邪魔するくらいで、実にいい場所だったのだ。

　しかし、藍啓仁《ランチーレン》にそれを見破られ、彼らの席は前後に入れ替えられてしまった。それからは、魏無《ウェイウー》羨《シェン》が少しでも姿勢を崩せば、背中には二つの厳しい視線が氷のように突き刺さるし、前からは藍啓仁《ランチーレン》が憎々しげに睨みつけてくるという始末だ。いついかなる時も真面目オヤジには前から、真面目ちゃんには後ろから監視されていて、ひどく不愉快だった。

　そして、春宮図事件とウサギ事件のあと、藍啓仁《ランチーレン》は魏無羨《ウェイウーシェン》のことを「漆黒の染物用のかめ」だと確信した。黒に交われば黒になる——自分の愛弟子が彼に汚されるのではないかと非常に心配して、彼は藍《ラン》忘機《ワンジー》を二度と授業に来させなくなった。魏無羨《ウェイウーシェン》もまた元の席に戻って、半月ほどが何事もなく過ぎた。

　しかし、魏無羨《ウェイウーシェン》のような人間にとって、穏やかな時間はいつも長くは続かないものだった。

　雲深不知処にはとても長い塀があり、そこには七歩ごとに、美しく透かし彫りされた窓がはめ込まれている。窓はそれぞれが違う絵柄になっていて、高山で琴を奏でる絵、御剣して空を飛ぶ絵、妖獣に斬りかかる絵等々だ。その一つ一つは、すべて姑蘇藍《ラン》氏の先祖の足跡《そくせき》を描いたものだと藍啓仁《ランチーレン》が解説した。中でも最も古く、最も有名な四つの透かし彫りの窓は、まさしく藍《ラン》氏の開祖である藍安《ランアン》の足跡四景だ。

　彼は寺の出身で、読経を聞きながら育ち、聡明で才能もあったため、少年の頃から既に高僧として広くその名が知れ渡っていた。成人を迎え、彼は「伽《が》藍《らん》」の「藍《ラン》」を姓として還俗《かんぞく》し、楽師《がくし》となった。修行の途中、姑蘇で彼は探し求めていた運命の人に出会い、二人は道侶《どうりょ》〔ともに修行する伴侶、夫婦〕となって、藍《ラン》家の基盤を作り上げた。

　そして仙侶《せんりょ》〔道侶の相手の敬称〕が他界したあと、彼は再び寺に戻り生涯を終えた。この四つの窓の名はそれぞれ、「伽藍」、「習楽」、「道侶」、「円寂《えんじゃく》」だ。

　珍しく面白い授業を聞いた、と魏無羨《ウェイウーシェン》は思った。藍啓仁《ランチーレン》はいつもと変わらずただの年表として解説していたが、魏無羨《ウェイウーシェン》は最後まで熱心にそれに聞き入った。

　授業が終わったあとも、笑いながらそのことを皆と話した。

「藍《フン》家の先祖って僧侶だったんだな。どうりで……

でも運命の一人に出会うために浮世に身を投じ、死んだその人のあとを追って、俗世の汚れを一切残さないなんて。先祖がこんな人物なのに、なんでその子孫は朴念仁《ぼくねんじん》ばかりなんだ？」

皆も堅物として有名な藍《ラン》家にこういった先祖がいたとは思いもよらず、続々と議論を始めた。しかし途中から、なぜか議題が「道侶」に偏ってきて、彼らは自分たちの理想的な「仙侶」について話し合い、有名な各世家の仙子《せんし》の品定めをし始めた。

その時、誰かが問いかけた。

「子軒《ズーシュエン》さん、君はどの仙子《せんし》が一番素敵だと思う？」

魏無羨《ウェイウーシエン》と江澄《ジャンチョン》はそれを聞いて、期せずして同時に蘭室の前列に座る一人の少年を見た。

その少年は非常に整った容貌をしており、周囲に尊大な態度を取っていた。眉間の中央に丹砂で朱色の点をつけていて、襟と袖口、帯にはすべて金星雪浪の白牡丹の美麗な刺繍が施されている。蘭陵金《ジン》氏から来た、若公子の金子軒《ジンズーシュエン》だ。

「それは子軒《ズーシュエン》さんに聞かない方がいいよ。彼には既に婚約者がいるんだから、絶対その人だと答えるに決まってる」

別の少年が答えると、「婚約者」という言葉が出た瞬間、金子軒《ジンズーシュエン》の口元は少し歪み、微かに不快そうな表情を見せた。最初に質問した少年は空気が読めないらしく、また悪気のない笑顔で金子軒《ジンズーシュエン》を問い詰めた。

「本当？　それはどの家の仙子《せんし》？　きっと知的な絶世の美女だろう！」

金子軒《ジンズーシュエン》は眉を跳ね上げて言った。

「その話はやめろ」

「――やめろって、どういう意味だ？」

魏無羨《ウェイウーシエン》が突然話に割り込んだ。

蘭室の皆が彼を見て驚き、また怪訝に思った。普段の魏無羨《ウェイウーシエン》はいつもへらへらしていて、たとえ叱られても、ひどく処罰されたとしても、本気で怒ることはなかったからだ。だが、今の彼の表情にははっきりとした怒りが漂っていた。江澄《ジャンチョン》も、魏無羨《ウェイウーシエン》が横槍を入れたことを珍しくとがめもせず、彼の横に座ったまま、凄まじい表情をしていた。

「『やめろ』って言葉がそんなに難しいか？」

金子軒《ジンズーシュエン》に傲慢な口調で聞き返され、魏無羨《ウェイウーシエン》は皮肉な笑みを浮かべて言った。

「言葉は理解できるよ。でもお前が俺の師姉《しし》〔姉弟子の敬称〕のどこが気に入らないのかは、理解に苦しむな」

周りがひそひそと話し始め、彼らはやっと状況を理解した。先ほどの会話は、不用意に大きな蜂の巣をつついてしまったようだ。

なぜかといえば、金子軒《ジンズーシュエン》の婚約者は、他でもない雲夢江《ジャン》氏の江厭離《ジャンイエンリー》なのだから。

江厭離《ジャンイエンリー》は江楓眠《ジャンフォンミエン》の長女で、江澄《ジャンチョン》の実の姉だ。性格は優しく人と争わず、話し方も穏やかではあるが、外見は特別秀でてはいない。容姿は中の上で、仙術の資質も平凡。各世家の仙子《せんし》たちが才色を競い合う中、周囲と比べれば、やや影の薄い存在だと言わざるを得ない。

しかし、彼女の婚約者である金子軒《ジンズーシュエン》は、彼女とは正反対だ。彼は金光善《ジングアンシャン》の正室の一人息子で、自慢の容姿に、仙術の資質も目を奪うもので、江厭離《ジャンイエンリー》は常識的に考えれば、確かに彼には相応しくない。それどころか、彼女は他の世家の仙子《せんし》たちと競う資格すらなかったはずだ。なのに彼女が金子軒《ジンズーシュエン》と婚約できたのは、彼女の母親が眉山虞《びざんユー》氏の出身で、金《ジン》子軒《ズーシュエン》の母親の一族と親しい間柄にあり、両夫人も一緒に育った幼馴染で非常に仲が良いからだ。

金《ジン》氏の家風は驕傲だ。これを金子軒《ジンズーシュエン》は完璧に受け継いでいて、物でも人でも最も優れたものを好み、当然、ずっと前からこの婚約に不満を抱いていた。人選にも不満だが、何よりも母親が勝手に自分の婚約者を選んだことに納得がいかず、反抗心は大きくなるばかりだった。ちょうどそこへ機会が訪れ、金《ジン》子軒《ズーシュエン》はぶちまけた。

「なら聞くが、彼女には俺に気に入られるようなところがあるのか？」

その瞬間、江澄《ジャンチョン》がいきなり立ち上がった。

魏無羨《ウェイウーシエン》は江澄《ジャンチョン》を押しのけて彼の前に出ると、嘲《あざけ》るように笑った。

「いったい何を根拠にケチをつけてるんだ！　お前こそ、自分が気に入られているとでも思っているのか？」

　この婚約のせいで、金子軒《ジンズーシュエン》は雲夢江《ジャン》氏のことを良く思ってはいなかったが、加えて以前から魏無《ウェイウー》羨《シエン》を目障りに感じていた。しかも、金子軒《ジンズーシュエン》は世家の若者たちの中で自らが群を抜いていると自負していたため、今まで一度もこんなふうに軽視されたことがなかった。頭に血が上り、カッとなって言い返す。

「彼女が気に入らないなら、こんな婚約は破棄させればいい！　とにかく俺はお前の師姉なんかどうでもいいんだ。お前が欲しいなら、彼女の父親にそう言えばいいだろう！　確かお前のことを実の息子より可愛がっていると聞いたが？」

　金子軒《ジンズーシュエン》は思わずそう口走った。

　すると、最後の一言を聞いて、江澄《ジャンチョン》の目つきが凍りつく。魏無羨《ウェイウーシエン》はもう怒りを抑えきれず、金子軒《ジンズーシュエン》に飛びかかって容赦なく殴りつけた。金子軒《ジンズーシュエン》は覚悟していたとはいえ、まさか魏無羨《ウェイウーシエン》がここまですぐに手を出してくるとは思わず、殴られた頬に痺れを感じながら、無言ですぐさま殴り返した。

　この喧嘩は双方の大世家を驚かせた。江楓眠《ジャンフォンミエン》と金光善《ジングアンシャン》はその日のうちに雲夢と蘭陵から姑蘇まで駆けつけた。

　二人の宗主は、処罰されて跪いている魏無羨《ウェイウーシエン》と金《ジン》子軒《ズーシュエン》を見てから、藍啓仁《ランチーレン》のところへ行って非難を受け、二人揃って額の汗を拭う始末だった。そして二人で少し世間話をしたあとで、江楓眠《ジャンフォンミエン》は婚約解消の旨を申し出た。

「この婚約はもともと阿離《アーリー》〔江厭離《ジャンイエンリー》の愛称〕の母親が勝手に決めたもので、私は賛成していませんでした。でも今日のことで、お互い同じように気が進まないことがわかりましたし、やはり無理はしない方がいいかと思います」

　金光善《ジングアンシャン》は驚いて、少しの間考え込んだ。いずれにしても、大世家の間で婚約を解消するのは外聞《がいぶん》のいいことではない。

「子供に何がわかるというのです？　彼らは彼らで騒がせておけばいいのですよ。楓眠《フォンミエン》殿と私が気にする必要などない」

「金《ジン》宗主、確かに我々には彼らの婚約を決めてやることはできるが、彼らの代わりに婚約を果たすことはできません。結局のところ、一生をともに過ごすのは彼ら自身ですから」

そもそもこの婚約は金光善《ジングアンシャン》の意向でもなかったので、ただ単に他世家と婚姻を結ぶことで勢力を固めるのが目的なら、雲夢江《ジャン》氏は唯一の選択肢でも、最良の選択肢でもなかった。ただ金《ジン》夫人の意向に逆らえなかっただけなのだ。江《ジャン》家から婚約解消の話を持ち出してきたのだし、金《ジン》家は男の側だから、女の側より懸念することも少ない。それで、こちらからこれ以上食い下がる必要はないと判断した。

何より、金子軒《ジンズーシュエン》がずっと婚約者の江厭離《ジャンイエンリー》を気に入っていなかったことは、金光善《ジングアンシャン》も知っている。しばし考えたあとで、彼は婚約解消を受け入れた。

魏無羨《ウェイウーシエン》はまだこの喧嘩で自分が何をぶち壊したのかも知らずに、藍啓仁《ランチーレン》に指示された砂利道で跪いていた。

「ずいぶんと大人しく跪いているな」

江澄《ジャンチョン》が遠くから歩いてきて皮肉を言った。

「俺が跪き慣れていることくらい知っているだろう？　でも金子軒《ジンズーシュエン》みたいに甘やかされて育った奴は、絶対跪いたことなんてないぜ。今日あいつが膝の痛みで両親の名を泣き叫ばなかったら、俺は自分の姓を捨ててやる」

魏無羨《ウェイウーシエン》は憮然として彼の不幸を嘲笑った。

それを聞いていた江澄《ジャンチョン》は、つかの間俯いてから、淡々と口を開いた。

「……父上が来た」

「師姉は来てないよな？」

「来てどうする？　お前がどうやって姉さんに恥をかかせたのかを見に？　もし本当に来ていたら、真っ先にお前に薬でも持ってくるだろう？」

魏無羨《ウェイウーシエン》はため息をついた。

「……師姉が来てくれたら良かったのにな。でも、お前が手を出さなくて良かったよ」

「俺だってやるつもりだった。お前に押しのけられなかったら、金子軒《ジンズーシュエン》のもう片方の顔も見れなくなってたぜ」

「そりゃやめといて正解だな。今の左右非対称の顔の方が不細工だから。なんかあいつ、孔雀《くじゃく》みたいに自分の顔を何よりも大事にしてるって聞いたぜ。今あいつが鏡を見たらなんて思うだろうな？　ハハハハッ……」

魏無羨《ウェイウーシェン》はひとしきり地面を叩いて大笑いしてから、真面目な顔で続けた。

「こうなるならお前に殴らせて、俺が横で見てれば良かったな。それなら江《ジャン》おじさんも来なかったかもしれないし。でも仕方ない、我慢できなかったんだ！」

江澄《ジャンチョン》は「ふん」と鼻を鳴らして、小さな声で呟いた。

「あり得ないだろ」

魏無羨《ウェイウーシェン》が言ったことはただの口任《くちまか》せだとわかっていても、江澄《ジャンチョン》の心は複雑だった。なぜならその言葉は事実だと、彼はよく知っていたからだ。

江楓眠《ジャンフォンミエン》は今まで一度も江澄《ジャンチョン》のために、一日で他の世家まで駆けつけることなどなかった。いいことでも悪いことでも、大きなことでも、小さなことでも。

ただの一度もなかったのだ。

魏無羨《ウェイウーシェン》は江澄《ジャンチョン》が浮かない顔をしているのを見て、彼がまだ金子軒《ジンズーシュエン》が言っていたことを不快に思っているのだと勘違いした。

「俺のことはいいから、さっさと戻れ。もしまたここに藍忘機《ランワンジー》が来たら、あいつに捕まっちまうぞ。暇なら金子軒《ジンズーシュエン》のバカ野郎が跪いているところでも見に行けよ」

「藍忘機《ランワンジー》がここに来たのか？　何しに？　お前を見に、わざわざ？」

「そう、俺も同じことを思ったよ。いい度胸だよな。多分、あいつの叔父貴に言われて、俺がちゃんと跪いているかどうかを確認しに来たんじゃないか？」

江澄《ジャンチョン》は本能的に、何かまずいことがあったのだと予感して尋ねた。

「……それで、お前はちゃんと跪いていたんだろうな？」

「当たり前だろ。でも、あいつがちょっと離れたあと、地面に落ちてた木の枝を拾ってせっせと穴を掘ってたんだ。ほら、ちょうどお前の足の横、そこにアリの巣があってさ。それで、あいつが去り際に振り向いてこっちを見た時、俺の肩が震えていたから、てっきり泣いているのかと思ったらしくて、心配したのか戻ってきたわけ。俺が掘ったアリの巣を見た時のあいつの顔をお前にも見せたかったたな」

「……」

江澄《ジャンチョン》は黙り込んで、ため息とともに言った。

「お前はやっぱり、とっとと雲夢に帰れ！　あいつはもう二度とお前の顔なんか見たくないだろうよ」

その日の夜、魏無羨《ウェイウーシエン》は荷物をまとめて、江楓眠《ジャンフォンミエン》と一緒に雲夢へ帰っていった。

第五章　陽陽

魏無羨《ウェイウーシエン》は一晩中、藍忘機《ランワンジー》の体の上にうつ伏せになったままで過ごした。夜半までは、この十数年の間に藍忘機《ランワンジー》にいったい何が起こったのかを考えていて、夜明けが近づいてから、やっとうとうとして眠りに落ちた。

次の日の早朝、目を開けた時には、魏無羨《ウェイウーシエン》は寝床で仰向けになり、両手を体の両脇に置いたきちんとした姿勢で寝かされていた。藍忘機《ランワンジー》の姿はなく、既にどこかへ出かけたようだ。

魏無羨《ウェイウーシエン》は目覚めるなり、体にかけられていた布団をがばっとめくって飛び起きた。右手を髪の中に沈めたが、覚醒したあともすっきりしない。何か漠然とした奇妙な感覚が、残響のように残ったままだった。

その時、静室の木の扉が軽く二回叩かれ、外から藍思追《ランスージュイ》の声が聞こえてきた。

「莫《モー》公子？　起きてますか？」

「起きてるけど、こんな朝早くにどうした!?」

そう答えると、藍思追《ランスージュイ》が戸惑ったように言った。

「早……早い？　でも、もう巳の刻ですよ」

藍《ラン》家の人間は皆、卯の刻に起床し、亥の刻に就寝するという非常に規則正しい生活を送っている。だが、魏無羨《ウェイウーシエン》は昔から巳の刻に起床し、丑の刻に就寝するのが常だった。ある意味規則正しいが、藍《ラン》家より丸々二時辰も遅い。彼は夜中ずっとうつ伏せになっていたせいで腰も背中も痛くて、「まだ起きられない」と正直に答えた。

「えっ、どうしたんですか？」

藍思追《ランスージュイ》に気遣う声で聞かれて、魏無羨《ウェイウーシエン》は殊更《ことさら》に声を張り上げて答えた。

「どうしたって、俺はお前らんところの含光君に襲われたの！」

「これ以上でたらめ言ったら容赦しないぞ！　さっ

さと出てこい！」

藍景儀《ランジンイー》の恐ろしく勢い込んだ声が響いてきた。

「本当だって！　彼に一晩中襲われてたんだ！　外になんて出ない。もう人に合わせる顔がないんだよ！」

魏無羨《ウェイウーシエン》はわざとらしく悲壮な声音を作って答える。

少年たちは、扉の前で顔を見合わせて黙り込んだ。含光君の住まいである静室には、何者であっても勝手に立ち入ることは許されないため、直接入って彼を引きずり出すことなど到底できず、始末に負えない。

「本当に恥知らずだな！　含光君は断袖じゃないっていうのに、わざわざあんたを襲ったって!?　あんたが逆に含光君を襲わなくて本当に良かったよ。さあ起きろ！　それでさっさとあのロバをどうにかしろよな。うるさくてかなわない！」

藍景儀《ランジンイー》が苛立ちを込めて怒鳴った。

自分のロバの話が出ると、魏無羨《ウェイウーシエン》は瞬時に寝床から起き上がった。

「俺の林檎ちゃんに何したんだ!?　勝手に触るなよ、蹴られるぞ」

「林檎ちゃんってなんだよ？」

藍景儀《ランジンイー》に怪訝そうな声で尋ねられ、すぐさま静室から出てきた魏無羨《ウェイウーシエン》は答えた。

「俺のロバだよ！」

それから、魏無羨《ウェイウーシエン》はロバのところまで案内してくれと少年たちを急かした。広い草地に連れていってもらうと、そこにいたロバは確かに絶えずいななていて、ものすごくうるさい。どうやら騒いでいた原因は、草を食べたいのに、その上に数十ものまん丸いふわふわの白玉が集まっていて、ちっとも食べさせてくれないかららしい。

「おー、ウサギがいっぱいだ！　早く早く、捕まえて焼こうぜ！」

魏無羨《ウェイウーシエン》がはしゃぐのを見て、藍景儀《ランジンイー》は頭から湯気が出そうなほどの勢いで怒鳴った。

「雲深不知処は殺生禁止だ！　それより、さっさとあんたのロバを黙らせろってば！　早朝から勉強していた人たちが何回も苦情を言いに来たんだぞ！　怒られまくるのは俺たちなんだからな！」

　魏無羨《ウェイウーシェン》が自分に用意された朝餉《あさげ》の中にあった林檎をロバにやると、ロバは林檎をかじった途端に鳴きやんで、シャキシャキと音を立てて懸命に咀嚼し始めた。そんなロバの首を撫でながら、魏無羨《ウェイウーシェン》はまた少年たちが持っている通行玉令をどう盗むかを考え始めた。ふと、草地一面にいるまん丸い白ウサギを指さして聞いてみる。

「こいつら、本当に焼いちゃダメなのか？　……もし焼いたら、ここから追い出されるかな？」

　藍景儀《ランジンイー》はぎょっとして、天敵を前にしているかのように、すぐさま両腕を広げて魏無羨《ウェイウーシェン》の前に立ち塞がった。

「この子たちは含光君が飼っているもので、俺たちはただ、たまに代わりに世話をしているだけだ！　焼いたりしたら本当に容赦しないぞ！」

　魏無羨《ウェイウーシェン》はそれを聞いて、笑いすぎて危うく地面にひっくり返りそうになった。

（藍湛《ランジャン》の奴ってば！　昔は俺があげても「いらない」って言っていたくせに、今じゃ自分でこそこそこんなにたくさん飼ってるなんて。何が「いらない」だ？　本当はこういう白くてふわふわで可愛いものが好きなんだろう！　含光君が真面目な顔でウサギを抱っこするとか、笑いすぎてもうダメだ……）

　だが、自分が藍忘機《ランワンジー》の体の上にのしかかり、密着したまま過ごさざるを得なくなった昨夜の光景を思い出して、魏無羨《ウェイウーシェン》は急に笑えなくなった。

　ちょうどその時、雲深不知処の四方から鐘の音が鳴り響いた。

　今度の鐘の音は、昨日の夜に聞いた覚えのある、時刻を知らせるものとはまるで違い、警鐘のように辺りに響き渡っている。壊れたかのように激しく打ち続けているのだ。尋常ではないその音に、藍景儀《ランジンイー》と藍思追《ランスージュイ》は血相を変え、もう魏無羨《ウェイウーシェン》の戯言に構う余裕もなく、すぐさま走りだした。魏無羨《ウェイウーシェン》も異変に気づき、急いで二人のあとを追った。

鐘の音は角櫓《すみやぐら》の上から響いてくる。

この櫓の名は「冥室《めいしつ》」といった。壁は特殊な材料で作られ、呪文が彫られている。ここは藍《ラン》家が招魂の儀式を行うための建物で、櫓の上の鐘がひとりでに鳴り響く時は、中で儀式を行っている人の身に何かが起きたということを示す。

冥室の外には、藍《ラン》家の門弟がどんどん集まってきているが、誰一人として軽率に中に入ろうとはしなかった。階段の上にある冥室の扉は漆黒の木で造られていて、扉にかけられた鍵は中からしか開けられない。外から力尽くで破壊しようとしても極めて困難な上、禁忌を破ることになる。だからこそ招魂の儀式で不測の事態が起こるのは、非常に恐ろしいことなのだ。なぜなら、いったいどんなモノを召喚してしまったのか、むやみに突入すれば何が起こるか、外からでは誰にもわからないからだ。しかも冥室が建てられて以来、招魂に失敗したことなどないに等しかったため、皆の恐怖はさらに募った。

魏無羨《ウェイウーシエン》は藍忘機《ランワンジー》の姿が見当たらないことに気づき、まずいなと思った。

もし藍忘機《ランワンジー》が雲深不知処にいれば、この警鐘を聞いたらすぐさま駆けつけるはずなのに、ここにいないということは――。

その時突然、漆黒の扉がバンと音を立てて乱暴に開いた。階段の先にあるその扉の中から、白ずくめの校服を着た門弟が一人、よろめきながら飛び出してくる。

彼は足をもつれさせ、出てくると同時に階段から転がり落ちた。すると冥室の扉は、まるで誰かが激昂して蹴ったかのように、再びすぐさま閉じてしまった。

皆が急いでその門弟を助け起こす。彼は仲間の腕に力なく倒れ込み、涙と鼻水を流しながら、縋るようにその腕を掴んだ。

「いけなかった……召喚してはいけなかったんだ……」

魏無羨《ウェイウーシエン》はぐっと彼の手を掴むと、真剣な声で尋ねた。

「いったいどんなモノの魂を召喚していたんだ？　中にはまだ誰かいるのか？　含光君は!?」

「含光君が、逃げなさいと……」

門弟は息も絶え絶えに、苦しそうな声を絞り出す。さらに何か言おうとした時、赤黒い血が、彼の鼻と口からどっと溢れ出てきた。

魏無羨《ウェイウーシエン》は彼を藍思追《ランスージュイ》の腕に預けた。その場しのぎに作ったあの竹笛は、まだ腰に差してある。彼は二歩で数段の階段を上り、冥室の扉をどんと蹴ると、荒々しい声で叫んだ。

「開け！」

すると扉は、大笑いするかのように突然開き、魏《ウェイ》無羨《ウーシエン》はさっとその中へ滑り込んだ。扉は彼のあとを追うようにして、またすぐさま閉じる。数名の門弟も中に入ろうと階段を駆け上がったが、どうやっても閉じた扉を開けることはできなかった。

客卿の一人が扉に飛びかかり、解《げ》せない状況に混乱して怒鳴る。

「今の奴はいったい誰なんだ!?」

藍思追《ランスージュイ》は歯を食いしばり、先ほどの門弟を支えながら皆に声をかけた。

「……先にこちらを手伝ってください。彼の目、耳、鼻、口……顔中の穴から血が溢れています！」


冥室に入った途端、魏無羨《ウェイウーシエン》は重苦しく黒い気が真正面からぶつかってくるのを感じた。

この黒い気は、まるで怨念、怒り、狂気が混ざり合ったような、肉眼でも確認できるほどの濃いものだった。これに包まれていると、胸が圧迫されて微かに鈍い痛みを感じる。冥室の内部は、高さも四方も同じく三丈あまりあって、その四隅には数名が気を失って倒れているのが見えた。そして、中央の呪術陣の上には、招魂した相手が立っていた。

そこにあったのは、ただ一本の腕だけ。それは莫《モー》家荘から持ち帰った、あの左腕だった！

左腕は棒のように真っすぐに立っている。断面は地につき、人さし指だけが天を指し、まるで怒りに燃えて誰かを指し示しているかのようだ。そして、冥室中に充満している黒い気は、まさにその左腕から絶え間なく溢れ出てきている。

招魂の儀式に参加した者たちは、逃げた一人を除いてほとんど全員が倒れている。唯一、藍忘機《ランワンジー》だけが意識を保ち、この儀式で最も重要な東の方位に端然と正座していた。

彼のそばには古琴が一張置かれ、その弦は触れていないにもかかわらず、なぜか震え続け、ブンブンという音が鳴りやまなかった。彼は何か考え込んでいるのか、あるいは集中して何かを聞いているのか、じっと動かなかったが、誰かが侵入してきたことに気づいてやっと顔を上げた。

藍忘機《ランワンジー》は昔から感情を一切顔に出さないため、魏《ウェイ》無羨《ウーシエン》は彼が何を考えているのかを読み取ることはできない。西の方位を担っていた藍啓仁《ランチーレン》は既に床に倒れ込み、先ほど逃げ出してきた門弟と同じように、顔中の穴から血を溢れさせて意識を失っていた。

魏無羨《ウェイウーシエン》は藍啓仁《ランチーレン》に代わって西の方位に立つ。竹笛を腰から抜いて口元まで持ち上げ、藍忘機《ランワンジー》と遠くから向かい合った。

莫《モー》家荘の夜は、魏無羨《ウェイウーシエン》が先に三体の凶屍を操ってこの左腕を妨害し、その後、藍忘機《ランワンジー》が遠くから琴の音で攻撃した。あの時も、二人が知らず知らずのうちに偶然手を組んだことで、やっと鎮圧できたのだ。

藍忘機《ランワンジー》は魏無羨《ウェイウーシエン》と目が合った瞬間、彼の思惑を理解した。藍忘機《ランワンジー》がすっと右手を上げると、琴が勢い良く旋律を紡ぎだし、魏無羨《ウェイウーシエン》もすぐさまそれに笛の音を重ねる。

彼らが奏でているこの曲の名は、「招魂」だ。死者の躯《むくろ》か、その一部か、あるいは死者が生前愛用していた物などを媒介として、亡霊に音を頼りに招きに応じてもらう。普通なら曲の一部を奏でるだけで、呪術陣から亡霊の体が浮き出てくるはずだが、二人が最後まで奏で終わる頃になっても、亡霊は一向に現れる気配がない。

それどころか、左腕には、ますます激しく猛《たけ》るように腕全体に青い筋が盛り上がり、空気中に漂う重苦しさも一層増していく。もし今、西の方位を担っていたのが他の者だったら、とっくに持ち堪えられず、おそらく藍啓仁《ランチーレン》と同じように顔中の穴から血を溢れさせ、倒れていたに違いない。

（俺たち二人で「招魂」を合奏しても亡霊を召喚できないなんて、まずあり得ない。この死者の魂魄は……体と一緒に引き裂かれてしまったんだ！）

魏無羨《ウェイウーシエン》は密かに驚いた。

彼が死んだ時は、確かに体は細かく噛み砕かれてしまったけれど、幸い魂魄はきちんと揃った状態だった。だが、どうやらこの左腕の持ち主は、魏無《ウェイウー》羨《シエン》より少しばかり惨《みじ》めな死に方をしたようだ。

「招魂」の曲が効かないなら、と藍忘機《ランワンジー》は弾いていた旋律を変え、違う曲を奏で始めた。

今度の曲は、先ほどの不気味な、まるで尋問のような旋律とははっきりと異なって穏やかだ。この曲の名は「安息」。「招魂」も「安息」も、世に広く伝わる玄門の名曲なので、知っていても疑われることはないと思い、魏無羨《ウェイウーシエン》はまた自然と笛を琴の音に合わせた。

夷陵老祖の鬼笛《きてき》の名は「陳情《チェンチン》」といい、かつてその威名は天下に轟いていた。しかし彼は今、竹笛で調子を合わせながら、わざと度々吹き間違え、息も足りないふりをしているので、その音色は実に聞くに堪えない。藍忘機《ランワンジー》も、おそらくここまで下手くそな相手と合奏したのは初めてなのだろう。しばらく弾いたあと、流石《さすが》にこれ以上は平静を装って弾き続けることができなくなったようで、顔を上げて無表情で魏無羨《ウェイウーシエン》を見た。

しかし、魏無羨《ウェイウーシエン》は厚かましく気づかないふりをして吹き続け、音もどんどん外していく。そして体の向きを変え、さらに続きを吹こうとした時、突然背後から音がした。彼が振り向くと、驚いたことに意識を失っていたはずの藍啓仁《ランチーレン》が、なんと背筋を伸ばして座り込んでいるではないか。しかも、顔中の穴から血が溢れているどころか、煙まで出るほど激怒している。

その上、髭も、喉も、魏無羨《ウェイウーシエン》を指さす手までも震わせ、彼は声を振り絞って息も絶え絶えに怒鳴った。

「吹いてはならん！　失せろ！　今すぐに！　二度と……」

「二度と」なんなのかを最後まで言えず、彼はまた口から血を吐いてばったりと倒れ込む。どうやら、再び意識をなくしたようだ。

「……」

その様子を見ていた藍忘機《ランワンジー》は無言のままだった。

魏無羨《ウェイウーシエン》の方はと言えば、目を見開いて呆然としている。

彼には、藍啓仁《ランチーレン》の「二度と」のあとに続く言葉がなんなのかわかってしまった。

『二度と笛を吹くな！　二度と合奏するな！　二度と愛弟子の琴の音色を汚すな！』

彼らの合奏が、まさか藍啓仁《ランチーレン》を怒りのあまり目覚めさせた挙句、再び気絶させてしまうなんて、いったいどれほど耳障りなのかは明白だ。

だが、それでも左腕には効いたようで、笛と琴の音色が合わさって鎮圧するうち、腕はゆっくりと倒れ込んでいった。耳障りだろうが、効果があればいい。魏無羨《ウェイウーシエン》はわざと下手に笛を吹いて罵られたことなど、ちっとも恥ずかしいとは思わなかった。

最後の一音がやんでしばらくすると、冥室の扉は弾かれたように開き、一気に日光が差し込んできた。櫓の上にある警鐘も鳴りやんだため、冥室の外にいた門弟たちが一斉に駆け込んでくる。彼らは口々に叫んだ。

「含光君！」

藍忘機《ランワンジー》は弦を手で押さえて余韻を止めたあと、立ち上がって藍啓仁《ランチーレン》の脈を測りにいった。彼が先頭に立って指揮をすると、皆も落ち着きを取り戻して動きだす。年上の先輩数名は、冥室で顔中の穴から血を流している者たちの体を仰向けに寝かせ、てきぱきと救助に当たった。彼らは率先して鍼《はり》治療をしたり、薬を飲ませたりしている。また別の門弟たちが銅の鐘を運んできて、どうやら地面に倒れ込んだ左腕をそれで覆うつもりらしい。現場は慌ただしいが、秩序は保たれている。皆小声で話し、誰一人として騒ぐ者などいなかった。

「含光君、丹薬も鍼も効きません。どうすればいいでしょうか？」

数人が不安そうな様子で彼に助けを求めた。

藍忘機《ランワンジー》は、まだ藍啓仁《ランチーレン》の手首に三本の指を置いて脈を取り、眉間にしわを寄せたまま黙っていた。藍《ラン》啓仁《チーレン》は今まで、千回とはいかないまでも八百回以上は招魂の儀式を行ってきた。その相手の中には悪鬼、怨霊も少なくない。そんな彼までもが返り討ちに遭い、こんな怪我をするなど、今回の左腕の怨念がどれほど凄まじかったかがわかる。

まったく、前代未聞の事態だ。

魏無羨《ウェイウーシエン》は竹笛をまた腰に差し、銅の鐘の横にしゃがんで、その上に刻まれた文字を撫でながら考え込む。だが、ふいに藍思追《ランスージュイ》が暗い顔をしているのに気づいた。

「どうした？」

藍思追《ランスージュイ》は、とうに魏無羨《ウェイウーシエン》が只者《ただもの》ではないことに気づいていた。しばらくためらったあとで、「……少し、申し訳なく思いまして」と小声で答えた。

「何が申し訳ないんだ？」

「その左腕の狙いは、私たちだからです」

「なんでそう思った？」

聞きながら、魏無羨《ウェイウーシエン》は口角を上げた。

「召陰旗は、等級ごとに描き方が異なり、威力も違います。あの夜、私たちが莫《モー》家荘で描いた召陰旗は、周囲五里にしか効果がないはずのものでした。ですが、その左腕は殺気が非常に強く、しかも人間の血肉と精気を食べていました。もし、それが最初から五里以内にいたのなら、あの凶悪さと残虐さを考えたら、莫《モー》家荘はとっくに死屍累々《ししるいるい》の状態になっていたはずです。でも、左腕は私たちが到着したあの夜に突然現れた……つまり、悪意を持った誰かが、わざとあの時間に、あの場所で放《はな》ったことになります」

魏無羨《ウェイウーシエン》は頷いた。

「しっかり勉強していて、いい分析だな」

「ならば、莫《モー》家荘で亡くなった数人の命は、おそらく私たちにも責任が……なのに今度は、藍《ラン》先生たちまで巻き込んで、昏睡《こんすい》状態にさせてしまったなんて……」

藍思追《ランスージュイ》は悄然として俯く。

少し黙ったあとで、魏無羨《ウェイウーシエン》はぽんと彼の肩を叩いた。

「責任を負うべきなのはお前らじゃなくて、左腕を放《はな》った誰かだ。世の中には自分ではどうにもできないこともある」

一方で、藍忘機《ランワンジー》は藍啓仁《ランチーレン》の手首からようやく手を離した。

それを見て、藍《ラン》家の皆が慌てて聞いた。

「含光君、どうですか？」

「根源を突き止める」

藍忘機《ランワンジー》が静かに断言すると、魏無羨《ウェイウーシエン》も同意した。

「その通りだ。この左腕の持ち主の他の部位を見つけ出して、全身揃えば身元もわかるはずだし、自然と救う術《すべ》も見つかるはずだ」

藍景儀《ランジンイー》も、もう魏無羨《ウェイウーシエン》がただの阿呆ではないとわかっていつつも、つい彼には非難する口調で話してしまう。

「簡単そうに言いますけど、これじゃ招魂で亡霊も呼べないし、しかもここまで暴れる奴を、いったいどこから探すっていうんですか？」

「北西だ」

これには藍忘機《ランワンジー》が答えた。

「北西？　含光君、なぜ北西なのですか？」

不思議そうな顔で質問する藍思追《ランスージュイ》を見て、魏無《ウェイウー》羨《シエン》は事もなげに言う。

「もう指さしてくれてるじゃないか」

「指さしてくれた？　誰が？　含光君はどこも指してなんかいませんよ？」

藍景儀《ランジンイー》が腑に落ちない様子で矢継ぎ早に話すのに、魏無羨《ウェイウーシエン》がすっと何かを指す。

「こいつだよ」

それでやっと皆も気づいた。

魏無羨《ウェイウーシエン》が指し示したのは、例の左腕だったのだ！

左腕は確かに、終始同じ方向を指さしていた。誰かが向きを変えても、執拗に元に戻り、またぴたりと同じ方向を示す。皆、見たことのない奇妙な状況に呆然とした。

「これが？　これ……これはいったい何を指さしているんだ!?」

藍景儀《ランジンイー》が驚愕の声を上げた。

「何って？　自分の死体の他の部位か、もしくは自分をこんなふうにした犯人かのどっちかだろう」

魏無羨《ウェイウーシエン》の言葉を聞いて、ちょうど北西に立っていた数名の少年たちは慌ててそこから離れた。藍忘機《ランワンジー》は魏無羨《ウェイウーシエン》をじっと見てから、ゆっくり立ち上がると、数名の門弟に言い渡した。

「叔父上を頼む」

「はい！　すぐに下山されるのですか？」

門弟たちが聞き返すと、藍忘機《ランワンジー》は微かに頷いた。

魏無羨《ウェイウーシエン》はこっそりと彼の後ろに歩み寄ると、嬉しそうな大声で聞こえよがしに言った。

「やったあ、これでやっと下山して駆け落ちできるね！」

皆は一様に見るに堪えないという表情を浮かべ、年上の門弟たちは特にぞっとした様子だったが、莫《モー》家荘で面識があった数名の少年たちはだんだん慣れてきたようだ。

ただ、意識のない中でも聞こえたのか、倒れている藍啓仁《ランチーレン》の顔は、またぴくぴくとひきつったように見えた。もしこれ以上何かを言ったら、もしかすると藍《ラン》先生はまた激怒して起き上がるかもしれない……と皆が思っていた。

◆

世家の名士が夜狩に行く時は、普通なら大勢の者たちを従えて、仰々しく赴《おもむ》くものだ。

しかし藍忘機《ランワンジー》は昔から一人で行動することを好んだ。何より今、彼が持っている左腕は非常に怪しい上に危険な代物で、少しの不注意で周りに累を及ぼす可能性があるため、彼は一族の門弟たちを置いて、魏無羨《ウェイウーシエン》一人だけを連れていった。

道中、彼の魏無羨《ウェイウーシエン》への監視の目は一層厳しくなった。

魏無羨《ウェイウーシェン》はもともと、下山して調査に行く道すがら、隙を狙ってとんずらするつもりだった。しかし、何度逃走を試みても、その結末はすべて藍忘機《ランワンジー》に片手で後ろ襟を掴まれ、そのまま持ち上げられて連れ帰られるだけに終わった。

そこで魏無羨《ウェイウーシェン》は、逆に極力藍忘機《ランワンジー》の体にしつこくくっつく作戦に変更した。特に夜は、何があっても絶対に藍忘機《ランワンジー》の寝床に潜り込んで苛立たせ、我慢できなくなった彼が剣を取って自分を追い出すことを期待したのだ。だが、いくら魏無羨《ウェイウーシェン》がありったけの嫌がらせの技を駆使しても、なぜか藍忘機《ランワンジー》は微動だにしなかった。

しかも彼の布団の中に潜ると、毎回体を軽く叩かれて、たちまち指一本動かせないように全身を硬直させせられてしまう。そして固まったまま別の布団に移され、とても行儀の良い姿勢で朝まで寝かされる。魏無羨《ウェイウーシェン》は何度も同じ手を食らうばかりで、毎回目覚めれば腰は痛いわ足には力が入らないわで、ただ悲鳴を上げることしかできなかった。

(こいつ、成長したら以前よりもっとつまらなくなったな。昔はからかえば恥ずかしがってくれて、それが面白かったのに。なのに今じゃ、何をしても動じない上に、俺に反抗することを覚えたなんて、冗談じゃない!)

左腕の指し示す方向に沿って、二人はひたすら北西に向かって進んだ。そして左腕の怒りと殺気を一時的に緩和するために、日課として毎日「安息」を一曲合奏した。清河の辺りに近づいた頃、それまでずっと維持されていた左腕の手が突然形を変え、人さし指は引っ込み、五本の指が拳を作ってみせた。

つまり左腕が指し示す何かは、この近くにあるということだ。

彼らは歩きながら聞き込みをして、清河にある小さな町に辿り着いた。ちょうど真昼で、大通りにはたくさんの人々が行き来して非常に賑やかだ。魏無《ウェイウー》羨《シエン》が藍忘機《ランワンジー》の後ろについてだらだらと歩いていた時、急に鼻をつくような香りが正面から漂ってきた。

しばらくの間、藍忘機《ランワンジー》の体の淡い檀香を嗅ぎ慣れていたので、魏無羨《ウェイウーシエン》はこの強い香りが気にかかった。

「この匂い、いったい何を売っているんだ？」

思わず口に出して辺りを見回す。どうやらこの香りは、道服〔道士が着る服〕を着て顔中に「詐欺師」と書いてあるような、さすらいの薬売りの方から匂ってくるようだ。薬売りは物入れ用の木箱を背負い、行き交う人々にいろいろな小物を売っている。興味を示した魏無羨《ウェイウーシエン》を見て、客がきたと思い喜んで答えた。

「なんでもありますよ！　特に紅白粉《べにおしろい》は安くて物もいいんですよ。公子様、見てみますか？」

「いいね。見せて見せて」

魏無羨《ウェイウーシエン》が機嫌良く乗ると、薬売りも笑顔で尋ねた。

「奥さまに買って差し上げるんですか？」

魏無羨《ウェイウーシエン》はにっこりして答えた。

「自分で使うんだ」

「……」

薬売りの笑顔が固まった。

薬売りは「こいつ人をおちょくる気か!?」と内心で思ったが、彼が怒りだす前にもう一人の若い男が戻ってきた。

「買わないならよしなさい」

彼は無表情で魏無羨《ウェイウーシエン》を窘めた。

その男は非常に美しく整った容貌をしていた。瞳の色は淡く、とても雅な空気を纏っている。白い服と抹額は雪よりも白くて、腰には長剣を帯びているのが見えた。

実はこの薬売りは偽道士だが、玄門百家についてはは少しばかり知識があるため、姑蘇藍《ラン》氏の家紋に見覚えがあった。世家の名士らしき方の前で軽率な行動など恐ろしくてできず、慌てて物を木箱にしまい込んで逃げてしまう。

「なんで逃げるんだよ？　本当に買いたいんだ！」

魏無羨《ウェイウーシエン》が彼を引き留めると、藍忘機《ランワンジー》が聞いた。

「金はあるのか？」

「ないからちょうだい」

ぬけぬけと言って、魏無羨《ウェイウーシエン》は藍忘機《ランワンジー》の懐に勝手に手を突っ込んだ。特に期待はしていなかったが、少し探ってみると、小さくて繊細な見た目の、ずっしりと重い財嚢《さいのう》〔金銭を入れる袋〕を見つけ出してしまった。

　とても藍忘機《ランワンジー》が持ち歩くような見た目のものには思えなかったが、ここ数日、彼について理解に苦しむことは他にいくつもあった。魏無羨《ウェイウーシエン》はだんだんと不可解なことにも慣れてきて、財嚢を取り出すとすぐさま先を歩き始めた。けれど、先ほどと同じように、藍忘機《ランワンジー》は魏無羨《ウェイウーシエン》のしたい放題にさせるばかりで、一切不満を口にしない。

　もし藍忘機《ランワンジー》の人柄と潔癖を好むところを魏無羨《ウェイウーシエン》が知らずにいたら、そして含光君の評判が眩しいくらいに素晴らしいものでなかったら。

　魏無羨《ウェイウーシエン》は、藍忘機《ランワンジー》と莫玄羽《モーシュエンユー》の間に、実は何か感情のもつれでもあったのではと疑わずにはいられなかっただろう。

（だってそうじゃなかったら、なんで俺がここまで嫌がらせしても我慢できるんだ!?）

　しばらく一人で歩いたあと、魏無羨《ウェイウーシエン》が何気なく振り向くと、いつの間にか藍忘機《ランワンジー》との距離はずっと離れてしまっていた。置き去りにされた彼は、今もまだ元の場所に立ち止まったまま、じっとこちらを見つめている。

　再び歩きだしたものの、魏無羨《ウェイウーシエン》の足取りは、やけにのろのろとしたものになった。

　なぜなんだろう。彼は心の中で微かに、藍忘機《ランワンジー》を置き去りにして先に行くべきではなかったと思ったのだ。

　その時、近くで誰かが叫んだ。

「夷陵老祖、一枚五文、三枚で十文！」

「誰だって!?」

　魏無羨《ウェイウーシエン》は仰天して声を上げた。いったい誰が自分を売っているのかと慌てて見に行くと、それはなんと先ほどの偽道士の薬売りだった。彼は質《しつ》の悪い紅白粉をしまって、今度は凶悪残忍な魔除けの張り紙を一束取り出していた。

「一枚五文、三枚で十文。なんてお得、なんて良心的なお値段！　おすすめは三枚まとめ買い。一枚はお屋敷の門に張って、一枚は広間に張って、最後の一枚は枕元に張る。殺気が強く、邪気が濃く、悪を以《もっ》て悪を制し、毒を以て毒を制す。どんな妖魔鬼怪も近寄れないと保証するよ！」

薬売りがひっきりなしに声を上げて売り込むのに、魏無羨《ウェイウーシエン》が呆れて突っ込んだ。

「嘘八百だ！　だいたい、本当にそんなに効き目があったら、一枚たったの五文で売るか⁉」

「またあんたですか？　買わないんならどっか行ってくださいよ。もし一枚五十文で買いたいってんなら、私は喜んで売りますとも」

薬売りが忌々しげに言った。

魏無羨《ウェイウーシエン》は薬売りが持っている「夷陵老祖の魔除け絵」の束を受け取り、パラパラとめくって見てみた。最悪なことに、描かれている面相は相当に凶悪だ。目が突き出て青筋の立った筋骨隆々《きんこつりゅうりゅう》の男で、それがまさか自分であるとは断固として受け入れられない。

「魏無羨《ウェイウーシエン》は名うての美男子だったって聞くぞ。それなのになんだこの絵は⁉　本人を見たこともないのに、でたらめに描くなよ。誤解されるだろうが」

薬売りがさらに何か言おうとしたその時、魏無《ウェイウー》羨《シエン》は突然背後から風が襲ってくるのを感じ、とっさに身をかわした。

魏無羨《ウェイウーシエン》は避けられたが、薬売りの方は横の風車売りの露店まで蹴飛ばされた。倒れた露店を起こす者と商品を拾う者が入り交じり、辺りは騒然となる。

薬売りは怒鳴ろうとしたが、自分を蹴った相手が全身金色に光り輝く若公子だと気づき、これはどこかの金持ちか名家の者だと考え、怒気が半減した。さらによく見ると、相手の胸のところには金星雪浪の白牡丹が刺繍されていて、完全に怒鳴る勢いを失った。それでもこのまま訳もわからず蹴られたままなのも悔しくて、弱々しい声音で聞く。

「なぜ私を蹴るのですか？」

その若公子というのは、金凌《ジンリン》だった。彼は腕を胸の前で組み、冷たく答えた。

「なんでかって？　俺の前で『魏無羨《ウェイウーシエン》』の名前を出したただろう。殺さなかっただけでも跪いて感謝してもらいたいくらいだ。わざわざ往来で大声出して叫びやがって！　ああ、もしかして死にたいのか？」

魏無羨《ウェイウーシエン》にとって、金凌《ジンリン》がここに現れることも、彼の言動がこんなにまで横柄なことも、まったく想定外のことだった。

（この子の性格はなんでこうなったんだろう。怒りっぽくて容赦もないし、わがままで傲岸不遜……叔父と父親の短所ばかり似て、母親の長所を少しも受け継いでいない。俺がちゃんと教育してやらないと、いずれ痛い目に遭うな）

魏無羨《ウェイウーシエン》は金凌《ジンリン》が怒りをあらわにして、地面に倒れている薬売りに向かって二歩近づくのを見て、声を上げた。

「金凌《ジンリン》！」

薬売りは怯えて何も言えず、感謝の眼差しを魏無《ウェイウー》羨《シエン》に投げかける。すると金凌《ジンリン》は、今度は魏無羨《ウェイウーシエン》の方にくるりと向きを変えた。

「お前は逃げなかったのか？　まあいいだろう」

見下すような口調で言う金凌《ジンリン》に、魏無羨《ウェイウーシエン》は余裕を見せて笑う。

「うわっ、この間地面に押さえつけられて起き上がれなかったのは誰だったかなぁ？」

金凌《ジンリン》は嘲笑い、短く指笛を吹く。魏無羨《ウェイウーシエン》にはその意味がわからなかったが、少しすると、遠くの方から「はあはあ」という獣の荒い息遣いが聞こえてきた。

振り向くと、人の半分ほどの大きさをした黒いたてがみの犬が角から現れ、真っすぐこちらに向かって走ってくる。

「おい、狂暴な犬だ！　人を噛むぞ！」

大通りで人々が驚いて叫びだし、その叫び声は次第に近く、そしてどんどん大きくなってきた。

魏無羨《ウェイウーシエン》はたちまち顔色を変え、脱兎《だっと》の如く逃げだした。

恥ずかしい話だが、向かうところ敵なしと言われた夷陵老祖は、犬が大の苦手だった。それも仕方のないことで、彼は幼い頃、江楓眠《ジャンフォンミエン》に引き取られるまでの間は、ずっと路頭に迷い、いつも野良犬と食べ物を奪い合っていたのだ。追いかけられたり、噛まれたりで、怖い思いをたくさんしてきたため、大型犬でも小型犬でも、犬全般が死ぬほど怖くなってしまったというわけだ。このことは江澄《ジャンチョン》にも散々嘲られていたが、よそで言えばただの恥さらしだし、仮に言ったところで信じる人などほとんどおらず、噂はあまり広まらなかった。

そんな魏無羨《ウェイウーシエン》が、魂が体から抜け出してしまいそうなほど慌てふためいて逃げ回っていると、急に視界の中にすらりとして背の高い、白い服を着た誰かが現れた。彼はとっさに喉が潰れそうなくらい必死で叫んだ。

「藍湛《ランジャン》、助けて！」

金凌《ジンリン》も追ってきたが、藍忘機《ランワンジー》を見た途端、驚いて顔色が真っ青になった。

（こいつ、また含光君と一緒かよ!?）

藍忘機《ランワンジー》は昔から真面目で、軽々しく話したり笑顔を見せたりしないため、仙門の同世代の者たちも彼の前では気後れしてしまう。ましてや、金凌《ジンリン》のような若輩者ならなおさらだ。彼の持つ威圧感は、昔の藍啓仁《ランチーレン》に勝るとも劣らないものだった。

金凌《ジンリン》より先に走ってきた犬は、ただの犬ではなく、人語を解す利口な「霊犬」だった。どうやら厳しく躾けられているようで、主と同じく、藍忘機《ランワンジー》の前で暴れてはいけないとすぐに悟ったらしい。「ワウワウ」と二、三回吠えたあと、尻尾を後ろ脚の間に挟み込んで、金凌《ジンリン》の後ろにこそこそと隠れた。

この黒いたてがみの霊犬は、金光瑶《ジングアンヤオ》が金凌《ジンリン》に贈った珍しい品種だ。普通の人なら斂芳尊《れんほうそん》が贈った犬だと知ったら、皆粗相がないように大事に扱うだろう。

だが、藍忘機《ランワンジー》はあいにく普通の人ではない。彼は犬を贈った者が誰であろうが、犬を町に放したのが誰であろうが関係なく、必要であれば厳しく罰し、一切容赦しない。金凌《ジンリン》は犬を放ち、人を追わせたところを含光君に見つかってしまい、頭からすーっと血の気が引いた。

（しまった。これは絶対、俺がやっとのことで躾け上げた霊犬を殺してから、俺のこともこてんぱんに叱るに違いない！）

内心で怯える金凌《ジンリン》をよそに、魏無羨《ウェイウーシェン》は頭を藍忘機《ランワンジー》の脇のところに突っ込んで彼の後ろに隠れていた。できることなら彼のすらりと背の高い体を伝って、上へ上へと、天までも登って逃げてしまいたいほどだ。

そして藍忘機《ランワンジー》はといえば、魏無羨《ウェイウーシェン》に両手で抱きしめられて、全身が凍りついたかのように立ち尽くしていた。その隙に、金凌《ジンリン》はまた二回短く指笛を吹いて合図し、彼の霊犬を連れて一目散に逃げてしまう。

それを見た薬売りは地面からどうにか起き上がると、「世も末だ。今時の世家の公子は本当にすごいな！　呆れるくらいすごいよ！」とまだ少しびくびくしながらも、ささやかな皮肉を言う。

魏無羨《ウェイウーシェン》は犬の声が遠くなっていくのを聞いてから、ようやく藍忘機《ランワンジー》の後ろから出てきた。それから、まるで何事もなかったかのように、両手を後ろで組んで同意した。

「その通りだ。世も末だよ。古人の誠実さと優しさをまるで学んでいない」

薬売りは今では魏無羨《ウェイウーシェン》のことを命の恩人だと思って、しきりに頷き、さらに感謝の気持ちとして、例の「夷陵老祖の魔除け絵」の束を厄介払いでもするかのように魏無羨《ウェイウーシェン》に渡した。

「公子様、さっきは本当にありがとうございました！　これはほんのお礼です。ちょっと値下げして、一枚三文で売っても、全部で三百文にはなりますよ」

藍忘機《ランワンジー》は絵の中の面相が凶悪で青筋が立った筋骨隆々な男をちらりと見たが、何も感想は言わなかった。魏無羨《ウェイウーシェン》は自分の値段がどんどん下がっていくことに、乾いた笑みを浮かべるしかない。

「これがお礼だって？　本当にお礼したいんなら、もっと綺麗に描けよ……って、ちょっとどこに行くんだ？　待ってくれ、実は聞きたいことがあるんだ。

あんたここで商売をしながら、何か怪しい事件の話を聞いたり、不思議な現象を見たりしなかったか？」

　薬売りが胸を張って答えた。

「怪しい事件？　それなら私に聞いて正解ですよ。拙者《せっしゃ》、長年この地域で商売をしている、人呼んで清河の万屋《よろずや》。どういった怪しい事件を聞きたいんですか？」

「例えば、妖魔が祟りを起こしたとか、バラバラ死体事件とか、一族皆殺しとか……」

「そういうのはこの町では聞かないですねぇ。でも、もう少し先に五、六里進んだら、行路嶺《こうろれい》という名の高い山々が見えるんですが、できれば行かない方がいいと思いますよ」

「どういうことだ？」

「その行路嶺、実は『人喰い嶺《みね》』という別名があるんですよ。これでわかりました？」

「へえ、つまりそこには人を喰う妖魔が出没しているってことか？」

　似たような噂を、魏無羨《ウェイウーシェン》は少なくとも千回以上聞いたことがあった。その上、自分の手で退治したことも百回以上あったため、すっかり興味が失せてしまった。

　だが、「その通り！」と答えると、薬売りは情感を込めて説明してくれた。

「聞けばこの嶺の山林には、『人喰い砦《とりで》』があって、その中に人を喰う怪物が住んでいるんだそうで。迷い込んだ者は、皆その怪物たちに骨の欠片《かけら》すら残らないくらい噛み砕かれて食べられてしまって、死体も痕跡も一切なく、ひとたび入ってしまえば、全員例外なし！　ね、怖いでしょう？」

　どうりで金凌《ジンリン》がここに現れたわけだ。前回彼は大梵山で食魂天女を仕留め損ねたため、行路嶺にも怪物目当てで来たに違いない。

「怖い怖い！　でも死体どころか骨の欠片すら残っていないのに、どうして全員が怪物に食べられたってわかったんだ？」

　不思議そうな顔を作って問い質した魏無羨《ウェイウーシェン》に、薬売りは言葉に詰まりながら答えた。

「それは……当然、見た人がいたんですよ」

魏無羨《ウェイウーシェン》は感服しているふうを装ってさらに聞く。

「でもさっき、『皆、骨の欠片すら残らないくらい噛み砕かれて食べられて、しかも全員例外なし』って言ってなかったっけ？　だったらこの噂はいったい誰が流したんだ？　すごいなそいつ。そんなに恐ろしい場面を見た上で、生き延びて噂を流すなんて」

「……噂でそう聞いただけなので、私に聞かれても」

「なら、行路嶺では全部で何人が喰われたのか知ってるか？　いつ？　年齢は？　性別は？　名前は？　住所は？」

「知りません」

「清河の万屋なのにか？　ふうん」

「噂にはそんなことまで入っていません！」

怒って木箱を背負う薬売りを、魏無羨《ウェイウーシェン》はへらへらと笑いながら引き留めた。

「ちょちょちょっ、待ってよ。最後にもう一つだけ。その行路嶺は清河にあるんだよな？　清河って聶《ニエ》家の管轄じゃないのか？　もし本当に人を喰う怪物が行路嶺で出没していたのなら、聶《ニエ》家はただ見て見ぬふりをしていたってことか？」

この質問には、薬売りはまた「知りません」とは答えず、逆になぜかやや軽蔑の表情を浮かべた。

「聶《ニエ》家？　もし昔の聶《ニエ》家だったら、もちろん見て見ぬふりなんてしませんでしたよ。こんな噂が出た次の日には、迅速に妖魔鬼怪が出没する一帯すべてを調査し、徹底的に退治したはずです。それが今の聶《ニエ》家の宗主ときたら、ハッ、例の『一問三《いちもんさん》不知《ふち》』――『知らぬ存ぜぬ』じゃないですか」

清河聶《ニエ》氏の先代宗主は、赤鋒尊《せきほうそん》こと聶明玦《ニエミンジュエ》であった。彼の父親である先々代宗主が、温《ウェン》氏宗主の温若《ウェンルオ》寒《ハン》によって憤死させられたあと、まだ成人に達していなかった聶明玦《ニエミンジュエ》が、聶《ニエ》家を背負うこととなったのだ。そのやり方は剛直で強硬なものだった。

その後彼は、沢蕪君《たくぶくん》こと藍曦臣《ランシーチェン》、斂芳尊《れんほうそん》こと金《ジン》光瑤《グアンヤオ》と三人で義兄弟の契りを結んだ。そして射日の征戦のあと、聶《ニエ》家の勢力は聶明玦《ニエミンジュエ》の采配のもと成長し、一時期は蘭陵金《ジン》氏を脅かすほどだった。しかし、彼は修練の末に乱心して自我をなくし、大衆の面前で血を吐いて急死したという話だ。

　だとすると、その跡を継いで宗主となったのは、きっと彼の弟である聶懐桑《ニエホワイサン》に違いない。

「なんで彼のことを『一問三不知』って呼ぶわけ？」

「知らないんですか？　新しい聶《ニエ》家宗主は、誰に何を聞かれても、いつも知らないことは言えないし、知っていても怖くて言わないし、しまいにはちょっと急かしたり強く迫ったりしたら、しきりに頭を横に振って泣きながら『知らない、知らない、本当に知らないんだ！』とか言って、勘弁してほしいと頼む始末で……これが『一問三不知』じゃなけりゃなんだっていうんです？」

　魏無羨《ウェイウーシエン》は昔、聶懐桑《ニエホワイサン》と一緒に藍《ラン》家で勉強したことがあるので、彼について多少のことは知っている。聶懐桑《ニエホワイサン》は人柄も頭も悪くはないが、ただ勉強が大の苦手だった。頭を使うとしたら全部他のところに使ってしまって、扇子に絵を描いたり、鳥を捕まえて愛でたり、授業をすっぽかして遊んだりしていた。仙術の修練に関しても、生まれつき才能がなさすぎて、他世家の同世代の者たちより丸々八、九年も遅れて結丹できたのだ。それでも聶明玦《ニエミンジュエ》は生前いつも、聶懐桑《ニエホワイサン》がなんとか立派な人間になれるようにと苦心し、弟の教育には非常に厳しかった。だが、当の聶懐桑《ニエホワイサン》は相変わらず遊び惚けていた。

　そして今になって、兄の庇護《ひご》がなくなり、清河聶《ニエ》氏は聶懐桑《ニエホワイサン》の指揮のもと、日陵月替《にちりょうげったい》——日に日に衰えていくばかりだった。成人を超え、特に宗主となってからは、彼は常にあらゆる不慣れな事務作業に追い込まれ、あちこち人頼みばかりしていて、特に聶明玦《ニエミンジュエ》の二人の義弟には頼りきりだ。

　今日は金麟台《きんりんだい》に行って泣きついたり、明日は雲深不知処に行ってどもりながら相談をしたりで、金《ジン》家と藍《ラン》家の二大宗主がいつも助け舟を出してくれたおかげで、辛うじて宗主の座についていられると言えよう。今や人々が聶懐桑《ニエホワイサン》の話をする時、はっきりとは口にしないが、顔では「役立たず」と言わんばかりの表情をするようになった——ということらしい。

薬売りの話を聞いて、蘇った昔の記憶を辿ったことで、魏無羨《ウェイウーシエン》は思わず感慨深い気持ちになった。

そして行路嶺について詳しく聞き出したあと、話の礼に薬売りから紅白粉を二つ買い、それらを懐に入れて藍忘機《ランワンジー》のところに戻る。しかし彼は依然として魏無羨《ウェイウーシエン》から財嚢を取り上げる様子もなく、何も言わずに、薬売りが指し示した方角に一緒に向かった。

二人は行路嶺にある、一面の杉林の中を貫く林道をしばらく歩いた。だが、木の葉が風にざわめくばかりで、何一つ異変は見当たらない。

もともと二人もそこまで期待してはいなかったが、それでもわざわざ来たのは念のためだ。もし特定の地域で流れている恐ろしい噂が事実である場合、確たる証拠も一緒に噂されるものだ。大梵山の食魂天女が祟りを起こした時も、被害者がどこの出身で名はなんというのか、少し聞けばすぐ詳細を引き出せた。阿胭《アーイエン》の婚約者のあだ名までも筒抜けだったのだ。逆に、被害者の名前などの基本的なことですら口ごもってしまうようなら、おそらく根拠のない曖昧《あいまい》な話を誇張して、人々を怖がらせるだけのでたらめな話だったのだろう。

半時辰弱が過ぎて、ようやく事態に変化が起きた。向かい側からふらふらと七、八人の人影が歩いてきたのだが、皆白目をむいていて服はボロボロ、まるで風に吹かれたらすぐ倒れてしまいそうに弱々しい。歩調も異様に遅く、よく見ると、彼らは最低級の彷屍たちだった。

こういう類の彷屍は同類の中でも虐《しいた》げられる存在だ。少し逞しい人間なら、一人でも全部を蹴散らせるほど弱く、少し足の速い子供なら、一瞬で大通り一本分は引き離せるだろう。たとえ運が悪く捕まって、精気を二、三口吸われたとしても死にはしない。見た目と臭いがきついだけで、まるきり脅威にはならないのだ。そのため、夜狩の時にもし出くわしても、高位の修士なら大抵そのまま無視して、後輩たちに残す。これは、狩りをする時に虎や豹《ひょう》を狙ってネズミなどは狩らないのと同じ理屈だ。

魏無羨《ウェイウーシエン》は彷屍たちが歩いてくるのを見て、しまったと思って慌てて俯き、藍忘機《ランワンジー》の後ろにこっそりと下がった。するとやはり、彷屍たちはぎくしゃくとした動きで彼らと五、六丈離れたところまで近づくと、魏無羨《ウェイウーシエン》に気づいた途端、仰天してすぐさま来た道を引き返していった。その様子は、先ほど歩いてきた時より何倍もてきぱきしている。魏無羨《ウェイウーシエン》はやれやれとこめかみを少し揉んだ。

それから、ぞっとしたというように怯えた表情を作った。

「さすが含光君。本当にすごいな！　あいつらあんたを見た途端、びっくりして逃げていったよ！　ハハッ」

藍忘機《ランワンジー》は彼のあまりにもぎこちない様子に返す言葉もなかった。

魏無羨《ウェイウーシエン》は「ハハハハッ」とまた笑いながら、藍忘機《ランワンジー》をぐいぐいと押す。

「ほら行くよ行くよ、もう下山しよっか。ここには他に怪物なんていないだろうし。それにしても、この住民も本当に大げさだな。こんな弱い彷屍を骨まで喰い尽くす怪物だと噂しちゃうなんて。何が『人喰い砦』だよ、きっとそれも作り話に違いない。今回は無駄足だったな！」

藍忘機《ランワンジー》は彼に何度も押されて、やっと歩きだす。

魏無羨《ウェイウーシエン》があとに続こうとしたその時、杉林の奥から、急に理性を失ったように吠える犬の声が響いてきた。

魏無羨《ウェイウーシエン》はすぐさま血相を変え、瞬時に藍忘機《ランワンジー》の後ろに隠れると、彼の腰に抱きついて身を屈めた。

「……まだ遠くにいるのに、なぜ隠れる」

冷静に尋ねられ、魏無羨《ウェイウーシエン》は本気で怯えながら声を上げた。

「ささささささ先に隠れておかないと。今どこだ？　どこ⁉」

藍忘機《ランワンジー》はしばし周囲の音に耳を澄ました。

「――金凌《ジンリン》の霊犬だ」

魏無羨《ウェイウーシエン》は金凌《ジンリン》の名前を聞いてすっくと立ち上がったが、またすぐさま聞こえてきた犬の咆哮に怯えてへなへなとしゃがみ込む。

「霊犬があのように吠えるなんて、何か起きたに違いない」

魏無羨《ウェイウーシエン》はまだ呻いていたが、藍忘機《ランワンジー》の言葉を聞いて、どうにか震える両足を立たせた。

「だだだだだだだったら見に行こう！」

だが、藍忘機《ランワンジー》は一歩も動かない。

「含光君、動いて、前に進んで！　あんたが動かないと、俺も動けないよ！」

藍忘機《ランワンジー》はしばらく沈黙したあとで答えた。

「君が……先に手を離しなさい」

しかし、魏無羨《ウェイウーシエン》は彼の腰から頑なに手を離さなかったので、二人はくっついたままで、よろよろと犬の声が聞こえる方に向かった。だが、なぜか杉林の中で迷い、ぐるぐると二周も同じ所を回ってしまった。そのせいか、霊犬の吠える声は近くなったり、逆に遠ざかったりしている。ずっとその声を聞いているうちに、魏無羨《ウェイウーシエン》も少しずつ慣れてきたらしい。

「ここには迷陣《めいじん》〔方向感覚を惑わす結界〕があるのか？」

魏無羨《ウェイウーシエン》はやや落ち着きを取り戻し、どうにかどもらないで話せるようになった。

（この迷陣は、明らかに人為的に張られているな……さっきまでこの行路嶺の噂は、全部ただの狂言だと思っていたけど、これは面白くなりそうだ）

霊犬は半炷香も吠え続けていたのにまだ元気いっぱいで、二人は迷陣を破り、またその声のする方へ向かった。すると、それほど進まないうちに、杉林の中から複数の不気味な石室《いしむろ》が姿を現した。

石室はどれも薄灰色の石を積み重ねてできたもので、表面には落ち葉と蔓《つる》がびっしりとまとわりついている。どれも怪しい半球状で、まるで何個もの巨大な碗が地面に伏せて置かれているみたいだ。

行路嶺にまさか本当に石室があったなんて、どうやら薬売りから聞いた噂も、まったく根も葉もないものではなかったようだ。でもこれが本当に「人喰い砦」なのか、中にいるのはなんなのか、それはまだわからない。

金凌《ジンリン》の霊犬はこの石室群の周りをぐるぐると走って、時に低く喉を鳴らし、時に大声で激しく吠え立てていた。霊犬は藍忘機《ランワンジー》が近づいてくるのを見て、少し怯えて後ずさったが、逃げたりはせず、逆に彼らに向かってさらに大声で吠えたあと、また石室を見たり、前脚で土が飛び散るほど地面に穴を掘ったりした。霊犬がひどく焦り、不安を感じていることは明らかだ。

魏無羨《ウェイウーシエン》は藍忘機《ランワンジー》の後ろに隠れたまま、混乱気味に叫んだ。

「そいつ、なんでまだいるの……主人はどこだ？　主人はなんでいない!?」

犬の吠える声を最初に聞いた時から今までずっと、金凌《ジンリン》の声は一度も聞こえてこず、助けを呼ぶ声も一切なかった。だが、この霊犬は彼が連れてきたに違いない。迷陣もきっと彼が破ったはずなのに、生きた人間だけが、まるで跡形もなく消えてしまっている。

「中へ入ってみよう」

藍忘機《ランワンジー》がそう言い出し、魏無羨《ウェイウーシエン》は困惑して尋ねた。

「どうやって？　入り口なんてないぞ」

本当に入り口などどこにもない。薄灰色の石は隙間なく積み重ねられていて、扉も窓も一切なかった。

すると、ふいに霊犬が「ワウワウ」と鳴きながら跳び上がった。どうやら藍忘機《ランワンジー》の服の裾を噛みたかったらしいが、怖くてできず、ぐるりと後ろに回ってくる。そこで、あろうことか魏無羨《ウェイウーシエン》の服の裾を噛んで咥え、彼をぐいと引っ張った。

魏無羨《ウェイウーシエン》は魂が抜け出そうなほどの恐怖に襲われ、藍忘機《ランワンジー》に向かって無我夢中で両手を伸ばした。

「藍湛《ランジャン》……藍湛藍湛《ランジャンランジャン》……藍湛藍湛藍湛《ランジャンランジャンランジャン》！」

霊犬は魏無羨《ウェイウーシエン》を引きずり、魏無羨《ウェイウーシエン》は藍忘機《ランワンジー》を引きずって、一匹の犬と二人の人間は、ある石室の周りを半分ほど回って、その後ろ側まで辿り着いた。そこには大人が一人通れるくらいの大きさの入り口があった。だがその形は歪で、地面には大小様々な砕かれた石が転がっている。明らかに、先ほど誰かに爆破法器で破壊されたのだとわかる。中は暗くて視界が悪いが、微かに赤い光が見えた。霊犬は魏無《ウェイウー》羨《シエン》の服の裾を離し、中に向かってまた荒々しく吠えてから、二人に向かって激しく尻尾を振った。

言うまでもなく、金凌《ジンリン》が力尽くでこの石室を開けて中に入り、そこで不測の事態が起きたのだろう。

避塵《ビチエン》はひとりでに鞘から半寸出て、剣身から冷たく淡い青色の光を放ち、真っ暗な道を照らしてくれた。藍忘機《ランワンジー》は少し腰を屈めると、率先して中に入った。魏無羨《ウェイウーシエン》は犬のせいで正気を失いそうになり、すぐさま藍忘機《ランワンジー》のあとを追って中に駆け込み、危うく彼にぶつかりそうになる。藍忘機《ランワンジー》は魏無羨《ウェイウーシエン》の手を掴んで支え、責めているのか、それとも呆れているのかはわからないが、首を横に振った。

霊犬も一緒に入りたいらしく、懸命に中に突進しているが、どうやら何かの力に阻まれて、どうしてもこの石室の防御を破れないようだ。やむなく外で座り込み、尻尾をさらに激しく振った。魏無羨《ウェイウーシエン》はそれを見て、犬に跪くほど大喜びし、藍忘機《ランワンジー》に掴まれた手を引っ込めて離すと、さらに奥へと数歩進んだ。

剣の冴え冴えとした青色の光は、暗い石室の中では冷たい白色に見える。

その上、行路嶺はもともと背の高い木が多く、深い森に囲まれているために涼しいが、この石室の内部はそれよりもさらにじめじめとして、ひんやりしている。魏無羨《ウェイウーシエン》は薄着だったせいで、石室内に吹く風で袖口と背中が冷え、先ほど霊犬に怯えて全身にかいた汗もすっかり乾いてしまった。入り口から差していた光も、蝋燭の火が燃え尽きるかのように見えなくなり、奥に進めば進むほど、内部はだんだんと広く、同時に暗くなっていった。

石室は丸天井のため、魏無羨《ウェイウーシエン》が試しに足元の石ころを蹴ってみると、微かに音が反響する。

彼はついに耐えきれなくなって、その場で立ち止まった。右手でこめかみを押し、わずかに眉間にしわを寄せる。

「どうした?」

その様子に、藍忘機《ランワンジー》が振り向いて聞いた。

「……すごくうるさい」

石室内は静まり返っていて一切の音がなく、まるで墓のようだ。確かにここは、元からやけに墓に似ていた。

だが、魏無羨《ウェイウーシエン》の耳には、やたらと騒がしい場所にいるかのように聞こえていた。

ざわざわとした声が四方八方から押し寄せる。

前後左右、頭上足元、まるでひそひそ話の海の中に沈んでいるみたいだ。声は、男の声も女の声もあり、老人も子供もいて、声量も大きかったり小さかったりと様々だ。不完全ながらも語句の端々は聞き取れるものの、声は瞬く間に消えるため、はっきりとその言葉を捉《とら》えることはできなかった。

(本当にうるさすぎる)

魏無羨《ウェイウーシエン》は引き続き片手でこめかみを押しながら、もう片方の手を乾坤袋に突っ込み、手のひらに置ける大きさの風邪盤を取り出した。風邪盤の指針はふらふらと揺れながら二周回ったが、次第に速く回りだす。そしてしまいには、尋常でないほど激しくぐるぐると回転し始めた。

この前の大梵山で、風邪盤の指針がぴくともしなかったのも奇妙だった。だが、今度はぐるぐると回転し、一向に止まる様子もなく、あの時よりもっと奇妙で理解に苦しむ。

魏無羨《ウェイウーシエン》の胸の中で、嫌な予感がどんどん膨らんでいく。

「金凌《ジンリン》!」

声に出して叫んでみたが、やはり返事はなかった。二人は石室の中をかなり歩き回ったものの、生きている人間の姿は見当たらず、魏無羨《ウェイウーシエン》が何回叫んでみても返事はない。先ほど通った部屋には何も置かれていなかったが、さらに奥に進むと、ある部屋の中央に漆黒の棺が置かれているのが目に留まった。

この棺だけがぽつんとこの場所に置かれているのは、やけに唐突だ。棺に使われている木材は全体が漆黒で重厚に見え、非常に綺麗な形をしている。前世で無数の墓を掘ってきて、棺には常人よりもかなり馴染みが深い魏無羨《ウェイウーシエン》は、殊《こと》の外この棺に親しみが湧いて、つい手のひらで叩いてみた。木の材質は頑丈で、響く音もずっしりとしたいい音だった。

「いい棺だな」

藍忘機《ランワンジー》と魏無羨《ウェイウーシエン》は棺を挟んで両側に立つ。

目を見合わせてから同時に手を伸ばして、二人で棺の蓋を開けた。

蓋が開いた瞬間、四方八方からの騒々しい声は突然何倍も大きく響き渡り、波のように魏無羨《ウェイウーシエン》の聴覚に一気に襲いかかった。例えるなら、今まで二人はずっと無数の目に覗かれていて、その目の持ち主たちはこっそり彼らの一挙一動を監視しながら話し合っていたのに、二人が棺の蓋を開けたのを見て急に興奮してきた——という感じだろうか。

魏無羨《ウェイウーシエン》は、腐敗臭が鼻をついたり、魔の手が突然伸びてきたり、毒液が激しく飛び散ったり、毒煙が立ちこめたり、怨霊が襲いかかってきたり……等々、何十通りもの可能性を考えて、それらに備えていた。

もちろん、何より期待していたのは金凌《ジンリン》が出てくることだったが——しかし予想していたことは何も起きず、さらに、中には何もいなかった。

それは空の棺だったのだ。

魏無羨《ウェイウーシエン》はそのことを意外に感じ、また、金凌《ジンリン》がこの中に閉じ込められていなかったことに少々がっかりした。藍忘機《ランワンジー》が一歩棺に近づくと、避塵《ビチェン》はまたひとりでに鞘からさらに何寸か出てきて、冷たい光で棺の底まで照らし出した。その時、魏無羨《ウェイウーシエン》は、棺の中には何もなかったわけではないことにようやく気づいた。ただ、中にあるものは、彼が予想していた死体などの類よりずいぶんと小さく、棺の底の真ん中に隠されていた。

棺の中にあったのは、一本の長刀だった。

この刀には鞘がなく、柄はおそらく黄金で鋳造されているのだろう。非常にずっしりとして重みがありそうに見える。そして刀身は細長く、刃先は冴え冴えと白く輝いていた。その下に敷いてある赤い布が、その刀身に血のような色を映し出して、陰気で不気味な雰囲気を醸し出している。

棺の中に死体ではなく、刀を一本納めてあるなんて。行路嶺にあるこの石室群は、どこもかしこも奇妙で、一歩進むごとに怪しさが深まっていく。

棺の蓋を閉め、二人がさらに石室の奥まで進むと、他にもいくつかの部屋で同じような棺を見つけた。それらの棺の木の材質や古さはそれぞれ異なっていたが、中身はどれも先ほどと同じく、長刀が一本静かに置かれている。そして、最後の部屋まで進んでも、依然として金凌《ジンリン》の姿は見つからなかった。棺の蓋を閉めると、魏無羨《ウェイウーシエン》の胸を不安がよぎった。

藍忘機《ランワンジー》は、黙り込んだ魏無羨《ウェイウーシエン》が眉間にしわを寄せているのを見て、少しためらってから、古琴を取り出して棺の上に置いた。彼が琴に手を置くと、一連の琴の音色がその指の間から勢い良く流れ出る。

彼は短く一区切り弾くと、右手を琴の上から離し、まだ震えている琴の弦をじっと見つめた。

すると突然一本の弦が震え、自ら音を一つ鳴らして返してくる。

「『問霊《もんれい》』か？」と魏無羨《ウェイウーシエン》が聞いた。

「問霊」とは、姑蘇藍《ラン》氏の先人が作った名曲で、「招魂」とは違い、亡者の身元確認に多く使われ、媒介などが何もない状況でも使うことができる。奏でる者は琴を弾き、その音で亡者に問いを発する。同じく、亡者の返答も「問霊」によって音に変換され、琴の弦に反映されるのだ。

琴の弦が自ら音を鳴らしてくれたということは、つまりこの石室にいる亡霊のうちの誰かが、藍忘機《ランワンジー》の招きに応じてくれたということだ。これから双方は、琴語《きんご》で一問一答を続けることになる。

琴語は姑蘇藍《ラン》氏独自の秘術だ。魏無羨《ウェイウーシエン》は前世でたくさんの術を広く渉猟《しょうりょう》していたが、流石に限界があって、琴語の解読までは習得できなかった。

魏無羨《ウェイウーシエン》は小声で頼んだ。

「含光君、聞いてみてくれるか？　ここはどういう場所で、誰がなんのために作ったのかって」

藍忘機《ランワンジー》は「問霊」の琴語に精通している。考える必要もなく、彼が手任せで弾くと、冷たく澄んだ音が、二、三音響いた。しばらくすると、琴の弦がまた自ら二つの音を鳴らす。

「なんて言った？」

魏無羨《ウェイウーシェン》は慌てて聞いた。

「知らない」

「は？」

怪訝に思って問い返すと、藍忘機《ランワンジー》は落ち着き払った顔で説明した。

「『知らない』と答えた」

「……」

魏無羨《ウェイウーシェン》は藍忘機《ランワンジー》を見て、急に十数年前の自分の剣「随便《スイビェン》」に関する会話を思い出して興ざめし、鼻先をそっと擦った。

（藍湛《ランジャン》の奴、本当に成長したな。まさか俺を絶句させるなんて……いったい、どこで覚えた？）

一問目が不発だったので、藍忘機《ランワンジー》はまた何かを弾いた。琴の弦もまた音を鳴らしたが、それは先ほどの「チャンチャン」という二音と同じだったため、魏無羨《ウェイウーシェン》は聞かずとも、今度の返答も同じく「知らない」であることがわかった。

「今度は何を聞いたんだ？」

「なぜ死んだのか」

「もし知らないうちに誰かに殺されたなら、確かに自分がなぜ死んだのかわからないかもしれない。じゃあ、誰に殺されたのか聞いてみたら？」

藍忘機《ランワンジー》は手を琴に置いて弦を弾いた。だが、返答はまたしても先ほどと同じ「チャンチャン」の二音――「知らない」。

ここに閉じ込められた亡霊が、ここがどこなのかも知らない、なぜ死んだのかも知らない、誰に殺されたのかも知らないなんて。初めてこういった「一問三不知」の亡者に出会って困惑したが、ふと思い立ち、考え方を変えてみることにした。

「だったら違うことを聞いてみよう。男か女かを聞いてみて。これならさすがに知ってるだろう」

藍忘機《ランワンジー》は言われた通りに奏でた。そして手を離すと、これまでとは違う弦が力強く震え一音を鳴らす。

「男」

「やっと知ってることがあって良かったよ。続けて聞いて。十五、六歳の少年がここに来たか？」

「来た」

「じゃあ彼は今どこにいる？」

魏無羨《ウェイウーシエン》がまた聞くと、琴の弦は少し沈黙してから、返答してくれた。

「なんて答えた？」

慌てて聞くと、藍忘機《ランワンジー》は硬い表情で言った。

「『ここにいる』、と」

魏無羨《ウェイウーシエン》は言葉を失った。

「ここ」というのは、この石室のはずだ。でも二人は先ほど中を一通り調べたが、金凌《ジンリン》の姿はなかった。

「そいつは嘘をつけないよな？」

「私がいるから、嘘はつけない」

確かに、問う者が含光君ならば、招かれた霊は彼の抑圧の下で嘘などつけるわけもない。ただ大人しく事実を答えるしかないだろう。魏無羨《ウェイウーシエン》は、これまでに何か、からくりや密室を見落としたのではないかと、今いる部屋の中をくまなく調べた。

藍忘機《ランワンジー》は少し考えてから、また二つの旋律を奏でた。しかし返答をもらってから、彼の顔色が微かに変わった。魏無羨《ウェイウーシエン》はその様子を見て、急いで尋ねる。

「今度は何を聞いたんだ？」

「年齢はいくつか。出身はどこか」

この二つの問いは、招かれた霊の素性を探るためのものだ。だが、藍忘機《ランワンジー》はどうやら想定とは違う返答を聞いたようだ。

「なんて答えた？」

「十五歳。蘭陵出身」

魏無羨《ウェイウーシエン》の顔からも、たちまち血の気が引く。

――「問霊」で招いたこの魂魄こそが、まさか金凌《ジンリン》だったというのか⁉

魏無羨《ウェイウーシエン》はすぐさまじっと耳を澄ました。四方八方から響く騒々しい声の中から、微かに金凌《ジンリン》の弱々しい叫び声が何度か聞こえてきたような気もするが、はっきりとはわからない。

藍忘機《ランワンジー》は引き続き問いかけた。魏無羨《ウェイウーシエン》は彼がきっと具体的な居場所を聞いたに違いないと思い、琴の弦から目を離さず、金凌《ジンリン》の返答を待った。

今度の返答は少し長いものだった。藍忘機《ランワンジー》はそれをすべて聞いてから、魏無羨《ウェイウーシエン》の方を見て説明してくれた。

「今立っている位置から、南西を向いて、弦の音を聞く。一音鳴ったら、一歩前へ進む。弦の音がやんだら、すぐ目の前にいる」

魏無羨《ウェイウーシエン》は黙って南西を向いた。そうすると、後ろから七回弦の音が鳴って、彼は言われた通りに七歩進んだ。しかし、目の前には何もない。

すると弦の音が引き続き鳴り始めた。一音ごとの間隔がだんだん長くなり、魏無羨《ウェイウーシエン》もそれに合わせてゆっくりと歩く。さらに一歩、二歩、三歩と……。

そのまま六歩歩いたところで、やっと弦が沈黙した。

だが、彼の目の前には、ただ一面の壁しかなかった。

この壁は薄灰色の石煉瓦《れんが》を積み重ねてできている。石と石の間はぴったりと重なり合っていて、隙間などー切なかった。

「まさか……あいつ、この壁の中にいるのか⁉」

魏無羨《ウェイウーシエン》は驚愕して藍忘機《ランワンジー》を振り返った。

すると突然、避塵《ビチェン》が鞘から飛び出した。四筋の青い光がよぎり、壁が非常に綺麗な「井」の字の形に斬られる。二人がすぐさま壁に飛びつき、手で石煉瓦を数枚取り外すと、その下から真っ黒な土が大量に出てきた。

つまりこの石室の壁は二層構造で、外側と内側に硬い石を積み重ねて、その中は土で埋め尽くされているのだ。魏無羨《ウェイウーシエン》が素手で土を大量に掘り出すと、黒い土の中から、両目をきつく閉じた誰かの顔が現れた。

それはまさに、失踪した金凌《ジンリン》ではないか！

金凌《ジンリン》の顔は土の中に埋もれていたが、口と鼻が外に出て空気が入るなり、激しく咳き込み始めた。魏《ウェイ》無羨《ウーシエン》は彼がまだ生きていることを確認して、やっと息を吐く。

金凌《ジンリン》の魂は、先ほど、今にも彼の体から離れようとしていた。つまり、まさに生きるか死ぬかの瀬戸際にいたのだ。そうでなければ、生霊が「問霊」に招かれるはずがない。幸い彼が壁の中に埋められていた時間はそう長くはなかったようだが、もしあと少し救出が遅れていたら、おそらく彼はそのまま窒息死していただろう。

二人は急いで金凌《ジンリン》を壁の中から掘り出した。そして彼の上半身を外に引っ張ると、背中に背負っていた長剣に、何かが絡まっているのに気づく。

それは、不気味に白骨化した一本の腕だった。

藍忘機《ランワンジー》は、土まみれの金凌《ジンリン》を地面に仰向けに寝かせ、腕を取って脈を測り、容態を見る。魏無羨《ウェイウーシエン》はその間、避塵《ビチェン》の鞘を手に取ると、先ほどの白骨になった腕を辿って、手慣れた様子で土を掘っていった。掘り進んでいくと、さほど時間をかけないうちに、一体の完全な白骨体が目の前に現れた。

この白骨体は、先ほどの金凌《ジンリン》と同じく、立った姿勢のまま壁の中に埋められていた。青白い骨は漆黒の土と対照的で、その鮮明な差が目を射すように眩しい。さらに土の中を掘り進め、隣の石煉瓦も外してその中を掘ると、やはり近くから二体目の白骨体を発見した。

だが、今度の白骨体はまだすべて朽《く》ちてはおらず、骨に少しだけ肉がついていて、頭蓋骨にも乱れた長い黒髪が残っていた。纏っているボロボロの服は薄紅色で、おそらく女性だ。彼女は腰を屈めた状態で埋められていた。彼女の足の横にしゃがんでいる三体目の死体が、その理由だろう。

魏無羨《ウェイウーシエン》はそれ以上掘るのをやめて、数歩後ずさる。騒々しい声が、まるで押し寄せる波のように耳の中で好き勝手暴れるのに顔を顰めた。

そして、ほぼ確信した。この石室の分厚い壁の中は、人間の死体で埋め尽くされているのだと。

頭上、足元、南東、北西……立って、座って、横たわって、しゃがんで……。

――いったい、ここはどういう場所なんだ!?

第六章　陰悪

ちょうどその時、気を失ったまま横たわっていた金凌《ジンリン》が突然むくりと身を起こした。

　見つめる魏無羨《ウェイウーシエン》と藍忘機《ランワンジー》の前で、目を閉じたまま、よろよろと彼は地面から立ち上がる。魏無羨《ウェイウーシエン》は彼がいったい何をしようとしているのか、その様子を静観することにした。すると金凌《ジンリン》はゆっくりと二人の前を通り過ぎて、ぐいっと片足を上げると再び壁の中に入っていき、驚いたことに先ほどまで埋められていた場所に戻ってしまった。体をこちらに向けて両手を体の両脇に置いたその姿勢までもが、掘り出された時とまったく同じだ。

　魏無羨《ウェイウーシエン》はその奇妙さを面白可笑《おか》しく思いながらも、もう一度彼を壁の中から引きずり出す。それから藍《ラン》忘機《ワンジー》に「ここには長居しない方がいい」と言おうとして、遠くから突然聞こえてきた激しく吠える犬の声に、びくっと体を震わせた。

　二人が石室の中に入ったあと、あの霊犬は大人しく入り口の前で尻尾を振りながら座っていた。焦れながらも、二人が主人を連れ出すのを待っていて、賢いことに一度も吠えなかったのだ。それが今は、これまでに聞いたどの時よりも凄まじい勢いで荒々しく吠え立てている。

「外に異変が」

　藍忘機《ランワンジー》がそう言って手を伸ばし、金凌《ジンリン》を支えようとすると、魏無羨《ウェイウーシエン》は彼より先にさっと金凌《ジンリン》を背負って急いで言った。

「外に出よう！」

　二人は素早く来た道を引き返し、狭い入り口をくぐって石室を出た。そこで待っていた霊犬は、彼らに背を向け、何かに向かって喉の奥から低く濁った唸り声を出している。恐怖を堪えてどうにかここまで戻ってきたものの、魏無羨《ウェイウーシエン》はこの唸り声が何よりも苦手で、思わず後ろにずりずりと後ずさった。しかし、なんということか、犬は彼が金凌《ジンリン》を背負っているのに気づくと、ぱっとこちらに駆け寄ってきてしまうではないか。悲鳴を上げた魏無羨《ウェイウーシェン》が、危うく金凌《ジンリン》を放り投げてしまいそうになったその時、藍忘機《ランワンジー》が瞬時に彼の前に出て、犬との間に立ち塞がった。

霊犬はすぐさま立ち止まり、また尻尾を股の間に挟んだ。よく見るといつも出している舌をしまっていて、何か口の中に咥えている。藍忘機《ランワンジー》は霊犬に近づいて腰を屈めると、歯と歯の間から一枚の布切れを取り出した。振り向いた彼が魏無羨《ウェイウーシェン》に渡してきたのは、どうやら誰かの袖口の一部のようだ。つまり先ほどまで、誰か不審な人物がこの近くを徘徊《はいかい》し、あるいは覗き見をしていて、その挙動はかなり怪しいものだったのだろう。そうでなければ、霊犬があんなに敵意に満ちた声で吠えるはずがない。

「まだ遠くへは行ってないはずだ。追うぞ！」

魏無羨《ウェイウーシェン》が勢い込んで言うと、藍忘機《ランワンジー》は冷静に答えた。

「必要ない。知っている者だ」

「俺だって知ってるよ。行路嶺で噂を流し、彷屍をうろつかせて迷陣を張り、石室を作ったのは、きっと同じ奴だ。それに、あの刀たちを納めたのもだな。だけど、今ここでそいつを捕まえなかったら、厄介なことになるぞ」

魏無羨《ウェイウーシェン》の言葉に、藍忘機《ランワンジー》は小さく頷いた。

「では私が追う。君と金凌《ジンリン》は？」

「俺たちは行路嶺を下りて清河に戻る。こいつを休ませる所を探してくるから、薬売りに会った場所で落ち合おう」

二人は慌ただしく話し合った。藍忘機《ランワンジー》が足を止めたのはほんのわずかな間だったが、魏無羨《ウェイウーシェン》は焦れて再び急かす。

「もう行け、これ以上遅れたら本当に逃げられるぞ。俺も必ず行くから！」

彼が言った「必ず行くから」という言葉を聞いて、藍忘機《ランワンジー》は一瞬、その目に焼きつけるように魏無羨《ウェイウーシェン》を強く見つめた。だが、彼が何も言わず踵を返し、先へ進もうとすると、霊犬にまた飛びつかれそうになった魏無羨《ウェイウーシェン》が焦って悲鳴を上げた。

「ちょちょちょちょっと待って！　頼むからこの犬も連れてって!!　早く！」

藍忘機《ランワンジー》が仕方なくまた引き返してじろりと見下ろすと、霊犬はその視線だけで震え上がり、動きを止めた。それから「ワウワウ」と鳴きながら藍忘機《ランワンジー》の後ろについて一緒に不審者を追いかけに行く。その間も、しきりに振り向いて金凌《ジンリン》の方を見ていた。

ようやく霊犬がいなくなり、魏無羨《ウェイウーシェン》はほっとして汗を拭った。頭を巡らし、白く不気味な石室群をじっと見たあと、金凌《ジンリン》を背負い直して、そのまま行路嶺を下った。

既に日が暮れかけている。夕日が辺りを照らし始める中、意識不明の少年を背負い、二人とも全身土まみれで歩いていると、道行く人々からジロジロと興味深げな視線を向けられる。泊まる宿を探すため、魏無羨《ウェイウーシェン》は昼間金凌《ジンリン》が犬を放《はな》って彼を追いかけ回したあの大通りに戻った。そこで藍忘機《ランワンジー》の懐から探り出した財嚢を勝手に使って、新しい服を二着買い求め、宿屋に部屋を一つとった。金凌《ジンリン》を寝台に寝かせる前に、土の中に埋められてしわだらけになった金星雪浪の家紋が刺繍された袍を脱がせる。そして靴を引き抜いた時、魏無羨《ウェイウーシェン》の動きが止まった。

金凌《ジンリン》の脛《すね》辺りに、不可解な暗い影が見えたのだ。

しゃがんで彼の下衣《かい》の裾を上げてみると、それは影などではなく、かなり大きな黒いあざだった。これは怪我をしてできたあざではない——悪詛痕《あくそこん》だ。

悪詛痕とは邪祟が獲物の体につける印のことで、それが現れるということは、何かとてつもなく邪気に満ちたものの怒りを買ったことを意味する。邪祟は印を辿って必ず獲物を捜し出し、印をつけられた者は、体の一部を持っていかれるか、場合によっては命まで奪われる可能性もある。だが、それが印が現れてからかなり日が経った頃か、あるいは今夜なのかは誰にもわからない。

金凌《ジンリン》の脚は既に全体が黒くなっていて、あざはどんどん上に伸びている。魏無羨《ウェイウーシェン》はこれほどまで濃く、こんなにも早く広がっていく悪詛痕を見たことがなく、その表情は厳しく苦々しいものになっていく。

金凌《ジンリン》の下衣の裾を戻してから、今度は中衣を解いて確認すると、胸と腹には何もなく綺麗なままだった。悪詛痕がまだそこまで広がっていないことを確かめ、魏無羨《ウェイウーシエン》はやっと息を吐いた。

ちょうどその時、金凌《ジンリン》が目を覚ました。

彼はしばらく呆然としていたが、上半身がはだけていたせいで冷えを感じたのだろう。すぐさまはっきり覚醒すると、ぱっと寝床から起き上がり、顔を真っ赤にして吠えた。

「ななな、何するんだ！」

「お、起きたか？」

笑って言う魏無羨《ウェイウーシエン》と目が合うと、金凌《ジンリン》は激しく動揺した様子で目を白黒させる。

「何するつもりだ！　俺の服は!?　俺の剣は!?　俺の犬は!?」

金凌《ジンリン》は慌てて中衣の前をかき合わせ、寝床の隅まで後ずさった。

「今、着せてやろうとしていたところだよ」

魏無羨《ウェイウーシエン》は、まるで孫が風邪をひかないように服を着せる祖母みたいに微笑み、優しい声音で答えた。

「俺は断袖じゃない！」

乱れきった髪のまま、背中を壁に張りつかせて叫ぶ金凌《ジンリン》に、魏無羨《ウェイウーシエン》は大喜びで言った。

「へえ、奇遇だな。俺はそうだけど？」

金凌《ジンリン》はとっさに隣に置かれていた剣を取った。これ以上近づいたら、自らの潔白と貞操を守るために、魏無羨《ウェイウーシエン》を殺してから自害しそうな勢いだ。

やっとのことで笑いを堪えて、魏無羨《ウェイウーシエン》は腹を押さえながら言った。

「おいおい、そんなに怖がるなよ。冗談だって！　それに、俺があんなに苦労してお前を壁から掘り出してやったっていうのに、礼の一つも言えないのか？」

金凌《ジンリン》は次々と湧いてくる驚きと恥ずかしさと怒りで混乱していた。感情の洪水が押し寄せる中でもなんとか乱れた髪を撫でつけ、見てくれを少しましに整える。

「それがなかったら、おお俺の服を脱がすなんて、万死に値するぞ！」

憤懣やるかたない様子の金凌《ジンリン》を、魏無羨《ウェイウーシエン》は落ち着いた様子で宥《なだ》めた。

「いや、一回死ぬだけで十分だって。わかった、わかったから、とりあえずその剣を下ろせ」

頭の中はまだ恐慌状態だったが、金凌《ジンリン》は言われた通りに剣を下ろした。

問霊の時、彼の魂は身体から離れていた。そのせいで、何が起きたのかほとんど覚えていないが、目の前のこの男が自分を掘り出して、ここまでずっと背負ってきてくれたことだけはぼんやりと記憶に残っている。壁の中に埋められてすぐの時はまだ意識があり、金凌《ジンリン》の恐怖と絶望は頂点に達していた。だがまさか、壁をぶち破って闇の中から救い出してくれたのが、出会った時から大嫌いな人物だったなんて。

金凌《ジンリン》の顔色は白くなったり赤くなったりで、眩暈を覚えるほどの困惑の中にいた。ふいにちらりと窓に目を向けると、星もまばらな夜空が目に入って愕然とする。魏無羨《ウェイウーシエン》が床に散乱していた新しい服を拾おうとして身を屈めた隙に、金凌《ジンリン》は寝床から飛び降りて靴を履き、土まみれの自分の袍を掴むと、部屋から飛び出していった。

魏無羨《ウェイウーシエン》は、さすがに生き埋めにされた直後なのだから、いくら金凌《ジンリン》でも何時辰かは萎れているのではないかと思っていた。しかし、やはり若者は元気があり余っているらしい。たちまち復活して、止める間もなく風のように走り去ってしまった。魏無羨《ウェイウーシエン》は彼の脚にある看過できない悪詛痕のことを思い出し、慌てて呼んだ。

「なんで逃げるんだ！　こら、戻ってこい！」

「ついてくるな！」

金凌《ジンリン》は走りながら、泥まみれでしわだらけになった袍を羽織って叫ぶ。細身の彼は足が長く、二階から二、三歩で階段を駆け下りて、宿から逃げ出した。

魏無羨《ウェイウーシエン》はしばらく彼を追いかけたが、いつの間にか撒《ま》かれてしまった。

あちこちを捜し回ったものの、夕闇が迫り、通りを往来する人もだんだんまばらになってくる。

「あり得ない……あの子は本当にあり得ない！」

魏無羨《ウェイウーシエン》は憤慨のあまり歯ぎしりをした。

仕方なく諦めようとしたその時、若い男の怒鳴る声が、通りの突き当たりの方から聞こえてきた。

「ちょっと説教されたくらいで逃げ出すなんて、お前はいったいどこのお嬢様なんだ？　まったく、どんどんわがままになりやがって！」

（――江澄《ジャンチョン》！）

魏無羨《ウェイウーシエン》が急いで身をかわして路地に入ると、すぐに金凌《ジンリン》の声も響いてきた。

「ちゃんとこうして無事に戻ってきたじゃないか。もう怒らないでよ！」

つまり金凌《ジンリン》は一人で清河に来たわけではなかったようだ。先日の大梵山でも、江澄《ジャンチョン》は彼を手助けするためにわざわざ同行していたのだから、今回だって来ていないわけがない。おそらく彼らはここで喧嘩になって、そのせいで金凌《ジンリン》は一人で行路嶺に登る羽目になったのだろう。彼が先ほど急いで走っていたのも、きっと江澄《ジャンチョン》が「日が暮れるまでに戻らなかったら容赦しない」というようなことを言って脅したからに違いない。

「無事だと？　泥沼に転がり落ちたみたいな格好で、無事だと言えるのか？　汚れたままでは金家《ジン》の校服に恥じる。さっさと戻って着替えろ！　それで今日、行路嶺ではいったい何が現れたんだ？」

「言ったじゃないか、何も出てこなかったって！　ただ転んだだけで、無駄足だったんだってば！　ああ、もう！」

うんざりした顔で喚くなり叔父に後ろ襟を掴まれて、金凌《ジンリン》は声を上げた。

「そうやって俺を引っ張らないでよ！　もう三歳の子供じゃないんだから！」

「生意気な！　お前が三十歳になってもこうやって引っ張ってやる。もし今度また黙って一人で勝手なことをしたら、鞭で打つぞ！」

「俺は誰にも手伝ってほしくなかったし、誰にも口出しされたくなかったから、わざと一人で行ったんだ」

声を荒らげる江澄《ジャンチョン》に、金凌《ジンリン》が顔を顰めてぼやいた。

(他のことはさておき、「わがままお嬢様」っていうのは、上手いこと言うな)

二人の会話を路地に身を潜めて聞いていた魏無《ウェイウー》羨《シエン》は、しみじみと思った。

「それでどうだった？　一人で行って何か捕まえられたのか？　それに、お前の霊犬はどうした？」

そいつなら藍湛《ランジャン》が追い払ってくれたよ、と魏無《ウェイウー》羨《シエン》が頭の中で答えると、路地にいる彼の背後から、聞き覚えのある犬の声が二回聞こえてきた。

さっと血の気が引くと同時に、両足が勝手に動きだして、魏無羨《ウェイウーシエン》は毒矢にでも追われているかのように慌てて路地から飛び出した。あとを追ってきた霊犬は魏無羨《ウェイウーシエン》の横を通り過ぎ、金凌《ジンリン》の足元に飛びついて、大喜びで尻尾をぱたぱたと振り回している。

霊犬がここに現れたということは、藍忘機《ランワンジー》はおそらく石室の近くで覗いていた者を捕まえて、既にあの場所で待っているはずだ。だが魏無羨《ウェイウーシエン》には、もう冷静にそんなことを考える余裕すらなくなっていた。

なぜなら、うっかり路地から飛び出したせいで、彼は江澄《ジャンチョン》と金凌《ジンリン》、さらには大勢の江《ジャン》家の門弟の目の前に身を投げ出したも同然の状態に陥ったからだ。

しばし互いに無言で対峙していたが、魏無羨《ウェイウーシエン》はさっと身を翻《ひるがえ》し、その場を逃げだそうとした。

ところが数歩しか走らないうちに、稲妻にも似たビリビリという音とともに、紫色の電流がまるで毒蛇の如く素早く彼の脛にきつく巻きついた。すぐさま痺れが全身に広がっていき、そのまま後ろに引っ張られたせいで、地面にどさりと倒れ伏してしまう。

逃げることを考えるより先に、うつ伏せの襟元がいきなりぐっと締まり、誰かに後ろ襟を掴まれて、強引に体を持ち上げられた。魏無羨《ウェイウーシエン》も素早く鎖霊嚢を探って反撃しようとするが、先を越されて袋ごと取り上げられてしまう。

江澄《ジャンチョン》は、紫電《ズデン》で足を捕らえた彼を掴み上げたまま、一番近い茶屋の前まで行くと、半分門がかけられた扉を乱暴に蹴り開けた。

　店主は既に店じまいをしようとしていたが、そこへ突然上等な服を身に纏い、厳《いか》めしい表情をした美貌の青年が扉を蹴って入ってきたのだ。しかも、その手は別の男を掴み上げていて、この場で彼の腹を切り裂きそうな勢いだったので、驚愕して声も出せずに固まっていた。

　門弟の一人が前に出て、店主に小声で話しかけて銀貨を渡すと、店主は慌てて裏の部屋に引っ込んだ。江澄《ジャンチョン》が命令するまでもなく、数名の門弟たちはたちまち四方に散って、店の中と外を取り囲んで厳重に警備した。

　金凌《ジンリン》は江澄《ジャンチョン》のそばに控えながらも、その目には言いたいことを言えないもどかしさと、驚愕と疑念の気持ちがありありと表れていた。

「お前の話はまたあとだ。ここで大人しく待ってろ！」

　江澄《ジャンチョン》は金凌《ジンリン》に苛立った様子で命じた。

　物心がついて以来、金凌《ジンリン》は江澄《ジャンチョン》のこんな表情を見たことがなかった。若くして一人で仙門の大世家である雲夢江《ジャン》氏を仕切る運命を背負ったせいか、叔父は昔から冷たくて厳格な人だった。いつも暗く沈んだ表情をしていて、その言葉は情を挟まず、誰に対しても一切容赦することはなかった。だが今の彼はといえば、必死で沸き上がる感情を抑え込んでいるが、目は怖いくらいに爛々《らんらん》と光っていた。

　あの常に傲慢さと皮肉が滲み、暗い影が消えることはなかった彼の顔が、今はなぜか長年纏っていた靄《もや》が晴れたかのように生気を取り戻している。だがその感情が、捕らえた者を骨の髄まで憎み、激怒してのものなのか、それとも彼と遭遇できた狂喜によるものなのかは、金凌《ジンリン》にはわからなかった。

「お前の犬、ちょっと借りるぞ」

　江澄《ジャンチョン》に言われ、金凌《ジンリン》はしばしきょとんとしたあと、やっと我に返った。霊犬を呼ぶべきか少しためらったが、江澄《ジャンチョン》のあの電火の如く苛烈《かれつ》な視線で睨まれ、やむなく指笛を吹く。三歩であっという間に駆け寄ってきた霊犬を見て、魏無羨《ウェイウーシエン》の体はまるで鉄板のように固まり、ただ掴み上げられるがままに、店の奥へと連れていかれてしまった。

江澄《ジャンチョン》は空いている部屋を見つけると、魏無羨《ウェイウーシエン》をその中に放り投げ、部屋の扉をぴしゃりと閉めた。霊犬も一緒に入ってきて、扉の横に座る。魏無羨《ウェイウーシエン》はいつ自分に飛びかかってきても防げるように、視線を逸らさずに犬を見据えた。緊迫した空気の中で、先ほど遭遇してからのわずかな間に、自分がどのように束縛されたかを思い返す。紫電《ズデン》に捕らえられ、鎖霊嚢も奪われ――江澄《ジャンチョン》は彼を懲らしめる方法を本当に知り尽くしている。

江澄《ジャンチョン》は卓の脇にゆっくりと腰を下ろし、自分のために一杯の茶を入れた。

しばらくの間、二人は対峙したまま黙り込んでいたが、江澄《ジャンチョン》は茶に口をつけず、まだ湯気の立っている茶碗を突然床に強く叩きつけた。

「お前――何か俺に言いたいことはないのか？」

彼は微かに口角を上げて言った。

子供の頃から、江澄《ジャンチョン》は魏無羨《ウェイウーシエン》が犬に追われて逃げ惑う醜態を数えきれないほど見てきた。だから、他の誰かは誤魔化せたとしても、彼のすべてを熟知している男の前では言い逃れなどできない。これは紫電《ズデン》で打たれて調べられるよりもずっと厄介な難関だった。

「何を言えばいいか、本当にわからないんだ」

魏無羨《ウェイウーシエン》が正直に答えると、江澄《ジャンチョン》は小声で返した。

「お前は本当に反省ってものを知らないな」

彼らは昔から話すごとに、お互いに悪口や皮肉を言い合っていたため、「お前こそ相変わらず進歩がない」と魏無羨《ウェイウーシエン》は思わず漏らした。

江澄《ジャンチョン》は怒りを越えて、逆に可笑しくなって笑いだした。

「いいだろう。進歩がないのはいったいどちらか、確かめてみようじゃないか？」

彼が座ったまま、一言大きな声で命令しただけで、霊犬はすぐさま立ち上がった。

ただ同じ部屋にいるだけでも、魏無羨《ウェイウーシエン》は既に全身に冷や汗をかいているというのに、人の半分ほどの大きさの狂暴な犬が、牙をむき出しにして一瞬で目と鼻の先まで迫ってくる。耳には犬の低い唸り声しか聞こえなくなり、つま先から頭のてっぺんまで痺れるような気がした。

　幼い頃、路頭に迷っていた時期のことはほとんど覚えていない。ただ、唯一記憶に残っているのは、犬に追い回された時の戦慄《せんりつ》と、鋭い牙と爪が肉に食い込む耐え難い痛みだった。あの時から、ずっと心の奥底に根を張った強い恐怖は、どれだけ時間が経ってもわずかも薄れることはなく、どうあがいても克服することはできそうもない。

「今、誰を呼んだ？」

　突然、江澄《ジャンチョン》が横目で彼をじろりと見た。

　魏無羨《ウェイウーシエン》はもはや魂が体から抜け出たかのように頭が真っ白で、自分が誰かを呼んだ自覚などなかった。江澄《ジャンチョン》が霊犬を下がらせると、魏無羨《ウェイウーシエン》はやっと我に返り、やや呆然としたあとで慌てて顔を横に逸らした。立ち上がった江澄《ジャンチョン》は、腰に斜めに差している馬《ば》鞭《べん》に手を置き、前屈みになって魏無羨《ウェイウーシエン》の顔を覗き込む。ひとしきり眺めたあとで、体を起こしてから言った。

「そういえば、聞くのを忘れていたな。お前、いつから藍忘機《ランワンジー》とそんなに仲良くなったんだ？」

　その言葉で、魏無羨《ウェイウーシエン》は自分が先ほど、無意識のうちに口にしたのがいったい誰の名前だったのかを理解した。

「大梵山でも、あいつがお前を庇うためにあそこまでやるなんて驚きだった。どういうことなのか、実に気になるな」

　江澄《ジャンチョン》は顔を歪めて笑ってから、ふと思いついたように言い直した。

「いや、藍忘機《ランワンジー》が庇っていたのはお前じゃないかもしれないな。お前と、お前のあの忠犬が何をやらかしたか、姑蘇藍《ラン》氏が忘れるはずがない。それにあいつみたいな誰もが褒め称える厳格で品行方正な男が、お前を許すわけないよな？　もしかしたらあいつはお前が盗んだその体と、何かあったのかもな」

　彼の言葉は刺々しく、毒があった。一言一言が褒めているようでありながら、その実、皮肉めいていて意味深長だ。

魏無羨《ウェイウーシェン》は聞くに堪えず、思わず釘を刺した。

「言葉に気をつけろ」

「俺がそう言われて気をつけたことなんてあったか？　まさか、忘れたとでも？」

居丈高《いたけだか》に言う江澄《ジャンチョン》を、魏無羨《ウェイウーシェン》が嘲笑った。

「それもそうだったな」

江澄《ジャンチョン》が鼻を鳴らす。

「だいたい、お前はどの面《つら》下げて俺にそんなことを言えるんだ？　忘れたのか、この前大梵山でお前は金凌《ジンリン》になんと言った？」

彼に言った言葉を逆手に取られて、魏無羨《ウェイウーシェン》の表情が強張る。

王手をかけた江澄《ジャンチョン》は、嬉々としてせせら笑った。

「『親の顔が見てみたい』なんて、よくもそんなことが言えたもんだ。金凌《ジンリン》がそのことで今までどれだけ後ろ指をさされてきたと思う？　全部お前のせいだろうが。お前のようなお偉方は、自分の言葉や誓いなんていちいち覚えてられないみたいだが、これだけは忘れるな……あの子の両親が、なぜ死んだのか！」

魏無羨《ウェイウーシェン》はぱっと顔を上げた。

「忘れるわけない！　俺はただ……」

けれど、「ただ」のあとは、どうしても何も言葉が出てこなかった。

「ただ、なんだ？　言えないのか？　いいだろう。だったら蓮花塢に戻って、俺の両親の霊前で跪いてゆっくり話せ」

江澄《ジャンチョン》はそう言い放つ。

魏無羨《ウェイウーシェン》は必死で心を落ち着かせ、どうやって逃げるかに考えを集中した。

確かに、夢でもいいから蓮花塢に帰りたいとずっと願っていた。でもそれは、今の変わり果てた蓮花塢ではない！

その時、突然慌ただしい足音が近づいてきて、部屋の扉が荒々しく叩かれた。

「叔父上！」

扉の向こうで声を上げたのは、金凌《ジンリン》だった。

「大人しく待ってろと言ったのに、なんのつもりだ！」

大声で答えた江澄《ジャンチョン》に、金凌《ジンリン》が言った。

「叔父上に大事な話があるんだ」

「大事な話なら、なぜ今になって来た？　さっきお前を散々叱っていた時には黙っていたくせに」

江澄《ジャンチョン》が苛立ったように問い質す。

「さっきはずっと怒られっぱなしだったのに、言えるわけがないじゃないか！　話を聞いてくれる？　今聞いてくれないなら、もう二度と話さないから！」

金凌《ジンリン》がもどかしげにまくし立てるので、江澄《ジャンチョン》は「さっさと話して出ていけ！」と怫然《ふつぜん》として扉を開けた。

すぐさま飛び込んできた金凌《ジンリン》は、既に真新しい校服に着替えていた。

「実は今日、ずいぶんと手強そうな奴に会ったんだ。あれはきっと温寧《ウェンニン》だよ！」

「いつ？　どこで！」

江澄《ジャンチョン》の眉頭《まゆがしら》がぴくっと跳ねる。その表情は殺伐としたものに変わり、すぐさま手を剣の柄に置く。

金凌《ジンリン》が真剣な顔で説明した。

「今日の午後、南の方に十里くらい行った所にあるボロ屋敷に行ってみたんだ。そこで不思議な現象が起きているって聞いていたんだけど、屋敷の中に一体の凶屍が隠れているのを見つけて」

さも真実であるかのように話しているが、彼が今日の午後どこにいたかよく知っている魏無羨《ウェイウーシエン》からすれば、それは明らかに何もかも作り話だ。それに、温寧《ウェンニン》は一旦隠れてしまえば、魏無羨《ウェイウーシエン》が召喚しない限り、若輩者に容易く居場所を見つけられるはずがない。

「なぜもっと早く言わなかった！」

江澄《ジャンチョン》に叱られ、金凌《ジンリン》が拗《す》ねたように反論する。

「俺も確証がなかったんだよ！　しかもあの凶屍は動きがすごく速くて、俺が屋敷に入ったらすぐ逃げたから、ぼんやりした後ろ姿しか見えなかった。でもこの前の大梵山で、奴の体から聞こえたのと同じ鉄鎖の音がしたから、奴じゃないかと思ったんだ。叔父上がいきなり俺を怒ったりしなかったら、戻ってすぐに言うつもりだったよ。もし奴を捕り損ねたとしても、全部叔父上の気性が荒いせいで、俺のせいじゃないからね」

そう言いながら金凌《ジンリン》が部屋の奥に踏み込もうとしたが、江澄《ジャンチョン》は怒り心頭に発して彼を追い出し、その目の前で「パン！」と音を立てて扉を閉めた。

「お前への仕置きはまたあとだ。さっさと失せろ！」

扉越しに怒鳴られた金凌《ジンリン》は、しれっとして「はーい」と答え、足音は遠ざかっていく。江澄《ジャンチョン》が振り返る寸前に、魏無羨《ウェイウーシエン》は慌てて「驚きで真っ青」「秘密が暴かれた」「なぜ温寧《ウェンニン》が見つかったのか？」という感情をすべて混ぜ込んだ複雑な表情を作った。

金凌《ジンリン》もなかなか頭が回る。江澄《ジャンチョン》が温寧《ウェンニン》のことを誰よりも憎んでいると知った上で、わざと話をでっち上げ、完璧な嘘をついたのだ。

江澄《ジャンチョン》は、夷陵老祖が騒ぎを起こす時は鬼将軍がいつも一緒に現れると昔から知っていたため、最初から温寧《ウェンニン》もきっと近くにいるはずだと疑っていたのだろう。だから、金凌《ジンリン》の言い分を聞いて内心では既に六割がた信用し、加えて魏無羨《ウェイウーシエン》の表情を目にして、さらに二割確信を深めた。しかも彼は温寧《ウェンニン》の名前を聞いただけで頭に血が上ってしまい、もはや冷静に考える余裕などなかったのだ。

江澄《ジャンチョン》の胸は怒りのあまり破裂しそうなほどで、彼は行き所のない感情をぶつけるかのように鞭を振りかざすと、魏無羨《ウェイウーシエン》のすぐ横の床に思いきり打ちつけた。

「お前は本当に、どこにでもあの従順な犬を連れていくんだな！」

「あいつはとっくにただの死人だ。俺も一度は死んだ。これ以上何を望む？」

ひどく忌々しげに吐き捨てる江澄《ジャンチョン》に、魏無羨《ウェイウーシエン》は冷静に返す。

「何を、だと？　奴がたとえ一万回死んだとしても、俺のこの憎しみは消えない！　あの時奴が消されていなかったなら、ちょうどいい！　今日この手で奴を消す。今すぐ灰にして、その燃えかすをお前の目の前にぶちまけてやる！」

江澄《ジャンチョン》は鞭で魏無羨《ウェイウーシエン》を指して怒鳴った。

彼は部屋の扉を叩きつけるように勢い良く開けると、すぐさま出ていき、広間にいた金凌《ジンリン》に言いつける。

「中の者を決して逃がすなよ。何を言われたとしても絶対に信じるな、何も聞くな！　それから、あいつに音を出させないようにしろ。もし舌笛か横笛でも吹こうとしたら、口を塞いでおけ。それが無理なら手を斬るか、舌を斬り落とせ！」

魏無羨《ウェイウーシエン》には、江澄《ジャンチョン》のその聞こえよがしな言葉が、妙な真似をしないように釘を刺すためのものだとよくわかっていた。そして自分をここに残したのは、隙を見て温寧《ウェンニン》を操るかもしれないと警戒したからだろうということも。

「わかった。一人くらいちゃんと見張れるよ。それより叔父上、あの断袖野郎と部屋で何してたんだ？　あいつ、まさかまた何かやらかしたのか？」

金凌《ジンリン》は叔父の脅しを気にも留めない様子で聞いた。

「それはお前には関係ない。しっかり見張っておけ、もし逃がしたら、お前の脚をへし折るからな！」

そう言い放ったあと、彼は温寧《ウェンニン》の具体的な居場所を確認する。それから門弟の半分を引き連れ、すぐさま存在しない敵を追いに出かけていった。

しばらく待っていると、金凌《ジンリン》のあの傲慢な声が聞こえてきた。

「お前はあっちに、お前はそっちで見張ってろ。お前らは店の入り口に立つんだ。俺は中に入ってあいつを見張る」

門弟たちは皆彼が怖いらしく、全員が「はい」と大人しく従った。少しして部屋の扉が開き、頭をそっと覗かせた金凌《ジンリン》が、部屋中をきょろきょろと見回す。魏無羨《ウェイウーシエン》が身を起こして座り込むと、金凌《ジンリン》は指を一本唇の前に立てながら静かに入ってきた。彼は手を魏無羨《ウェイウーシエン》に絡みついている紫電《ズデン》の上に置き、小さく一言何か唱える。

すると、紫電《ズデン》は主《あるじ》に反応した。おそらく江澄《ジャンチョン》は、紫電《ズデン》に金凌《ジンリン》を主として承認させていたのだろう。彼の言葉で電流は瞬時に収縮し、紫水晶をはめ込んだ銀色の指輪に形を変えると、金凌《ジンリン》の白い手のひらの上にぽとりと落ちる。

「行くぞ」と金凌《ジンリン》が小声で言った。

雲夢江《ジャン》氏の門弟たちは皆彼に適当に指示され、あちこち離れた所を見張っている。二人はその隙間を縫って足音を忍ばせると、窓から抜け出し、壁を跳び越えて逃げ出した。茶屋を出たあとは、しばらくの間、音を立てずにひたすら走り続けた。近くの林まで走ったところで、魏無羨《ウェイウーシエン》は背後から妙な音がすることに気づき、振り向いて驚愕した。

「なんでこいつまでついてきたんだ!? 早くどっかに行かせろ!」

金凌《ジンリン》が短い指笛を二回吹くと、はあはあと長い舌を出している霊犬は「ワウワウ」と小さく鳴く。尖った耳を二回ぴくぴくと動かし、しょんぼりと項垂れながら引き返していった。

「腰抜けめ。仙子《シエンズー》はただ見た目が獰猛《どうもう》そうなだけで、これまで人を噛んだことなんてないのに。厳しく躾けてきたから、噛むのは邪祟だけだ。普通の犬と一緒にするな!」

金凌《ジンリン》が軽蔑するように言った。

「ちょっと待て、今あいつをなんて呼んだ?」

魏無羨《ウェイウーシエン》が聞きとがめて尋ねた。

「仙子《シエンズー》だよ」

「犬にそんな名前をつけたのか!?」

「この名前のどこが変なんだ? 小さい時は小仙《シャオシエン》子《ズー》って呼んでいたけど、大きくなっても同じように呼ぶわけにはいかないだろう」

答える金凌《ジンリン》は堂々としている。

「いやいやいや、問題は犬が大きいか小さいかじゃないだろう……その名前のつけ方は、いったい誰に教わったんだ!?」

魏無羨《ウェイウーシエン》は呆れ果てた。答えを聞くまでもない、それは間違いなく彼の叔父だ。昔は江澄《ジャンチョン》も子犬を何匹か飼っていたことがあって、皆「茉莉《モーリー》」、「妃妃《フェイフェイ》」、「小愛《シャオアイ》」など、まるで遊女みたいな名前をつけていたのだから。

「そんなの別にいいだろ、男なら細かいことを気にするなよ！　よし、止まれ！　ここまで逃げればもう十分だ。お前、叔父上を怒らせてあのまま茶屋にいたら、絶対殺されるぞ。逃がしてやるから、これで貸し借りなしだ」

「お前の叔父貴がなんで俺を捕まえたか知ってるのか？」

「知ってるよ。どうせお前のことを魏無羨《ウェイウーシエン》だと疑っているんだろう」

（今回はただの「疑い」じゃなくて、本物を捕まえたんだけどな）

心の中でそう思いながら、また魏無羨《ウェイウーシエン》が聞いた。

「じゃお前は？　疑ってないのか？」

「叔父上がこういうことをするのは初めてじゃないしな。昔から、たとえ確証がなくても、怪しい奴を見つけたら絶対に見逃さず、とにもかくにも捕らえてくるんだ。そして、間違いだったとしても絶対に解放したりしない。でも紫電《ズデン》がお前の魂魄を打ち出せなかったんだから、まあ違うんだろう。それに、奴は断袖じゃなかったし……しかし、お前はよくもあの人につきまとったものだな……」

莫玄羽《モーシュエンユー》がいったい誰につきまとったかは、はっきりと言わなかったが、どうやら思い出すのも不快なようで、彼は疫病神でも払うかのようにぺっぺっと手を振った。

「どうせお前はもう蘭陵金《ジン》氏とは無関係の人間だ！　その悪い癖が再発しても、絶対金《ジン》家の者に手を出すなよ！　じゃないと俺がお前を許さないからな！」

金凌《ジンリン》は言い終わるや否や、すぐさま踵を返して立ち去ろうとしたが、数歩歩いたところでまた振り向いた。

「なに突っ立ってるんだ？　さっさと逃げないと叔父上が捕まえに来るぞ。いいか、ちょっと助けたくらいで、俺がお前に感謝するなんて思うな。歯の浮くような言葉をかけたりなんて絶対にしないからな」

魏無羨《ウェイウーシェン》は両手を後ろで組んで彼に近づいた。

「若者よ、人間にはな、必ず言わないといけない歯の浮くような言葉が二つあるんだ」

「二つ?」

「『ありがとう』と『ごめんなさい』だ」

「そんなの絶対言うもんか。そんなことで、誰かが俺を叱るとでも?」

金凌《ジンリン》が嘲笑いながら答えた。

「お前もいつか、泣きながら言う日がきっとくるよ」

金凌《ジンリン》が「ふん」と鼻を鳴らすと、魏無羨《ウェイウーシェン》が唐突に口を開いた。

「ごめん」

「なんだよ?」

金凌《ジンリン》は呆気《あっけ》に取られた。

「大梵山で、俺がお前に言ったあの言葉、ごめんな」

金凌《ジンリン》は「親の顔が見てみたい」と言われたのは初めてではなかったが、それを誰かにこんなふうに丁重に謝られたことは一度もなかった。だから、なんの前触れもなく心から謝罪されて、どんな顔をしていいのかわからず、ただひたすら気まずい気持ちになった。

彼はぶんぶんと手を振りながら鼻を鳴らした。

「別にいいよ。あんなふうに言われるのは初めてじゃないし。確かに、俺には親がいないけど、だからって俺が他の奴らより劣っていることにはならない! むしろ、俺が奴ら全員より遥かに強いって、はっきりと見せつけてやるんだ!」

魏無羨《ウェイウーシェン》は微笑む。それから、何か話そうとしたところで突然顔色を変え、愕然とした様子で声を上げた。

「江澄《ジャンチョン》? お前!」

こっそり紫電《ズデン》を解いて彼を逃がした金凌《ジンリン》は、内心でずっとびくびくしていた。だからその名前を聞いた瞬間、慌てて振り返ったが、魏無羨《ウェイウーシェン》はその隙に素早い手刀で彼の後ろ首を打った。そうして、意識を失った金凌《ジンリン》を地面に仰向けに寝かせ、彼の下衣の裾をめくって、脚にある悪詛痕を丹念に調べる。だが、いくつかの方法を試してみてもそれはまったく消えず、非常に厄介なものだとわかって、魏無羨《ウェイウーシエン》は諦め交じりのため息をついた。

どうやっても消せない悪詛痕だとしても、最終手段として、自分の体に移すことなら可能だ。

金凌《ジンリン》はしばらくしてからようやく目覚めた。違和感を覚えて首の後ろを触ると、まだわずかに痛みが残っている。次第に怒りが湧いてきて、すぐさま剣を抜きながら立ち上がった。

「俺をぶつなんて、叔父上にもぶたれたことないのに！」

「そうなのか？　あいつ、お前の脚をへし折るとか言ってなかったっけ？」

魏無羨《ウェイウーシエン》が不思議そうな顔で言った。

「本当に折るわけないだろ、叔父上はいつも口先だけだ！　断袖野郎、いったい何がしたいんだ？　俺は……」

金凌《ジンリン》が怒って言いかけた、その時だ。

「あ！　含光君！」

その言葉を遮るように、魏無羨《ウェイウーシエン》は頭を抱えながら、先ほどのように彼の背後に向かって叫んだ。

金凌《ジンリン》は叔父よりも藍忘機《ランワンジー》の方を恐れていた。どちらも同じ目上の人間ではあるが、結局のところ叔父は家族で、含光君は他世家の人間だ。金凌《ジンリン》は恐ろしさのあまり、振り返って藍忘機《ランワンジー》の姿を確認もせず、逃げるように走り去った。

「この断袖野郎！　痴れ者の変人！　覚えてろよ！　絶対ただじゃ済まさないからな！」

叫びながら遠ざかっていく金凌《ジンリン》に、魏無羨《ウェイウーシエン》は息ができないほど笑い崩れた。その背が見えなくなった頃、いい加減笑いすぎて息苦しさを感じ、しばらくごほごほと咳き込む。そうしているうち、やっと笑いも収まってきて、落ち着くと今度は昔のことを思い出した。

魏無羨《ウェイウーシエン》は九歳の時に、江楓眠《ジャンフォンミエン》に引き取られた。その頃の記憶はかなりおぼろげだったが、金凌《ジンリン》の母親である江厭離《ジャンイエンリー》はよく覚えていて、彼にいろいろと話してくれた。

江楓眠《ジャンフォンミエン》は、魏無羨《ウェイウーシエン》の両親がともに夜狩で命を落としたという知らせを受けてから、ずっとその二人の旧友が遺した子供を捜していた。長い間捜し続け、やっと夷陵の町中でその子を見つけた。初めて見た時、その子は地面に跪いて、人が捨てた果物の皮を拾って食べているところだった。

夷陵は冬も春もとても冷え込むのに、その子は薄い服一枚しか着ておらず、その服も膝のところが擦り切れてボロボロだった。さらに、左右不揃いでまったく足に合っていない靴を引きずって履いていた。江楓眠《ジャンフォンミエン》が、一生懸命に食べ物をあさっているその子を呼ぶと、その子はまだ自分の名前の中に「嬰《イン》」の字があることを覚えていたらしく、顔を上げた。寒さで真っ赤になった両の頬は、あかぎれになっていたけれど、その表情は笑顔だった。

江厭離《ジャンイエンリー》は、彼の顔立ちは生まれつき朗らかな笑い顔だとよく言っていた。だから、どんなにつらくて悲しいことがあっても落ち込まず、いつも楽しくいられるのだと。まるで思慮も分別もないような愚か者に聞こえるが、それはあなたのいいところよ、と彼女は褒めていた。

果物を一つやると、魏無羨《ウェイウーシエン》は大人しく江楓眠《ジャンフォンミエン》について帰った。当時は江澄《ジャンチョン》もまだ八、九歳で、遊び相手として蓮花塢で何匹も子犬を飼っていた。だが、魏無羨《ウェイウーシエン》が犬をとても怖がることに気づくと、江楓《ジャンフォン》眠《ミエン》は江澄《ジャンチョン》に犬たちを他家に譲るように優しく諭した。江澄《ジャンチョン》はそれをひどく嫌がって癇癪を起こし、物を投げたり盛大に泣き喚いたりして拒んだが、結局、犬は譲ることになった。

そのせいで江澄《ジャンチョン》はそこそこ長い間、魏無羨《ウェイウーシエン》に対して敵意を抱いていた。だが、一緒に遊ぶようになっていつしか打ち解けてからというもの、二人はいつでもともに出かけては、あちこちでいたずらをするほど仲良くなった。行った先で犬に出会ったら、必ず江澄《ジャンチョン》が代わりに追い払ってくれた。そうして彼は木のてっぺんまで逃げた魏無羨《ウェイウーシエン》を見て、馬鹿にして笑っていたものだ。

魏無羨《ウェイウーシエン》はずっと、江澄《ジャンチョン》は自分の隣に立ち、逆に藍《ラン》忘機《ワンジー》は自分と相対する側に立つのだろうと思っていた。それがまさか、現実はこんなふうに真逆の状況になるなんて――。

魏無羨《ウェイウーシエン》は、藍忘機《ランワンジー》と落ち合おうと約束した場所までゆっくりと歩いた。灯っている明かりはわずかで、薄暗い夜道には誰もいない。辺りを見回す必要もなく、あの白くすらりとした姿を大通りの突き当たりに見つけた。彼は微かに俯き、身じろぎもせず、静かに佇んでいる。

魏無羨《ウェイウーシエン》が声を上げて呼ぶ前に、藍忘機《ランワンジー》はこちらに気づいて、ふと顔を上げた。少しの間見つめ合ったあと、彼は顔を曇らせて真っすぐに近づいてくる。

その様子を見て、魏無羨《ウェイウーシエン》の体は無意識のうちに一歩後ずさっていた。

どうしてなのか、藍忘機《ランワンジー》の目は微かに血走っているように見える。その表情は……正直、物恐ろしかった。


ただ後ずさっただけなのに、魏無羨《ウェイウーシエン》の足はふらつき、躓《つまず》いて地面に倒れそうになった。すると藍忘機《ランワンジー》の顔つきが一変し、瞬く間に駆け寄ってきて、大梵山の時と同じように、彼の腕をきつく掴んで支えてくれる。彼はすぐさま片方の膝を地面につくと、あろうことか跪く姿勢をとり、魏無羨《ウェイウーシエン》の脚を調べようとした。

「いやいやいや、含光君、そんなことしなくていいから……！」

魏無羨《ウェイウーシエン》は驚きのあまり慌てて口を開いた。

だが藍忘機《ランワンジー》は一瞬だけ手を止めて上を向くと、薄い色の瞳で彼をじっと睨んだ。それからまたすぐに俯き、魏無羨《ウェイウーシエン》の下衣の裾をためらいもなくめくり上げる。腕はまだ掴まれたままで、魏無羨《ウェイウーシエン》は諦めてただ夜空を見上げるしかなかった。

あらわにされた彼の脛には、どす黒くて不気味な悪詛痕が広がっていた。

藍忘機《ランワンジー》はしばらくそれを見つめたあと、乾いた声でぽつりと言った。

「……ほんの数時辰離れただけなのに」

魏無羨《ウェイウーシェン》は両の手のひらを上に向け、肩をすくめた。

「数時辰って結構長いものだよ。どんなことだって起こり得るさ。ほら、早く立てよ」

彼は逆に藍忘機《ランワンジー》を引っ張って、矢継ぎ早に続けた。

「ただの悪詛痕だよ。邪祟が襲ってきたら退治すればいいだけだし。あっ、その時は含光君、絶対助けてくれよ。俺一人だけじゃ無理だからさ。そういえば例のあいつは捕まえたのか？　彼だったんだろ？　今どこに？」

藍忘機《ランワンジー》が大通りの先にある宿の看板に視線を向けた。

「先に石室の件を片づけようぜ」

魏無羨《ウェイウーシェン》はそう言ってから、その宿に向かって歩き始めた。すると、先ほどは気にしていなかったが、今になってやっと足が少し痺れていることに気づく。おそらく紫電《ズデン》に打たれたせいだが、幸い江澄《ジャンチョン》は彼が焼死体にならない程度に紫電《ズデン》の力を加減してくれていたようだ。

その時、まだ後ろで立ち尽くしていた藍忘機《ランワンジー》が突然呼びかけた。

「魏嬰《ウェイイン》」

魏無羨《ウェイウーシェン》は一瞬びくりとして足を止めた。だが振り返ることはせず、なんと呼ばれたか聞こえなかったかのように「何？」とだけ答える。

「それは、金凌《ジンリン》の体から移してきたのか？」

その問いかけは、疑問ではなく、確信を伴ったものだった。

魏無羨《ウェイウーシェン》は肯定も否定もしなかった。

「江晩吟《ジャンワンイン》に会ったんだな」

さらに藍忘機《ランワンジー》が尋ねる。

悪詛痕の上にはまだ紫電《ズデン》に打たれた痕も残っているから、彼が気づくのは当然だ。

「お互いこの世で生きている限り、遅かれ早かれ会うのは必然だよ」

魏無羨《ウェイウーシェン》は振り返って答えた。

「もう歩くな」

藍忘機《ランワンジー》に言われ、魏無羨《ウェイウーシェン》はからかうように小さく笑った。

「だったらおんぶでもしてくれるのか？」

「……」

藍忘機《ランワンジー》に無言で見つめられ、魏無羨《ウェイウーシエン》の口元の笑みが固まる。ふいに、嫌な予感が頭をよぎった。

もし昔の藍湛《ランジャン》だったら、きっと彼のこの言葉で返事に詰まり、冷たい顔をして立ち去るか、聞こえないふりをするかのどちらかだろう。だが、目の前にいる今の彼がどう出るかはまったく想像がつかない。

すると、藍忘機《ランワンジー》は言われた通りに魏無羨《ウェイウーシエン》の前までやってきて、背中を向けてその場に膝をつくと身を屈めた。どうやら自分の身分など一切構わずに、本気で彼を背負ってくれるつもりらしい。

「待て待てって、今のは言ってみただけだから！　紫電《ズデン》にちょっと打たれただけで、別に骨が折れたわけじゃないし。だいたい、大の男がおんぶされるなんて格好悪いだろ」

魏無羨《ウェイウーシエン》は動揺を誤魔化すように慌てて言った。

「格好悪いか？」

「格好良くはないだろ？」

立ち上がった藍忘機《ランワンジー》に尋ねられ、魏無羨《ウェイウーシエン》がそう返すと、彼はしばらくの間沈黙してから言った。

「だが、君も私を背負ったことがある」

「そんなことあったっけ？　さっぱり覚えてないな」

それを聞いて、藍忘機《ランワンジー》は淡々と答えた。

「君は昔からこういうことを覚えていないから」

「なんで皆して俺の記憶力が悪いって言うのかな。あーもうわかったよ。でも、それはそうとして、とにかくおんぶは嫌だから」

「本当に背負われるのは嫌か？」

藍忘機《ランワンジー》が確かめるように聞いた。

「嫌だ」

魏無羨《ウェイウーシエン》はきっぱりと断り、二人はしばしの間向かい合ったまま互いを睨んでいた。すると、突然藍忘機《ランワンジー》が片手を彼の背中に回して少し腰を屈め、もう片方の手で彼の膝裏をさっと掬い上げて、その腕に抱きかかえた。

魏無羨《ウェイウーシェン》の現在の身長は彼より低く、体重も軽い。その体をやすやすと持ち上げられ、彼の逞しい両腕にいとも簡単に抱き上げられてしまったのだ。魏無《ウェイウー》羨《シェン》は「おんぶは嫌だ」と言った結果が、まさかこうなるとは夢にも思わなかった。前世でも今生でも、誰かにこんなことをされたのは初めてで、全身の毛が逆立つような気さえした。

藍忘機《ランワンジー》は彼を抱きかかえたまま、ゆっくりと歩き始める。

「藍湛《ランジャン》！」

「背負われるのは嫌だと言ったのは君だ」

彼は落ち着き払った様子で答えた。

「だからってこんなふうに抱えていいとも言ってないだろ！」

とはいえ、幸い時間は既に夜中で、町には他に行き交う人もいない。魏無羨《ウェイウーシェン》はもともと照れ性ではなかったため、抱きかかえられたまま数歩進むうち、すぐに体裁などどうでも良くなった。悠々と運ばれながら、藍忘機《ランワンジー》の服の帯を触り、きっちりと閉じていた胸元をはだけさせていたずらをする余裕まで出てくる。

「どっちの方が図太いか、勝負してみるか？」

魏無羨《ウェイウーシェン》は彼を見上げて笑いながら言った。

ふいに、あのひんやりとして澄んだ檀香が鼻孔をくすぐった。ずっと前方だけに目を向けて歩いていく藍忘機《ランワンジー》の顔には、わずかも動揺は見られない。これまで通りの厳しくて冷たい表情のままだ。魏無《ウェイウー》羨《シェン》は彼が聞こえないふりをして一切反応しないつもりだと悟り、藍忘機《ランワンジー》の襟を弄りながら考えた。

（藍湛《ランジャン》が、まさかここまで根に持つ奴だとは思わなかったな。昔、さんざんからかった分まで今になって仕返ししてきて、しかも俺を黙らせるなんてさ。大した成長ぶりだよ。修為だけじゃなく、面《つら》の皮までこんなに厚くなっちゃって……）

しみじみと懐かしく思い返したあとで、魏無羨《ウェイウーシェン》はふと尋ねた。

「藍湛《ランジャン》、お前もしかして、大梵山で会った時から俺に気づいてたのか？」

「うん」

「なんでわかった？」

魏無羨《ウェイウーシエン》が首を傾げると、藍忘機《ランワンジー》は視線を下げ、彼をちらりと見た。

「知りたいのか？」

「うん」

「君が教えてくれた」

「俺が？　ああ、金凌《ジンリン》を助けたから？　それとも、温寧《ウェンニン》を呼んだからか？　いや、どっちも違うだろう？」

そう言った瞬間、藍忘機《ランワンジー》の目の奥に微かなさざ波が立ったように思えた。だが、そのごくわずかな波紋は瞬く間に消え、また平穏を取り戻す。

「自分で考えなさい」

真面目な声で言われ、魏無羨《ウェイウーシエン》は思わずぼやいた。

「思いつかないから聞いたのに」

そのあとは、いくら問い詰めても藍忘機《ランワンジー》は決して口を開いてはくれなかった。彼が魏無羨《ウェイウーシエン》を抱きかかえたまま宿に入ると、一階の帳場にいた使用人が飲んでいた水を噴き出したが、ありがたいことに、他に過剰に反応する見物客はいなかった。

部屋の前まで来たところで魏無羨《ウェイウーシエン》が言った。

「もういいよ、宿に着いたし、そろそろ下ろして。じゃないと部屋の扉が開けられない……」

するとその言葉を遮るように、藍忘機《ランワンジー》は驚くほど礼を失する行動を取った。彼がこんな乱暴なことをしたのは、これまでの人生の中で初めてだったかもしれない。

彼は魏無羨《ウェイウーシエン》を抱きかかえたまま、足で部屋の扉を蹴り開けたのだ。

観音開きの扉が弾かれるようにして左右に開け放たれると、中でもじもじしながら座っていた人物が唐突に泣きながら話し始めた。

「含光君、私は知らないです。何も知らないんです。私……」

入ってきた二人の状態を見て、その人物は一瞬呆然としたが、「……私は、本当に知らないんです」と辛うじて最後まで言い終えた。

やはり藍忘機《ランワンジー》が捕らえたのは、「一問三不知」——聶懐桑《ニエホワイサン》だった。

藍忘機《ランワンジー》はまるでそこに人などいないかのように、魏無羨《ウェイウーシエン》を抱きかかえたまま部屋に入ると、寝床に下ろした。聶懐桑《ニエホワイサン》は見るに堪えないといった表情で、ぱっと扇子を広げて自分の顔を隠す。

魏無羨《ウェイウーシエン》は扇子越しの彼を観察した。旧友は、十数年の時が経ってもそれほど変わっていない。それどころか、昔も今もほぼ同じだ。上品で優雅な顔立ちをしているのに、皆がついからかいたくなるような頼りなげな表情をしている。身なりや持ち物はこざっぱりとして品の良さが出ている。きっと身だしなみにとても気を使っているに違いない。だが、彼は仙門世家の宗主というより、金持ちで暇な世家の公子という方がしっくりくる。たとえ御衣《ぎょい》を着ていたとしてもまず皇太子には見えないし、立派な長刀を腰に差したところで仙門の宗主だとは到底思えない。

彼は死んでも認めない腹づもりのようだったので、藍忘機《ランワンジー》は霊犬が噛みちぎった布切れを取り出して卓の上に置いた。

それを見て、聶懐桑《ニエホワイサン》は少し破れた自分の袖をさっと隠しながら、悲しげに口を開いた。

「私はたまたま通りかかっただけです。本当に何も知らないんです」

「あんたが知らないって言うなら、俺が説明してやる。もしかしたら、聞いているうちに何か思い出すかもしれないしな」

魏無羨《ウェイウーシエン》がきっぱりと言う。聶懐桑《ニエホワイサン》は動揺しきって反論すらしてこなかったので、彼はそのまま話し始めた。

「清河の行路嶺の辺りで、『人喰い嶺』と『人喰い砦』の噂が流れていたが、実際に被害を受けた者は一人もいなくて、ただの狂言でしかなかった。だが、その噂の真の役割は、一般人を行路嶺から遠ざける防御線だったんだ。しかも、それはまだ第一の防御線にすぎない」

魏無羨《ウェイウーシエン》は迷いのない口調で続ける。

「第一があれば、もちろん第二もある。第二の防御線は行路嶺にいた彷屍だ。たとえ人喰い砦の噂を恐れない一般人が山に侵入したり、誤って迷い込むことがあっても、立って歩く死人を見たらきっと怖がって逃げるはずだ。でも彷屍は数も少なくて、殺傷力も低い奴らばかりだったし、実際に誰かに危害を加えることもないだろう。

　そして第三の防御線、それはあの石室群辺りの迷陣だ。さっきの二つは一般人の来訪を遮るためのものだが、この三つ目だけは、玄門修士がやって来るのを防ぐためのものだ。だがこれも並みの修士には効くだろうが、もし霊器や霊犬を持った修士や、迷陣を破れるような専門知識のある修士、あるいは含光君のような霊力の高い名士に当たったら、ただ破られるのみだ。

　この三重の防御は、すべてあの石室を人の目から隠すためのものだ。石室を建てたのが誰なのかもわかりきっている。清河聶《ニエ》氏の管轄であるこの清河で、聶《ニエ》家以外の者が三つもの関門をやすやすと仕掛けられるはずがない。しかも、あんたがちょうど良く石室の近くに姿を現して、明らかな証拠を残してくれた」

　魏無羨《ウェイウーシエン》は聶懐桑《ニエホワイサン》を見据えて問い質した。

「清河聶《ニエ》氏が行路嶺に人喰い砦を建てたのは、いったい何が目的なんだ？　壁の中に埋められた死体はどこから持ってきた？　まさか、全部あの石室が勝手に喰ったっていうのか？　聶《ニエ》宗主、今日ここで何もかも俺たちに説明してくれ。そうでないと、いずれこの話が公《おおやけ》になれば、必ず玄門百家が一斉に討伐しに来る。その時にやっと話す気になったとしても、もう誰もあんたの話なんて信じないぞ」

「……あれは人喰い砦なんかじゃないんです。あれ……あれは、私の先祖の墓なんです！」

　聶懐桑《ニエホワイサン》は自暴自棄になったみたいに答える。

「先祖の墓？　いったいどこの家が、先祖の棺の中に遺体じゃなくて刀を置くっていうんだ？」

　魏無羨《ウェイウーシエン》が怪訝な顔で聞くと、聶懐桑《ニエホワイサン》は藍忘機《ランワンジー》に向かって縋るような顔をして頼み込んだ。

「含光君、私が話す前に誓ってもらえますか？　藍《ラン》家と聶《ニエ》家は代々つき合いがあって、しかも私の兄とあなたの兄君は兄弟の契りを結んだ間柄です。それに免じて、これから私が何を話しても、あなた……とそのお隣の方も、絶対に他言無用でお願いします。万が一、あとあと公になったとしても、どうか証人として私のために事実を言ってください。あなたは昔から誰よりも約束を守る人だから、あなたさえ誓ってくれれば、私は信じます」

藍忘機《ランワンジー》が小さく頷いた。

「望み通りにしよう」

藍忘機《ランワンジー》が承諾するのを聞いてから、魏無羨《ウェイウーシエン》が改めて質問した。

「さっき、あれは人喰い砦なんかじゃないと言ったが、これまで誰も喰ったことはなかったのか？」

聶懐桑《ニエホワイサン》は歯を食いしばり、正直に答えた。

「……あります」

「わお」

魏無羨《ウェイウーシエン》が思わず声を上げると、彼は慌ててすぐさまつけ加える。

「でも、たった一度だけですよ！　原因は聶《ニエ》家ではなかったし、それにもう何十年も前の話なんです！行路嶺に人喰い砦があるという噂も、その時期から流れ始めたことです。その……私はただちょっと火に風を送って、噂を大きくしただけで」

すると、「詳しく聞かせてもらえるか」と藍忘機《ランワンジー》が促した。

彼は座ったままだが、その礼儀正しい言葉の威力ときたら、まるで静かに脅迫しているかのようだ。

聶懐桑《ニエホワイサン》はためらいながらも彼には逆らえず、すべてを打ち明け始めた。

「ご存じの通り、聶《ニエ》家は他の仙門世家と違って、一族を興した最初のご先祖様は屠殺人でした。そのため、他家では剣を修練するのに対して、私の家では刀を修練します」

このことは周知の事実で、決して極秘ではない。そもそも清河聶《ニエ》氏は先祖の出自を隠してはおらず、むしろ家紋までもがひどく凶悪な、犬にも豚にも見える獣の頭を模している。

「修練の道が他家とは異なりますし、ご先祖様は屠殺人出身ですから、我が一族はどうしても血と無縁ではいられません。それに、聶《ニエ》家の歴代宗主たちの刀はどれも怨念と殺気が強く、ほとんどの宗主が、修練を極めるうちに最終的には乱心して自我をなくし、全身の血管が破裂して急死しているんです。もともと、彼らが激情家だったことも深く関係していますが」

　彼の兄、聶明玦《ニエミンジュエ》もそうだった。かつてのこの若き世家宗主は、藍曦臣《ランシーチェン》、金光瑤《ジングアンヤオ》と義兄弟の関係だった。赤鋒尊《せきほうそん》――聶明玦《ニエミンジュエ》は厳格な質《たち》で決断が迅速、威厳はあれども度を超えない。沢蕪君《たくぶくん》――藍曦臣《ランシーチェン》は温和で高潔な品性の持ち主。斂芳尊《れんほうそん》――金光瑤《ジングアンヤオ》は八方美人で明敏な策士である。この三人は射日の征戦の最中に契りを結び、各々の美談が仙門世家に伝えられ、のちに「三尊《さんそん》」と呼ばれるようになった。

　しかし、ちょうど聶明玦《ニエミンジュエ》が意気軒昂で、聶《ニエ》家が気勢を上げていたまさにその頃、あるとても重要な会合で彼は乱心し、血を吐いて絶命した。しかも多くの参加者たちは彼が狂気を纏った際、追いかけられ、斬りつけられて怪我を負った。世に威名を轟かせた名士が、まさかこのような結末を迎えたなんて――。

　聶懐桑《ニエホワイサン》は自分の兄の最期を思い出したのか、ひどく落ち込んだ様子だ。

「宗主たちが生きている間は自らの刀の暴れたがる衝動を抑圧できますが、主人たちが死んで刀を制御できる人がいなくなると、それはたちまちただの凶器と化してしまうんです」

　聶懐桑《ニエホワイサン》の説明に、魏無羨《ウェイウーシェン》は思わず眉を曇らす。

「それはもはや邪道と同じじゃないのか？」

　聶懐桑《ニエホワイサン》は慌てて答えた。

「違いますよ！　邪道が邪道と言われるのは人の命を奪うからです。でも私の家の刀は人ではなく、悪鬼凶霊、妖魔鬼怪たちを欲しがります。ずっとそれらを斬り殺してきたのに、急に斬れるものがなくなったら、刀たちは自ら祟りを起こして聶《ニエ》家はめちゃくちゃになります。刀に宿る霊は生涯一人の主人しか認めず、他の者には扱えません。私たち子孫にはその刀たちを熔《と》かすこともできなくて……。一つにはご先祖様に失礼だし、二つには熔かしたところで解決になるとは限らないからです」

「まるでどこかのお偉いさんみたいだな」

「それですよ！　ご先祖様たちと一緒に多くの困難を乗り越え、ともに修練してきた刀たちだから、本当に皆お偉いさんも同然なんですよ」

聶懐桑《ニエホワイサン》が困惑顔で同意し、続ける。

「しかも、歴代宗主たちの修練は次の代にいくほど進歩していて、問題もどんどん深刻になる一方です。それで、聶《ニエ》家の六代目宗主がある方法を思いつきました」

「まさかそれが、あの人喰い砦を建てることだったっていうのか？」

魏無羨《ウェイウーシエン》が尋ねると、聶懐桑《ニエホワイサン》はぶるぶると首を横に振った。

「いいえ、関連はありますけど、でも最初からその方法を思いついたわけじゃなかったんです。六代目宗主は、彼の父親と祖父の刀のために二つの棺を作らせ墓を掘りました。その墓には高価なお宝ではなく、もうすぐ屍変《しへん》〔死体が邪気や邪祟に影響され、彷屍や凶屍に変化すること〕する死体を数百体、一緒に埋葬したんです」

それを聞いて藍忘機《ランワンジー》の眉間にわずかにしわが寄ったのに気づき、聶懐桑《ニエホワイサン》はびくりとして慌てて続けた。

「含光君、説明させてください！　その死体は決して聶《ニエ》家が殺したわけではありません！　苦労して各地から集めてきた死体なんです！　何割かは大枚をはたいてわざわざ買ってきたんですよ。六代目宗主は、刀霊《とうれい》が邪祟と戦いたいなら邪祟を与えてやり、絶え間なく戦わせておけばいいと考えたんです。つまり屍変間近の死体を一緒に埋葬し、刀霊の副葬品にしたということです。刀霊は死体の屍変を抑え込むことができて、同時に、死体で刀霊の狂気を緩和できる。互いを抑制し合って均衡を保つことができます。この方法で、以降何代もの子孫たちは安寧を得てきました」

まだ納得がいかず、魏無羨《ウェイウーシェン》が聞いた。

「じゃあそのあとはなぜ石室になったんだ？　死体を壁の中に埋める必要があるのか？　あと、人を喰ったことがあるって言ったよな？」

「その三つの質問に答えるには、ある事件についてお話ししなければなりません。まあ確かに……あの墓は人を食べたことがあります。でもそれは決して故意ではありません！　六代目宗主が作ったのは刀の墓、つまり『刀墓《とうぼ》』でしたけど、見た目はよくある普通の墓と同じ構造でした。のちの子孫たちも皆、彼を真似て刀墓を作ったんですが、およそ五十年前に、それらの刀墓は墓荒らしの一味に掘り起こされてしまったんです」

聶懐桑《ニエホワイサン》が苦渋の顔で告げた。

「おお」

魏無羨《ウェイウーシェン》は思わず声を上げ、それはまさに飛んで火に入る夏の虫だなと思った。

「墓を掘る工事はかなり大掛かりですから、いくら人に知られないよう慎重に進めても噂は流れてしまいます。その墓荒らしの一味はあちこちで聞き込みをして、行路嶺に大きな王族の古墳があると確信したらしく、前もって下調べと準備をしてから来たんです。ただの烏合《うごう》の衆とはいえ、どうやら腕のある実力者が一人か二人いたようで、彼らは場所を捜し当て、迷陣を破って刀墓を見つけてしまいました。それで穴を掘って墓の中に入ったわけですけど、墓荒らしたちにとっては当然見慣れたものだから、中の死体なんてちっとも怖がらなかったんです。だけど……彼らが金銀財宝を探し回っている間中、陽の気に満ち溢れた男たちが、死体のすぐそばにいたんですよ。墓の中には、屍変間近の死体ばかりを集めてあったっていうのに！」

そう言ってから、聶懐桑《ニエホワイサン》がつらそうに顔を歪めた。

「言うまでもなく、何が起きたかは容易に想像がつきますよね。その場ですぐさま十数体の死体が屍変し、凶暴化したんです。でも、墓荒らしの一味は経験豊富で度胸もあり、しかも装備を万全にしてきたこともあって、彼らの手によって、屍変した彷屍たちは残らずもう一度殺されてしまったんです。激戦の末、一面にバラバラに散らばった死体を見て彼らもやっとこの墓が危険だと気づき引き上げようとしたちょうどその時に、墓に食べられたんです！

　墓の中の死体は、全部入念に確認して、ちょうど刀霊との均衡を保てるぴったりの数にしてあります。墓荒らしの一味が侵入して騒いだことで、ただ屍変を引き起こしただけならまだ大丈夫なはずでした。なぜなら、彼らが立ち去れば、刀霊の力でまた屍変を抑え込むことができますから。でも、よりによって彼らが屍変した死体たちをバラバラに切り裂いてしまったせいで、一気に死体が十数体も足りなくなってしまったんです。刀墓には、均衡を保つために十分な数の死体を維持する必要があって……仕方なく……刀霊は自ら墓を塞いで、彼らを生きたまま中に閉じ込め、壊した死体の数を彼ら自身で補わせたんです……」

聶懐桑《ニエホワイサン》は沈んだ顔で続けた。


「刀墓が壊されたことで、当時の宗主は別の方法を模索し始めました。彼は行路嶺に新しく土地を選んで、今度は墓の代わりに『祭刀堂《さいとうどう》』を建てました。そして、再び墓荒らしが来るのを防ぐために、死体を壁の中に埋め込んで人々の目を欺《あざむ》いたんです。まさにこの祭刀堂こそが、噂に出る『人喰い砦』のことです。さっき言った墓荒らしの一味は、清河に来て猟師を装って行路嶺に入ったあと、二度と戻らず死体も発見されなかったので、嶺にある怪物に食べられたんだと誰かが噂を流し始めました。その後、石室は完成したものの、新しい迷陣がまだできていない時に、たまたま通りかかった誰かに見られてしまったんです。幸いにも石室には入り口がなかったので中には入れませんでした。ですが、その人は嶺から下りたあと、人に会う度に『行路嶺には怪しい白い砦があって、人を食べる怪物はきっとあの中に住んでいる』と言いふらしてくれました。その噂を大げさに広めれば、もう二度とあの辺りに近づく者はいないはずだと考え、聶《ニエ》家も手を回して脚色を加え、『人喰い砦』の噂をでっち上げて流しました。でも……あれは、本当に人を食べちゃうんですよ！」

そう言ってから、聶懐桑《ニエホワイサン》は袖の中から手ぬぐいと、一かけのニンニクくらいの大きさの白い石を取り出した。手ぬぐいで汗を拭きながら、白い石の方を二人に渡してくる。

「お二人とも、これを見てください」

魏無羨《ウェイウーシエン》はその石を受け取ると、まじまじと観察した。石からは白い何かが少し出ていて、何やらそれは——人間の指の骨に見える。

彼は一瞬でその骨がなんなのかを理解した。

「あの……金《ジン》公子はですね……いったいどんな方法を使ったのかわかりませんが、あんな分厚い壁に穴を開けられるなんて、きっとたくさんの法器を持ち歩いていたんでしょうね。いえ、大事なところはそこじゃなくて……つまり、彼が穴を開けた石室は、聶《ニエ》家が行路嶺に建てた最初の祭刀堂だったんです。当時はまだ、死体が簡単に屍変しないように外の陽の気と死体とを隔てる方法が確立されていなかったので、両面に石を積み重ねて、その中に死体を入れて土で埋め、直接しっくいを流し込んで固めただけでした。つまり、金《ジン》公子はただ穴を開けたつもりだったんでしょうけど、実は壁の中にある白骨体まで壊していたことに気づいていなかったんですよ。だから、中に入って間もなく、壊した死体の代わりとして石室の壁の中に吸い込まれる羽目になったわけです……私は、定期的に行路嶺に行って見回りをしているんです。今日行ったらそれが落ちていて、ちょうど拾ったところをあの犬に噛まれ、はぁ……。祭刀堂は私のご先祖様の墓のようなものなのに……」

聶懐桑《ニエホワイサン》は話せば話すほど悲しくなり、深々とため息をついた。

「普通の修士なら、ここが聶《ニエ》家の管轄地だとわかってますから、絶対に清河で夜狩なんかしないのに……」

聶懐桑《ニエホワイサン》からすれば、最初に金凌《ジンリン》が不文律を破り行路嶺を狙ってきて、そのあとさらに左腕に導かれ藍魏《ランウェイ》の二人が来てしまったわけで、まさに踏んだり蹴ったりだった。

「含光君、そしてお隣の方も……私は真実をすべてお話ししましたから、絶対に他言無用でお願いします。じゃないと……」

清河聶《ニエ》氏は現在既に衰弱している。その上、もしこんな話が出回ったら、聶懐桑《ニエホワイサン》はおそらく永久に消えない罪を負わされ、死んでも聶《ニエ》家のご先祖様に顔向けできない身となるだろう。

だからこそ、彼はたとえ裏でどれだけ百家の笑い者にされていても決して修練に励むことはせず、自分の刀の刃を研ごうともしなかった。もし修練を極めさらに上の境地に達したら、いつしか日に日に短気になり、最期は彼の兄や先祖代々の宗主たちと同じように乱心して、ひどい死にざまに陥るのだ。しかも、狂気に至って命を落としたあとも、自分の刀は現世で祟りを起こし続け、聶《ニエ》家の子孫たちの安寧を脅かすことがわかりきっている。そんなことになるくらいなら、いっそ能無しのままでいい。

その決断の是非は正直わからなかった。だが、聶《ニエ》家は代々、刀を修練し、その道を極めることで栄えてきた。だから先祖たちの開拓してきた道や彼らの功績を否定することは難しい。

仙門世家にはそれぞれ特長があり、例えば姑蘇藍《ラン》氏は音律が得意だとすると、清河聶《ニエ》氏の刀霊は、その凶暴さと殺傷力の高さが取り柄で、それこそがまさしく、聶《ニエ》家が百家の中でも白眉である唯一の理由なのだ。もし先祖の教えに背いて新たに違う道を模索するとしても、どれほどの年月が必要かもわからない上、成功できる保証もない。そもそも聶懐桑《ニエホワイサン》には、聶《ニエ》家を裏切って別の修練を始めることなど考えられないのだから、もうただの役立たずになるしかなかった。

もし宗主にならなければ、聶懐桑《ニエホワイサン》は雲深不知処にいた頃のように、毎日舟を漕ぎ、扇子に絵を描いて、魚を釣ったり鳥を愛でたりと、今よりずっと気楽な暮らしをしていたはずだ。でも彼の兄は既にいない。だから、いくら実力がなくとも彼は全力を尽くして一族の重荷を背負い、よろよろとでも進むしかないのだ。

聶懐桑《ニエホワイサン》は何度も繰り返し他言無用と念を押してから、そそくさと帰っていった。魏無羨《ウェイウーシエン》がしばらくぼうっとしていると、突然、藍忘機《ランワンジー》が近寄ってきた。再び彼が目の前の床に片膝をつき、下衣の裾をめくろうとしていることに気づいて、慌てて魏無羨《ウェイウーシエン》は口を開く。

「待て待て、またかよ?」

「先に悪詛痕を浄化する」

あの含光君が一日のうち、こうも度々自分の前に跪くなんて。相手は非常に真剣だとはいえ、魏無羨《ウェイウーシエン》はどうにも居たたまれず、その様子を正視することができなかった。

「自分でやるから」

そう言って、ぱっと自ら裾をめくり上げる。すると、毒々しい色をした悪詛痕は既に脛全体に広がり、膝を通り越して太ももまで伸びていた。

「ああ、もう脚のつけ根まで来てるな」

魏無羨《ウェイウーシエン》は口から出任せを言ったが、なぜか藍忘機《ランワンジー》は顔を横に向けて、何も答えない。

「藍湛《ランジャン》?」

魏無羨《ウェイウーシエン》が不思議に思って呼ぶと、やっと藍忘機《ランワンジー》は顔を前に戻す。だが、どうしてなのかやはり、その視線はやや横に逸らされたままだ。その様子を見て魏無羨《ウェイウーシエン》は目を瞬かせ、ちょっとだけ彼に意地悪をしたくなった。しかし、藍忘機《ランワンジー》をからかおうとしたその時、卓の方から何かが割れる音がして、二人は同時に立ち上がった。

卓を見ると、急須と湯呑が割れて一面に広がる茶の中に、散らばった真っ白い破片と封悪乾坤袋《ふうあくけんこんぶくろ》〔悪鬼邪祟などを入れて封印できる巾着袋〕が一つ落ちていた。袋の表面はでこぼこと蠢いていて、まるでその中に閉じ込められた何かが今すぐ外に出ようとして暴れているみたいだ。

その封悪乾坤袋は一見手のひらと同じくらいの大きさだが、それよりもずっと大きな物を中に入れて保管できるという不思議な袋だ。表にも裏にも複雑な呪文が刺繍されていて、何層もの封印を施してある。

藍忘機《ランワンジー》はもともと、例の左腕をその袋の中に入れて封印した上で、卓の上にあった湯呑で押さえつけていたが、その袋がしきりに暴れる様を見て、そろそろ「安息」を合奏しなければいけない頃合いであることを思い出した。この封悪乾坤袋の鎮圧する力がどれほど強くても、それだけではあの左腕を抑えられない。だから、鎮静のために、毎晩この曲を聴かせてやる必要があるのだ。

魏無羨《ウェイウーシエン》は腰に差しておいた竹笛を取ろうと手を伸ばしたが、なぜかそこには何もなかった。怪訝に思って隣を見ると、いつの間にか竹笛を手にした藍忘《ランワン》機《ジー》が、一心にそれを彫っているではないか。魏無《ウェイウー》羨《シエン》が差し出された竹笛を受け取ると、藍忘機《ランワンジー》が彫り直してくれたそれは、雑だった音孔《おんこう》などの細かい部分が綺麗になっていた。

「きちんと吹きなさい」

合奏を始める前に、藍忘機《ランワンジー》が釘を刺す。

その言葉で、少し前、藍《ラン》家の冥室で意識不明の藍《ラン》啓仁《チーレン》を怒りのあまり目覚めさせ、吐血とともに再び昏倒させた、あの聞くに堪えない合奏を思い出す。つい可笑しくなって笑いが込み上げ、魏無羨《ウェイウーシエン》は危うく床に倒れるところだった。

(こいつも、よく今まで我慢してくれてたな)

もうわざと下手に吹くのはやめ、真剣に竹笛を口元に置いた。しかし、少し吹くと乾坤袋は突然数倍の大きさにまで膨れ上がって、しかも、すっくと立ち上がった！

魏無羨《ウェイウーシエン》は思わず「ぷっ」と一音を外してしまった。

「なんだよ、耳障りな曲に慣れたから、真面目に吹くのはお好みじゃないとか？」

すると、まるで彼の言葉に反応したかのように、封悪乾坤袋は突然魏無羨《ウェイウーシエン》に向かって飛びかかってきた。その瞬間、藍忘機《ランワンジー》の指が奏でる旋律は一変し、彼が手を一振りすると、七本の弦が一斉に震えだして山崩れの音にも似た轟音を発した。封悪乾坤袋は琴の怒りの音に弾かれ、再び元の位置まで戻る。魏《ウェイ》無羨《ウーシエン》はそれを眺めながら、何事もなかったかのように竹笛を吹き続けた。藍忘機《ランワンジー》も腕の力を緩めてまた琴を弾き続け、穏やかでゆったりとした二人の「安息」の旋律が見事に重なっていく。

一曲を奏で終わる頃には、封悪乾坤袋もようやく元の大きさに縮んで静かになり、室内には静寂が戻ってきた。

「ここ数日の間で今日みたいに暴れだすのは初めてだよな。まるで、何かに刺激されたみたいだ」

魏無羨《ウェイウーシエン》は笛を腰に戻しながら、怪訝そうな顔で言う。

藍忘機《ランワンジー》は小さく頷くと、彼の方を向いて静かに口を開いた。

「刺激したのは、君の体にあるものだ」

魏無羨《ウェイウーシエン》ははっとして自分の体を見下ろした。今日彼の体に増えたもの、それは一つしかない――金凌《ジンリン》の体から移してきた、あの悪詛痕だ。

そして、金凌《ジンリン》の体にあった悪詛痕は、行路嶺の石室の中でつけられたものだ。この左腕が悪詛痕に強く反応したということは――。

「つまり、聶《ニエ》家の祭刀堂の壁の中に、こいつの体の別の部位があるかもしれないってことか？」

次の日の早朝、二人は連れ立って再び行路嶺に戻った。

聶懐桑《ニエホワイサン》は昨日現行犯として捕まって、知っていることをすべて白状した。そして、その日のうちに腹心の門弟たちを石室に招集して、夜を徹して無謀な侵入者たちの後始末をする羽目になった。魏無《ウェイウー》羨《シエン》と藍忘機《ランワンジー》が到着した時には、彼はちょうど皆に指示して、魏無羨《ウェイウーシエン》が金凌《ジンリン》を掘り出した箇所に新しい死体を入れて補填し、壁を補修しているところだった。

薄灰色の石が綺麗に積み上げられていくのを見ながらしきりに汗を拭っていたが、ふと振り向いて、足から力が抜けそうになった。

「含光君……それから、お隣の方も……」

聶懐桑《ニエホワイサン》は、作り笑いを浮かべて口を開いた。

魏無羨《ウェイウーシェン》はひらひらと手を振って笑った。

「聶《ニエ》宗主、壁の修理をしてるのか？」

「そうです、そうです……」

聶懐桑《ニエホワイサン》は手ぬぐいで汗を拭きすぎて、もうそろそろ額の皮一枚がむけそうなほどだ。

「悪いけど、多分あとでもう一度修理しないといけないな」

魏無羨《ウェイウーシェン》は彼に同情しながら、少しきまりが悪そうに言った。

「そうですか、そうですか……え!? ま、待って、待ってください！」

聞きとがめた聶懐桑《ニエホワイサン》が慌てて止めようとしたが、既に遅かった。

話の途中で、避塵《ビチェン》は既に鞘から飛び出ていた。聶《ニエ》懐桑《ホワイサン》は目の前で先ほど補修し終えたばかりの壁が、再び斬りつけられるところをただ見ていることしかできなかった。

破壊はいつだって建設より遥かに簡単だ。魏無《ウェイウー》羨《シエン》が石を崩していく速度は、彼らが石を積み上げた時より何倍も速かった。扇子を握りしめたまま身を震わせる聶懐桑《ニエホワイサン》の目には、悔しさのあまり涙が滲んでいる。だが、よりによって含光君が彼の横に静かに立っていたため、文句を口にすることすらできなかった。

藍忘機《ランワンジー》が簡潔に状況を説明したところ、彼はすぐさま天に誓いを立てた。

「ありません！ 絶対にここにはありません！ この祭刀堂に使われた死体は皆、四肢が揃っていますから、決して腕のない男の死体なんてありません。信じてもらえないなら私も一緒に石を外して潔白を証明して見せます。でも、すぐ元通りにする必要がありますから、確認にあまり時間をかけないでください。なにせここは、私のご先祖様の墓なので……」

聶懐桑《ニエホワイサン》の指示によって、数名の聶《ニエ》家の門弟たちが作業に加わると、魏無羨《ウェイウーシェン》は彼らに任せて結果を見守った。半時辰後、金凌《ジンリン》が埋められていた壁一面の石の大半が外されると、門弟たちは人の呼吸と陽の気によって屍変が引き起こされるのを防ぐため、手ぬぐいで鼻と口を隠したり、特製の赤い丸薬を飲み込んだりして備えた。黒い土の中からは、青白い手や青筋が立った足、汚れてもつれた黒い髪などがあちこちから現れた。そして男性の死体はすべて、簡単に土を払って綺麗にしてから、横一列に地面に並べていく。

その中には、白骨化した死体もあれば、腐敗したり、比較的新鮮な死体もあった。なかなか多種多様だが、確かに皆四肢が揃っている。左腕のない男の死体などどこにもなかった。

「ここの壁だけで十分ですよね？　それとも、もっと外しますか？　必要ないと思いますけど……」

聶懐桑《ニエホワイサン》は顔色を窺うように慎重に彼らの意見を聞いた。

確かにもう十分だ。金凌《ジンリン》の体にあった悪詛痕の色は非常に濃かったため、それをつけた何かはきっと、彼と比較的近い所に埋められていたはずだ。そう考えると、今確認したこの範囲の外にいるはずがない。

魏無羨《ウェイウーシエン》が一列に並べられた死体の横にしゃがみ込み少しの間考えを巡らせていると、ふいに藍忘機《ランワンジー》が口を開いた。

「封悪乾坤袋を使うか？」

あの袋の中から左腕を出して、自分で自分の体を探させる。それは悪くない方法だ。ただ、もしそれが他の部位と近づきすぎたせいで興奮してしまったら、さらに危険な状況を引き起こしてしまう可能性がある。それにこの場所は特殊で陰気が強すぎるため、危険度は他の場所に比べて何倍にも増す。二人は慎重を期して、わざと昼間を選んで来たのだ。

魏無羨《ウェイウーシエン》は首を横に振った。

（まさかあの左腕は、男のものじゃないとか？　いや、男の手と女の手くらい、俺なら見ればすぐわかる……それとも、あれの持ち主には実は腕が三本あるとか……!?）

彼が頭に浮かんだ自分の考えに笑っていると、

「脚だ」と藍忘機《ランワンジー》が突然言った。

その一言で、魏無羨《ウェイウーシエン》もやっと思い出した。大切なことを見落としていた――悪詛痕の広がる範囲は脚だけだったということを。

「下衣だ！　下衣を脱がせ！」

「あなた、よくも含光君の前でそんな恥ずかしい言葉を！」

慌てて叫んだ魏無羨《ウェイウーシエン》を、聶懐桑《ニエホワイサン》はぞっとした様子で窘める。

「恥ずかしいも何も、ここにいるのは男だけだろ。ほら、手伝って！　死体の下衣を全部脱がせろ。女の死体はいいから、男だけだ！」

魏無羨《ウェイウーシエン》はそう言いながら、地面に並べられた死体の下衣に魔の手を伸ばした。

かわいそうな聶懐桑《ニエホワイサン》はつい昨日、秘密を何もかも白状したばかりなのに、昨日の今日で、まさか先祖代々の祭刀堂の中で男の死体の下衣を脱がす羽目になるなんて、思いもよらなかっただろう。きっと自分が死んだあとは、清河聶《ニエ》氏のすべてのご先祖様に一人一回ずつ平手打ちされる。そしてそのせいで、来世生まれ変わっても同じく能無しに違いないと思ったら、もう泣くしかなかった。

だが、幸いにも魏無羨《ウェイウーシエン》の動きを藍忘機《ランワンジー》が止めたので、聶懐桑《ニエホワイサン》が「さすが含光君」と褒め称えようとした時だ。「私がやる」と言う藍忘機《ランワンジー》に耳を疑った。

「お前が？　本当にやるのか？」

魏無羨《ウェイウーシエン》が怪訝な顔で聞く。

藍忘機《ランワンジー》の眉は微かに痙攣し、まるで何かを我慢しているように見えるが、それでも彼は「君は動くな。私がやる」と頑なに繰り返した。

聶懐桑《ニエホワイサン》は今日一日で受けた衝撃の中で、今の言葉に最も愕然とした。

とはいえ、藍忘機《ランワンジー》が素手で死体の下衣を脱がすはずもない。彼は避塵《ビチェン》の剣気で軽く死体の服を斬り、その下の肌が覗くようにしただけだった。一部の死体の服は斬るまでもなく既にボロボロで、それほど経たないうちに、「見つけた」と彼が口を開いた。

皆の視線が彼の見ているものに集まる。藍忘機《ランワンジー》の白い靴の横にある死体の両脚の太ももには、それぞれ一本の長い薄色の線が横に走って見える。それは、肌色の細い糸で細かく縫いつけた痕だった。線を境に上と下の皮膚の色が微妙に違っていて、この死体の脚とそれ以外の部分が同じ人物のものでないことは明らかだ。

あの「左腕」の持ち主の脚は、信じ難いことに誰かの手によって他の死体に縫いつけられていたのだ！

魏無羨《ウェイウーシエン》は、目を瞠ったまま言葉を失っている聶《ニエ》懐桑《ホワイサン》に尋ねた。

「聶《ニエ》家が祭刀堂に使う死体は、誰が選んでいたんだ？」

「……通常は、歴代の宗主たちが生前に各自で選んで備蓄していました。でも、私の兄は早くに亡くなったので、足りなかった分は私が代わりに選んでいたので……五官と四肢がちゃんと揃った死体であれば全部引き取りました。それ以上のことは、私も知らないです……」

聶懐桑《ニエホワイサン》は驚きのあまりか、呆然とした様子で答えた。

この死体をいったい誰がここに交ぜ込んだのかは、彼に聞いてもきっとわからないだろう。死体の提供者から、清河聶《ニエ》氏内部の人間まで、疑い始めたらきりがない。おそらく他の体の部位もすべて見つけ出して、死体と魂魄を両方揃えられれば、彼に何が起きたのかを知ることができるはずだ。

やっとのことで、縫合されていた両脚を死体から分離させると、魏無羨《ウェイウーシエン》はそれらを新しい封悪乾坤袋に入れながら、藍忘機《ランワンジー》に話しかけた。

「この人はどうやら八つ裂きにされたようだな。体をバラバラにされた上にあちこちに捨てられて、ここに腕、あそこに脚とか……いったいどれだけ恨まれてたんだろう。もうこれ以上細かく切り裂かれていないことを祈るしかないな」

別れ際の挨拶で、聶懐桑《ニエホワイサン》は「それではまた」と言ったが、怯えきったその表情を見る限りでは、おそらく彼の方は今生二度と「また」会う気はないだろう。

二人は行路嶺をあとにして宿に戻った。安全な場所に着いてから、三つの肢体を取り出して細部まで見比べてみると、やはり、持ち帰ってきた両脚と例の左腕の肌色はぴったりと一致した。しかもその三つを近づけると互いに強く反応し合って、しきりに震えだす。まるで連結したがっているようにも見えるが、いかんせん真ん中の胴体がないためどうにもできなかった。

この三つは、確実に同じ人物のものに違いない。彼はおそらく背が高く、手足も長くてがっしりとした体格をしている。しかも非常に修為の高い男性だろう。そんな大まかな情報以外は依然として何もわからず、状況は複雑に錯綜《さくそう》していた。幸い左腕は、またすぐに次に進むべき方位を指さしてくれた。

――南西。

謎の左腕に導かれるまま、魏無羨《ウェイウーシエン》と藍忘機《ランワンジー》は櫟陽《れきよう》の町に辿り着いた。

第七章　朝露

町に入ると、二人は肩を並べてたくさんの人が行き交う大通りを歩き始めた。

すると、ふいに藍忘機《ランワンジー》が口を開く。

「悪詛痕の具合はどうだ」

「あの時、金凌《ジンリン》と片腕兄さんはすぐ近くに埋められていたから、どうも結構な怨念が染みついていたみたいだな。今は少し引いたけど、まだ完全には消えていない。多分、片腕兄さんの体を全部揃えるか、せめて頭だけでも見つけ出したらこれを消す方法も見つかるだろう。まあ、大したことないよ」

魏無羨《ウェイウーシエン》は雑談をするような軽い口調で答えた。

「片腕兄さん」というのは、八つ裂きにされた例の左腕と両脚の持ち主のことだ。彼がいったいどこの誰なのかがわからないため、魏無羨《ウェイウーシエン》は「片腕兄さん」という仮の名前で呼ぶことを提案した。藍忘機《ランワンジー》はそれを聞いても何も言わなかったが、特に反対もしなかったため、魏無羨《ウェイウーシエン》は彼がその呼称を黙認したと受け取ることにした。とはいえ当然ながら、藍忘機《ランワンジー》は決してその単語を使わなかった。

「少しとはどれくらいだ」

藍忘機《ランワンジー》がさらに尋ねてくる。

魏無羨《ウェイウーシエン》は手振りで大きさを示しながら、「少しは少しだよ。なに、今すぐここで脱いで見せようか？」と言った。

藍忘機《ランワンジー》の眉頭がぴくりと揺れた。どうやら彼は、魏無羨《ウェイウーシエン》が大通りで服を脱ぎ始めるのを本気で心配したらしく、「部屋に戻ってから」と抑揚のない声で答えた。

魏無羨《ウェイウーシエン》は「ハハッ」と笑い、振り返って後ろ向きで彼を眺めながら二歩歩く。

これまでは一刻も早く逃げだしたい一心で、なんとか藍忘機《ランワンジー》に嫌われようとわざと馬鹿げたことや恥ずかしいことをしてきた。だから、実はすっかり正体を見破られていたとわかった今、普通ならきっと穴があったら入りたいほど恥じ入るものだろう。しかし、魏無羨《ウェイウーシエン》は昔から面《つら》の皮が極厚だったので、彼の前でも平然とした顔のままでいられた。

　そもそも、少しでも恥を知る者であれば、旅の道中、夜半に人の布団の中に勝手に潜り込むとか、無理やり同じ木風呂に浸かろうとするとか、化粧をして綺麗かどうかを聞く等々の常識を飛び超えた所業など、まずもってできないだろう。けれど、恥ずべきあれこれなど何も覚えていないという魏無羨《ウェイウーシエン》の素振りを、藍忘機《ランワンジー》の方もどうしてか何も言わずに受け止めたため、結果として二人とも何事もなかったかのように振る舞っていた。

　そして今日は、莫玄羽《モーシュエンユー》の中身が魏無羨《ウェイウーシエン》だと気づかれていたとわかってから、初めてまたこうして気軽に冗談を言えるようになったのだ。いい気分になってしばし笑ったあと、魏無羨《ウェイウーシエン》は再び表情を引き締めた。

「含光君、どう思う？　片腕兄さんの左腕を莫《モー》家荘に放り込んでお前のところの弟子たちを襲わせた奴と、両脚をわざわざ別の死体に縫いつけて壁の中に埋めた奴は、同じだと思うか？」

　彼は昔も今も、心の中ではずっと藍忘機《ランワンジー》を「藍《ラン》湛《ジャン》」と呼んでいた。だが、つい最近まで莫玄羽《モーシュエンユー》のふりをして、毎日のように彼の尊称である「含光君」と呼んでいたため、どうやらそれが癖になってしまったようだ。それに、その名で彼を呼ぶと、なんだかわざとらしくて愉快な気持ちになるので、魏《ウェイ》無羨《ウーシエン》は外では引き続き、真面目半分、冗談半分で藍《ラン》忘機《ワンジー》をそう呼ぶことに決めた。

「別の者だ」

　魏無羨《ウェイウーシエン》の問いかけに、藍忘機《ランワンジー》がきっぱりと答える。

「俺も同感だな。手間暇かけて脚を縫いつけて、その上壁の中に隠したからには、死体を人の目に触れさせたくなかったんだろう。それなのに、わざわざ左腕を放り込んで暴れさせて、姑蘇藍《ラン》氏の人間を襲わせたりするはずがない。どう考えても注目が集まって、調べられることは明白だからな。一方は細心の注意を払って脚を隠し、もう一方は誰かに見つけてほしくて大胆に表に出してきたってことは、おそらく別の連中だ」

魏無羨《ウェイウーシエン》が同意とともに一通りの見解を述べると、藍忘機《ランワンジー》にはもう言うべき言葉がなかったが、「うん」と一言頷いてくれた。

魏無羨《ウェイウーシエン》は体をくるりと前に戻し、歩きながらまた続けた。

「脚を隠した奴は清河聶《ニエ》氏にある祭刀堂の存在と、その内情をも知っていて、左腕を放り込んだ奴は姑蘇藍《ラン》氏の動きを把握している。おそらくどっちも一筋縄ではいかない相手だろう。謎がどんどん増えてきたな」

「一つずつ解明していこう」

「うん。でさ、なんで俺の正体に気づいたんだ？」

唐突に尋ねると素っ気ない答えが返ってきた。

「自分で考えなさい」

魏無羨《ウェイウーシエン》は、会話の中で間髪を容れずに質問することで、不意を突かれた藍忘機《ランワンジー》が口を滑らせるのではと期待していたが、その目論見《もくろみ》は敢えなく失敗に終わった。それでも少しもめげることなく、新たな話題を持ち出す。

「俺は櫟陽《れきよう》に来たことないしさ、この前は全部俺が聞き込みしただろ。だから、今回は交代ってことで、お前が聞きに行ってくれよ。いかがでしょうか、含光君？」

冗談めかして言うと、藍忘機《ランワンジー》はすぐに身を翻し、なぜか来た道を引き返していく。

「ちょ、ちょっと待った、含光君、どちらに行かれるつもりですか？」

魏無羨《ウェイウーシエン》が慌てて彼を呼び止めると、藍忘機《ランワンジー》は振り向いて答えた。

「この地を管轄する仙門世家のところへ」

魏無羨《ウェイウーシエン》は呆れて、彼の剣の柄につけられた房を掴むと後ろに引っ張った。

「あー待て待て、そこに行ってどうする!?　だいたい、何か知ってたとしても教えてなんかくれないよ。自分たちで解決できなかったことが恥ずかしくて言えないか、もしくは必死に持ち堪えてる真っ最中で他人に手出しされたくないかのどっちかだろう。貴き含光君よ、某《それがし》は決してお前をバカにするつもりはないが、世渡りに関してはお前は俺がいないと本当にダメダメだな。そのやり方で聞き込みをして、むしろ何か聞き出せる方が怪しいって」

少し無遠慮に言いすぎたかと思ったが、藍忘機《ランワンジー》は優しく穏やかな目でこちらを見つめるだけで、また「うん」と低い声で答えた。

「何が『うん』だ。まさかそれだけしか言えないのか？」

魏無羨《ウェイウーシエン》はつい笑ってしまい、さらに心の中で楽しげに突っ込んだ。

（やっぱり、こいつは相変わらず口下手で不愛想な奴だな！）

「ならばどうやって聞き出す？」

藍忘機《ランワンジー》の質問に、魏無羨《ウェイウーシエン》は横を指さした。

「そりゃ、もちろんあそこに行くんだよ」

彼が示したのは一本の大通りで、両側には高い所にも低い所にも、人目を引くのぼりが立ち並んでいる。それらはどれも風になびく真っ赤な流れ旗ばかりだ。通りにある店はどれも入り口を広く開けていて、まん丸い漆黒のかめ壺が店の中から外まで所狭しと積み上げられている。しかも、それぞれの店先には酒を注いだ杯を盆の上にぎっしりと並べた雇人《やといにん》たちがいて、道行く人々にどんどん声をかけて売り込んでいた。

強い酒の香りは通り中に漂っている。どうりで、先ほどから魏無羨《ウェイウーシエン》の歩く速度がだんだんと遅くなり、この大通りの手前まで来るともう一歩も動かず、藍《ラン》忘機《ワンジー》を引き留めたわけだ。

「こういう所のお兄さんたちは、皆若者ばかりでてきぱきと働いてる。毎日客もたくさん来るから話題にも事欠かない。この辺りで変な噂が流れていたら、絶対に彼らの耳にも入っているはずだ」

魏無羨《ウェイウーシエン》は真面目な顔で話した。

藍忘機《ランワンジー》はまた「うん」とだけ言い、取り立てて反対はしなかったが、「ただ酒が飲みたかっただけだろう」と顔に書いてあった。

魏無羨《ウェイウーシエン》はわざとその表情が読み取れないふりをして、そのまま彼の剣の房をぐいぐいと引っ張り、嬉々として酒屋通りに入った。すぐさまあちこちの店から雇人たちが五、六人駆け寄ってきて、元気良く売り込みを始めた。

「飲んでみませんか？　地元では有名なお酒なんですよ！」

「公子、こちらもどうぞ。もちろんタダですよ。気に入ったら是非うちに飲みに来てください」

「うちのお酒は香りは弱いですけど、飲んだら結構強いんですよ！」

「これを飲み干してもまだ立っていられたら、おいらは公子の姓を名乗ります！」

その言葉を聞いて、魏無羨《ウェイウーシエン》は「いいね！」と言いながら意気揚々と杯を受け取る。そして一気に飲み干してから、「俺の姓を名乗るか？」とへらへらしながら空になった杯の底を見せつけた。

雇人は怖気《おじけ》づくことなく、さらに堂々と売り込みを続ける。

「やだなあ公子、おいらが言ったのは一杯じゃなくて一かめですよ！」

「それなら——三かめもらおうかな」

魏無羨《ウェイウーシエン》が言うと、雇人は期待していた以上の売り上げに大喜びして、急いで店に戻った。

「商売人にはな、まず商売をさせてから他の話を振るんだ。そしたら自然と口も軽くなるから」

魏無羨《ウェイウーシエン》は藍忘機《ランワンジー》にこっそり説明する。

それを聞いて、藍忘機《ランワンジー》は勘定をするために無言で財嚢を取り出した。

支払いを済ませてから二人が店に入ると、客たちが座って閑談《かんだん》できるようにだろう、木の卓と椅子が置かれていた。中にいたもう一人の雇人は、藍忘機《ランワンジー》の立派な身なりと漂うただならぬ風格に驚き、粗相があってはならないと思ったのか、卓と椅子を殊更綺麗に拭いてから席に案内してくれた。

魏無羨《ウェイウーシエン》は足元に二つのかめを置き、手に一かめを持ったまま椅子に腰を下ろす。三かめも売れてご機嫌な先ほどの雇人と親しげに二言三言話したあとでさっそく本題に入り、そもそもの目的である、この町で何か奇妙な事件が起きていないかを聞いた。彼も話し好きのようで、「例えばどんな事件ですか？」ともみ手をしながら笑顔で乗ってくる。

「そうだなぁ、幽霊屋敷とか、廃れた墓地、バラバラ殺人とかかかな」

それを聞いて、彼は目をくるりと回した。

「あの……お二人は何をなさっている方なのですか？」

「わかってるくせに」

魏無羨《ウェイウーシエン》がにやりとして言った。

その言葉を聞き、彼は確信した顔で頷いた。

「もちろんわかっていますとも！　察するに、お二人はきっと雲や霧に乗って空を飛び回ったりするどこかの世家のお方でしょう。特に隣の方なんて、町《まち》中《なか》じゃ見たことありませんよ、こんな……こんな……」

「こんな別嬪《べっぴん》ってことか？」

魏無羨《ウェイウーシエン》が笑ってつけ加えると、雇人も「ハハハッ」と明るく笑った。

「そんなふうに言ったら、隣の方が気を悪くしちゃいますよ！　奇妙な事件の話ならありますけど、もう十年も前のことです。あっちの方向から町を出て、さらに二、三里歩くと、とても綺麗なお屋敷があるんです。まだ表札が残っているかどうかわかりませんが、そこは常《チャン》家の邸宅でして」

「その屋敷がどうした？」

「なんと、一門皆殺し事件が起きたんですよ！」

魏無羨《ウェイウーシエン》に先を促され、雇人が勢い込んで言った。

「奇妙な事件をお望みなら、とっておきのやつをお話ししましょう。常《チャン》家は一門全員が亡くなったんですが、噂によると病や怪我のせいじゃなくて、恐怖のあまり命を落としたんですって！」

その話を聞いて、藍忘機《ランワンジー》は何かを思い出したようで、少し考え込む様子を見せた。魏無羨《ウェイウーシエン》はそれを気に留めず、「この辺りを管轄する仙門世家はいないのか？」と疑問を投げかけた。

一門全員を恐怖によって死に至らしめるなんて、これは相当に残忍で恐ろしい悪鬼や凶霊の類の仕業に違いない。清河聶《ニエ》氏のように、やむを得ない事情があるならともかく、普通の仙門世家ならば、自らの管轄でそのような怪異の存在を容認するはずがない。

「いますよ。もちろんいますとも」

雇人が神妙な顔で頷く。

「だったら、その仙門世家は事件にどう対応したんだ？」

魏無羨《ウェイウーシエン》の質問に「対応？」と言うと、彼は手に持っていた布巾《ふきん》を肩にかけて椅子に腰を下ろし、ここまで我慢していた話の落ちをつけた。

「お二人は、以前櫟陽《れきよう》を管轄していた仙門世家の姓をご存じですか？　それが常《チャン》なんですよ。死んだのは、まさにその一門だったんです！　全員死んだのに、いったい誰が対応するっていうんですか？」

まさか滅ぼされた常《チャン》家こそが、ここを管轄していた仙門世家だったなんて——!!

魏無羨《ウェイウーシエン》は、今まで櫟陽常《れきようチャン》氏という名を聞いたことがなかった。どうやらそれほど有名な仙門世家ではなかったようだが、一門が滅ぼされたとなると、確実にただならぬ事情のある大事件だったはずだ。

「それで、常《チャン》家はどうやって皆殺しにされたんだ？」

「おいらも噂で聞いただけです。ある日の夜、常《チャン》家から突然門を叩く音が響いてきまして」

「門を叩く音？」

魏無羨《ウェイウーシエン》が怪訝な顔で繰り返すと、雇人は芝居がかった様子で頷いた。

「そう！　その音は天まで響くほど激しいものだったそうです。しかも中から叫んだり、泣き喚いたりする声まで聞こえてきて、まるで全員が閉じ込められたまま出られなくなったみたいなんですよ。絶対おかしいですよね？　門の閂は中からしかかけられないし、出てきたければただ開ければいいだけの話なのに、なんで門を叩いたりしたんですかね？　だって、外にいる人はどうにもできないじゃないですか。それに門から出られないんだったら、塀を登ればいいでしょう？」

雇人は心底不思議そうに言った。

「それで外の人たちは不安がっていたんです。常家《チャン》は地元では有名な仙門世家でしたから。宗主は確か常萍《チャンピン》といって、空を飛べる剣を持っていたとかで、よくその剣の上に立って飛んでいたんですって！

そう考えると、もし本当に中で何かが起きていたとしても、彼ら自身ですら収められないのに、なんの力もない者たちが出しゃばったところで犬死にに決まってるじゃないですか？　だから誰も梯子《はしご》をかけたり、塀を登ったりして中を覗くなんてできずにいたんです。そのまま一晩が過ぎて、泣き叫ぶ声もだんだん小さくなっていきました。そうして夜が明ける頃に、常《チャン》家の屋敷の門がひとりでに開いたんです」

魏無羨《ウェイウーシエン》は真面目な顔で話の続きを待った。

「門の中では、屋敷中の老若男女、十数人の血族たちと五十数人の家僕たち全員が、座り込んだり倒れ伏して胆汁《たんじゅう》を吐いたりしていたそうです。つまり、彼らは恐怖に追い詰められたせいで死んだんですよ」

その時、唐突に酒屋の店主が振り向き、雇人を怒鳴りつけた。

「おい、仕事もしないで何死ぬだのなんだの大昔の話をしてんだ？　お前が死にたいのか！」

「あと五かめ追加で」

すかさず魏無羨《ウェイウーシエン》が店主に言い、藍忘機《ランワンジー》が十かめ分の金を出す。それを見た店主は大喜びで顔をほころばせると「しっかりそちらのお客様のお相手をするんだぞ！　うろうろしたりするなよ！」と先ほどとは真逆のことを雇人に言いつけた。

「さ、続きを聞かせて」

店主がいなくなると、魏無羨《ウェイウーシエン》は彼を急かす。

店主の許しを得た雇人は、全身全霊で大げさに抑揚をつけながら説明する。

「その事件のあと、しばらくの間、夜中に常《チャン》家の屋敷の近くを通ると、中から門を叩く音が聞こえてくるようになったそうなんです！」

　雇人は勢いづいて続ける。

「考えてみてくださいよ。彼らみたいに空を飛んだり妖怪を退治するような人たちなら、化け物なんて見慣れているはずです。それなのに全員がそんな死に方をするなんて、どれだけ怖いことが起きたのか想像もつきませんよ。しかも、夜道で幽霊に会うくらいなら別にあり得ないことじゃないでしょうけど、埋葬したあと、今度はなんと棺を叩く音がし始めたっていうんですよ！　怖すぎるでしょう!?　確か事件の日、常家《チャン》の宗主常萍《チャンピン》は出かけていたせいで災難を免《まぬか》れて……」

「ちょっと待ってくれ。さっきは一門が滅ぼされたって言ったよな？」

　魏無羨《ウェイウーシエン》は怪訝に思って口を挟んだ。

「まあまあ、そう急かさないでくださいよ、これからちゃんとご説明しますから。もちろん、全員死んだんですよ？　災難を免れたっていうのも一時的な話です。何年もしないうちに、常萍《チャンピン》も結局命を落とす羽目になったんですから。しかも、今度はもっと恐ろしい死に方で……誰かに剣で凌遅《りょうち》されて殺されたんです！　ご存じだとは思いますけど、生きた人間の体から肉を少しずつ、全部で三千六百回も削《そ》いで、最後には骨しか残らないってやつです……」

　当然、凌遅とはなんなのかを魏無羨《ウェイウーシエン》が知らないわけがない。もし「残酷な死に方千種」という本を書くとするなら、彼以上の適任者はいないだろう。

　魏無羨《ウェイウーシエン》は手を上げて聞いた。

「わかった。それで、常家《チャン》が滅ぼされた理由はなんだったんだ？」

「聞いた話によりますと、同じ仙門の人間の仕業らしいですが……でも絶対そうですよ！　じゃなきゃ何十人もの人間が、しかも仙門世家の人たちが逃げられないわけがないでしょう？　何かに、あるいは誰かに門の中に閉じ込められたに決まってます」

　ちょうどその時、酒屋の店主が魏無羨《ウェイウーシエン》と藍忘機《ランワンジー》の機嫌を取ろうと、つまみとして落花生《らっかせい》とひまわりの種をそれぞれ一皿ずつ運んできた。魏無羨《ウェイウーシエン》は会釈してからひまわりの種をぽいと口に放りつつ、また聞く。

「その何かと誰かについて、結局調べはついたのか？」

雇人は「ハハッ」と笑った。

「公子、今のはご冗談ですよね？　空を飛んだりする力のある方々のことなんて、おいらのようなその日暮らしの凡人にゃわかるわけないですよ。お二人の方が、おいらなんかよりよっぽど彼らのことについて詳しいんじゃないですか。でも、おいらが小耳に挟んだ話によると、どうも怒らせちゃいけない人を怒らせちまったらしいですよ！　それであれ以来、櫟陽《れきよう》周辺の化け物は、もう誰も退治してくれなくなったってことみたいです」

「怒らせちゃいけない人？」

魏無羨《ウェイウーシエン》が思わず首を傾げる。

雇人は落花生を二粒食べながら「そうそう」と頷き、さらに意気揚々と続けた。

「なんか、世家とか門派とかの確執って、なかなか複雑に絡み合っているものなんですね。おいらが思うに、常家《チャン》はきっと他の仙門に目をつけられたに違いないです。人を殺してお宝を奪うっていうよくある話ですよ。物語でも講談師の話でも、そんな筋書きばっかりじゃないですか。怒らせた相手が誰なのかはおいらもわかりませんが、なんていったか、有名な大魔王と関係あるらしいですよ」

「さては、今度はその大魔王も誰なのか知らないって言うつもりだな？」

魏無羨《ウェイウーシエン》は笑いながら杯を口元まで持っていき、横目でちらりと雇人を見ると、彼も笑って首を横に振った。

「いえいえ、それは知ってますとも。確か、ナントカ老怪《ろうかい》……ああ、老祖、夷陵老祖だ！」

それを聞いた瞬間、魏無羨《ウェイウーシエン》は思わずむせて、ブクブクッと杯の中に泡を噴き出してしまった。

「なんだって？」

（またここでも夷陵老祖の登場か!?）

「そう、間違いありません！　確か姓は魏《ウェイ》で、魏無《ウェイウー》銭《チェン》っていうらしいです。なんかこの人の話になると、急に皆の口調が恨みがましくなったり、怯えた感じになったりしてましたよ！」

雇人はやけに自信満々にはっきりと言った。

「……」

魏無羨《ウェイウーシエン》はよくよく思い返した末に、二つのことについて確信を持った。一つめは、彼は生前、この櫟《れき》陽《よう》に来たことがないということ。そして二つめは、彼が命を奪った人たちの中に、凌遅で殺された者は絶対にいなかったということだ。

魏無羨《ウェイウーシエン》は自分が常《チャン》家の事件に関与しているだなんてあまりに馬鹿馬鹿しい話だと思い、どういうことか説明してもらおうと隣に座っている藍忘機《ランワンジー》に目を向けた。だが、藍忘機《ランワンジー》は魏無羨《ウェイウーシエン》の視線が自分に向くのをずっと待っていたかのように、「行くぞ」と一言だけ告げた。

魏無羨《ウェイウーシエン》はそれを聞いて、すぐさま彼の意図を察した。どうやら藍忘機《ランワンジー》は先ほど雇人が語った事件について話したいことがあるらしい。しかもそれは、他人に聞かれたくない内容のようだ。

「じゃあ行くか。勘定……はもう済んでるよな。お兄さん、買った酒はとりあえずここに置いておいてくれ。またあとで仕事を終わらせて飲みに来るから」

魏無羨《ウェイウーシエン》はそう言いながら立ち上がった。

「なかったことにしないでくれよな？」

冗談半分でそう付け加えると、雇人は残ったつまみの落花生をぱくぱくと半分以上平らげながら笑顔で答えた。

「そんなことしませんよ！　うちの店は絶対お客様を騙したりしません。だからお酒は安心してここに置いていってください。お二人が戻るまで店を閉めませんから。もしかして、これからあの常《チャン》家に行くんですか？　へぇ、すごいですね！　おいらなんて地元民なのに一度も行ったことがないです。やっぱり怖いから、離れた所からこっそり覗いたりするくらいしかできなくて……公子たちは、あの屋敷の中に入るんですか？　いったいあそこで何をするつもりなんです？」

「俺たちも一緒だよ。ただ離れた所からこっそり覗くだけ」

　雇人はとても朗らかな性格な上、すぐに馴れ馴れしくなった。しばらく閑談すると、もう気心の知れた友達のような距離感で、無意識のうちに魏無羨《ウェイウーシェン》の肩に手をかけた。

「公子たちのお仕事って大変ですか？　ちなみに、どれくらい稼げるものなんですか？　身なりが素晴らしいから、きっと儲かるんでしょうね！　あの、聞いてもいいですか。仙門に入るのってやっぱり難しいんですかね？　おいら……」

　彼は熱心に話をしていたが、途中でなぜか急に黙り込む。それから、おどおどしながらちらっと横を盗み見て囁いた。

「公子、隣の方は……なんでおいらを睨んでるんでしょう？」

　そう言われて、魏無羨《ウェイウーシェン》は彼の視線の先にあるものを追う。すると、ちょうど藍忘機《ランワンジー》がすっと立ち上がり、こちらに背を向けて店の外へと出ていくところが目に入った。

「ああ、あいつはね、実は子供の頃から家の躾が厳しくて、自分の前で人が肩を組んだりするのが一番嫌いみたいなんだ。ちょっと変わってるだろう？」

「確かに変わってますね。あの鋭い目つきを見たら、何も知らない人は、おいらがあの方の奥様の肩にでも腕を回したのかと思っちゃいますよ……」

　雇人は少し興をそがれた様子で手を戻して小さく呟いた。

　藍忘機《ランワンジー》の耳の良さであれば、少々声を潜めたところで聞こえたはずだ。今頃彼は何を思っているのだろう。魏無羨《ウェイウーシェン》は笑いを堪えるあまり腹が痛くなってきて、気持ちを切り替えようと「そうだ、俺、一かめ飲み干したよな」と雇人に話しかけた。

「え？」

「飲み干しても立っているだろ？」と魏無羨《ウェイウーシェン》は自慢げに自らを指さす。

　それでやっと、雇人は先ほど自分が言った「飲み干してもまだ立っていられたら、おいらは公子の姓を名乗ります」の言葉を思い出したらしく、慌てて答えた。

「あ……ああ、はいはい！　そのことですね……いやあ、感服いたしましたよ！　冗談じゃなく、一かめを飲み干してもまだしっかり立ってて、口も回る人なんて本当に初めて見ました。公子の姓はなんていうんですか？」

「俺の姓は……」と言いかけた時、魏無羨《ウェイウーシエン》は先ほど雇人が言った「魏無銭《ウェイウーチエン》」という名を思い出す。そして口角をぴくりとさせると、「藍《ラン》だ」と平静を装って告げた。

雇人もどうやら魏無羨《ウェイウーシエン》と同じように面《つら》の皮が厚い質《たち》らしく、「わかりました。今日から、おいらは藍《ラン》姓を名乗ります！」と顔色一つ変えずに大声で宣言した。

その声が聞こえたらしく、酒屋の真っ赤な流れ旗の下にいる藍忘機《ランワンジー》の後ろ姿が、一瞬ふらついたように見えた。いたずらが成功した魏無羨《ウェイウーシエン》は満面に笑みを浮かべ、両手を後ろで組みながら追いつくと、ぽんと彼の肩を叩いた。

「含光君、勘定してくれてありがとうな。お礼にさっきの彼にお前の姓を名乗らせたよ」

それから町を出て、二人は先ほど酒屋の雇人が指さした方向に向かった。道行く人は次第に少なくなり、辺りは緑が濃くなってくる。

人気《ひとけ》がなくなったことを確認してから、魏無羨《ウェイウーシエン》は藍忘機《ランワンジー》に尋ねてみた。

「ところで、さっきはなんでお兄さんの話の続きを聞かなかったんだ？」

「櫟陽常氏《れきようチャン》のことなら、前に耳にしたのを思い出した。だからもう聞く必要はない」

藍忘機《ランワンジー》の答えに小さく頷いたあとで、魏無羨《ウェイウーシエン》は改めて気にかかっていたことを持ち出した。

「続きを教えてもらう前に、お前に一つ聞きたいことがあるんだ。客観的に見て、さっきの、その……常《チャン》家の事件は、俺がやったんじゃないよな……？」

本当に十年前に起きた事件なら、その頃彼はとっくに死んでいたし、魂魄だって大人しくしていたはずだ。蘇って殺しに行き、一門を滅ぼしたのに何も覚えていないなんて、さすがにあり得ない！

「違う」

その言葉に魏無羨《ウェイウーシエン》は「そうか」と答え、ほっと胸を撫で下ろした。

まるで誰からも忌み嫌われ、どぶに潜むネズミ以下に蔑《さげす》まれていた生前のあの日々に戻ったようだ。悪いことは何もかも彼の仕業にされ、汚名を好き放題に着せられていたあの頃。例えば誰かの孫がご飯を食べずに痩せたことですら、夷陵老祖が鬼将軍をそそのかして人殺しをさせた話を聞かせたせいで、怖がって痩せたのだと責められていたくらいだ。

ふと、藍忘機《ランワンジー》が気になることをつけ加えた。

「君が殺したのではないが、君と関係がないわけではない」

「関係って？」

「二つある。まず、この事件に関わるある人物は、君の母君と深い繋がりを持っている」

魏無羨《ウェイウーシエン》はとっさに足を止めた。

自分の気持ちが掴めず、どんな表情をしていいのかもわからないまま、少しためらってから口を開く。

「……俺の母親？」

魏無羨《ウェイウーシエン》は雲夢江《ジャン》氏の家僕だった魏長沢《ウェイチャンゾー》と、雲遊《うんゆう》道人《どうじん》〔各地を遊歴する道士〕であった蔵色散人《ぞうしきさんじん》の間に生まれた。江楓眠《ジャンフォンミエン》とその妻である虞紫鳶《ユーズーユエン》は、夫婦ともに彼の両親と旧知の間柄だったが、江楓眠《ジャンフォンミエン》は二人についてあまり語ろうとはしなかった。虞紫鳶《ユーズーユエン》に至っては、彼を鞭で打ったり、罰として祠堂で跪かせて江澄《ジャンチョン》から引き離したりとつらく当たっていて、魏無羨《ウェイウーシエン》とまともに話すことすらなかった。そのせいもあって、両親のことは人づてに聞いた話では知っているが、実は彼自身が覚えていることはほとんどないのだ。

藍忘機《ランワンジー》も足を止め、振り返って彼を見つめる。

「暁星塵《シャオシンチェン》という名前に聞き覚えはあるか」

魏無羨《ウェイウーシエン》は真剣に記憶を辿ってみたが、覚えのない名前だ。

「いいや」

「知らなくて当然だ。彼は修行をしていた山から下りてすぐに名を揚げたが、それがちょうど十二年前のことだ。そして、今では誰もその名前を口にしなくなった」

　十二年前といえば、魏無羨《ウェイウーシエン》が命を落とした乱葬崗殲滅戦が終わって一年後のことだから、ちょうどすれ違いだ。

「山ってどこの？　その人の師匠は誰だ？」

「山の所在は不明だが、道教の出身だ。暁星塵《シャオシンチェン》は、抱山散人《ほうざんさんじん》の弟子だった」

　魏無羨《ウェイウーシエン》はやっと、その人物と自分の母親との深い繋がりについて理解した。

「つまり、その暁星塵《シャオシンチェン》は俺の師叔《ししゅく》（師の弟弟子の敬称）ってことだな」

　なぜなら、魏無羨《ウェイウーシエン》の母である蔵色散人《ぞうしきさんじん》も、同じく抱山散人《ほうざんさんじん》の弟子だったからだ。

　この抱山散人《ほうざんさんじん》は世俗から離れて深山に隠退《いんたい》していた。噂によると、温卯《ウェンマオ》、藍安《ランアン》など有名な仙門世家の開祖たちと同時期に世に出た修士らしい。当時の名士たちは皆、既に魂も体もなくなっているが、唯一この抱山散人《ほうざんさんじん》だけは今でも神去《かみさ》っていないという噂がある。もし本当にその通りなら、現在は既に何百歳という年齢のはずで、彼女がいかに高い境地まで修練を極めたかがわかろうというものだ。

　当時は温卯《ウェンマオ》を筆頭に、門派よりも血族を重要視し、血縁関係を要《かなめ》として仙術を修練する勢力が雨後《うご》の筍《たけのこ》のように頭角を現し始めていた。名のある修士たちは皆、初代宗主として自分の世家を作り上げた。なのにこの抱山散人《ほうざんさんじん》は、逆に深山に身を隠して、抱《ほう》山《ざん》と名乗った。だが、いったいどこの山を抱えているのかは誰も知らず、彼女の居所を捜し当てた者はいない。もしそこが容易く見つけられる場所なら、そもそも「隠退」とは言えないわけだが。

　しかし、抱山散人《ほうざんさんじん》は時折密かに、親に捨てられて路頭に迷う子供たちを山に連れ帰っては弟子にすることがある。だがその時、すべての弟子は誓いを立てねばならなかった。一生修練に専念し下山しないこと、俗世に足を踏み入れないこと。さもなければ、どんな理由であっても二度と山へは戻れず、自分の力で無常な人の世を生き、一門とは二度と関わることを許されない。

世の人々は皆、抱山散人《ほうざんさんじん》のことを悟りを開いた名士だと褒め称え、彼女が定めた掟《おきて》にも、実に先見の明があると口々に話していた。なぜなら、ここ数百年の間に山を下りた彼女の弟子はたった三人だけだったが、延霊道人《えんれいどうじん》、蔵色散人《ぞうしきさんじん》、そして暁星塵《シャオシンチェン》の三人は、皆一様に非業の最期を遂げたからだ。

最初の二人の弟子の最期なら、魏無羨《ウェイウーシエン》は幼い頃から聞かされてよく知っている。そのため、藍忘機《ランワンジー》が簡潔に彼に教えてくれたのは、三人目――彼の師叔のことだった。

暁星塵《シャオシンチェン》が山を下りたのはわずか十七歳の時で、藍《ラン》忘機《ワンジー》自身に面識はなかったが、人伝てに彼の風采を耳に挟んだことはあった。

当時は射日の征戦から数年しか経っておらず、さらに乱葬崗殲滅戦の嵐が過ぎ去って間もない頃だ。各大世家が発奮し、あちこちで有能な人材を取り込もうとしていた時期だった。そんな中で、世を救いたい思いで山を下りた暁星塵《シャオシンチェン》は、非常に才能豊かな上、師匠があの抱山散人《ほうざんさんじん》ということで注目されていた。そして彼は初めての夜狩で、払子《ほっす》〔道教の法具で、塵を払うことで心を清めることができ、武器としても使える〕一つと長剣一本を手に、一人きりで山に乗り込んだ上に一番手で獲物を仕留め――初陣《ういじん》でその名を広めた。

各世家はこの清らかな風貌をした修為の高い若き道士に心から敬服し、皆がぜひ我が世家へと勧誘する書状を送った。しかし暁星塵《シャオシンチェン》はそのすべてを丁重に断り、どの世家にも従属しないと明言した。そして、二人といない知己とともに、血筋を重視しない新しい門派を作る決意を固めたのだった。

彼は葦《あし》のように柔らかな性格でありながら、その意志は盤石のように固かった。優しい見かけに反して強い精神を持ち、しかも世俗には染まらない。当時、何か厄介事が起きたり、解決できない事件があれば、誰もが一番に頭に思い浮かべるのは彼に助けを求めることだった。そして暁星塵《シャオシンチェン》はそれを一切拒まずに引き受けてくれたため、世間の評判は鰻《うなぎ》登りだった。

櫟陽《れきよう》常《チャン》氏が滅ぼされた事件は、ちょうどその頃に起きた。

宗主である常萍《チャンピン》は、当時数名の家族を連れて夜狩に出かけていた。半月ほど経った頃、道中で一族の凶報を受け、慌てて家に戻った。惨状を目の当たりにして悲嘆に暮れたあと、事件を調べたものの、どうやら誰かが故意に屋敷の防御陣を破り、残虐な悪霊を大量に中に引き入れたということ以外は何もわからなかった。

もともと小さな世家に起きた悲劇など、気に留める者は少ないのが普通だ。ただ当時の状況は特殊で、射日の征戦、乱葬崗殲滅戦の幕が下りたばかりの表面上だけでも情勢がようやく安定し始めていたところだった。そこに起きた突然の惨事に、玄門百家はたちまち大騒ぎになった。人々を怖がらせようと「夷陵老祖魏無羨《ウェイウーシエン》が現世に蘇って復讐した」とわざと吹聴して回る不届き者も多かったが、ついに確たる証拠は見つけられず、犯人は捕まらなかった。

当然のことながら、暁星塵《シャオシンチェン》もただ傍観していたわけではなく、すぐに自ら事件の調査を引き受け、一族を殺された常萍《チャンピン》のために真実を追求しようと動いていた。そしてその一か月後、とうとう彼は犯人を突き止めた。

犯人の名前は、薛洋《シュエヤン》。

この薛洋《シュエヤン》という男は暁星塵《シャオシンチェン》よりも若く、正真正銘の少年だった。しかし、その非道さは歳の若さとはまったく比例せず際立っていた。彼は十五歳の頃から夔州《きしゅう》辺りでは名の知れ渡ったごろつきで、あどけない笑顔の裏に残忍な心を隠し、夔州では彼の名が出るだけで皆が顔色を変えたという。彼には親がなく、幼い頃から路頭をさ迷って暮らしていた。その頃に常萍《チャンピン》の父親と何やらいざこざがあったことを、長い間根に持っていたらしい。彼への復讐心に加えて何か他にも理由があったらしく、結果として薛洋《シュエヤン》はあの凶行に至ったようだ。

暁星塵《シャオシンチェン》は真実を調べ上げてから三つの地域を横断して、大勢の人たちと殴り合いの喧嘩をしていた薛《シュエ》洋《ヤン》を捕らえた。ちょうどその時は、蘭陵金《ジン》氏が自らの仙府である金鱗台で大規模な清談会を開き、各大世家の人々がそこで修練と仙術について議論していたところだった。暁星塵《シャオシンチェン》はそこへ薛洋《シュエヤン》を連行してすべての証拠を提出し、彼を厳重に処罰するようにと要求したのだ。

ほとんどの世家に異存はなかったが、ある世家だけが処罰に強く反対した――それは蘭陵金《ジン》氏だった。

「世間の非難をものともせずに、その状況下で天下の敵の肩を持ったのか。まさかその薛洋《シュエヤン》って奴、金《ジン》光善《グアンシャン》のお気に入りだったとか？」

魏無羨《ウェイウーシエン》が訝しく思って首を傾げると、藍忘機《ランワンジー》が答えた。

「客卿だ」

「客卿？　蘭陵金《ジン》氏は、その頃もう四大世家の一つだったよな。なのに、なんでまた一介のごろつきを客卿に？」

「それが二つ目の君との関係だ」

そう言うと、藍忘機《ランワンジー》は魏無羨《ウェイウーシエン》の両目をじっと見つめ、「陰虎符」と静かに続けた。

その言葉を聞いて、魏無羨《ウェイウーシエン》の心は激しく揺らいだ。陰虎符の三文字は、彼にとっては決して耳慣れない言葉ではない。彼以上にそれに関して詳しい者などいないだろう。

それは、彼が生前に生み出したすべての法器の中でも、最も恐ろしく、同時にすべての人間が最も手に入れたいと願う代物だった。

虎符とは号令を下すためのもので、その名の通り、陰虎符を手に入れた者は、それを持っているだけで悪鬼凶霊に命令し、従わせることができる。

当時の魏無羨《ウェイウーシエン》は、特に深く考えて陰虎符を作ったわけではなかった。彼一人の力で死体と悪霊たちを操るのは疲れるからという、そんな程度の理由だ。その昔、偶然ある妖獣の腹の中で珍しい鉄塊を見つけたので、それを取り出して鋳《い》り、陰虎符を作り上げたのだ。

しかしたった一度使っただけで、魏無羨《ウェイウーシエン》は事の重大さに気づいた。

陰虎符の威力は、彼が当初考えていたよりも遥かに強大で恐ろしいものだったのだ。彼はもともとこれを自分の力を補助するために使おうとしていたが、陰虎符の威力は作り手である彼の力をも超える勢いだった。しかも、主を選ばない。すなわち、どこの誰であろうと一度これを手に入れたら、その目的が善意のためでも悪意のためでも、相手が敵でも友でも構わず、持ってさえいれば誰にでも使えてしまう。「過ち」を作り上げてしまったことに気づいた魏無《ウェイウー》羨《シエン》は、もちろんこれを破壊しようと考えた。だが、陰虎符は作るのにもかなり苦心したものだが、壊すことも相当に大変で、かなりの気力と体力と時間を要する。しかも当時、彼はだんだんと自分の立場が危うくなってきたことに気づいていた。遅かれ早かれ百家を敵に回すことになれば、陰虎符は大きな抑止力になる。これを持っている限り誰も彼に手出しはできないと考え、とりあえず壊さずに持っておくことにした。その代わり、陰虎符は半分に断ち割り、両方揃わないと使えないようにした上で、自分も決してむやみには使わないと決めた。

結局、彼はそれをたった二回しか使わなかったけれど、その二度とも、辺りは血の海と化した。一度目は射日の征戦で使い、そして二度目に使ったあと、彼はやっと陰虎符を完全に破壊することを決心した。しかし、半分は破壊できたものの、すべて壊す前に乱葬崗殲滅戦が始まってしまい、残った半分については、もう、彼自身にもどうすることもできなかった。

だが、自らが作り上げたそれに関して、魏無羨《ウェイウーシエン》は自信をもって断言できる。たとえどこかの世家が残りの半分を手に入れて、毎日神棚に置いて拝んだとしても、半欠けの陰虎符など、ただの鉄くずにすぎない。

しかし、藍忘機《ランワンジー》は彼に驚くべきことを告げた。

——薛洋《シュエヤン》は、陰虎符の欠けた半分を作り出すことができたというのだ！

　薛洋《シュエヤン》はまだ若いがとても聡明で、かつ極めて邪気に満ちた異端児だ。蘭陵金氏《ジン》は、彼が残存する半欠けの陰虎符を元に、完全ではないものの、足りない半分を復元できる力を持っていると睨んだ。そして実際に彼が作り出したものは、確かに長時間の使用には耐えられず、威力も本物には劣ったが、それでも十分に恐ろしい結果をもたらした。

「生かしておいて、自分らのために陰虎符を復元させようと考えたってことか。そりゃ、そいつを庇うはずだ」

　そこまで聞いて、ようやく魏無羨《ウェイウーシエン》にも状況が呑み込めてきた。

　もしかしたら、薛洋《シュエヤン》が常氏《チャン》を滅ぼしたのは、単に幼かった自分をいじめたことへの復讐だけでなく、常氏《チャン》一門の数十人の命を無残にも実験に使い、復元した陰虎符の威力を確かめるためだったのかもしれない！

　どうりで常氏《チャン》の事件が魏無羨《ウェイウーシエン》と繋げられて、彼が真犯人だという噂が流れたわけだ。「魏無羨《ウェイウーシエン》め！奴があんなものを作ったせいで、世の中めちゃくちゃだ！」等々、修士たちが歯ぎしりして憤慨している様子が瞼の裏に浮かぶようだった。

　藍忘機《ランワンジー》の話はまた金鱗台に戻った。

　蘭陵金氏《ジン》はとにかく薛洋《シュエヤン》を庇い立てたが、暁星《シャオシン》塵《チェン》も頑として引くことはなく、双方とも睨み合ったまま譲らなかった。ついには清談会に参加していなかった赤鋒尊《せきほうそん》聶明玦《ニエミンジュエ》の耳にまで届き、状況を知った彼は驚いて遥々金鱗台まで駆けつけ、膠着《こうちゃく》していた話し合いの場に乗り込んだ。

　聶明玦《ニエミンジュエ》は金光善《ジングアンシャン》より年下だが、非常に厳格で過ちを看過せず、一切の容赦もない。金光善《ジングアンシャン》は彼に厳しく非難されて顔に泥を塗られ、きまりが悪くなり閉口した。気性の激しい聶明玦《ニエミンジュエ》がその場で刀を抜いて薛洋《シュエヤン》を斬ろうとしたところ、彼の義弟である斂《れん》芳尊《ほうそん》金光瑶《ジングアンヤオ》が前に出てなんとかその場を収めようとした。だが、彼もまたひどく叱責され、失せろと大声で怒鳴られてしまうと、恐ろしさのあまり黙って藍曦臣《ランシーチェン》の後ろに隠れた。結局、蘭陵金《ジン》氏は譲歩する他なかったのである。

薛洋《シュエヤン》は、暁星塵《シャオシンチェン》によって金鱗台まで連行されてもずっと、後ろ盾があるせいか何も怖くない様子で、聶明玦《ニエミンジュエ》の刀が首に突きつけられてもへらへらしたままだった。

彼は取り押さえられて連れていかれる前に、やけに親しげな様子で暁星塵《シャオシンチェン》に話しかけた。

「道長《どうちょう》〔道士への敬称〕、俺のこと忘れないでね。今に見てろよ」

ここまでの経緯を聞いて、魏無羨《ウェイウーシエン》はある明確な予感を抱いた。その「今に見てろよ」の一言は、おそらくのちの暁星塵《シャオシンチェン》にとてつもなく重い代償を払わせる、という意味に違いない――と。

蘭陵金《ジン》氏は、さすが最も厚かましいと言われる世家だけあった。百家の前で薛洋《シュエヤン》を始末すると約束したにもかかわらず、聶明玦《ニエミンジュエ》が帰るなり薛洋《シュエヤン》を地下牢に閉じ込めて、処罰を勝手に終身刑に変えたのだ。

聶明玦《ニエミンジュエ》がそのことを知ってひどく憤り、再び圧力をかけようとしても、蘭陵金《ジン》氏はのらりくらりとかわすばかりで決して薛洋《シュエヤン》を引き渡しはしなかった。その他の世家は皆高みの見物だったが、思いがけずそれほども経たないうちに、聶明玦《ニエミンジュエ》は乱心して命を落とすことになった。

彼は清河聶《ニエ》氏のどの宗主よりも早咲きで、そしてどの宗主よりも早逝《そうせい》だった。

最も厄介な相手が消えて、蘭陵金《ジン》氏はますますやりたい放題になり、さらなる悪巧《わるだく》みを思いついた。

金光善《ジングアンシャン》はあらゆる手を尽くして薛洋《シュエヤン》を牢から出し、陰虎符の復元を続けさせて、その秘密を究明したいと考えていた。

だが、さすがに堂々とそんなことをしては蘭陵金《ジン》氏の体面に傷がつく。殺人犯を牢から出すには、どうしても正当な理由が必要だったのだ。

そこで、金《ジン》氏は常萍《チャンピン》に目をつけた。

脅迫したり金で釣ったり、様々な方法で圧力をかけた結果、蘭陵金《ジン》氏は常萍《チャンピン》にすべての証言を覆させ、さらに「常《チャン》家の事件は、薛洋《シュエヤン》と一切関係がない」と、公言までさせることに成功したのだ。

　暁星塵《シャオシンチェン》はその話を聞いて、常家《チャン》を訪れて理由を尋ねたが、常萍《チャンピン》は力ない様子で答えた。

「そうする以外、他にどうしろって言うんです？　どんな無理を押しつけられたとしても、なんとか耐え忍ばなければ、生き残った家族たちまで追い込まれることになります。道長、今まで本当にありがとうございました。でも……どうかもう私たちを助けようとしないでください。もしこれ以上関われば、逆に我々は危険にさらされることになります。私は櫟陽《れきよう》常《チャン》氏を自分の代で終わらせたくないのです」

　これが、悪人が再び世に放たれたという一幕の結びだった。

　一部始終を聞いて、魏無羨《ウェイウーシエン》は黙り込んだ。

　もし彼が常萍《チャンピン》だったら、蘭陵金《ジン》氏がいかに一人天下の大世家だとしても、どれだけ輝かしい将来と権力と富が約束されたとしても、決して自分の意志を曲げたりはしなかっただろう。それどころか、夜中に牢に入り込み、薛洋《シュエヤン》の体を生きたまま切り裂いて粉々の肉片にし、そしてまた現世に呼び戻して、この世に生まれてきたことを後悔するまで何度だって繰り返し殺すだろうと思った。

　だが、皆が彼と同じように、相討ちも厭《いと》わず大胆に行動を起こそうと考えられるわけではない。常家《チャン》にはまだ数人の生き残りがいて、常萍《チャンピン》自身もまだ若かった。妻子もなく、やっとのことで仙門世家に名を連ねたところだ。残った家族の命と、自身の将来、さらに今まで積み重ねてきた修為を無駄にするのかと脅され、彼も悩んだに違いない。

　結局のところ、どんなに考えたとしても魏無羨《ウェイウーシエン》は常萍《チャンピン》本人ではない。彼の感じた義憤や恐怖を肩代わりすることは不可能なのだから、その心身の苦痛を真に推し測ることなどできようもない。

　そして薛洋《シュエヤン》は解放されたあと、宣言通りに再び報復を始めた。しかし今回は、暁星塵《シャオシンチェン》本人を標的にはしなかった。

　一人で山を下りた暁星塵《シャオシンチェン》には身内や親しい者はいなかったが、唯一その後に知り合った友が一人いて、名を宋嵐《ソンラン》、字《あざな》は宋子琛《ソンズーチェン》といった。この宋嵐《ソンラン》もまた孤高の人で、道教出身の名士であり、世間の評判も優れていた。二人とも先々は血縁ではなく志《こころざし》を重んじる門派を作りたいという同じ思いを抱いていて、意気投合した同志でもあった。当時の人々は彼らのことを称えてこう呼んだ。

明月清風《めいげつせいふう》――澄んだ月と清らかな風のような高潔さを持つ――の暁星塵《シャオシンチェン》、傲雪凌霜《ごうせつりょうそう》――厳しい冬の寒さにも屈しない強靭《きょうじん》な精神を持つ――の宋子琛《ソンズーチェン》。

薛洋《シュエヤン》は暁星塵《シャオシンチェン》ではなく宋嵐《ソンラン》に目をつけた。常《チャン》家の時と同じ手口で、宋嵐《ソンラン》が幼い頃から修行していた寺院である白雪観《はくせつかん》を跡形もなく滅ぼし、さらに策を弄《ろう》して、宋嵐《ソンラン》の両目を毒の粉で失明させたのだ。

今度の薛洋《シュエヤン》は実に手際良く巧妙で、同じ轍《てつ》は踏まず、一切の痕跡を残さずに目的を果たした。誰もが彼の仕業だとわかっていたが、どうすることもできなかった。証拠がないからだ。その上、金光善《ジングアンシャン》が彼に庇護を与え、脅威であった赤鋒尊《せきほうそん》も既に他界していた。なんということか、彼を断罪できる者はもはや誰一人としていなくなってしまったのだ。

ここまで聞いて、魏無羨《ウェイウーシエン》は急に引っかかりを覚えた。

藍忘機《ランワンジー》は確かに一見すると冷淡で、他人事には首を突っ込みたがらないように見えるが、魏無羨《ウェイウーシエン》が知っている昔の彼は悪を憎んでいた。その義侠心《ぎきょうしん》は、聶懐桑《ニエホワイサン》の兄にも引けを取らないほどだった。当時から蘭陵金《ジン》氏のあくどいやり方に対しても、藍忘機《ランワンジー》はいつもはっきり意見することを憚らなかったし、今に至っても、金《ジン》家の清談会にはほとんど参加せず、彼らと極力関わろうとはしない。先ほど彼が語ったように、連続してこれほどまでに非道な虐殺事件が起きたなら、世間を騒がせ物議を醸していたはずだ。藍忘機《ランワンジー》が見て見ぬふりをするとは考えられない。それなのに、なぜ彼は薛洋《シュエヤン》の悪行に何も対処せずにいたのだろう？

疑問を口にしようとした時、ふとある記憶が魏無《ウェイウー》羨《シエン》の脳裏をよぎった――藍忘機《ランワンジー》の体にあった、あの戒鞭の痕だ。

たった一度打たれただけでも致命傷なのに、あれほどの回数を打たれたとなると、藍忘機《ランワンジー》は何か大きな過ちを犯したとしか思えない。きっと数年は謹慎を命じられ、当然外出など許可されたはずがない。おそらく事件が起きた数年は、ちょうど彼が懲罰を受けていた時期か、あるいは傷を癒やしていた時期だったのではないか。だからこそ彼は「耳にした」という言い方をしたのだろう。

魏無羨《ウェイウーシェン》はなぜかやけにその傷痕の件が気になってきたが、直接彼に聞くことはためらわれ、とりあえずは口を噤んでおくことにした。

「えーっとそれで、その暁星塵《シャオシンチェン》道長は、それからどうなった?」

もちろん、その結末は悲惨なものだった。暁星《シャオシン》塵《チェン》は師匠のもとを離れて山を下りる時、二度と戻らないと誓いを立てた。彼は必ず約束を守る人間だったが、宋嵐《ソンラン》が失明し、その上重傷まで負ったことで、やむを得ず誓いを破った。宋嵐《ソンラン》を背負って再び抱山《ほうざん》散人《さんじん》のもとに戻り、師匠に友を助けてくださいと懇願したのだ。

抱山散人《ほうざんさんじん》は師弟の情に免じて彼の願いを聞き入れた。そして暁星塵《シャオシンチェン》はそのまま山を下り、姿をくらました。

それから一年が経ち、宋嵐《ソンラン》が山を下りてくると、世間の人々はとても驚いた。なぜなら完全に失明したはずの彼の目が、再び光を取り戻していたからだ。だがそれは、抱山散人《ほうざんさんじん》の医術が神の領域に達して治癒させたからではない。暁星塵《シャオシンチェン》が——自らの両目をくり抜き、自分のせいで宋嵐《ソンラン》が失ったものを彼に返したからだった。

宋嵐《ソンラン》は薛洋《シュエヤン》に復讐することを望んでいたが、ちょうどその頃、金光善《ジングアンシャン》が他界して金光瑶《ジングアンヤオ》が蘭陵金《ジン》氏の宗主となり、しかも仙督の座に推挙された。新しい仙督としての気勢を見せるため、金光瑶《ジングアンヤオ》は就任してすぐに薛洋《シュエヤン》を始末して、二度と陰虎符を復元する話は持ち出さず、さらに金《ジン》氏の評判を取り戻すべくあらゆる策を講じて悪い噂を抑え込んだ。

宋嵐《ソンラン》が友を捜す旅に出た当初は、まだ彼の足跡を辿ることもできたが、そのうち一切の手がかりがなくなった。櫟陽《れきよう》常《チャン》氏も無名の小さな世家だったため、結局、様々な出来事は煙が風に吹かれるように、だんだんと消え去っていった。

この長い長い話を聞き終えると、魏無羨《ウェイウーシエン》は小さく息を吐き、ひたすらやるせない気持ちに包まれていた。

「本来彼とは無関係だったはずの事件のせいで、そんな結末を迎えたなんて、あんまりだな……もし暁《シャオ》星塵《シンチェン》が生まれるのが何年か早いか、あるいは俺が死ぬのが何年か遅かったら、そんなことにはならなかったはずだ。もし俺が生きていたら、絶対見過ごさなかった。暁星塵《シャオシンチェン》とだって、きっと友達になれたのに！」

だが、すぐになんとも言えず複雑な気持ちに包まれた。

（見過ごさない？　俺に何ができる？　もしその時俺がまだ生きていたら、櫟陽《れきよう》常《チャン》氏の事件は、調査するまでもなく、俺がやったことにされていたかもしれないじゃないか。それにたとえ、暁星塵《シャオシンチェン》道長と旅の途中で出会えたとしても、俺がお近づきの印に酒でもおごったら、逆に払子で打たれていたかもしれないしな……ハハッ）

密かに心の中で自嘲しながら魏無羨《ウェイウーシエン》は藍忘機《ランワンジー》とともに歩き続け、常《チャン》家の屋敷を通り過ぎ、そこからさほど離れていない墓地に辿り着く。魏無羨《ウェイウーシエン》は墓地の入り口に建つ牌楼《はいろう》（門の一種。二本または四本の並立する柱を持ち、屋根や軒がついている装飾用の建造物）に、暗い赤色で書かれた「常《チャン》」の字を見つけると、ふと思い出して口を開いた。

「それで、常萍《チャンピン》はなんで殺された？　誰が常《チャン》家の生き残りを凌遅したんだ？」

藍忘機《ランワンジー》が答えようとしたちょうどその時、薄青く染まる夕闇の中で、しきりに「パンパンパン」と、忙《せわ》しなく何かを叩く音が響いてきた。

それは門を叩く音にとても似ているが、どうも違うようだ。非常に強く、慌ただしく、止まることなく打ち続けている。そして、まるで何かに隔てられているかのような、不明瞭な音だ。

二人の表情は瞬時に険しいものに変わった。

櫟陽常氏《れきようチャン》の七十数人の亡骸は、まさに今この墓地にある棺の中にいて、そこから棺の蓋を叩いているのだ。おかしくなったようにいくら門を叩いても、開けて助けてくれる者など誰一人現れず、恐怖のあまり死んだあの夜みたいに。

これが、あの酒屋の雇人が言っていた音なのか！

だが彼の話では、祟りが起きたのは十年も前のことだったはずだ。今ではとっくに音は止まったと言っていたのに、なぜ彼らが訪れた途端にまた復活したのだろうか？

魏無羨《ウェイウーシエン》は藍忘機《ランワンジー》と図らずも同時に気配を消すと、そっと音のする方へと近づいた。

二人が牌楼の柱の後ろに隠れて様子を窺っていると、墓地の中央、辺り一面の墓石の間に穴が一つあるのが見えた。

かなり深く掘られた穴らしく、その周りには土がいっぱいに積み上げられている。どうやらまだ掘ったばかりのようだ。そして、その穴の中から微かな音が聞こえてきた。

――つまり、今まさに、誰かが墓を掘り起こしている。

二人は息を潜めて、穴の中にいる誰かが自ら出てくるのを待った。

半炷香足らずで、身軽にも二つの人影が同時に飛び上がってきた。

その二人は、文字通り一心同体のように一人がもう一人を背負って、その上同じような黒ずくめの服を纏っているおかげで非常に紛らわしい。幸い魏無《ウェイウー》羨《シエン》と藍忘機《ランワンジー》の視力はいい方で、現れたのは二人の人間だと見分けることができた。

背負っている方の誰かは二人に背を向けて立っている。彼は手足がすらりと長く、そして背負われている方の誰かは、なぜか頭も四肢もだらんと垂らしていて、まるで死んでいるかのようだ。それもそのはず、掘り起こした墓穴の中から出てきたからには、当然どちらかは死人だろう。

そう考えていた時、墓荒らしが気配を悟ったのか二人に気づき、ぱっとこちらを振り向いた。

だがなんと、その男の顔はなぜか漆黒の霧で覆われていて、顔つきがまったく見えない！

魏無羨《ウェイウーシエン》が、きっと何か怪しい術を使って顔を隠しているに違いない、と考えた時には、藍忘機《ランワンジー》は既に相手に向かって避塵《ビチェン》を飛ばしていた。墓荒らしの反応も俊敏で、避塵《ビチェン》の青色に煌めく剣芒が襲ってくるのに気づくと、すぐさま剣訣して自分も剣を飛ばしてくる。しかしその剣芒は彼の顔と同じく黒い霧で覆われていて、いったいどんな色でどれほどの力を持っているのかを見極めることができなかった。墓荒らしの方は死体を背負っているせいで、全力を出して応戦することが難しいようだった。二つの剣芒を数回交えたところで、藍忘機《ランワンジー》は避塵《ビチェン》を呼び戻してぐっと手で握りしめる。その表情は、まるで冷たい霜が顔中に降りたかのように凍てついていた。

魏無羨《ウェイウーシエン》には、なぜ彼が急に冷ややかな表情になったのかがわかっていた。先ほどの戦いを見れば、自分のような藍《ラン》氏の人間ではない者でもはっきりとわかるくらいに、この墓荒らしは藍忘機《ランワンジー》の剣術を熟知していたからだ！

藍忘機《ランワンジー》は一言も話さないが、避塵《ビチェン》を繰り出す勢いはさらに鋭くなり、まるで山を崩し海に大波を起こすほどの威力だ。墓荒らしはあまりの激しさに圧《お》されてじりじりと後ずさるしかない。死人を背負ったままでは藍忘機《ランワンジー》には敵わず、これ以上続ければ生け捕りにされるだけだと悟ったのか、突然腰の辺りから深い藍色の呪符を取り出した。

——伝送符《でんそうふ》！

その呪符は、一瞬にして人を千里も離れた場所まで移動させることができるが、同時に大量の霊力を消耗し、使用者は回復にかなりの時間を要するため、霊力の未熟な者には使う資格すらない。だからこの呪符は大変便利な代物ではあるが、実際に使う者はほとんどいないのだ。

魏無羨《ウェイウーシエン》は彼が逃げようとしているのに気づくと、慌てて手を二回叩いてその場に片膝をつき、拳で地面を一回殴った。

その衝撃は何層もの土を貫いて、分厚い棺の蓋をも突き通し、中に閉じ込められていた亡者に狂乱を呼び起こす刺激を与えた。次の瞬間、ボキボキという音とともに、地面から血まみれの腕が四本突き出してきて、いきなり墓荒らしの両足をがしっと掴んだ！

しかし墓荒らしはそれを意にも介さず、霊力を足元に集中させると、四本の腕をいとも簡単に吹き飛ばした。すかさず魏無羨《ウェイウーシェン》は竹笛を手に取って口元に当てる。彼が吹く鋭く甲高い旋律は、降りてきたばかりの夜の帳《とばり》を切り裂くように響いた。すると今度は頭が二つ地面から突き出し、続けてその体が現れる。竹笛の音に操られた死体たちは、墓荒らしの足を伝ってその体をよじ登り、蛇のように彼の体に絡みつくと、大口を開けて彼の首と腕にがぶりと噛みついた。

墓荒らしはまるで「小細工を」とでも言いたげに鼻を鳴らすと、体中に霊力を巡らせる。しかし、その霊力を衝撃波に換えて全身から放った直後に、自分が罠にかかったことに気づいた。

図らずも、背負っていた死体までをも一緒に吹き飛ばしてしまったのだ！

魏無羨《ウェイウーシェン》は墓石をバンバン叩きながら大笑いし、藍《ラン》忘機《ワンジー》は、片手でそのぐったりとした死体を受け取ると、もう一方の手で避塵《ビチェン》を真っすぐに突き出した。

墓荒らしは掘り起こしたものを奪われた上、藍忘機《ランワンジー》との一騎討ちでも勝てそうもないのに、さらにもう一人が邪魔をしてくる状況に長居は禁物と考えたのだろう、すぐに伝送符を足元に投げつけた。爆音が響いたあと、轟々と青い烈火が空高く昇り、彼の姿はたちまち炎の中に消えてしまった。

だが、魏無羨《ウェイウーシェン》はけろりとした様子で藍忘機《ランワンジー》に近寄る。墓荒らしが伝送符を持っていると知った時点で、たとえ彼を捕まえたとしても、隙を見て逃げられる可能性は承知の上だった。それなら彼が掘り起こした死体さえ押さえておけば、手がかりを掴んだも同然だと考えていたのだ。

「どれどれ、奴が掘り起こしたのはいったい誰だ？」

覗き込むなり、彼は思わず面食らった。その死体の頭は破れて穴が開いているではないか。しかも、破れたところからはみ出ていたのは血まみれの脳みそなどではなく、なんと、やや黒ずんでいくつかに分かれた詰め綿の固まりだったのだ。

魏無羨《ウェイウーシエン》が軽く引っ張っただけで、死体の頭は簡単に取れてしまう。彼はそのなかなか精巧に作られた偽物の頭を手に取った。

「どうなってるんだ？　常《チャン》家の墓地には、まさかボロ布と詰め綿で作られた偽死体が埋められてるのか？」

「全身偽物というわけではない」

藍忘機《ランワンジー》は先ほどこの偽死体を受け取った時に、その奇妙な軽さから、既に事の異様さに気づいていたようだ。

彼の答えを聞いて、魏無羨《ウェイウーシエン》も死体の体をあちこち触ってみた。四肢はすべてぐにゃぐにゃだが、胸と腹部だけは硬い手応えを感じる。服を破って中を見てみると、やはり胴体だけは本物の人間の死体で、それ以外の部位は残らず偽物だった。

詰め綿で作られた頭と四肢は、この胴体を「欺き」、自分はまだきちんと主人の体に存在しているのだと錯覚させるためのものだ。そして、この胴体の肌の色と左肩の切断面を見れば、明らかにこれは彼らが探していた片腕兄さんの胴体に違いなかった。

先ほどの墓荒らしの狙いが、まさかこれを掘り起こすことだったとは。

「どうやら死体を隠していた奴は、もう俺たちがこの事件を調べていることに気づいているみたいだな。これを掘り起こされたくなくて、場所を移しに来たんだろう。間の悪いことに、そこを偶然俺たちに見つかってしまったってわけか、ハハッ……ああ、でも」

魏無羨《ウェイウーシエン》は立ち上がり、ふいに真剣な口調になって聞いた。

「あの覆面男、なんで藍《ラン》家の剣術をあんなに熟知しているんだ？」

藍忘機《ランワンジー》も同じことを考えていたらしく、その表情はまだ冷え冷えとした空気を纏ったままだった。

「さっきの奴、伝送符一枚分の消耗に耐えられるくらいだから、なかなか修為の高い者であることは確実だ。しかも、顔も剣も術をかけてた。顔を隠すのは理解できるけど、無名の修士ならわざわざ剣にまで術をかけて隠す必要なんてない――つまり修真界ではちょっとばかり有名か、もしくはすごく有名なのか、どっちにしろとにかく多くの人がその剣芒を目にしたことがあるんだ。剣を抜いたらすぐ正体がバレる恐れがあるから、隠さざるを得なかったってことだろう」

一通り推理してから、魏無羨《ウェイウーシエン》は探りを入れた。

「含光君、さっき戦ってみて、あいつはお前がよく知っている誰かだと思うか？」

さすがにこれ以上は明確には言いづらい。例えば藍曦臣《ランシーチェン》、あるいは藍啓仁《ランチーレン》ではないか、なんて。

「違う」

藍忘機《ランワンジー》ははっきりと答えた。

彼のその言葉を、魏無羨《ウェイウーシエン》は露《つゆ》ほども疑うことはなかった。藍忘機《ランワンジー》は決して事実を隠ぺいしたり、真実から目を背けたりするような人間ではないと知っているからだ。その彼が違うと言うなら、絶対に違う。彼は嘘をつくのも嫌いで、魏無羨《ウェイウーシエン》が思うに藍忘機《ランワンジー》に嘘をつかせようとすれば、彼はきっと自らに禁言術をかけるに違いない。だから、すぐさま頭に浮かんだ藍《ラン》家の二人を除外した。

「それじゃあ、もっと複雑な話になってきたな」

藍忘機《ランワンジー》は図らずも手に入れた胴体を、左腕を入れているのとは別の二層になっている封悪乾坤袋に収めた。荒らされた墓を適切に片づけたあと、二人はしばらく辺りを見て回り、のんびりと先ほどの酒屋通りに戻った。

例の酒屋の雇人は有言実行で、通りにある他の酒屋の七、八割は既に閉まっているのに、彼の店の流れ旗はまだ外に掲げられたまま、明かりもついていた。雇人は大きな茶碗を手に持ち、入り口に座って飯をかき込んでいたが、二人に気づくとすぐに手を止めていそいそと話しかけてきた。

「お帰りなさいませ！　どうですか、ほら、うちの店は有言実行でしょう？　お二人は何か見つけました？」

魏無羨《ウェイウーシエン》は笑顔で少し彼の相手をしてから、また藍《ラン》忘機《ワンジー》と昼間座った席に戻った。その足元には酒のかめが大量に積み上げられている。

「そうだ、さっきはどこまで話したっけ？　急に出てきた墓荒らしに邪魔されたから、まだ常萍《チャンピン》がなんで死んだのかを聞いてなかったよな」

話を戻すと、藍忘機《ランワンジー》は続きを簡潔に説明してくれた。

薛洋《シュエヤン》、暁星塵《シャオシンチェン》、宋嵐《ソンラン》らは、ある者は失踪し、ある者は死にと、皆相次いで姿を消した。それから数年が経ったある日、常萍《チャンピン》と生き残った数名の家族たちは、皆一夜にして凌遅され殺された。しかも、常萍《チャンピン》の両目は誰かにくり抜かれていたのだ。

今度こそ、犯人が誰なのか誰も突き止めることができなかった。なぜなら、当事者全員がいなくなってしまったからだ。だが、一つだけ確かなことがあった。

傷口を調べた結果、彼らを凌遅した凶器は霜華《シャンホワ》――暁星塵《シャオシンチェン》の剣だった。

魏無羨《ウェイウーシエン》は杯を口元に運びかけたが、それを聞いて愕然として手を止めた。

「暁星塵《シャオシンチェン》の剣で凌遅された？　それじゃ手を下したのは彼だったのか？」

「暁星塵《シャオシンチェン》は失踪したままだ。まだ断定はできない」

「生きて見つからないなら、招魂を試したことは？」

「試した。だが、成果はなかった」

成果なし――つまり、まだ死んでいないか、魂まで消滅したかのどちらかということだ。

あらゆる術には、それぞれその道の専門家がいる。魂に関して一家言《いっかげん》を持つ魏無羨《ウェイウーシエン》は、これに対して意見を述べずにはいられなかった。

「招魂に絶対なんてない。天の時、地の利、人の和……何一つ欠けてはならないんだ、間違いだって起こり得るさ。世間はきっと暁星塵《シャオシンチェン》が報復したと思ったんだろう？　含光君、お前は？　どう思う？」

　真剣に問い質すと、藍忘機《ランワンジー》はゆっくりと頭を横に振った。

「まだ全貌を把握していないから、意見は控える」

　魏無羨《ウェイウーシエン》は昔から、彼が物事に対応する時の真摯な態度をとても気に入っていた。その変わらない姿勢に、にこにこしながらご機嫌で酒を一口呷《あお》る。

　すると、今度は藍忘機《ランワンジー》の方が尋ねてきた。

「君はどう思う？」

「凌遅ってのはもともと酷刑《こっけい》の一つだから、それ自体が暗に『処罰』を意味している。そして、両目をくり抜いたのも、必然的に両目を失った暁星塵《シャオシンチェン》と結びつけてしまうから、世間がこれを彼の手による報復だと思い込むのは無理もないな。でも……」

　魏無羨《ウェイウーシエン》は、どう言ったものかと目を伏せ、言葉を選びながら続けた。

「俺が思うに、最初から暁星塵《シャオシンチェン》は、別に常萍《チャンピン》から感謝されたくてこの事件に首を突っ込んだわけじゃないだろう。俺は……」

「俺は」どう思っているか、頭の中で考えがまとまる前に、雇人が気を利かせて落花生を二皿持ってきた。話を遮られたのをいいことに、魏無羨《ウェイウーシエン》は言葉を濁して続きは言わないまま、向かい側に座っている藍忘機《ランワンジー》に視線を戻すと彼を見つめて笑った。

「含光君、なあ、そんな目で見るなよ。俺もお前と同じだって。状況を全部把握したわけじゃないから、今はまだ意見を控えるよ。お前の言う通り、まだ事情を何もかも知らないっていうのに、どんな些細なことであってもむやみに決めつけるのは良くないよな。それよりもさ、俺は五かめしか頼まなかったのに、お前が倍も買ってくれたおかげで到底一人じゃ飲みきれないよ。どうだ、ちょっとだけつき合わないか？　ここは雲深不知処じゃないし、規則を破ることにはならないだろう？」

　彼はどうせきっぱり断られるだろうと思いながら誘ったのだが、驚いたことに藍忘機《ランワンジー》は「飲む」と答えた。

「含光君、本当に変わったたな。昔は目の前でちょっと飲んだだけでめちゃくちゃ怒って、俺を壁の外まで放り投げようとした上に殴ってきたっていうのに。今じゃ部屋の中に天子笑を隠して、こっそり飲んでるなんてね」

魏無羨《ウェイウーシエン》が感慨深げに言うと、藍忘機《ランワンジー》は襟元を少し直してから淡々と答えた。

「天子笑は、一口も飲んでいない」

「飲まないならなんで隠してるんだよ。まさか俺にくれるためとか？ あーわかったわかった、お前は一口も飲んでない。信じるよ。もうこの話はしないからさ。そんなことより、あの酒を一切飲まない姑蘇藍《ラン》氏の公子殿が、いったい何杯目で潰れるか確めてみようじゃないか」

彼が藍忘機《ランワンジー》の杯に酒を注ぐと、藍忘機《ランワンジー》はそれを一気に飲み干した。魏無羨《ウェイウーシエン》はわくわくして彼の顔をじっと見つめ、いつその頬に赤みが差すのかを観察していた。だが、しばらく眺めていても、藍忘機《ランワンジー》は潰れるどころか顔色も表情も何一つ変わらないまま、薄い色の瞳で静かに自分を見つめ返すばかりだ——全然変化がないじゃないか！

魏無羨《ウェイウーシエン》はひどくがっかりして、彼をそそのかしてさらにもう一杯飲ませようとした。だがその時、突然藍忘機《ランワンジー》の様子に変化が見えた。彼は微かにしわを寄せた眉間を手で軽く揉みほぐし、そうして、しばらくしてから片手で額を支えると、そのまま目を閉じた。


……まさか、寝ているのか？

……やっぱり、寝てしまった！

普通の人は酒を飲んだあと、大抵まず酔ってから眠りに落ちるものなのに、まさか藍忘機《ランワンジー》はその過程を飛ばしていきなり寝てしまったというのか!?

魏無羨《ウェイウーシエン》が見たかったのは、彼が「酔う」ところだったのに！

寝ていても、目を閉じている以外は起きている時と変わらず真面目で厳しい表情をしている藍忘機《ランワンジー》の目の前で、魏無羨《ウェイウーシエン》はひらひらと手を振ってみる。次に彼の耳元で手を叩いた――どちらも反応なし。

まさか、たった一杯で潰れるなんて。

魏無羨《ウェイウーシエン》は、彼に酒を飲ませた結果がこんなことになるとは思いもしなかった。とりあえず落ち着こうと自分の太ももを何度か叩いてみたりしながら、これからどうすべきかを考える。それから、藍忘機《ランワンジー》の右腕を自分の肩に回して抱え、彼を引きずりながら酒屋をあとにした。

魏無羨《ウェイウーシエン》は藍忘機《ランワンジー》の衣服のどこに何がしまわれているかをすっかり把握していて、勝手に服を探って財嚢を取り出し、見つけた宿に部屋を二つ取った。藍《ラン》忘機《ワンジー》をそのうちの一つの部屋に連れ込むと靴を脱がせ、布団を被せてから夜闇に乗じてそっと宿を出た。

しばらく歩いて町外れの荒野に着くと、魏無羨《ウェイウーシエン》は腰に差していた竹笛を抜いて口元まで運ぶ。そして一節吹いたあと、静かに何かが起きるのを待った。

ここ最近、魏無羨《ウェイウーシエン》は藍忘機《ランワンジー》と四六時中一緒にいたので、温寧《ウェンニン》を呼ぶことができずにいた。それは、もともとは自分の素性を隠すためでもあったが、理由はもう一つある。

温寧《ウェンニン》は昔、姑蘇藍《ラン》氏の人間を手にかけたことがあるのだ。そのことを考えると、いくら藍忘機《ランワンジー》が自分に好意的に接してくれているとはいえ、いや、だからこそ、魏無羨《ウェイウーシエン》はなおさら彼の前では温寧《ウェンニン》を呼ぶことはできなかった。いくら面《つら》の皮が厚いと言われていても、その図々しさはこういう時には出すべきではないだろう。

そう考えているうち、どこからともなく例の不気味な鎖を引きずる音が聞こえてくる。

すると、前方にある塀の陰に隠れるようにして、俯いた温寧《ウェンニン》の姿が現れた。

彼は全身黒ずくめで、辺りの暗闇に溶け込んでいる。唯一、瞳のない真っ白な両目だけがはっきりと見えて獰猛さを滲ませていた。

魏無羨《ウェイウーシエン》は後ろで手を組むと、彼の周りをゆっくりと歩いて一周した。

温寧《ウェンニン》もそれにつられて動きだす。どうやら彼の後ろについて一緒に歩きたいようだ。

「ちゃんと立て」

魏無羨《ウェイウーシエン》が命じると、温寧《ウェンニン》は大人しく立ったままで動かなくなった。だが、なぜかその秀麗な顔はさらに憂鬱な色を浮かべる。

「お手」

再び魏無羨《ウェイウーシエン》がした命令にも、温寧《ウェンニン》は素直に右手を差し出す。魏無羨《ウェイウーシエン》はそれを掴んで持ち上げ、彼の手首を戒めている鉄の枷と鎖をじっくりと調べた。

これは普通の鎖ではないようだ。暴走した温寧《ウェンニン》は相当に凶暴で、素手で鋼鉄を泥のように捻ることができるため、こんなものを大人しく体につけさせることなどあり得ない。おそらくこれは、温寧《ウェンニン》を拘束するためだけに作られた特別な鎖だろう。

(灰にして燃えかすをぶちまけたって?)

夷陵老祖が作り出したものとくれば、半欠けの陰虎符ですら、あらゆる手を使ってでも復元した者がいるほどだ。となれば、この鬼将軍を喉から手が出るほど欲しがる世家もあっただろう。そう考えると、温寧《ウェンニン》を灰にするだなんて、惜しくてとてもできなかったのではないか?

魏無羨《ウェイウーシエン》はせせら笑いを浮かべてから、温寧《ウェンニン》の横に立つ。少し考えると、彼の髪の中に手を入れ、頭を指でゆっくりと探り始めた。

温寧《ウェンニン》を隠し、しかも鎖で拘束した連中は、彼に決して自我を持たせないようにと考えたはずだ。命令に従わせるために、きっと彼の意識を奪う何かを頭に埋め込んだに違いない。その推測通り、あちこち探り当たりをつけた場所を三か所ほど押してみると、温寧《ウェンニン》の頭の右側にある経穴のところに小さくて硬い突起を見つけた。もう片方の手で左側も触ると、ちょうど左右対称となる辺りに同じような突起がある。釘の頭のような感触だ。

魏無羨《ウェイウーシエン》がその突起を左右同時に握り、ゆっくりと温寧《ウェンニン》の頭から引き抜くと、それは二本の細長い黒い釘だった。

釘の長さは一寸あまりで、玉佩《ぎょくはい》に結びつけられる赤い紐ほどの太さで、温寧《ウェンニン》の頭の中に深く埋め込まれていた。釘が抜かれた瞬間、温寧《ウェンニン》の蒼白な顔は微かに震え、白い目は黒く血走ったようになって、まるで必死で痛みを堪えているように見えた。

死してなお、「苦痛」を感じられてしまうなんて。

二本の釘には緻密《ちみつ》で複雑な模様が刻まれていて、そう簡単に入手できるものではないはずだ。これを作った人間も、只者ではないだろう。温寧《ウェンニン》が回復するまでには、おそらくそれなりの時間がかかる。魏《ウェイ》無羨《ウーシエン》は釘をしまうと、視線を下ろし、温寧《ウェンニン》の手首と足首から伸びる鎖を見た。

（ずっとこのまま「チャランチャラン」と音を立てて引きずらせるのもな。どこかで仙剣を手に入れて切断してやらないと）

一番最初に頭に浮かんだのは、もちろん藍忘機《ランワンジー》の避塵《ビチェン》だった。温寧《ウェンニン》の鎖を斬るのに、藍《ラン》家の人間の仙剣を使うのは気が進まないが、今、最も手近にあるのは避塵《ビチェン》だ。それに、これ以上温寧《ウェンニン》にこんな煩《わずら》わしいものを引きずらせるわけにもいかない。

（じゃあこうしよう。今から宿に戻って、もし藍《ラン》湛《ジャン》が起きていたら、借りない……もしまだ寝ていたら、避塵《ビチェン》をちょっと拝借する）

そう決めてくるりと振り返ると――信じ難いことに、彼の真後ろ、驚くほどすぐそばに藍忘機《ランワンジー》その人が立っていた。

温寧《ウェンニン》を呼んでから、魏無羨《ウェイウーシエン》は気持ちがやや混乱気味だったため、周囲を完全に把握できずにいたのは仕方のないことだった。それに藍忘機《ランワンジー》なら、自分の動きに気づかれないよう近づくのも容易いことだろう。魏無羨《ウェイウーシエン》は月光に照らされている彼の氷のように凍てついた表情を見た瞬間、どきっと心臓が跳ねた。

藍忘機《ランワンジー》がいつからここにいて、何をどこまで見聞きしていたのかはさっぱりわからない。もし彼が実は最初から酔ってなどおらず、魏無羨《ウェイウーシエン》のあとをつけてここまで来たのだとしたら、この状況はますます気まずい。これまで、面と向かっては温寧《ウェンニン》の話を一切出さなかったのに、彼が寝たあとでこうしてこそこそと呼び出していたのがバレてしまったのだから。

避塵《ビチェン》を胸のところで抱え、腕を組んでいる藍忘機《ランワンジー》の表情は極めて冷ややかなものだった。ここまで露骨に不快感を面《おもて》に出した彼を見たのは初めてのことで、魏無羨《ウェイウーシエン》はまず自分からきちんと説明して、なんとかこの場の空気を緩和しなければと感じた。

「あー、その、含光君」

呼びかけたが、なぜか藍忘機《ランワンジー》は答えない。

魏無羨《ウェイウーシエン》は温寧《ウェンニン》を隠すようにさりげなく彼の前に立ち、藍忘機《ランワンジー》と視線を絡めた。指でそっと顎をなで、湧き上がってくる後ろめたさのようなものを誤魔化す。

するとようやく藍忘機《ランワンジー》は組んでいた手を下ろし、こちらに向かって二歩踏み出した。魏無羨《ウェイウーシエン》は彼が避《ビ》塵《チェン》を持って、自分ではなく背後にいる温寧《ウェンニン》の方へ向かってくるのに気づき、まさか温寧《ウェンニン》を斬り殺すつもりかとぎょっとした。

（しまった……藍湛《ランジャン》の奴、まさか本当に酔ったふりをしてまで、俺が温寧《ウェンニン》を呼ぶのを待って始末するつもりだったのか……！　それもそうだ、一杯飲んだだけで潰れる奴がどこにいる？）

「含光君、話を聞いてくれ……」

慌てて言いかけたその時、パンと乾いた音がして、藍忘機《ランワンジー》がいきなり温寧《ウェンニン》を手のひらで突き飛ばした。

その音はかなり大きく響いたが、威力はあまりないようだった。温寧《ウェンニン》はそれを受け、よろめいて数歩後ずさっただけで持ち堪える。それから、呆然とした表情のまま体勢を整えると、また大人しくそこに佇む。

現在の温寧《ウェンニン》は、確かにかつて暴走した時のように短気で凶暴ではないものの、それでも気性は荒い方だった。大梵山のあの夜、大勢の修士たちに囲まれていた時、彼らの剣がまだ体に触れてすらいなかったのに、温寧《ウェンニン》は全員をなぎ倒して、しかも一人の首を掴み上げたのだ。もし魏無羨《ウェイウーシエン》が止めなかったら、温寧《ウェンニン》はきっとその場にいた者を一人残らず無残に絞め殺していたに違いない。それなのに、先ほど藍《ラン》忘機《ワンジー》に一撃された時は、俯いたまま歯向かうことなど一切できない様子だった。魏無羨《ウェイウーシエン》はその反応を不思議に思ったが、それ以上にほっとしてもいた。温《ウェン》寧《ニン》がもし反撃して二人が戦いになった場合、一層彼らを仲裁することが難しくなるからだ。

するとその時、先ほどの一撃では彼の怒りを表すには足りないとでも言うように、藍忘機《ランワンジー》はもう一度温寧《ウェンニン》を力を込めて手のひらで強く突き、何丈も遠くまで弾き飛ばした。

「離れろ」

彼がとても不機嫌そうに温寧《ウェンニン》に言うのを見て、魏《ウェイ》無羨《ウーシエン》はようやく何かおかしいと気づいた。

藍忘機《ランワンジー》が打った二撃は、行動といい言葉といい、そのすべてが……まるで子供のすることとみたいだ。

温寧《ウェンニン》を十分に離れたところまで押しやると、藍忘《ランワン》機《ジー》はやっと満足したらしい。振り返って魏無羨《ウェイウーシエン》のそばまで戻ってきた。

魏無羨《ウェイウーシエン》は彼をまじまじと観察した。

顔色も表情もいつもとまったく同じで、変わったところは見当たらない。むしろ普段以上にきりりとして真面目くさった様子で、つけ入る隙がないように見える。抹額も綺麗に結んでいるし、顔も赤くなっておらず、呼吸も落ち着いている。歩く時も颯爽としていて足取りも確かだ。どこから見ても、いつも通りのあの厳格で品行方正、冷静で自制心の塊のような仙門の名士、含光君だ。

だが視線を下ろすと、あることに気づいた。藍忘《ランワン》機《ジー》の靴が、左右逆なのだ。

魏無羨《ウェイウーシエン》は出かける前に、藍忘機《ランワンジー》の靴を脱がして寝床の横に放り投げてきた。それなのに今、彼は左の靴を右足に、右の靴を左足に履いている。

名門世家の出身で、誰よりも風格と礼儀を重んじる含光君が、靴をそんなふうに履いて出かけるわけがない。

「含光君、これはいくつ？」

彼は指を二本立てて見せた。藍忘機《ランワンジー》は答えずにそっと両手を出し、彼の二本の指を左右の手でそれぞれ真剣に握りしめた。

その代わりに、主人に手を放された避塵《ビチェン》は哀れにも地面に落ちてしまった。

「……」

魏無羨《ウェイウーシエン》は絶句した。

（こんなの、どう考えてもいつもの藍湛《ランジャン》じゃない！）

「含光君、酔ってるだろう？」

魏無羨《ウェイウーシエン》がそっと問いかけると、彼は「酔っていない」と答えた。

酔っている人間は、決して自分では認めないものだ。魏無羨《ウェイウーシエン》が彼の手の中から自分の指を抜いても、藍忘機《ランワンジー》はその形のまま、真剣な顔で拳を握っていた。

魏無羨《ウェイウーシエン》は言葉もなく彼を見てから、呆然として冷たい夜風に吹かれながら天を仰ぎ、月を見上げた。

大概の人は酔ってから寝るものなのに、藍忘機《ランワンジー》ときたら逆に寝てから酔う質《たち》らしい。しかも彼は、酔っていても普段となんら変わらないように見えるので、それを判断するのがとても難しかった。

前世では、魏無羨《ウェイウーシエン》には飲み友達が数えきれないほどいて、人々が酔ったあとの奇々怪々な醜態をたくさん見てきた。大声で泣き叫ぶ者、くすくすと笑う者、激しく暴れ回る者、道端で寝る者、ひたすら死にたくなる者、「しくしく、なんで俺から離れるんだ」などと訳のわからないことを言いだす者等々。だが、藍忘機《ランワンジー》のように暴れることもなく、表情もまったく変わらないまま、こんな奇妙な行動をする者は初めて見た。

魏無羨《ウェイウーシエン》は口元をぴくぴくさせながら、笑いだすのを必死に堪えた。そして地面に落とされた避塵《ビチェン》を拾って背負うと、藍忘機《ランワンジー》に声をかける。

「よしよし、一緒に帰ろうな」

（この状態の藍湛《ランジャン》を外でふらつかせたら大変だ。何をしでかすかわかったもんじゃないからな……）

幸い、藍忘機《ランワンジー》は酔うととても従順なようで、素直に頷いて一緒に歩きだした。もし誰かが今ここを通りかかって二人を見たら、知己同士が月夜を眺めて歩きながら語り合っているところだと思い込み、なんとも雅やかな人たちだと感嘆することだろう。

温寧《ウェンニン》も後ろから大人しくついてきている。だが、魏無羨《ウェイウーシエン》が温寧《ウェンニン》に話しかけようとすると、藍忘機《ランワンジー》が突然振り返った。彼はなぜかまたかんかんに怒って温寧《ウェンニン》に手を上げ、今度はその頭を叩いた。

叩かれた温寧《ウェンニン》は、もともと俯いていた頭がもっと低く萎れたようになってしまった。顔の筋肉が硬直しているせいで表情に変化はなく、白目しかない両目からも彼の感情は読み取れない。それでも、なぜかその様子はとても落ち込んで見えて、魏無羨《ウェイウーシエン》はなんとも言えない気持ちになり、慌てて藍忘機《ランワンジー》の腕を掴んだ。

「なんで殴るんだよ！」

「離れろ！」

藍忘機《ランワンジー》は素面《しらふ》の時なら決して使わない、脅すような口調で温寧《ウェンニン》にぴしゃりと言い放った。

「はいはい、お前の言う通りにするよ。ほら、離れさせるから、な？」

酔っ払いに逆らっても無駄だと魏無羨《ウェイウーシエン》はよくわかっていたので、慌ててそう言いながら腰に差していた竹笛を抜き出した。

だが、笛を口に当てるより先に、藍忘機《ランワンジー》にぱっとそれを奪い取られてしまった。

「彼のために吹いては駄目だ」

「お前、なんて横暴な奴なんだ」

魏無羨《ウェイウーシエン》は可笑しくなって、からかうような口調で言った。

「彼のために吹いては駄目だ！」

だが、藍忘機《ランワンジー》はただ不機嫌そうに繰り返すばかりだ。

それを聞いて、魏無羨《ウェイウーシエン》はようやく理解した。酔った者は皆饒舌《じょうぜつ》になるものだが、藍忘機《ランワンジー》は普段あまり話さないため、酩酊したあとは同じ言葉を繰り返すらしい。

藍忘機《ランワンジー》は本来、邪術を良く思っていない。だから、おそらく彼が笛の音で温寧《ウェンニン》を操るのが気に入らなかったのだろう。だったら、今は藍忘機《ランワンジー》の好きなようにさせようと魏無羨《ウェイウーシエン》は考えた。

「わかった。笛はお前にだけ吹いてやるから。それでいい？」

「うん」

藍忘機《ランワンジー》は満足そうに答えたが、笛はそのまま手に持って弄《もてあそ》んでいて、返すつもりはないようだ。

魏無羨《ウェイウーシエン》は仕方なく舌笛を二回吹いてから、温寧《ウェンニン》に言いつけた。

「またちゃんと身を隠しているんだぞ。誰にも見つかるなよ？」

温寧《ウェンニン》はどうやら一緒についてきたかったようだが、藍忘機《ランワンジー》に殴られるのが怖いようで大人しく命令に従った。ゆっくりとこちらに背を向けると、チャランチャランと鎖を引きずる音を立てながらしょんぼりした様子で去っていく。

温寧《ウェンニン》がいなくなると、魏無羨《ウェイウーシエン》はふと不思議に思って藍忘機《ランワンジー》に尋ねた。

「藍湛《ランジャン》、お前、酔ってるのになんで顔が赤くならないんだ？」

彼は酔っているにしてはあまりにも普段と同じだ。上戸の魏無羨《ウェイウーシエン》よりも顔色が変わらないので、ついいつも通りの調子で彼に話しかけてしまう。

すると、藍忘機《ランワンジー》は突然腕を魏無羨《ウェイウーシエン》の肩に回し、ぐいと自分の胸に抱き寄せた。

いきなりのことで、魏無羨《ウェイウーシエン》は思わず彼の胸に頭をぶつけてしまった。

衝撃でまだくらくらしている時、藍忘機《ランワンジー》の声が上の方から響いてくる。

「鼓動を聞いて」

「なんだって？」

「顔を見てもわからないなら、鼓動を聞いて」

彼が話すと、胸はその低い声につられて微かに振動する。そして、その奥にある心臓は「ドクン、ドクン」と少し速めの、力強く確かな鼓動を刻み続けているのがわかった。

魏無羨《ウェイウーシエン》はやっと彼の言わんとすることを理解し、身を屈めて頭をその腕の中から抜く。

「顔からじゃお前が酔っているかどうかはわからないから、こうやって鼓動を聞いて判断してってこと？」

「うん」

藍忘機《ランワンジー》が大真面目に答えるのを聞いて、魏無羨《ウェイウーシエン》は腹を抱えて笑うしかなかった。

（なんだよ、藍湛《ランジャン》は面《つら》の皮が厚すぎて、顔に赤みすら差さないってことか？　全然そんなふうには見えないけど！）

　酔っぱらった藍忘機《ランワンジー》がまさかここまで素直になり、しかも言動も普段より……ずっと奔放《ほんぽう》になるとは！

（せっかく素の藍湛《ランジャン》を見せてくれたんだから、俺も少しくらい何かいたずらをしないと失礼に当たるよな？）

　そう決めて、彼は藍忘機《ランワンジー》を連れて宿に戻った。部屋に入ると、まず彼を寝床に座らせ、左右逆に履いていた靴を脱がせた。今の藍忘機《ランワンジー》には自分で顔を拭くのは難しいだろうと考え、抹額を外す。それから、湯を入れた桶と手ぬぐいを持ってきて、湯に浸した手ぬぐいをしっかり絞ってから、彼の顔をそっと拭いてやった。

　その間、藍忘機《ランワンジー》は何一つ拒まず、大人しく魏無《ウェイウー》羨《シエン》にされるがままになっていた。手ぬぐいで目の近くを拭く時に少し目を細める以外は、ずっと魏無《ウェイウー》羨《シエン》を見つめていて瞬きすらしない。魏無羨《ウェイウーシエン》は腹の中でいろんないたずらを企《たくら》んでいたが、藍忘機《ランワンジー》のあまりにも澄んだ眼差しを見て、思わず彼の顎の下をくすぐるように撫でて笑った。

「なんで俺を見てるんだ？　そんなに格好いいか？」

　ちょうど顔を拭き終わり、特に返事は待たずに使った手ぬぐいをぽいと桶に放り込んだ。藍忘機《ランワンジー》に背を向けたまま、また何気なく尋ねる。

「顔も洗ったし、ちょっと水でも飲むか？」

　後ろから返事がなかったので怪訝に思って振り向くと、藍忘機《ランワンジー》は桶を持って、あろうことか顔を湯の中に沈めていた。

　魏無羨《ウェイウーシエン》は驚愕し、慌てて桶を取り上げる。

「誰がこの水を飲めって言ったんだ！」

　藍忘機《ランワンジー》は何事もなかったかのような表情で顔を上げた。透明な雫が顎を伝ってぽたぽたと滴り落ち、彼の前襟を濡らす。魏無羨《ウェイウーシエン》はそんな彼を見て、言いようのない複雑な気持ちになった。

（……まさか、本当に飲んじゃったのか……？　藍《ラン》湛《ジャン》の奴、酔いがさめたら何も覚えていないといいな。）

じゃないと、恥ずかしすぎて人に合わせる顔がないよ）

魏無羨《ウェイウーシエン》は自分の袖で彼の顎に残った雫を無造作に拭いてやってから、彼の肩に手を置くと、自分の方へ引き寄せた。

「含光君、今から俺の言うことなんでも聞いてくれる？」

「うん」

素面ならばあり得ないことだろうが、藍忘機《ランワンジー》はあっさりと頷いた。

「質問にも全部答えてくれるか？」

魏無羨《ウェイウーシエン》の問いかけに、藍忘機《ランワンジー》はまた「うん」と素直に頷く。

魏無羨《ウェイウーシエン》はニッと片方の口角を上げると、片膝を寝床につき、藍忘機《ランワンジー》と向かい合う体勢でその目を覗き込んだ。

「じゃあ、質問だ。——お前の部屋に隠してある天子笑をこっそり飲んだことはあるか？」

「ない」

「ウサギは好きか？」

「好き」

「禁を破ったことはあるか？」

「ある」

「誰かを好きになったことはあるか？」

「ある」

魏無羨《ウェイウーシエン》の質問は、どれもとっさに思いついただけのものだ。この機に乗じて藍忘機《ランワンジー》の私的なことを暴くつもりなど一切なく、ただ彼が本当に自分の質問に答えるかどうかを確認したいだけだった。

さらに魏無羨《ウェイウーシエン》は続けた。

「江澄《ジャンチョン》のことをどう思う？」

彼は「ふん」と眉間にしわを寄せた。

「温寧《ウェンニン》はどうだ？」

今度は「ハッ」と冷ややかに息を吐く。

「じゃあこれは？」

魏無羨《ウェイウーシエン》は微笑みながら自分を指さした。

「私のだ」

「……」

魏無羨《ウェイウーシエン》の口からは次の質問が出てこなくなった。

「私のもの」

藍忘機《ランワンジー》はそんな彼を視線で射貫いたまま、一音一音、これ以上ないほどはっきりと答えた。

その時、魏無羨《ウェイウーシエン》はやっと状況を理解した。

彼は背中に手を回し、さっきから背負ったままだった避塵《ビチェン》を手に取る。

（さっき俺は自分を指さしたつもりだったけど、藍《ラン》湛《ジャン》は俺が言った「これ」を、避塵《ビチェン》のことだと思ったんだろう）

そう考え寝床から降りると、避塵《ビチェン》を持ったまま部屋の端から端へあちこち歩いた。やはり彼がどこに行っても、藍忘機《ランワンジー》の視線はぴったりと離れずに追ってくる。真っすぐに向けられたその視線は極めて真剣で、極めてほしいまま、極めて正直に、極めて赤裸々な色を帯びていた。

魏無羨《ウェイウーシエン》は彼のその炎のように熱い視線で射すくめられると、体が痺れたようになってなぜか立っていられないほどになり、とっさに避塵《ビチェン》を藍忘機《ランワンジー》の目の前に掲げた。

「欲しいか？」

「欲しい」

その言葉だけでは自分の渇望を十分に言い表せていないと思ったのか、藍忘機《ランワンジー》は避塵《ビチェン》を持っている魏《ウェイ》無羨《ウーシエン》の手をぎゅっと掴む。それから、淡い色の瞳で彼を真っすぐに見つめ、小さく息を吸ってから、

「……欲しい」とより明確に、そして力強く繰り返した。

魏無羨《ウェイウーシエン》は彼が今手がつけられないほど酔っていることも、そしてその言葉が自分に向けられたものではないこともよくわかっていた。それでも、彼の口からその一言を聞かされると、四肢からどうしようもないほど力が抜けてしまうのを感じた。

（まったく、藍湛《ランジャン》の奴……もしこいつが女の子に対してもこのくらい熱烈だったら、どんな高嶺《たかね》の花だって口説き落とせるような、恐ろしい男になっていただろうな……！）

魏無羨《ウェイウーシエン》はどうにか心を落ち着かせると、聞きたか

ったことを彼に尋ねた。

「お前、どうして俺だとわかったんだ？　なんで俺を助けた？」

藍忘機《ランワンジー》がわずかに唇を開いたので、魏無羨《ウェイウーシエン》は少し近くに耳を寄せて答えを聞こうとした。ところが、藍忘機《ランワンジー》はふと気を変えたらしく、質問には答えないままますっと手を上げて、なぜか魏無羨《ウェイウーシエン》を寝床に押し倒した。

蝋燭の火が彼の動きによって消え、かわいそうなことに避塵《ビチェン》はまたもや主人の手で床に落とされてしまった。

魏無羨《ウェイウーシエン》は押し倒された衝撃で目の前がくらくらしたが、どうやらようやく藍忘機《ランワンジー》の酔いがさめたようだと思った。

「藍湛《ランジャン》!?」

だが、体のいつもの場所を叩かれてぎょっとする。気づけばまた、雲深不知処での初めての夜と同じように、体中から力が抜けて動けなくされてしまったのだ。藍忘機《ランワンジー》は手を離すと隣に横たわり、二人の体にきちんと布団をかけ、さらに魏無羨《ウェイウーシエン》の布団を隅まで丁寧に整えてくれた。

「亥の刻だ。就寝」

どうも酔いがさめたわけではなく、藍《ラン》家のあの恐ろしい就寝と起床の規則に従っているだけのようだ。

「寝ながら話しちゃダメかな？」

「駄目だ」

魏無羨《ウェイウーシエン》は質問の答えが気にかかり、寝床の天井を眺めながら聞いてみたが、藍忘機《ランワンジー》の返事はにべもなかった。

（……まあいいか。また隙を見て藍湛《ランジャン》を酔わせれば、いずれ答えもわかるだろう）

「なあ、藍湛《ランジャン》、これを解いてくれよ。俺は自分の部屋を別に取ってあるんだ。こんな狭い寝床で二人で寝るのはきついだろ？」

藍忘機《ランワンジー》はしばらくの間じっとしていたが、ふいに魏無羨《ウェイウーシエン》の方へ手を伸ばしてきた。頼みを聞き入れてくれるのかとほっとしていると、布団の中であちこち手探りをしてから、その手はゆっくりと彼の帯を解き始める。

仰天して魏無羨《ウェイウーシェン》は叫んだ。

「待て待て、やめろ！　解いてほしいのはそっちじゃないから！　はいっ！　わかった！　もう大人しく寝ます！」

暗闇の中、深い静寂が広がる。

しばしの沈黙のあとで、性懲《しょうこ》りもなく魏無羨《ウェイウーシェン》がまた口を開いた。

「……藍《ラン》家がなぜ禁酒なのかがやっとわかったぞ。一杯ぽっちで潰れる上に、酒癖が悪すぎる。もし藍《ラン》家の奴らが酔うと皆お前みたいになるんなら、禁止されて当然だよ。飲んだ奴全員懲罰だ」

藍忘機《ランワンジー》が目を閉じたまま、再びこちらに手を伸ばしてくる。そのまま、ぶつぶつ言っている彼の口をそっと塞いで囁いた。

「しーっ」

魏無羨《ウェイウーシェン》は喉元になんとも言えない気持ちが詰まったまま、吐き出すことも、呑み込むこともできずに黙り込んだ。


現世に戻ってきてからというもの、昔のように藍《ラン》忘機《ワンジー》をからかおうとする度に、最後はなぜかこうして自分の方が追い込まれる羽目に陥ってしまう。

（あり得ないだろ!?　いったいどうしてこうなるんだ!?）

雲深不知処ではつい寝てしまって完遂できなかったいたずらを今度こそ成功させるのだと決意を固め、魏無羨《ウェイウーシェン》は頑張って一晩中起きていた。ちょうど卯の刻になる前に、ようやく体に力が戻ってきて、手足を動かせるようになったため、悠々と布団の中で自分の上衣を脱いで寝床の足元に放り投げた。

そして、藍忘機《ランワンジー》の帯も解き彼の上衣をはだけさせたが、肩まで脱がせた時、その鎖骨の下にある烙印を見て、魏無羨《ウェイウーシェン》ははっとして思わず手を止めた。同時に、藍忘機《ランワンジー》の背中にある戒鞭の痕が頭をよぎる。

彼の服を勝手に脱がすべきではないと考え直して、すぐにでも藍忘機《ランワンジー》の服を引っ張り上げて元に戻そうとしたが、その一瞬の戸惑いのせいで藍忘機《ランワンジー》は肌寒さを感じたようだ。微かに身じろぐと、彼は眉間にしわを寄せながらゆっくりと目を開けた。

そして、その目に映ったものを認識した瞬間、彼は寝床から転がり落ちた。

常に優雅な空気を纏っている含光君が、驚愕のあまり一切の余裕を失ったのも仕方のないことだった。どんな男でも、泥酔《でいすい》した翌朝に目覚めた時、自分の服が半ば脱げている状態で、さらに隣には裸の男が横たわっていれば驚くだろう。しかも、こんな狭い寝床の中で二人が同じ布団を被り、ぴったりとくっついて寝ていたとなれば、優雅になどしていられるわけがない。

魏無羨《ウェイウーシエン》は布団で胸の辺りをわざとらしく隠し、滑《すべ》らかな肩先だけを出している。

「君……」

「うん？」

呆然と呟く藍忘機《ランワンジー》に、魏無羨《ウェイウーシエン》は鼻にかかった声で答えた。

「昨晩、私は……」

「昨夜のお前、すごく大胆だったよ。含光君」

魏無羨《ウェイウーシエン》は彼に左目で一回瞬きをして見せてから、頬杖をついてにっこりと微笑む。

「……」

「昨日の夜のこと、何も覚えていないのか？」

絶句する藍忘機《ランワンジー》の顔は雪のように白くなっている。どうやら本当にまったく記憶がないようだ。

だが、むしろ忘れていてくれて良かった。そうでないと、魏無羨《ウェイウーシエン》が夜中にこっそり抜け出して温寧《ウェンニン》を呼んだことを問い詰められるに決まっている。藍忘《ランワン》機《ジー》に嘘をつきたくはないけれど、事実も話しづらかった。

彼をからかおうとする度に失敗して、何度も自らの首を絞める結果となったが、やっと一回成功して少しだけ挽回できたことで、魏無羨《ウェイウーシエン》は昔の意気を取り戻せた気になった。

このままからかい続けたいのはやまやまだったが、これからも酔わせた藍忘機《ランワンジー》で遊ぶには、いたずらにうんざりした彼に警戒されることだけは避けたい。今回はここまでで勘弁してやろうと、魏無羨《ウェイウーシエン》は布団をめくって自分の乱れのない下衣と履いたままの靴を見せた。

「なんて貞操《ていそう》の固い男だ！　含光君、俺はさっき起きたあとで、服を脱がせてからかっただけだよ。お前の純潔はまだ汚されてないから、安心しろって！」

固まったままの藍忘機《ランワンジー》がようやく口を開こうとする前に、部屋の中央から磁器の割れる音がした。

この音を聞くのはこれで二度目だった。また卓の上に置いてあった封悪乾坤袋が暴れだして、それを上から押さえつけていた急須と湯呑が床に落ちたのだ。しかも、今回はさらに荒々しく、三つが同時に暴れだしている。

昨晩、一人はどうしようもないほどに酔っぱらい、もう一人はそれに振り回されていたので、合奏することを完全に忘れてしまっていた。魏無羨《ウェイウーシエン》は、今の藍忘機《ランワンジー》が驚愕と怒りで手元が狂ってこの場で自分を刺し殺すのではないかと危惧していたため、内心では願ったり叶ったりだと思いながら、慌てて彼を促した。

「仕事だ。ほらほら、先に仕事をしようか」

魏無羨《ウェイウーシエン》は適当に服を羽織って寝床から降りると、彼を助け起こそうと手を伸ばしたが、ぴったり同時に藍忘機《ランワンジー》も自ら立ち上がった。ただの親切心で差し出したその手は、偶然にもまるで藍忘機《ランワンジー》の服を引き裂こうとしているようにも見える。まだ本調子でない彼は、思わず一歩後ずさった拍子に、何かに躓き体がぐらついた。足元を見ると、それは床で一晩放置されていた避塵《ビチェン》だった。

ちょうどその時、乾坤袋の紐が緩んだせいで、一本の青白い手が小さなその袋からにゅっと出てこようとした。魏無羨《ウェイウーシエン》はすぐさま藍忘機《ランワンジー》の半ばはだけたままの懐に手を突っ込んで探り、とっさに身を硬くする藍忘機《ランワンジー》に自分の竹笛を取り出して見せた。

「含光君、何もそんなに怖がらないでよ。ただ昨日お前に笛を没収されたから、返してもらっただけだ。別に取って食ったりしないって」

そう言うと、丁寧に藍忘機《ランワンジー》の服を整え、きちんと帯も締めてやった。

藍忘機《ランワンジー》は複雑そうな表情のまま魏無羨《ウェイウーシエン》を見つめる。おそらく昨晩自分が酔ったあとに何があったのか、詳細を問い詰めたいのだろうが、彼はやるべきことを優先する人間だ。ぐっと堪えて表情を引き締めると、七弦琴を取り出した。

三つの封悪乾坤袋のうち、一つは左腕、一つは両脚、一つは胴体を封印している。この三つだけでも、既に一つの体を構成する部位の大半だ。互いに影響し合って怨念も倍増し、左腕一本だけだった時よりも遥かに厄介になっていたので、二人は立て続けに三回も「安息」を合奏して、ようやく暴走を鎮圧することができた。

笛を収めてから、床に散らばってしまった部位を拾おうとした時、魏無羨《ウェイウーシエン》は思わず「へえ」と声を上げた。

「片腕兄さんは結構体を鍛えていたんだな」

胴体を覆っていた死装束の帯が解けて、はだけた襟から成人男性の頑丈で力強い胴体が現れていた。

広い肩に引き締まった腰、腹筋はくっきりと割れ無駄なく筋肉のついた猛々《たけだけ》しさで、まさに世の男たちがこぞって欲しがるような、男らしく屈強な体格だった。前からじっくりと眺めたあと、横からも眺めてみて、魏無羨《ウェイウーシエン》は思わず相棒の腹筋をぽんぽんと手のひらで叩いた。

「含光君、見てみろよ。片腕兄さんがもし生きてたら、俺が手のひらで打ってもきっと思いきり弾き返されて、こっちの方が怪我をしちゃうよ。すごいな、この体。いったいどうやって鍛え上げたんだろう？」

すると、藍忘機《ランワンジー》の眉根がぴくりと寄せられたように見えたが、彼は何も答えなかった。だが魏無羨《ウェイウーシエン》がまた何気なく片腕兄さんの体をぺしぺしと叩くと、藍忘機《ランワンジー》は無表情で封悪乾坤袋を手に取り、黙々と各部位をもう一度封印し始めた。魏無羨《ウェイウーシエン》はそれを見て慌てて彼の邪魔にならないように脇にどく。藍忘機《ランワンジー》はすべての部位を封印し直すと袋の口を何重にもこま結びした。魏無羨《ウェイウーシエン》は特に何も思わずにそれを見守ったあと、ふと俯いて今の自分の体格をじっと見下ろす。思わず少し眉を寄せたが、きちんと帯を締めてみれば、まあそれほどは悪くないだろうと思い直した。

魏無羨《ウェイウーシエン》がちらっと見ると、藍忘機《ランワンジー》は三つの乾坤袋をしまったあとも無意識になのかこちらをじっと見ていた。その目には、何か言いたげでありながらどうしても聞けないという複雑な気持ちが滲み出ているかのようだ。

「含光君、なんでそんなふうに俺を見るんだ？　もしかしてまだ心配してる？　やだなあ、俺を信じてよ。昨夜、俺は本当にお前に何もしなかったし、もちろん、お前も何もしてないんだって」

魏無羨《ウェイウーシエン》はわざと明るく彼に話しかけた。

すると、藍忘機《ランワンジー》は少しためらったあと、何かを決心したかのように低い声で言った。

「昨日の夜、笛を奪ったこと以外に、私は……」

「お前が？　他にも何かしたか気になるのか？　別に何もしなかったってば。ああ、ただちょっとだけ、いつもよりお喋りになったかなってくらいのことだよ」

魏無羨《ウェイウーシエン》が何気ない調子で言うと、藍忘機《ランワンジー》の雪のように白い首にある喉仏が、微かに動いた。

「……どんな話を」

「別に大した話じゃなかったよ。まあ、うん……例えば、お前が大好きな……」

言いかけた時、藍忘機《ランワンジー》が息を呑んで目を瞠った。

「大好きなウサギの話とか」

「……」

その答えに、藍忘機《ランワンジー》は黙って目を閉じて息を吐く。

それから彼が顔を背けたのを見て、魏無羨《ウェイウーシエン》は優しく続けた。

「大丈夫だって！　ウサギはあんなに可愛いんだから、嫌いな奴なんていないよ。俺だって好きだし。あっ、食べるのがね、ハハハハハッ！　さて含光君、昨日は少々飲みすぎ……いや、そうでもないな。ちょっと酔っぱらったから二日酔いで気分が悪いだろ？　お前は顔を洗ってから、水でも飲んで少し休んでろよ。ちゃんと回復してから出発しよう。次は西寄りの南方向だ。俺は先に出て朝ごはんでも買ってくるから、ゆっくりしてて」

部屋から出ようとしたところで、「待て」と藍忘《ランワン》機《ジー》に冷然とした声で呼び止められ、魏無羨《ウェイウーシエン》は振り返った。

「なに？」

藍忘機《ランワンジー》はしばらくの間彼を見つめていたが、結局、「金はあるのか？」とだけ聞いてきたので、魏無羨《ウェイウーシエン》は思わず笑ってしまった。

「あるよ！　お前が財嚢をどこにしまってるかくらい、俺が知らないわけないだろう。朝ごはんはお前の分も買っておくからゆっくり休んでろよ、今日は先を急いでないんだし」

部屋から出て扉を閉めると、魏無羨《ウェイウーシエン》は廊下に立ったまま必死で声を抑えつつ、腹を抱えてひとしきり笑った。

藍忘機《ランワンジー》にとって、自分が酔って何かをやらかしたらしいことは、どうやらかなりの衝撃だったようで、一人で部屋に閉じこもったまま長い間出てこなかった。彼を待つ間、魏無羨《ウェイウーシエン》は宿を出て町をぶらぶら歩き回り、適当に食べ物を買うと宿の入り口近くの階段に腰を下ろした。食べながら目を細めて日向《ひなた》ぼっこをしていたら、十三、四歳くらいの子供たちが数人駆けてきて、目の前の通りを横切っていく。

飛ぶように足の速い先頭の子は、細長い糸を手で引っ張っていて、その糸の先には、ほどほどの高さで上下にゆらゆら揺れて飛んでいる凧《たこ》が繋がっていた。後ろの子供たちは、おもちゃの小さな弓を手に持っていて、叫びながら凧を追いかけ矢を射ている。

この遊びは、魏無羨《ウェイウーシエン》も昔よく好んでやったものだ。弓術はどの世家の公子でも必ず習うべき六芸の一つだが、ただ単に置いてある的を射るのではつまらないので、夜狩に出かける時に妖魔鬼怪を射る以外は、皆こんなふうに飛んでいる凧を射て遊んでいた。各自が自分の凧を一つ用意して、一番高く、一番遠くまで上げた凧を誰よりも正確に射た者の勝ち。この遊びは、もともと仙門の幼い公子たちの間だけで流行っていたが、今では一般の家庭の子供たちにも広まって、皆が好んで遊んでいる。ただし、彼らが持っているおもちゃの弓矢の性能は、技術も資質もある世家公子たちのものとは比べものにならない。

かつて魏無羨《ウェイウーシエン》が蓮花塢にいた頃は、江《ジャン》家の門弟たちとの凧を射る遊びで、いつも一位を取っていた。そして江澄《ジャンチョン》はというと、必ず二位だった。彼は凧を矢が届かないほど高く遠くまで上げすぎるか、あるいは無事に射たとしても、魏無羨《ウェイウーシエン》の凧より低いかのどちらかだった。

二人の凧は他の皆のものより丸々一回りも大きく、空を飛ぶ妖獣の形に作られていた。鮮やかな色で塗られた妖獣は、「ガオー」と大きな口を開けて、数本の尖ったしっぽを垂らしていた。それが風になびく姿は、遠くから見ると生き生きとしていて、凶悪というより無邪気で可愛らしかった。凧はいつも江《ジャン》楓眠《フォンミエン》が自ら骨組みを作り、それに江厭離《ジャンイエンリー》が絵を描いてくれていたので、それを持って遊びに出かける時、二人はいつもどこか自慢げだった。

そこまで思い出して、魏無羨《ウェイウーシエン》の口元が微かに緩み、思わず子供たちの凧がどんな絵なのかを見上げた。一面を金色一色に塗られた凧は大きなまん丸い形をしている。それを見て、彼は不思議に思った。

（あれはいったいなんだろう？　饅頭《まんとう》？　それとも、何か俺の知らない妖怪とか？）

その時、一陣の風が吹いた。凧はそれほど高くは上がっていなかったし、開けた場所でもなかったため、少しの風ですぐ地面に落ちてしまう。

すると、一人の子供が叫んだ。

「ああ、太陽が落ちたぞ！」

それを聞いて、魏無羨《ウェイウーシエン》はすぐさま理解した。子供たちは、おそらく射日の征戦を真似して遊んでいるに違いないと。

この地は櫟陽《れきよう》。昔、岐山温《ウェン》氏が栄華を極めていた頃、一族の者はあちこちで威張り散らしていた。櫟陽《れきよう》は岐山からそれほど離れていないため、地元の住民たちは深刻な被害を受けていたに違いない。温《ウェン》氏が管理し損ねた妖獣が暴れ回ったり、温《ウェン》氏の横柄な修士たちに虐げられたりすることも多かったはずだ。しかし、射日の征戦で温《ウェン》氏は、一団となった仙門世家たちに滅ぼされた。何百年も続く世家が崩れた岐山一帯の多くの地域では、それを祝う祭りが催され、今では一つの伝統となっていた。この遊びもそのうちの一つだろう。

子供たちは、ふいに凧を追いかけることをやめて集まると、困った顔をして話し合いを始めた。

「どうする？　まだ太陽を射てないのに自分で落ちちゃった。しょうがない、次は誰が大将をやる？」

誰かが言うと、別の一人がぱっと手を上げた。

「もちろん私です！　私は金光瑶《ジングアンヤオ》、温《ウェン》家の大悪党は私が殺したんですよ！」

魏無羨《ウェイウーシエン》は階段に座ったまま、興味津々でその様子を眺めていた。

こういう遊びでは、今まさにもてはやされている仙督――斂芳尊《れんほうそん》が一番人気の役だ。確かに彼の出自は堂々と言えるものではないが、だからこそ、そんな彼が仙門の頂点に上り詰めたという事実に、人々はより一層感服させられるのだろう。

射日の征戦では、岐山温《ウェン》氏に間者《かんじゃ》として数年間潜入し、水を得た魚《うお》のように上から下まですべての人間の心に取り入って容易く手のひらの上で転がし、さらに数えきれないほどの機密を外部に漏らしても誰にも気づかせることはなかった。

射日の征戦のあとも、手段を選ばずに、その才気を十分に発揮して自分の味方につけていった結果、仙督の座につき、その肩書に恥じない仙門の頂きとなったのだ。彼の人生は、もはや伝説と言えよう。

もし魏無羨《ウェイウーシエン》がこの遊びに参加するなら、一度くらいは金光瑶《ジングアンヤオ》になってみたいと思うほどだし、その子を大将に選ぶのは納得だ！

だが、そこへ別の子供が抗議の声を上げた。

「俺は聶明玦《ニエミンジュエ》。勝ち戦《いくさ》は俺が一番多かったし、捕まえた捕虜の数も一番多かったから、俺が大将だ！」

「でも私は仙督ですよ」

『金光瑶《ジングアンヤオ》』が不服そうに言うと、『聶明玦《ニエミンジュエ》』が拳を上げた。

「仙督がなんだ。お前は俺の義弟だし、俺を見る度いつも逃げ回ってるじゃないか？」

『金光瑶《ジングアンヤオ》』役の子供は完全に彼になりきっているようで、振り上げられた拳を見るなり肩をすくめて逃げだす。

　すると、また別の一人がぼそりと口を開いた。

「早く死んじゃったくせに」

　遊びとはいえ、仙門の宗主の役を選ぶからには、きっとその人に対してなんらかの憧れや好意を抱いているに違いない。

「金子軒《ジンズーシュエン》、お前は俺よりも先に死んだじゃないか！　もっと短命だっただろう！」

「それがどうした？　俺は三位だぞ！」

『聶明玦《ニエミンジュエ》』に怒鳴りつけられた『金子軒《ジンズーシュエン》』は納得がいかない様子で反論した。

「三位がなんだ！　どうせ顔だけだろう！」

　その時、走り疲れた子供が一人、立つのもしんどそうによろよろと階段のところにやって来て、魏無《ウェイウー》羨《シエン》の隣に座った。

「あーわかったわかった。皆もう喧嘩はやめようぜ。俺は夷陵老祖だから、一番強いのは俺だ。仕方ないから大将になってやるよ」

　その子供はひらひらと適当に手を振りながら揉め事を仲裁した。

「……」

魏無羨《ウェイウーシエン》は、それを聞いて言葉を失った。

　思わずまじまじと見ると、やはり、その子は腰に細長い木の棒を差している。おそらくこれは陳情《チェンチン》のつもりだろう。

　確かにこういった、善悪よりも強さのみに興味のある子供だけが夷陵老祖の役をやろうだなんて思うのかもしれない。

　しみじみと考えていると、また違う子供が口を開いた。

「いいや。三毒聖手《さんどくせいしゅ》の俺が一番強いはずだ」

「江澄《ジャンチョン》、お前はどこか俺に勝る部分があるのか？毎回俺に負けているくせに、よくも自分が一番強いなんて言えるな。恥ずかしくないのか？」

『夷陵老祖』は訳知り顔で答えた。

「ふん、お前に勝る部分があるかって？　お前がどうやって死んだのか、忘れたのか？」

『江澄《ジャンチョン》』のその言葉を聞くと、魏無羨《ウェイウーシエン》の口元に浮かんでいた微かな笑みがたちまち消えた。

まるで、防ぎようのない小さな毒針に刺されて、体中に突然ささやかだがどうしようもないほどの痛みが走ったかのようだ。

すると魏無羨《ウェイウーシエン》の隣に座っている『夷陵老祖』がパチパチと手を叩いた。

「見ろ！　左手に陳情《チェンチン》、右手に陰虎符、それに鬼将軍もいるから、俺こそ天下無敵だ！　ハハハハッ……」

彼は左手に木の棒を、右手に石を持って大笑いしたあと、「温寧《ウェンニン》は？　出てこい！」と呼んだ。

「ここにいるよ……あと……その……射日の征戦の時、僕はまだ死んでないよ……」

他の子供たちの後ろにいた一人が手を上げて、弱々しく答えた。

魏無羨《ウェイウーシエン》はどうしても口を挟みたくなり、彼らに声をかけた。

「宗主名士の皆さん、一つ聞いてもいいかな？」

子供たちは驚いた。これまでこの遊びをしている時に大人に声をかけられたことなど一度もなかったからだ。ましてや怒られるのではなくて、真面目に質問されるだなんて。

『夷陵老祖』は警戒しつつも不思議そうに彼を見た。

「何が聞きたいんだ？」

「なんで姑蘇藍《ラン》氏の役がいないんだ？」

魏無羨《ウェイウーシエン》がそう聞くと、「いるよ」という答えが返ってきた。

「どこに？」

「あの子だよ」

『夷陵老祖』は、遊びの中で最初から最後まで一言も話さずにいた子供を指さした。

魏無羨《ウェイウーシエン》は彼を一目見て納得した。その子の容姿は非常に秀麗で、将来はきっと美男子になるに違いない。そしてその綺麗な額には白い紐が結ばれている。おそらくあれは抹額のつもりだろう。

「彼は誰の役なんだ？」

魏無羨《ウェイウーシエン》の質問に、『夷陵老祖』は嫌そうに口をへの字に曲げた。

「藍忘機《ランワンジー》！」

（……なるほど。この子たちはなかなか本質を捉えてるな。藍忘機《ランワンジー》の役を演じるんなら、確かにずっと黙ったまま話さないのが正解だ！）

役柄にぴったりの小さな『藍忘機《ランワンジー》』を見て、魏無《ウェイウー》羨《シエン》の口角は再び上がった。

彼を苛《さいな》んでいた毒針が誰かの手で抜かれ、どこか見えないところに捨てられたかのように、先ほど感じていた痛みが体中から跡形もなく消え去っていく。

「本当に不思議だよな。あんなに不愛想な奴なのに、なんでいつも俺をこんなにも楽しくさせられるんだろう？」

魏無羨《ウェイウーシエン》は思わず独り言を漏らした。

しばらくして、藍忘機《ランワンジー》が宿の二階から降りてきた時、魏無羨《ウェイウーシエン》が入り口近くの階段に座っているのが目に入った。その周りには子供が数人座っている。彼は子供たちに肉まんを分け与え、自分も食べながら、目の前に背中合わせで立っている二人の子供を指導していた。

「……今お前らの目の前には、何千何万もの温《ウェン》家の修士たちがいるぞ。完全武装で、お前らを厳重に包囲している。目つきはもっと厳しく……そう、その調子。よし、藍忘機《ランワンジー》、忘れるな。お前は今いつものお前じゃなくて、全身血まみれで！　殺気立ってて！　目つきも怖いんだ！　魏無羨《ウェイウーシエン》、お前はもっと彼に近づいて。そうだ、笛回せる？　ちょっと回してみて。片手で格好良く。格好良くってわかる？　それ貸して、俺が教えてやるよ」

『魏無羨《ウェイウーシエン》』は「おう」と答え、手に持っていた細い木の棒を彼に渡した。魏無羨《ウェイウーシエン》はやけに慣れた手つきで、その『陳情《チェンチン》』を二本の指の間で素早く回す。それを見た子供たちは、すぐさま彼を取り囲んで感嘆の声を上げた。

「……」

藍忘機《ランワンジー》が黙って近づくと、彼に気づいた魏無羨《ウェイウーシエン》はすぐに立ち上がり、尻の埃を払って子供たちに別れの挨拶をした。それから揃って歩きだしたものの、なぜか彼はくすくすと笑い続けている。まるで奇妙な毒にでもあたったみたいだ。

「……」

怪訝に思い、藍忘機《ランワンジー》は無言で彼を見つめた。

「ハハハハハハッ、ごめんな、含光君。お前に買っておいた朝ごはん、全部あの子たちにあげちゃったんだ。あとでまたなんか買おうな」

「うん」

「なあ、さっきの子供たち可愛かっただろう？　頭に紐を結んでいた子は、いったい誰の役だと思う？　ハハハハッ……」

魏無羨《ウェイウーシエン》は笑いを堪えきれない様子で、いかにも楽しそうに言う。

しばらくの間黙っていたが、藍忘機《ランワンジー》はついに耐えられなくなって口を開いた。

「……私は昨日の夜、他に何をした？」

絶対に何か普通ではないことをしたはずだ。そうでなかったら、魏無羨《ウェイウーシエン》はなぜ、夜が明けて今に至るまでずっと笑っているのだろう？

魏無羨《ウェイウーシエン》はしきりに手を横に振った。

「いやいや、何もしなかったってば。俺がくだらないことで笑いすぎなだけ、ハハハハハッ……さて、ゴホン、含光君、そろそろ仕事の話をするけどいいか」

「わかった」

「常《チャン》氏の墓地での棺を叩く音は、これまで十年もの間やんでいた。それなのに、また急にそれが始まったのは偶然じゃないだろう。絶対になんらかの誘因があったはずだ」

魏無羨《ウェイウーシエン》が口調を切り替えて真面目な顔で話しだすと、藍忘機《ランワンジー》が尋ねてきた。

「君はその誘因をなんだと思う」

それを聞いて、魏無羨《ウェイウーシエン》が片方の口の端を上げる。

「いい質問だ。俺は、片腕兄さんの胴体が掘り起こされたことだと思う」

「うん」

藍忘機《ランワンジー》が同意するように頷いた。

彼のその表情は非常に粛然としていて、それを見た魏無羨《ウェイウーシエン》の脳裏に、昨晩酔っぱらった彼が自分の指を真剣に握った時の光景が蘇ってしまった。必死に笑いだすのを我慢しながら、しかつめらしく話を続ける。

「俺は、バラバラ死体事件は単なる報復や恨みを晴らす手段なんかじゃなくて、一種の悪辣《あくらつ》な鎮圧術なんじゃないかと考えている。死体をバラした奴は、わざと異象や祟りが起こりやすい場所を選んで死体の部位を安置したんだろう」

「毒を以て毒を制す。互いに抑止力となり、均衡を保つ」

「その通り。だから昨日、あの墓荒らしが胴体を掘り起こした途端、常《チャン》家の怨霊たちを鎮圧できるものがなくなって、棺を叩く音が再び鳴りだした。その道理は、清河聶《ニエ》氏の祭刀堂で、刀霊を壁に埋められた死体たちで鎮圧している方法と同じだ。おそらく犯人はそのやり方を真似たんだと思う。つまり――そいつはどうやら清河聶《ニエ》氏、そして姑蘇藍《ラン》氏の両方と深い繋がりを持っているってことだ。となると、おそらくそこらの一介の修士なんかじゃないだろう」

魏無羨《ウェイウーシエン》が見解を話すと、藍忘機《ランワンジー》が厳しい表情で言った。

「そのような者は、決して多くはない」

「うん。だんだん全体像が見え始めてきたな。それに、向こうがバラバラにした死体を移動させ始めたってことは、つまりあいつ、あるいはあいつらは焦ってるってことだ。それなら、きっとまた動きがあるはずだ。こっちが捜さなくても、向こうから会いに来るさ。そのうちに、もっとぼろを出すよ。片腕兄さんの手は俺たちに進むべき方向を教えてくれているけど、こっちももう少し急いで動かなきゃな。残るは右腕と頭だけだ。絶対に向こうより先に見つけ出さなきゃ」

それから二人は、一路南西に向かった。左腕が指さした場所は、深い霧が立ちこめる蜀東《しょくとう》。

地元住民の誰もが恐ろしくて近寄ることができない、「亡霊の棲む町」だ。

第八章　草木

〈一〉

蜀東一帯には河川が多い。しかもその周りを高い山が屏風《びょうぶ》のように囲んでいて、でこぼこな地形には風が吹き抜けることなく留まるため、多くの地域で常に霧が立ち込めている。

二人は左腕が指し示した方向へ真っすぐに進み、ある小さな村を通りかかった。

村には垣根に囲まれたかやぶき屋根の家屋がいくつか立っている。庭ではまだら模様の雌鶏《めんどり》とひよこが数羽、あちこち歩き回って餌をつつき、屋根の上には色鮮やかな羽の大きな雄鶏《おんどり》が一羽、片足で立って時折とさかを震わせている。雄鶏は辺りを警戒しつつ首を回し、大威張りで四方八方を見下ろしていた。幸いどの家でも犬は飼っていないようだ。おそらくここの村人たちは自分たちで食べる肉すらろくに手に入れられず、ましてや犬に与える骨などないのだろう。

村の前方には三叉路《さんさろ》がある。分かれ道のうち二本には草が生えておらず、足跡もたくさんついていて、よく人が通る道だとわかる。残りの一本の道はというと、雑草が生い茂り地面を覆い尽くしている。道標らしき四角い石板も傾いていて、経年劣化して上から下まで大きくひび割れており、そこからも雑草が生えていた。

道標には大きく二つの文字が刻まれている。おそらくこの道の先にある場所の名前だろう。下の文字は辛うじて「城」だとわかるが、上の文字は画数が非常に多くて複雑な形をしている。さらに、ちょうどその文字の部分がひび割れ、細かい石の欠片が剥がれ落ちている。魏無羨《ウェイウーシェン》は前屈みになって雑草を払いのけたが、しばらく見てもなんと書かれているのかは判別できなかった。

だが、よりによって、左腕が指し示しているのはまさにこの道の方向だった。

「村の人に聞いてみようか？」

藍忘機《ランワンジー》は頷いたが、もちろん魏無羨《ウェイウーシエン》は彼が聞きに行ってくれることを期待して問いかけたわけではない。すぐさま満面の笑みを浮かべると、鶏の餌を地面に撒いている村の女たちの方へ意気揚々と向かった。

女たちの中には若い娘もいれば老女もいる。彼女たちは、見知らぬ若い男が近づいてくるのを見て、すぐにでも箕《み》を投げ捨てて家の中に逃げ込みたそうな様子を見せた。だが、魏無羨《ウェイウーシエン》がへらへらとした笑みを浮かべ生来《せいらい》の人懐っこさを発揮して話しかけると、彼女たちは次第に落ち着きを取り戻し、少しはにかみながらも話に応じてくれた。

しかし、魏無羨《ウェイウーシエン》が先ほどの道標を指さして聞くと、なぜか一斉に顔色を変え、しばらくためらってから、やっと途切れ途切れに話し始めた。彼女たちは道標を指さしながらも、その横に立つ藍忘機《ランワンジー》が怖いようで、あまり見ないようにしていた。魏無羨《ウェイウーシエン》は口角をずっと上げたまま真剣に話を聞いている。そして最後にどうやら話題を変えたらしく、彼女たちの表情もだんだん明るくなって、彼に気を許したみたいにぎこちなく微笑んでいた。

藍忘機《ランワンジー》はその様子を遠くから眺めていたが、しばらく待っても魏無羨《ウェイウーシエン》に戻る様子は見られず、ゆっくりと俯いて足元にある小石を軽く蹴った。

しばらくそうして罪のない小石を踏み潰すように転がしていたが、ふと顔を上げた時、魏無羨《ウェイウーシエン》が懐から取り出した何かを、あろうことか一番たくさん話してくれた女に渡しているところが目に入った。

その光景に、藍忘機《ランワンジー》は呆気に取られて思わず立ち尽くした。いい加減我慢の限界を感じ、彼のところへ行こうとすると、ようやく魏無羨《ウェイウーシエン》が彼女たちから離れ、手を後ろで組んで悠々と戻ってくる。

「含光君、お前も来れば良かったのに。あそこの家、ウサギも飼ってたぞ！」

隣に立って軽口を叩く魏無羨《ウェイウーシエン》に、藍忘機《ランワンジー》は無関心を装って尋ねる。

「何か聞き出したか」

「この道の先にある町は義城《ぎじょう》、この道標の最初の文字は『義』だ」

「仁義の義か？」

「半分正解」

「どういう意味だ」

「文字は確かにそれだけど、意味が違う。仁義の義じゃなくて、義荘《ぎそう》〔遺体を一時的に安置する場所〕の義だよ」

二人は例の道標をあとにし、左腕が指し示した道へと、生い茂った雑草を踏み分けて進む。

「彼女たちから聞いたけど、昔から、この先の義城に住んでいる人たちの六、七割は短命なんだそうだ。彼らは皆病死か不慮の死を遂げるかで、必然的に町には死体を安置する義荘がたくさんあったらしい。その上、地元の名産が棺とか紙銭《しせん》〔副葬品。紙幣を模したもの〕とかの葬儀用品で、棺はもちろん紙人形〔副葬品。紙で作られた等身大の人形〕なんかも見事な出来栄えだったから、義城っていう名前になったそうだ」

道には雑草とごろごろ散らばる石に隠れ、気づきにくい溝もある。そのため、歩きながらも藍忘機《ランワンジー》の目は、ずっと魏無羨《ウェイウーシェン》の足元を注視していた。

「さっきの村の人たちは滅多に義城に行かないし、義城の人たちも商品を届ける以外ではほとんど町から離れないしで、ここ数年はとんと町の人の姿を見なくなったって。この道も何年も前から廃れていて、もう誰も歩かないらしい。どうりで歩きにくいわけだな」

「それで」

「それでって、何？」

「彼女たちに何をあげた？」

「ああ。あれのこと？　紅白粉だよ」

彼は清河で行路嶺の話を聞いた例の薬売りの偽道士から買った紅白粉を、これまでずっと持っていたようだ。

「いろいろと教えてもらったからには、お礼をしないとな。本当はお金を渡そうとしたんだけど、彼女たち、怖がって受け取らなかったんだ。でもあの紅白粉の香りはかなり気に入ったみたいで、どうも今まで使ったことがないようだったから、ちょうどいいと思ってあげたんだよ」

魏無羨《ウェイウーシエン》はそう説明したが、少し黙ったあとで続けた。

「含光君、なんだよ、俺をそんな目で見るなって。あの紅白粉は確かにそんなにいい品じゃなかったけどさ、今の俺は昔と違って、毎日綺麗な花とか出来のいい簪《かんざし》や腕輪なんかを買って、女の子たちにあげたりはできないんだ。他にお礼になるものがなかったし、何もあげないよりはましだろう？」

すると、何か不愉快な記憶でも呼び覚まされたかのように、藍忘機《ランワンジー》の眉根がぴくりと動き、話を切り上げるようにゆっくりと顔を前に向けた。

二人が歩きにくいこの道をどうにか進んでいくうち、雑草はだんだんとまばらになって、いつしか道の両側に生えるだけになり、道幅も広くなってきた。

しかしそれとは逆に、霧がどんどん濃くなっていく。

例の左腕を確認すると、片腕兄さんはその手の指を曲げて拳を握りしめている。

その時、ずいぶんと長く歩き続けた道のりの先に、荒れ果てた城門が現れた。

角櫓の屋根瓦はところどころ欠けていたり、塗料が剥げていたり、角が一か所なくなったりと、荒廃の色が濃い。城壁も至る所に落書きされていた。城門の赤色は褪《あ》せてもはや白くなり、釘もすべて真っ黒に錆《さ》びている。まるでつい先ほど誰かが忍び込んだあとのように、左右の門扉《もんぴ》には鍵がかかっておらず、ただそっと閉じているだけの状態だ。

中に入らずとも、ここは明らかに百鬼夜行の町に違いないと感じざるを得なかった。

「風水が最悪だな」

城門に辿り着くなり、道中からずっと辺りを観察していた魏無羨《ウェイウーシエン》が雑感を口にすると、藍忘機《ランワンジー》もゆっくりと頷いた。

「不毛な土地だ」

この義城という町は、四方すべてを高い山と崖に囲まれている。しかもその山々はそれぞれが町に向かって傾き、まるで今にも倒れてきそうな様子だ。そんなふうに周囲を黒く巨大な山岩に囲まれ、その上どんよりとした白い霧に覆われていては、なんでもないものであっても妖魔鬼怪らしく見える。ただ城門の前に立っているだけでも胸が圧迫されるように感じ、不安と、何か強烈な威圧感まで覚えるほどだ。

古くから「優れた人物の故郷やゆかりの地は名勝となる」と言われているが、逆もまた然《しか》りだ。地形と所在のせいで風水が極めて悪いと、自然に穢《けが》れがまとわりついて、その地の住民たちは長く生きられず、不幸になりやすいという。もしそのような地で先祖代々暮らしていれば、穢れはさらに骨の髄まで染みつくだろう。さらに、屍変する者が現れたり、悪霊が元の死体に戻って蘇るなどの奇妙な現象が起こる可能性も、他の地域に比べて格段に高い。義城もそういった場所であることは明白だった。

だいたいそういう地域は辺鄙な場所にあって、仙門世家の目が届いていない場合が多く、わざわざ管理もしたがらない。なぜなら非常に手間がかかり、水行淵を払うよりも遥かに厄介だからだ。それに、水行淵ならまだ他の地域に追い出すことができるが、土地の風水はどうにも変えようがない。誰かが泣き喚きながら助けを求めてこない限り、各世家もただ見て見ぬふりをして、知らないことにするのが普通だ。

故郷を離れて生計を立てることが、住民たちがその土地の災厄から解放される最良の方法だが、先祖代々生きてきたとなれば、そう簡単に離れることもできない。たとえ町の六、七割の者が短命だとしても、もしかしたら自分は残りの三、四割の可能性があると思えば、まだ耐えられるものなのかもしれない。

二人は城門の前で目を見合わせた。

警戒しつつ門扉を開けると、軸《じく》受けは門の重さに耐えられないらしく、「ギィ――」と軋《きし》んだ音を立てる。左右非対称の城門はゆっくりと開いた。

門の中には、賑やかに往来する人々も、襲いかかってくる大勢の凶屍もいなかった。そこにあったのは、ただただ天地を覆い尽くさんばかりの一面の白だけだ。

町の中は、不思議なことに外より数倍も濃くて深い霧が立ちこめていて、辛うじて前方に真っすぐ伸びる大通りだけが確認できる。どこにも人の姿はないが、通りの両側には家屋が軒を連ねていた。

二人はお互いに自然と数歩近づいて、同時に足を踏み入れた。

今は昼間だというのに、町の中は静寂そのものだ。人の話し声はもちろん、犬や鶏の鳴き声ですら何一つ聞こえてこなくて、いかにも怪しい。

それもそのはず、左腕が指し示した場所である以上、怪しくない方がおかしいのだ。

長い通りをしばらくの間進み町の奥深くへと入れば入るほど、白い霧もどんどん濃くなっていくことに気づく。まるで、どこからともなく妖気が満ち溢れてくるかのようだ。最初はまだ辛うじて十歩先まで視認できたが、だんだんと五歩先にあるものの輪郭ですら曖昧になり、最後はもはや一寸先でさえ見えない状態になる。魏無羨《ウェイウーシエン》と藍忘機《ランワンジー》は、進むごとに体を近づけて、今は肩と肩が触れそうなほどの距離でなんとかお互いの顔を確認することができていた。

ふと、魏無羨《ウェイウーシエン》の心の中に、ある考えが湧き上がった。

(もし誰かがこの霧に乗じてこっそり俺たちの間に入り込んで、いつの間にか一人増えていたとしても、気づけるかどうかわからないな)

その時、彼は足で何かを蹴ったことに気づいたが、俯いて見ても、それがなんなのか確認できない。魏《ウェイ》無羨《ウーシエン》は隣にいる藍忘機《ランワンジー》の手を無造作に掴み、彼が離れていかないように引っ張りながら、前屈みで目を細めて足元にあるものをじっと観察した。すると、怒りで目をまん丸く見開いた頭が、白い霧を突き破って彼の視界に飛び込んできた。

それは男の頭で、濃い眉毛に大きな目、両の頬は頬紅で異様なほどくっきりと染められている。

魏無羨《ウェイウーシエン》は先ほど足がぶつかった時、危うく遠くまで蹴飛ばしそうになったため、この頭が意外にも軽いことを感覚でわかっていた。きっと本物の人間の頭ではないはずだ。手に取って試しに押してみると、やはり男の頬は大きく陥没し、頬紅も擦れて色が落ちてしまった。

これは、ただの紙人形の頭だ。

とはいえ、とても精巧な出来栄えで、化粧は大げさだが目鼻立ちなど造形は手が込んでいる。義城の名産が葬儀用品だからだろう、この頭の作りはなかなかのものだった。

紙人形にも種類があり、例えば身代わり紙人形は、それらを死者のために燃やせば、地獄へ行った死者に代わり剣山に登る刑や熱々の油鍋に入る刑を受けてくれるという。また、死者の身の回りの世話をする侍女や美女などの紙人形もある。もちろん、これらは遺された者が自分自身を慰めるためのものにすぎない。

そして、目の前のこの頭は、おそらく「陰力士《いんりきし》」だろう。

その名前から想像できるように、陰力士は用心棒だ。地獄で死者が他の悪霊や冥府の獄卒《ごくそつ》にいじめられたり、家族が死者のために燃やした紙銭が小鬼に奪われたりしないように、死者を守る役割を果たすという。この頭はもともと大きくて頑丈な紙の体を持っていたはずだが、誰かにちぎられて、頭だけを通りに捨てられたのだろう。

後頭部で束ねられた髪は真っ黒で、きちんと一筋一筋分かれており光沢もある。魏無羨《ウェイウーシエン》がそれを触ってみると、髪はしっかりと頭皮にくっついていて、まるで本当に頭から生えているみたいだ。

(良くできてるな。まさか本物の人間の髪を使って作ったとか?)

そう考えていた時だ。突然、痩せ細った黒い影が、彼の横すれすれを素早く駆け抜けた。

その怪しい人影は瞬く間に濃い霧の中に消える。同時に避塵《ビチェン》が鞘から飛び出てその影を追ったが、またすぐさま戻ってきて鞘に収まった。

　先ほど魏無羨《ウェイウーシエン》の横を通り過ぎたモノの走りは、あまりにも速かった。あれは絶対に普通の人間ではない！

「気をつけろ、何かいる」

　藍忘機《ランワンジー》が警戒を促す。確かに先ほどは体に触れないぎりぎりのところを通り過ぎただけだが、次は何もされないとは言いきれない。

　魏無羨《ウェイウーシエン》は、前屈みの体を起こしながら尋ねる。

「さっき、なんか聞こえたか？」

「足音と、竹竿の音」

　間違いない。先ほどのほんの一瞬の間に、慌ただしい足音以外に、二人は別の奇妙な音も聞いていた。

「カツカツカツ」と非常に軽快ではっきりと響いたそれは、まるで竹竿で素早く地面をつついているような音に思えた。だが、なぜそんな音がしたのかはわからない。

　ちょうどその時、前方の霧の中からまた足音が聞こえてきた。


　今度の足音はやけに軽くてゆっくりとした歩調だ。しかも数が多く、やたらと乱雑に聞こえる。まるで、たくさんの人間がこちらに向かって注意深く歩いてくるかのようだが、なぜか誰一人として何も言葉を発さない。

　魏無羨《ウェイウーシエン》はすぐさま燃陰符《ねんいんふ》を取り出し、前方に投げつけた。もし前方から怨念を漂わせた何かが来ていたら燃陰符は燃え上がり、その光で辺りを一瞬でも照らすことができるだろう。

　しかし向こうの一行も、こちらが何かを投げつけたことに気づくと、瞬時に反撃してきた！

　数本の色の異なる剣芒が、殺気を帯びて正面から飛びかかってくる。また鞘から出てきた避塵《ビチェン》が魏《ウェイ》無羨《ウーシエン》の目の前を一周し、剣芒をすべて打ち返した。

　すると、向こうはてんやわんやの大騒ぎになって慌てふためいている。その騒ぐ声を聞いて、藍忘機《ランワンジー》はすぐに避塵《ビチェン》を収めた。

　とっさに魏無羨《ウェイウーシエン》が呼びかける。

「金凌《ジンリン》？　思追《スージュイ》？」

「またお前か!?」

やはり聞き間違いではなかったようだ。驚く金凌《ジンリン》の声は、まさに白い霧の向こう側から聞こえてくる。

「それはこっちの台詞《せりふ》だろう！」

魏無羨《ウェイウーシエン》が即座に反論する。

「莫《モー》公子ですか？　もしかして、含光君も来ていらっしゃるんですか？」

問いかけてくる藍思追《ランスージュイ》の声には、抑えようとしていても、隠しきれない喜びが溢れていた。

藍忘機《ランワンジー》もいるかもしれないと聞いて、まるでまた禁言術でもかけられたみたいに、金凌《ジンリン》はすぐさま黙り込んだ。彼に懲らしめられるのがよほど怖いようだ。

「きっといらっしゃるんだ！　さっきの剣は避塵《ビチェン》だよ！　そうですよね!?」

さらに藍景儀《ランジンイー》が叫ぶのも聞こえてくる。

「うん、来てるよ。今俺の隣にいる。お前らもこっちに来な」

少年たちは霧の向こうにいたのが敵ではなく味方だとわかって安堵したらしく、一斉に駆け寄ってきた。金凌《ジンリン》と藍《ラン》家の者たち以外に、違う世家の校服を着ている少年たちも七、八人いて、彼らはどこか戸惑ったような表情を浮かべている。おそらく、それなり以上に身分の高い仙門世家の公子たちなのだろう。

「お前らはなんでここにいるんだ？　しかも手加減もなしでいきなり攻撃してくるなんて。幸い俺の横には含光君がいたから良かったけど、一般人を傷つけたらどうするつもりだ？」

魏無羨《ウェイウーシエン》がそう言って少年たちを窘めると、金凌《ジンリン》が反論した。

「こんなところに一般人なんかいるわけないだろう。それに、この町にはそもそも人なんていないんだから！」

藍思追《ランスージュイ》も同意するように頷く。

「晴れた昼間なのに、怪しい霧が立ちこめたままで、しかもすべての店が門戸《もんこ》を閉ざしています」

「それは一旦置いといて、そもそもお前らはどうしてここに集まったんだ？　まさかとは思うが、皆で一緒に夜狩に行く約束をしたからとか言うんじゃないだろうな？」

金凌《ジンリン》は相手が誰でも噛みついて喧嘩をしなければ気が済まない性格だ。以前、藍《ラン》家の少年たちとは少々ぶつかっていたことを考えると、彼らと一緒に夜狩に行く約束などするわけがない。

「それについてお話しすると長くなるのですが、私たちはもともと……」

いつも打てば響くように反応する藍思追《ランスージュイ》が説明しようとしたちょうどその時、霧の中から「カツカツカツ」「コツコツコツ」と、あの竹竿で地面をつつくような異常なほどに耳障りな音が響いてきた。

「まただ！」

少年たちは一斉にざわめいて顔色を変えた。

その音は、なぜか聞こえたり消えたり、その距離も近かったり遠かったりしている。正確に相手の位置を把握することはもちろん、いったいどういう類のモノがこんなふうに不気味な怪しい音を出しているのかも判断できない。

「皆こっちに来て、近くに固まれ。むやみに動いたり、剣を抜いたりするなよ」

魏無羨《ウェイウーシエン》がそう言って彼らに注意を促す。濃い霧の中で、経験の浅い少年たちがあちこちで剣を抜いたりしたら、敵どころか誤って味方を傷つけてしまう。

しばらく様子を窺っているうち、音はぴたりと止まった。そのまま息を潜めていると、世家公子の一人が小声で口を開いた。

「またかよ……いったいいつまで僕たちにつきまとうんだ！」

「ずっとお前らについてきてるのか？」

驚く魏無羨《ウェイウーシエン》に、藍思追《ランスージュイ》が説明してくれる。

「町に入ったあと、あまりに霧が濃いので皆はぐれないように固まっていたら、突然あの音が聞こえてきたんです。最初はまだ先ほどのように速くなくて、一回一回がゆっくり響いていました。その時、霧の中を小さな影がゆっくり歩いていくのがおぼろげに見えたので追いかけたのですが、すぐ消えてしまって……それからです。あの音が私たちにつきまとうようになったのは」

「影はどれくらい小さかった？」

藍思追《ランスージュイ》は手を自分の胸のところまで上げ、「このくらいです。小柄で、とても痩せていました」と答えた。

「お前らが町に入ってから、どれくらい経った？」

「そろそろ半炷香になります」

「半炷香？　含光君、俺たちはどれくらいだ？」

魏無羨《ウェイウーシェン》の問いかけに、立ちこめる白い霧の奥から藍忘機《ランワンジー》の声が聞こえてくる。

「もうすぐ一炷香だ」

「おい、俺たちの方が早く町に入ったのに、なんでお前らは俺たちの前にいたんだ？　しかも、道を折り返してきてやっと会えたなんて」

「折り返したって？　俺たちはずっとこの通りを真っすぐ、前に向かって進んでいただけだぞ」

ついに堪えきれなくなったようで、金凌《ジンリン》が口を挟んだ。

全員が城門から真っすぐ進んでいたとなると、まさかこの通りは誰かに細工されて、無限に回る迷陣と化しているのだろうか。

「試しに御剣して上まで飛んでみたか？」

魏無羨《ウェイウーシェン》の質問に、また藍思追《ランスージュイ》が答えた。

「試しました。でも、かなり高く飛んだつもりが、実際はそれほど上昇できていませんでした。しかも得体の知れない黒い影が空中を飛び回っていて、私一人では対処できないと思い、そのまま降りました」

その言葉に、全員が押し黙った。蜀東一帯は元来霧が発生しやすいため、最初は誰もが義城の霧を気に留めていなかったが、これはどうやら自然に発生した霧ではなく、妖霧のようだ。

「この霧、まさか毒じゃないですよね!?」

藍景儀《ランジンイー》が動揺した声を上げた。

「おそらく毒はないだろう。俺たち、結構長いことここにいるけど、まだ生きているからな」

魏無羨《ウェイウーシェン》が答えると、ふいに金凌《ジンリン》がイライラした声音で言った。

「こんなことになるって知っていたら、仙子《シェンズー》も連れてきたのに。全部お前らのあのクソロバのせいだ」

魏無羨《ウェイウーシエン》はその犬の名前を聞いて、背中にぞわっと鳥肌が立つのを感じた。

金凌《ジンリン》の恨み言を聞き、藍景儀《ランジンイー》が言い返す。

「いったいどっちが悪いと思ってるんだ？　そっちが先に噛みついてきたから、林檎ちゃんに蹴られたんだろうが。まあ、どっちにしろ今は二匹とも動けないけどな」

魏無羨《ウェイウーシエン》が慌てて聞いた。

「今なんて言った!?　俺の林檎ちゃんが犬に噛まれたのか!?」

「俺の霊犬とあのロバを比べられるわけがないだろう？　仙子《シェンズー》は瑶《ヤオ》叔父上がくれたんだぞ。もし仙子《シェンズー》に何かあったら、一万頭のロバでも弁償しきれないんだからな！」

「いちいち斂芳尊《れんほうそん》の名前を出すな。俺の林檎ちゃんだって含光君がくれたロバだぞ。それより、お前らはなんで林檎ちゃんを夜狩に連れていったりしたんだ？　しかも怪我させるなんて！」

魏無羨《ウェイウーシエン》が口から出任せを言うと、すぐさま藍《ラン》家の少年たちは「そんなの嘘です！」と口を揃えて抗議した。彼らは、品位ある含光君の眼識をもってすれば、あんなロバを人に贈るなど到底信じられなかった。たとえ藍忘機《ランワンジー》本人が一切否定しなかったとしても、断固として信じたくはなかったのだ。

「えっと……莫《モー》公子、すみません。あなたの林檎……ロバは、雲深不知処で毎日騒いでいて、ずっと前から先輩方からも苦情を受けていたんです。それで、次の夜狩に必ず一緒に連れていって、追い払ってこいと命じられて、それで……」

藍思追《ランスージュイ》がすまなそうに事情を説明した。

「あのロバ、最初から気に食わなかったんだ。しかも名前が林檎ちゃんだなんて、名づけた奴は絶対にバカだろう！」

金凌《ジンリン》も、ここだけは藍《ラン》家の少年たちと気が合い、あのロバを贈ったのが藍忘機《ランワンジー》だとは一切信じなかった。

しかし、ふいに藍景儀《ランジンイー》ははっとして、万が一あのロバを贈ったのが本当に含光君だとしたらまずいと思ったのか、慌ててロバを庇った。

「林檎ちゃんって名前のどこがダメなんだ？　林檎が好物だから林檎ちゃん、わかりやすくてぴったりじゃないか。お前があの太った犬を仙子《シェンズー》とかいう名前で呼んでるのより何十倍もましだ！」

「仙子《シェンズー》が太ってるだって!?　お前、仙子《シェンズー》よりも逞しくて機敏な霊犬がいるなら探してこ——」

金凌《ジンリン》がいきなり言葉を切る。

唐突に、辺りが静まり返った。

魏無羨《ウェイウーシエン》は訳がわからず、少ししてから「おい、皆いるか？」と声をかけると、周辺から「うう」「ん」とくぐもった声が聞こえ、全員がここにいることを知らせてくる。

藍忘機《ランワンジー》が冷ややかに、「騒がしい」と一言だけ告げた。

（……まさか、ここにいる奴ら全員に、一気に禁言術をかけたのか）

魏無羨《ウェイウーシエン》は思わず自分の唇を触ってみる。自分だけは禁言されていないことを確認して、内心で幸運だとほっとした。

ちょうどその時、左前方の迷霧の中から、新たな足音が聞こえてきた。

その足音は一歩進む度に止まり、足取りがやたらと鈍くて重々しい。そしてさらに真正面、右前方、横、後ろからも同様の足音が聞こえてきた。霧が濃すぎて姿は見えないが、既にその生臭い腐敗臭は漂ってきている——彷屍だ。

もちろん、魏無羨《ウェイウーシエン》が数体の彷屍ごときに気を揉むはずもなく、彼は軽く口笛を吹いた。最後の音を高く跳ね上げたのは、「下がれ」という指令だ。迷霧の中の彷屍たちはその音を聞いて、一瞬足を止めた。

だが、次の瞬間、なぜか一斉にこちらへ襲いかかってきたではないか！

魏無羨《ウェイウーシエン》は、まさか自分の指令が効かないどころか、逆に彷屍たちを刺激してしまうなんて思いもしなかった。だが、彼が「下がれ」と「攻撃せよ」という、まったく異なる指令を間違えることなど絶対にあり得ない！

しかし、今はゆっくり考えている余裕などない。迷霧の中からは歪な人影が七、八体現れていた。義城の霧の濃さを考えれば、こうして彷屍たちの影が見えるということは、既にかなり近づいてきている！

避塵《ビチェン》の凍てついた青い剣芒が、白い霧を切り裂く。剣が魏無羨《ウェイウーシエン》たちを中心にしてぐるりと一周すると、宙に一瞬だけ、ふわりと鋭利な光の輪が現れ、彷屍たちの腰辺りを真っ二つに斬って、再び鞘に戻った。

魏無羨《ウェイウーシエン》がほっと息を吐くと、藍忘機《ランワンジー》が低い声で言った。

「なぜだ？」

魏無羨《ウェイウーシエン》自身も、同じ疑問を抱いていた。

「なぜ彷屍たちに指令が効かなかったかってことだろ？　奴らはゆっくり歩く上に腐敗臭がぷんぷんしてるから、きっと高級の凶屍じゃないし、本当なら俺が手を叩くだけでも怖がって逃げるはずなんだけどな。俺の口笛が突然効力をなくした、なんてことも、霊力を使ってないんだから絶対あり得ない。こんなこと今まで一度もなかったのに……」

しかしその時、彼はあることに思い至り、背中に冷や汗がじわりと滲んだ。

（違う。「今まで一度もなかった」わけじゃない）

過去にも同じような状況に陥ったことがある。しかも、それは一度きりではなかった。確かに、ある種の凶屍などは、彼であっても操ることができないのだ。

それは――陰虎符に支配されている凶屍や悪霊だ！

藍忘機《ランワンジー》が禁言を解いてくれて話せるようになると、藍思追《ランスージュイ》が急いで尋ねた。

「含光君、危険な状況ですか？　今すぐ町から出るべきでしょうか？」

「でも、霧がこんなに濃いし、道もずっと堂々巡りで、しかも飛んでも出られないし……」

すると、別の世家公子が声を上げた。

「また彷屍が来たようです！」

「どこ？　足音なんて聞こえなかったよ？」

「でも、妙な息遣いが聞こえたような……」

先ほどの少年はそう言ってから、ようやく自分がどれだけおかしなことを言ったかに気づいたようだ。きまりが悪そうに口を噤むと、別の少年が呆れた声で突っ込んだ。

「お前な、息遣いって？　彷屍は死人なんだから、呼吸できるわけないだろうが」

少年たちの話し声が途切れないうちに、また一つ、逞しい人影が近づいてきた。避塵《ビチェン》が再び鞘から飛び出て、その人影の頭と体を斬り離す。それと同時に「プシュプシュ」という奇妙な音が聞こえ、近くにいた世家公子たちが悲鳴を上げた。魏無羨《ウェイウーシェン》は彼らが怪我でもしたかと心配になり、慌てて声をかけた。

「どうした？」

「今の彷屍の体から何かが噴き出して……なんか粉みたいなもので、苦くて甘くて、しかも生臭いです！」

そう答えた藍景儀《ランジンイー》は、運悪く口を開けて話そうとしたところに、かなりの量の粉を吸い込んでしまったようだ。礼儀など気にする余裕もなく、彼は何度も「ぺっ」と必死で吐き出している。彷屍の体から噴き出たものなら、おそらくただの粉ではない。その粉はまだ辺りを舞っていて、もしむやみに近づいて肺まで吸い込みでもしたら、口の中に入って食べてしまうよりもっと厄介なことになる。

魏無羨《ウェイウーシェン》はすぐさま声を上げた。

「お前らそこから離れるんだ！　景儀《ジンイー》、お前はこっちに来てちょっと見せてみろ」

「はい、でも何も見えなくて……どこにいるんですか？」

藍景儀《ランジンイー》の戸惑う声が聞こえた。

既に霧で一寸先も見えない状況で、一歩進むことすらも困難になっていた。魏無羨《ウェイウーシェン》はふと、避塵《ビチェン》が鞘から飛び出る度に、その剣芒の光だけは迷霧の中でも鮮やかに見えていたことを思い出す。彼は隣にいる藍忘機《ランワンジー》の方を向いた。

「含光君、剣を少し抜いてくれ。あいつにこっちの居場所を教えてやって」

だが、頼まれた藍忘機《ランワンジー》はなぜか返事をしない。

その時、七歩ほど離れたところから、冷え冷えとして澄んだ青い光が煌くのが見えた。

……藍忘機《ランワンジー》があちらにいる？

（それなら、俺の左隣でずっと無言のまま立っているのは誰だ!?）

次の瞬間、突然魏無羨《ウェイウーシエン》の目の前が暗くなり、前方からぬっと黒い顔が迫ってきた。

その男の顔は、真っ黒な濃い霧に覆われていた！

手を伸ばした男は、魏無羨《ウェイウーシエン》の腰にぶら下がっている封悪乾坤袋を掴んだ。だがそれを手にした途端、乾坤袋は突然ぶわっと膨れ上がる。同時に封印していた紐が切れると、中から一塊に絡み合った獰猛な怨念を持つ悪霊が三体飛び出して、男の顔をめがけて一気に襲いかかった！

「お前、封悪乾坤袋が欲しかったのか？　目が悪いようだな。俺の鎖霊嚢を取ってどうするつもりだ？」

魏無羨《ウェイウーシエン》は可笑しそうに笑った。

先日、櫟陽《れきよう》常《チャン》氏の墓地で、墓荒らしが掘り起こした胴体は手に入れたものの、墓荒らし本人には逃げられてしまった。魏無羨《ウェイウーシエン》と藍忘機《ランワンジー》は、相手があのまま引き下がるはずはなく、隙を見て胴体を奪い返しに来るだろうと、あの日以来ずっと用心を怠らずにいた。予想通り、二人が義城に入ったのを見て、この濃い霧と大人数に紛れて手を出そうと考えたのだろう。確かに彼は上手くやったが、魏無羨《ウェイウーシエン》たちはそれより前に、左腕を封印してある封悪乾坤袋と鎖霊嚢を入れ替えていたのだ。

「チャン」という音を立てて剣を鞘から抜きつつ、墓荒らしは後ろに飛びのく。それと同時に、悪霊たちの怨念に満ちた甲高い叫び声が響いてきた。彼に一振りで斬り捨てられ、四方に散っていったようだ。

（やはり、こいつは強いな）

魏無羨《ウェイウーシエン》はすぐさま叫んだ。

「含光君、墓荒らしが来たぞ！」

知らせるまでもなく、藍忘機《ランワンジー》は音を聞いただけで、既に異変を察知していた。彼は黙ったままだったが、飛び杼《ひ》のように凄まじい剣気を纏って瞬時に反応した避塵《ビチェン》が、彼の代わりに答えてくれた。

今の状況は、正直芳しくない。墓荒らしの剣は黒い霧で覆われていて剣芒が見えないため、迷霧の中に上手く紛れることができるが、避塵《ビチェン》の剣芒は隠しようがない。藍忘機《ランワンジー》が光の下にいるのに対し、敵は暗闇に潜んでいるようなものだ。しかも相手は修為が低くない上に、姑蘇藍《ラン》氏の剣術を熟知している。それに加えて、二人はどちらも迷霧の中で周りが見えないまま戦っているが、向こうは何も気にせずに剣を振り回せるのに対して、藍忘機《ランワンジー》は間違っても味方に傷を負わせないよう気を配らなければならず、相当に不利な状況だ。

魏無羨《ウェイウーシエン》は剣と剣がぶつかり合う音を何度か聞くうちに、急に胸がぎゅっと締めつけられ、思わず叫んだ。

「藍湛《ランジャン》？　怪我したのか⁉」

すると、遠くからくぐもった呻き声が微かに聞こえてくる。おそらく急所を打たれたようだが、それは明らかに藍忘機《ランワンジー》の声ではなかった。

「あり得ない」

続いて耳に届いた彼の声に、魏無羨《ウェイウーシエン》は破顔した。

「そりゃそうだよな！」

墓荒らしからはせせら笑いらしきものが聞こえ、また剣を繰り反撃に出たようだ。避塵《ビチェン》の剣芒と、仙剣同士がぶつかり合う音が次第に離れていく。魏無《ウェイウー》羨《シエン》は、藍忘機《ランワンジー》の意図を理解した。彼は皆を守るために、わざと戦いの場を遠くへ移し一人で墓荒らしの相手をするつもりなのだ。つまり、あとのことを任されたということだ。

「粉を吸い込んだ奴は大丈夫か？」

魏無羨《ウェイウーシエン》は振り返って少年たちに聞いた。

「ふらつき始めています！」

「全員こっちに集まれ！　人数を確認しよう」

藍思追《ランスージュイ》の答えを聞いて魏無羨《ウェイウーシエン》が指示をすると、皆は素直に従った。

幸い、藍忘機《ランワンジー》が彷屍を一掃し、墓荒らしも引き離してくれたおかげで、今はそれ以外の懸案《けんあん》はなさそうだ。例の竹竿の音もしばらく聞こえてきていない。今のうちに、と世家公子たちを集めて人数を数えると、ちゃんと全員いるようだ。

魏無羨《ウェイウーシエン》が藍景儀《ランジンイー》を支えて彼の額に手を当ててみると、少し熱がある。また、彼と同じように彷屍が噴き出した粉を吸い込んだ他の少年たちの額も、触ってみると同じように熱を持っていた。魏無羨《ウェイウーシエン》は藍景《ランジン》儀《イー》の瞼を裏返して確認してから言った。

「舌を出してみろ、あ――」

「あ――」

藍景儀《ランジンイー》が大人しく真似をする。

「うん、おめでとう。屍毒《しどく》にあたったな」

「それのどこがめでたいんだ!?」

彼の見立てを聞いて、金凌《ジンリン》が苛立った声を上げた。

「まあまあ、これも一つの人生経験だよ。年を取ったら話の種になるさ」

一般的に、屍毒にあたる原因は屍変者に噛まれたり引っかかれたりするか、あるいは傷口に屍変者の血液が付着したりすることだとされている。仙術を修行する修士なら、彷屍を自分に近づかせることはおろか、噛まれるような失態を犯すことはまずないため、屍毒を消す丹薬を持ち歩くこともない。

「莫《モー》公子、彼らは大丈夫ですよね？」

藍思追《ランスージュイ》は心配でたまらないという様子で聞いてくる。

「今はまだ大丈夫だけど、屍毒が血液中に染み渡って、それが全身を巡って心臓にまで流れたらもう手遅れだな」

「手遅れって……どうなるんですか？」

「そりゃもちろん死体になるのさ。腐敗してちょっと臭うなんてのはまだましな方で、毒の濃さによっては、毛の長い殭屍《キョンシー》になって、これからはずっとぴょんぴょん跳びながら進むことしかできなくなるだろうなぁ」

魏無羨《ウェイウーシエン》の言葉に、屍毒にあたった世家公子たちは一斉に息を呑んだ。

「治したいか？」

彼らは揃ってこくこくと必死な顔で頷く。

「治したいならよーく聞けよ。いいか、今から俺の言うことに大人しく従うんだ。もちろん全員だぞ？」

少年たちの中にはまだ彼が誰なのかを知らない者も多いが、含光君とやたらと親しく、敬語を使わずに「藍湛《ランジャン》」と名で呼んでいたことは知っている。何より今は、この迷霧が立ちこめて妖気に満ち溢れた義城で、毒にあたって熱を出している。皆が恐怖と不安に包まれ、本能的に誰かを頼りたい気持ちでいっぱいだった。その上、魏無羨《ウェイウーシエン》の言動からは、その不安を消し去るほどの妙な自信が感じられる。だからか、つい全員が彼の言うがままに「はい！」と揃って答えた。

その返事に、魏無羨《ウェイウーシエン》は調子に乗ってさらに言い放った。

「俺の指示は絶対だからな。口答えは禁止。わかったか？」

「わかりました！」

魏無羨《ウェイウーシエン》は満足げな顔でパンパンと手を叩く。

「じゃあ皆立つんだ。元気な奴は、毒にあたった奴に肩を貸してやれ。できれば担いだ方がいい。運ぶ時は、必ず頭と心臓を上向きにな」

彼の指示を聞いて藍景儀《ランジンイー》が怪訝そうに尋ねた。

「なんで運んでもらわなきゃならないんだ？　まだ自分で歩けるのに」

「お兄さん、お前が動き回ったら血も巡って、心臓に毒が回るのも早くなるだろう？　だから極力動くなよ。できればぴくりともしないでじっとしていろ」

それを聞いて、毒にあたった数名の少年たちはとっさに身を硬くし、板のように真っすぐ立ったまま同伴者たちに担ぎ上げられた。

「さっきの屍毒を噴き出した彷屍、本当に呼吸してたぞ」

同じ世家の少年に担がれながら一人の少年が呟くと、彼を担いでいる少年が息を切らしつつ文句を言った。

「だから言ってるだろう。呼吸していたなら、彷屍じゃなくて生きている人間だろうが」

藍思追《ランスージュイ》は、皆の状況を確認してから指示を仰ぐ。

「莫《モー》公子、全員担ぎました。どこに向かいますか？」

「町からはしばらく出られないから、片っ端からこの通りの扉を叩け」

そう言いながら、魏無羨《ウェイウーシエン》は、この中で一番素直で聞き分けが良く、最も手がかからないのは藍思追《ランスージュイ》だなとしみじみ思った。

「いったいどこの扉を叩くんだ？」

指示を聞いた金凌《ジンリン》から怪訝そうに尋ねられ、魏無《ウェイウー》羨《シエン》は少し考えてから答えた。

「家以外に扉がついているものって、他になんかあるか？」

「家の中に入れって？　外がこんなに危険だらけなんだから、家の中にだって何が潜んでるかわかったもんじゃない。今だって、俺たちの様子を窺っているかもしれないだろう」

そう言われると、今まさに無数の目が、濃霧に紛れて家の中から彼らの一挙手一投足を監視しているのではないかという気がしてきて、そこにいた少年たち全員が恐怖のあまり震え上がった。

「その通りだ。外と中のどっちがより危険なのかは正直わからない。でも外はこの通り敵だらけなんだから、中に何が隠れていたって大差ないよ。さあ行くぞ。ぐずぐずしている暇はない、早く解毒しないとな」

少年たちは、魏無羨《ウェイウーシエン》の言いつけに従って動いた。迷霧の中ではぐれないように、全員が自分の前を歩いている者の剣の鞘を掴んで、一軒一軒パンパンと音を立てて扉を叩いていく。

金凌《ジンリン》も思いきり扉を叩いてみたが、中から一切返事はなかった。

「誰もいないみたいだ。ここに入ろう」

「誰が人のいない家に入れって言った？　次を探せ。入りたいのは人が住んでいる家だ」

魏無羨《ウェイウーシエン》に遠くから声をかけられ、金凌《ジンリン》は問い返した。

「人が住んでいる家だって？」

「そうだ。それから、扉は丁寧に叩けよ。さっきのは強く叩きすぎだ。住人がいたら失礼だろう」

魏無羨《ウェイウーシエン》に窘められて、金凌《ジンリン》は苛立ちのあまり危うく木の扉を蹴りつけるところだったが、結局、思いきり地団駄を踏むしかなかった。

この長い通りは、どの家も店も軒並み扉を固く閉ざしていて、何軒叩いても一向に返事はなかった。金凌《ジンリン》は叩けば叩くほどイライラしてきたが、力加減は先ほどよりもかなり気をつけている。藍思追《ランスージュイ》は終始平静で、十三軒目になる店の扉を叩くと、先ほどから何度も口にしている言葉をまた繰り返した。

「どなたかいらっしゃいますか？」

すると扉が少しだけ動き、細く黒い隙間が開いた。

その奥は真っ暗で中の様子は何も見えず、扉を開けた人も無言だった。近くにいた数名の少年たちは、思わず少し後ずさる。

藍思追《ランスージュイ》は気持ちを落ち着かせてから聞いた。

「あなたはこの店の店主ですか？」

しばらくして、年寄りらしきしわがれた声が「ええ」と答えるのが聞こえた。

魏無羨《ウェイウーシエン》が近づいてきて藍思追《ランスージュイ》の肩を叩き、後ろに下がるよう促す。

「店主、俺たちは初めてこの町を訪れたもので、霧が濃すぎて方向を見失ってしまったんです。かなり長いこと歩いてきたのでくたくたで、できればこの店で少し休ませてもらえませんか？」

「この店に、人間を休ませる場所なんてないよ」

魏無羨《ウェイウーシエン》は、暗闇から聞こえる怪しい声にも、その奇妙な言い方にもなんの違和感も覚えていないかのように、平然とした様子で話を続ける。

「でも、この町には他に人のいる場所がなくて困っているんです。どうか助けてはいただけませんか？謝礼は弾みますから」

「どこにそんな金があるんだ？　先に言っておくけど、俺は絶対に貸さないからな」

金凌《ジンリン》は思わず口を挟んだ。

「さーて、見てみろ。これはなんだ？」

魏無羨《ウェイウーシエン》は、手が込んだ作りの小さくて可愛らしい財嚢を、彼の目の前でゆらゆらと揺らす。

それを見るなり、藍景儀《ランジンイー》が驚愕して声を上げた。

「なんてことを！　それは含光君のじゃないか！」

そうこう騒いでいるうちに、扉の隙間がもう少しだけ開いた。中の様子は確認できないままだが、扉の向こう側に、白髪の老婆が無表情で立っているのが見える。

その老婆の背中は曲がっていて、一見した限りではかなり年老いているが、よく見ると顔のしわやしみはそう多くもない。実際は、最初の印象ほど年はとっていないだろう。扉がさらに開き、彼女がその脇に体を避ける。どうやら入ってもいいという意味のようだ。

「本当に入れてくれるのか？」

金凌《ジンリン》は目を丸くし、訝しがりながら声を潜めて聞いた。

「そりゃ当然だ。俺が片足を扉の隙間に突っ込んでたからな。彼女は閉めたくても閉められなかったんだ。まあ、もしどうしても入れてもらえないようだったら、蹴り開けようと思ってたけどな」

「……」

同じように潜めた声で飄々と答える魏無羨《ウェイウーシエン》の面《つら》の皮の厚さに、金凌《ジンリン》は言葉もなかった。

義城は明らかに不気味で怪しく、普通の町ではない。こんな場所で暮らす住民もまた、普通であるはずがないだろう。この老婆もあまりにも胡散臭《うさんくさ》く、世家公子たちは皆店の中に入ることに不安を感じたが、外にいても危険なことに変わりはないし、他に道もない。仕方なく、毒が回らないよう硬直したままでいる仲間たちを担いで続々と中に入った。それを横から冷たい目で見守っていた老婆は、彼らが全員入るとすぐさま扉を閉める。すると、たちまち辺りはまた暗闇に覆い隠されてしまった。

「なぜ明かりをつけないんですか？」

「そこの卓の上にあるから、勝手につけな」

魏無羨《ウェイウーシェン》が聞くと、老婆はしわがれ声で答えた。

藍思追《ランスージュイ》はちょうど卓のそばにいたため、ゆっくりとその上を手で探り紙燭《しそく》〔紙や布で作ったこよりに油を染み込ませた照明具〕を見つけたが、その手は埃まみれになってしまった。彼は明火符を一枚取り出して燃やし、それを紙燭に近づけながら無意識に周囲に目を向ける。すると、冷気が足元から頭のてっぺんまですーっと一気に駆け上がり、頭皮が痺れたような気さえした。

なぜならば、照らし出された店内は、隙間なく押し合いへし合いするように人人人で溢れ返り、その全員が両目をカッと大きく見開いて、瞬き一つせずに彼らをじっと睨んでいたからだ！

驚きのあまり、藍思追《ランスージュイ》の紙燭を持つ手からは力が抜けてしまった。持っていた紙燭が床に落ちる前に、魏無羨《ウェイウーシェン》が素早くそれを掴む。彼は落ち着いた仕草で、藍思追《ランスージュイ》のもう一方の手で燃え続けている明火符に紙燭を近づけ、火をつけてからそっと卓に戻した。

「これは全部店主が作ったものですか？　見事な腕前ですね」

魏無羨《ウェイウーシェン》の言葉で、少年たちはやっと、この部屋を埋め尽くすように立っているのは本物の人間ではなく、大量の紙人形なのだということに気づいた。

非常に手の込んだ作りの紙人形たちは、本物の人間と同じ大きさで、男も女も、子供までいる。男はすべて「陰力士」で、背が高くてがたいが良く、髪を逆立てた怒りの形相をしている。女はどれも見目麗しい美人で、双鬟《そうかん》〔髪を中央から左右に分け、巻き上げて二つの輪にしたもの〕の子も、雲髻《うんけい》〔貴族の髪型の一種で、髪を高く結い上げたもの〕の子も、たとえ寸法の合わない緩くて大きな紙の服に隠れていても、しなやかな肢体を持っているのが見て取れた。

しかも、紙の服の上に描かれた花模様は、本物の服よりも繊細で美しい。濃い墨と鮮やかな色で派手に彩色されたものもあれば、まだ色を塗られておらず、体全体が真っ白なものもある。ただ、どの紙人形にも共通しているのは、生きている人間の血色のつもりなのか大きく頬紅を塗られているところだ。

おそらく描くのが間に合わなかったのだろう、彼らの目玉はすべて白目しかなく、頬紅の過剰な濃さと相反して、その表情は不気味さが一層際立って見えた。

　店内には卓がもう一つあって、その上には長短まちまちの蝋燭が数本立てられていた。魏無羨《ウェイウーシェン》がそれらに一つずつ火をつけていくと、部屋の中は徐々に橙《だいだい》色がかった光で照らされて、ようやく周囲の様子がしっかりと見えるようになった。明るくなった室内には、紙人形の他に左右に一つずつ大きな葬儀用の花輪が置かれ、隅には紙の金元宝《きんげんぽう》〔古代中国の通貨。これを紙で模して副葬品にする〕や、紙銭等の葬儀用品が山のように積み上げられている。

　金凌《ジンリン》はとっさに剣を鞘から少し抜き出し、いつでも応戦できるように警戒していたが、ここがただの葬儀用品の店だとわかると、皆に気づかれないようにほっと息を吐いて剣をまた鞘に収めた。

　仙門世家では、こんなにごちゃごちゃと不気味に飾り立てた葬儀は行わない。少年たちにとってこれらは馴染みのあるものではなかったので最初は驚いたものの、すぐに興味が勝って、鳥肌を立てながらもしげしげと辺りを眺め始める。次第に、夜狩などで出会う妖獣よりも、むしろこの店の方が刺激的だと感じているようだった。

　外の霧がいくら濃くても、店の中にまで入ってはこられない。少年たちがお互いをはっきりと確認できたのは、義城に足を踏み入れてからこれが初めてのことで、顔を見合わせているうちに安堵で緊張も解けてきた。魏無羨《ウェイウーシェン》は彼らが落ち着いたことを確認すると、また老婆に尋ねた。

「すみません。少し台所をお借りしてもいいですか？」

　彼女はどうやらあまり明かりを好まないらしく、ほとんど憎々しげにすら見える表情で紙燭の火を睨みつけていた。

「台所は奥だよ。勝手に使いな」と言い残すと、まるで疫病神でも避けるかのように奥の部屋に逃げ込んでしまう。彼女が扉を閉める大きな音に、思わず皆びくっと肩を震わせた。

「あの妖怪老婆、絶対なんか怪しいぞ！　おい……」

「わかったから、それ以上言うな。なあ、ちょっと手伝ってほしいことがあるんだけど、誰か一緒に来てくれる奴はいるか？」

金凌《ジンリン》が文句を言いかけるのを遮って魏無羨《ウェイウーシエン》が声をかけると、すぐさま藍思追《ランスージュイ》が「私が行きます」と応じた。

「あのー、俺はどうすれば？」

真っすぐに立ったままの藍景儀《ランジンイー》が聞いてくる。

「そのまま立ってろ、絶対勝手に動くなよ？」

部屋を出ていきながら、魏無羨《ウェイウーシエン》はきっぱりと命じた。

藍思追《ランスージュイ》は魏無羨《ウェイウーシエン》のあとについて奥にある台所へ向かったが、入った瞬間、ひどい悪臭が鼻をついた。生まれてこの方、こんな臭いは嗅いだことがなかったため眩暈すら感じたものの、なんとか堪えて外に逃げることはしなかった。しかし、一緒についてきた金凌《ジンリン》は入った瞬間すぐさま飛び出して、臭いを消そうと必死に手で鼻先を扇いだ。

「なんだこの臭いは!?　お前、解毒方法も考えないで、こんな所に来て何するつもりだ!?」

「あれ？　ちょうどいいところに来たな。どうして俺がお前を呼ぼうとしたのがわかったんだ？　さ、こっち来て手伝え」

「俺は手伝いに来たんじゃない！　おえっ！　絶対誰かここで人を殺したまま、埋めるのを忘れてるだろう!?」

「金《ジン》お嬢様、どうなさいますか？　こっちに来るなら手伝え。来ないなら大人しく部屋に戻って、他の奴を来させろ」

「誰が金《ジン》お嬢様だ？　お前、言葉に気をつけろ！」

金凌《ジンリン》はしばらくの間鼻を摘まんで、戻るか手伝うかを悩んでいたが、結局最後は鼻を鳴らし、「お前がいったいどうするつもりか、見せてもらおうじゃないか」とぷんぷん怒りながら袍の裾を持ち上げつつ台所に入ってきた。

ところがその時、魏無羨《ウェイウーシエン》が床に置いてあった木箱の蓋をぱかっと開けた。すると、悪臭はまさにその中から湧いていたことが判明した。箱の中には豚の脚が一本と鶏が一羽入っていて、赤かったはずの肉はほとんど緑色に変化し、しかも白い蛆虫《うじむし》が緑の上でくねっている。

それを見て、金凌《ジンリン》はもう一度台所から逃げ出そうとした。しかし魏無羨《ウェイウーシエン》はその箱を持ち上げると、彼を呼び止めて渡した。

「おい待て、これを捨ててこい。臭いが届かない所ならどこでもいいから」

金凌《ジンリン》は吐き気と疑問を胸いっぱいに抱え込みながら、仕方なく言われた通りにその箱を捨てに行った。それを済ませると、手ぬぐいでごしごしとしつこく指を拭いて、その手ぬぐいも捨てる。再び台所に戻ると、魏無羨《ウェイウーシエン》と藍思追《ランスージュイ》は、何やら裏庭の井戸から水を二桶汲んできて、台所を掃除し始めたところだった。

「お前ら、何やってるんだ？」

「見ての通り、かまどを掃除しています」

藍思追《ランスージュイ》はせっせとあちこちを拭きながら答えた。

「掃除してどうするんだ？　食事を作るわけでもあるまいし」

金凌《ジンリン》の言葉に、同じように掃除をしながら魏無《ウェイウー》羨《シエン》が指示をしてきた。

「何言ってるんだ、食事を作るんだよ。お前も手伝えよな。壁の埃を払って、上にある蜘蛛の巣とかも全部取るんだぞ」

彼があまりにも堂々と、さも当然のようにはたきを渡してくるので、金凌《ジンリン》も訳がわからないままそれを受け取って言われた通りに掃除を始めるしかなかった。だが、そのうちにこれはおかしいと気づき、はたきを魏無羨《ウェイウーシエン》の頭めがけて投げつけてやろうとしたちょうどその時、彼はまた別の木箱を開けるところだった。金凌《ジンリン》は驚愕して再び駆けだしたものの、幸い今度の木箱からは鼻をつくような悪臭は出てこなかった。

三人でてきぱきと働くと、台所はあっという間に綺麗になって生活感を取り戻し、入ってきた時の荒れ果てたお化け屋敷のような雰囲気はすっかりどこかへ消え去った。隅の方には割られた薪《まき》が積まれていたため、それをかまどの底に入れ、明火符で火をつける。その上に綺麗に洗った大きな鍋を置いて湯を沸かす。魏無羨《ウェイウーシエン》は二番目に開けた木箱の中からもち米を取り出して、水で研《と》いでから鍋の中に入れた。

「お粥《かゆ》？」

金凌《ジンリン》が尋ねると、「そう」と魏無羨《ウェイウーシエン》が頷く。

苛立ち紛れに金凌《ジンリン》は思わず雑巾を投げ捨てた。

「お前な、ちょっと働いたくらいですぐ怒るなよ。少しは思追《スージュイ》を見習えば？　一番頑張ってくれて、文句一つ言わない。それにお粥のどこが悪い？　美味しいだろ？」

「お粥のどこがいいんだよ？　あっさりして味つけもないし！　違う……俺が怒ってるのはお粥が嫌いだからってことじゃないぞ!?」

「まあいいや、どうせお前に食わせるつもりはないから」

魏無羨《ウェイウーシエン》がしれっとして言うと、金凌《ジンリン》は余計に声を荒らげた。

「なんだと？　こんなに働かせておいて俺の分がない!?」

その時、ふいに閃いたように藍思追《ランスージュイ》が質問した。

「莫《モー》公子、もしかしてこのお粥は屍毒に効くんですか？」

「そうだよ。でも本当に屍毒に効くのはお粥じゃなくてもち米自体なんだ。民間療法の一つで、一般的には彷屍に噛まれたり、爪で引っかかれたりした傷口には、生のもち米を粒のままそこにのせる。万が一、今後また同じ状況になったら試してみな。かなり痛いけど、絶対にすぐ効くから。でも、あいつらの場合はそういうのじゃなくて、屍毒の粉を吸い込んだわけだからな。お粥にして飲ませるしかないんだ」

魏無羨《ウェイウーシエン》はにこやかに説明した。

「だから人が住んでいる家を探していたんですね。人が住んでいれば台所もあるでしょうし、そして台所があればもち米もあるかもしれませんから」

藍思追《ランスージュイ》が目から鱗が落ちたというような顔で感嘆していると、金凌《ジンリン》が口を挟んだ。

「でも、その米がまだ食べられるかどうかなんてわからないだろう？　ここは埃だらけで肉も腐ってたし。少なくとも一年以上は台所を使ってないみたいだけど、あの老婆、まさか一年も何も食べてないのか？　だけど、そんなに長く辟穀しているわけはないし、どうやって生きてきたんだ？」

「実は、この店にはずっと前から誰も住んでいなくて、彼女も本当はここの店主でもなんでもない。あるいは、彼女は何も食べなくても平気、のどっちかだろうな」

魏無羨《ウェイウーシエン》が事もなげに言ってのけると、藍思追《ランスージュイ》は声を低める。

「食べなくても平気なら、つまり死者ということですよね。でも、あのお年寄りは明らかに息をしています」

「その通り。ああ、そういえば、お前らがどうして一緒に義城に来たのかまだ聞いてなかったよな？　しかも、また俺たちと会うなんて、そんな偶然あるか？」

魏無羨《ウェイウーシエン》は台所にあったいろいろな瓶や壺の中身を適当に粥に入れて、ぐるぐるとかき混ぜながら尋ねる。

その質問に、二人の少年の表情は急に重々しくなった。

「俺と、こいつら藍《ラン》家の人間や、その他の世家の奴らは、同じものを追いかけてここに辿り着いたんだ。俺は清河から」

金凌《ジンリン》が話し始めると、藍思追《ランスージュイ》も口を開く。

「私たちは琅邪《ろうや》からです」

「何を追っていたんだ？」

「それがわからないんです。相手はずっと姿を見せなかったので、私たちもそれがモノなのか、それとも人なのか……あるいはなんらかの組織なのかすらもわからなくて」

藍思追《ランスージュイ》は困りきった表情を浮かべる。

魏無羨《ウェイウーシエン》は、二人が義城にやって来るまでの経緯を詳細に聞き出した。

数日前、金凌《ジンリン》は彼の叔父を欺いて魏無羨《ウェイウーシエン》を逃がしたことで、今度こそ本当に脚をへし折られるかもしれないと不安になり、こっそり逃げ出した。十日ほど姿をくらまして、江澄《ジャンチョン》の怒りが収まった頃に戻ろうと考えて、紫電《ズデン》を江澄《ジャンチョン》の腹心の部下に渡してから出奔《しゅっぽん》したのだ。彼はそのまま清河を出ようとして、ある小さな町まで進み、次の夜狩の場所を探すためにその町の大きな宿で一晩過ごすことにした。だがその日の夜、彼が部屋で仙術の勉強をしていると、突然、足元で伏せていた仙子《シエンズー》が部屋の扉に向かって吠え始めた。時は既に深夜、金凌《ジンリン》は霊犬を叱りつけて静かにさせたが、次の瞬間、今度は扉を叩く音が聞こえてきた。

仙子《シエンズー》は吠えるのを我慢していたが、明らかに落ち着きがなく、鋭い爪でひたすら床を引っかき、低く喉を鳴らして警戒を緩めずにいた。金凌《ジンリン》も訝しく思い、「誰だ」と声を張り上げたが、返事がなかったので扉を開けることはせずに無視した。しかし、半時辰が過ぎた頃、再び扉を叩く音が響いた。

金凌《ジンリン》は仙子《シエンズー》を連れて窓から飛び降り、宿の入り口に回って、二階にある自分の部屋へ上がった。相手の不意をついて背後から攻めようと考えたのだ。いったい誰がこんな夜中に悪さをしているのかを見てやろうと思ったのだが、扉の前にはなぜか誰もいなかった。こっそりとしばらくの間見張りを続けたものの、一向に誰かが現れる様子はなかった。

金凌《ジンリン》はいざという時に備えて、扉のすぐそばで仙《シエン》子《ズー》に見張らせ、次に誰か来た時にはすぐ襲撃できるようにと自分も一晩中寝ずにいたが、結局その夜は何も起きなかった。ただずっと、水がぽたぽたと滴るような、奇妙な音が微かに聞こえていただけだった。

次の日の早朝、外から誰かの叫び声がして、金凌《ジンリン》はすぐさま扉を蹴り開けて部屋の外に出た。しかし、一歩踏み出した足元には、なんと血溜まりが広がっていた。そして次の瞬間、何かが頭上から落ちてきて、金凌《ジンリン》は瞬時に後ろに飛びのいた。

落ちてきたのは、一匹の黒猫の死骸だった！

どうやら自分たちが気づかない間に、誰かがまたこっそりとやってきて、あろうことか扉の上部に死骸を釘づけにしたようだ。夜中に聞こえてきたあの奇妙な音は、この猫の血が滴る音だったのだ。

「何軒宿を替えても、それがずっと続いたから、いい加減に頭にきて俺の方から攻めてみようと思ってさ。それで、どこかの町に突然猫の死骸が現れたって話を聞いたら、すぐに犯人を捕まえに向かうようになった。それを繰り返しているうちに、ここまで来たんだ」

金凌《ジンリン》の話を聞き終えると、魏無羨《ウェイウーシエン》は鍋をかき混ぜながら藍思追《ランスージュイ》の方を振り向いた。

「お前らもか？」

藍思追《ランスージュイ》はこくりと頷いた。

「そうです。数日前、私たちは琅邪で夜狩をしていたのですが、ある日の夕餉《ゆうげ》の時に、鍋の中から猫の頭が出てきて……最初は、それがまさか私たちを狙ったことだとは思いもしなかったんです。でも宿を替えて部屋に入ったら、今度は布団の中から猫の死骸が現れて……それからというもの、毎日ずっとです。それで私たちも調べ始めて、櫟陽《れきよう》まで辿り着いたところで金《ジン》公子に会いました。しかもどうやらお互いに同じ事件を調べているようだとわかったので、一緒に行動するようになって、今日もその調査のために初めてこの辺りまで来たんです。それで、道標のすぐそばの村で猟師さんに尋ねたところ、義城への道を教えてもらった次第で」

それを聞いて、魏無羨《ウェイウーシエン》は内心で首を傾げた。

（村の猟師？）

少年たちがあの村を通りかかったのは、おそらく彼と藍忘機《ランワンジー》よりもあとのはずだ。だが、彼らの時は猟師などおらず、恥ずかしがり屋の女たちが数人、鶏に餌を与えながら留守番をしていただけだった。それに彼女たちは、村の男たちは出稼ぎでしばらく帰らないと言っていたはずだ。

考えれば考えるほど、魏無羨《ウェイウーシエン》の表情は険しくなった。

　事の顛末を聞く限り、相手は猫を殺して死骸を捨てたこと以外、他に行動を起こしていない。確かにどれも恐怖に満ちた出来事ではあるが、少年たちは直接危害を加えられたわけでもなく、ただ好奇心と探求心を刺激されただけだ。

　しかも、彼らが出会ったのは櫟陽《れきよう》で、ちょうど魏《ウェイ》無羨《ウーシエン》と藍忘機《ランワンジー》も、櫟陽《れきよう》から南に向かって蜀東に辿り着いたところだ。どう考えても、何も知らない少年たちを自分たち二人とここで合流させるために、誰かが裏で糸を引いているとしか思えない。

（こいつらを危険な場所に誘導して、殺気に満ちたバラバラ凶屍と対峙させる——これって、莫《モー》家荘の事件とまったく同じ手口じゃないか？）

　だが、難問は他にもある。魏無羨《ウェイウーシエン》にとって最も気がかりなのは——陰虎符の存在だ。

　もしかしたら、それは今まさにこの義城にあるかもしれない。

　その可能性は、製作者である魏無羨《ウェイウーシエン》本人にとって受け入れ難いものだったが、陰虎符がここにあるとすれば今の状況も説明がつく。なにしろ半分になった陰虎符の残骸を復元できる者がいたというのだ。その人物は既に粛清されたと言われているが、復元された陰虎符がまた他の誰かの手に渡っていないとは誰にも言いきれない。

　ちょうどその時、藍思追《ランスージュイ》が声をかけてきた。

「莫《モー》先輩、お粥ができたみたいですよ？」

　彼はしゃがみ込んでかまどに風を送りながら、顔を上げてこちらに目を向けている。

　魏無羨《ウェイウーシエン》は我に返ると、鍋を混ぜ続けていた手を止めた。それから、先ほど藍思追《ランスージュイ》が綺麗に洗った茶碗に粥を少し掬って味見をする。

「上出来だ。さ、向こうに持っていけ。毒にあたった奴らに一杯ずつ食べさせてあげな」

　しかし、運ばれてきた粥を一口食べるなり、藍景《ランジン》儀《イー》はそれを勢い良く噴き出した。

「これはなんなんだ？　まさか毒か!?」

「毒ってなんだ、これは解毒剤だぞ！　もち米のお粥」

「もち米がなんで解毒剤なのかは置いておいて、こんなに辛いお粥を食べたのは生まれて初めてだぞ！」

粥を口にした他の少年たちも皆こくこくと頷き、同じように涙目になっていたため、魏無羨《ウェイウーシエン》は指で顎をそっと撫でた。彼は雲夢育ちで、雲夢の人は皆辛い物が大好物だ。しかも魏無羨《ウェイウーシエン》はその中でもさらに辛党で、彼が料理を作ると、江澄《ジャンチョン》でもいつも辛すぎて我慢できず、毎回茶碗を床に叩きつけて不味いと罵っていた。それでも彼は、懲りずについついつい料理の中に一さじまた一さじと調味料を追加してしまう。先ほども、どうやら無意識のうちにそうしていて、加減できなかったようだ。

藍思追《ランスージュイ》もその味が気になって、お粥を手に取って一口味見すると、顔が一瞬でカッと赤くなった。

（これは……恐ろしい味なのに、なぜか懐かしいような気が……）

必死で口を閉じて、噴き出すことをなんとか堪えたが、あまりの辛さに両目が赤くなっていた。

「ほら、薬にも三分の毒って言うだろ。辛いと汗が出るから、治りも早くなるぞ」

「えぇ……」

彼らは不審げな声を漏らし、信じられないという態度ではあったが、それでも顔を顰めながら悪戦苦闘し、粥を残さず平らげた。するとみるみるうちに皆の顔は真っ赤になって、頭から汗がだらだらと流れ、いっそ死んだ方がましだと思うほどの苦しみに襲われた。

「おいおい、お前らその程度で限界なのか？　含光君だって姑蘇の人だけど、あいつは結構辛い物平気なのに、お前らときたら弱すぎるだろう」

魏無羨《ウェイウーシエン》は思わず笑った。

「そんなはずはありません、先輩。含光君の好みは淡白な味つけの料理で、辛い物なんて雲深不知処ではこれまで作らせたことすらありません……」

藍思追《ランスージュイ》は手でひりひりする口を塞ぎながら答えた。

魏無羨《ウェイウーシエン》は呆気に取られ、「そうなのか？」と聞き返す。

　彼は、前世で雲夢江《ジャン》氏から離反したあと、藍忘機《ランワンジー》と夷陵で偶然出くわした時のことを覚えていた。当時の魏無羨《ウェイウーシエン》は、世間の非難を集めてはいたけれど、まだあらゆる人から殺したいと憎まれるほどではなかったため、悪びれもせず藍忘機《ランワンジー》と一緒に食事をして昔話でもしようと誘ったのだ。その時に藍忘機《ランワンジー》が注文した料理は、ほとんどが山椒《さんしょう》まみれの辛い物ばかりだったから、ずっと藍忘機《ランワンジー》は自分と同じく辛党だとばかり思い込んでいたのだ。

　しかし今になって思えば、藍忘機《ランワンジー》の箸の進みがどうだったかまでは思い出せない。そもそもあの時だって、自分からおごると言って誘ったのに、食べ終える頃にはすっかり忘れて、結局藍忘機《ランワンジー》に支払わせたのだ。そのような細かいことを今の彼が覚えているはずがなかった。

　なぜだかふいに、魏無羨《ウェイウーシエン》はとても、とても藍忘機《ランワンジー》の顔が見たくてたまらなくなった。

「……先輩、莫《モー》先輩！」

　声をかけられて、魏無羨《ウェイウーシエン》はやっと我に返った。

「うん？」

　すると、藍思追《ランスージュイ》が小声で囁いた。

「あのお年寄りの部屋の扉が……開いています」

〈二〉

どこからか薄気味悪い風が吹いてきた。その風は奥の部屋の扉に吹きつけ、わずかに開いた扉は、風の動きに導かれてゆらゆらと開いたり閉まったりしている。その隙間からは暗闇が覗いていて、背中の曲がった人影が卓のそばに座っているのがおぼろげに見えた。魏無羨《ウェイウーシエン》は、少年たちに動くなと合図すると、一人でその部屋の中に足を踏み入れる。

扉を開けると、先ほど灯した明かりが部屋の外から差し込み、室内の様子が見えるようになった。老婆は俯いたまま、誰かが中に入ってきたことにも気づいていないようだ。その膝の上には布を張った刺繍枠があり、どうやら手仕事をしていたらしい。彼女は両手をぎこちなくくっつけて、針に糸を通そうと難儀しているところだった。

「明かりをつけた方がいいんじゃないですか？　糸通しなら俺がやりますよ」

魏無羨《ウェイウーシエン》も卓のそばに腰を下ろすと、老婆から受け取った針に一瞬で糸を通す。それをまた彼女に返してから、何事もなかったかのように部屋を出て、扉を閉めた。

「誰も中には入るなよ」

皆に釘を刺すと、金凌《ジンリン》が尋ねてきた。

「あの妖怪老婆が生きているのかどうか、わかったのか？」

それを聞いて、魏無羨《ウェイウーシエン》は顔を顰めた。

「人のことを妖怪老婆なんて呼ぶもんじゃない。失礼だろう……あの老婆は、活屍《かつし》だ」

少年たちはきょとんとして互いに顔を見合わせる。

「活屍ってなんですか？」と藍思追《ランスージュイ》が質問した。

「頭のてっぺんから足のつま先まで、肉体は死んでいるのに生きている。それが活屍だ」

魏無羨《ウェイウーシエン》の言葉に、金凌《ジンリン》は意表を突かれて声を上げた。

「じゃあ、あの人はまだ生きているって言うのか!?」

「お前ら、さっき中を覗いたか？」

魏無羨《ウェイウーシエン》が皆に問いかける。

「はい」

「何が見えた？　彼女は何をしていた？」

「針に糸を通していました」

「それで、通せたか？」

「……いいえ」

「そう、通せなかった。死人の筋肉は硬直しているから、針に糸を通すなんていう複雑な動きはできない。彼女の顔にあったしみも、年を取ったからできたものじゃなくて、あれは死斑《しはん》だ。それに彼女は食事を必要としていない。それでも、呼吸をしてるってことは、つまり生きているんだ」

すると藍思追《ランスージュイ》は困惑顔になる。

「でも……お年寄りは目が良くない方が多いですし、針に糸を通せないのも自然なことではないでしょうか」

「だから俺も手伝ってあげたんだ。だけど、お前ら誰も気づかなかったか？　俺が部屋に入ってから出てくるまでの間、彼女は一度も瞬きをしなかっただろう」

魏無羨《ウェイウーシエン》が言うと、少年たちはしきりにぱちぱちと目を瞬かせた。

「生きた人間が瞬きをするのは、目が乾くのを防ぐためだ。でも死人にはその必要がない。それと、俺が針と糸を受け取った時、彼女がどんなふうに俺を見ていたか、気づいた奴はいるか？」

魏無羨《ウェイウーシエン》がさらに続けると、金凌《ジンリン》がはっとしたように言った。

「目を動かしたんじゃなくて……頭を動かしてた！」

「その通り。普通、人間が違う方向を見る時は多少なりとも目が動くものだ。でも死人にはそれができない。そんな繊細な動きは不可能だからな。だから、首ごと動かすしかないんだ」

魏無羨《ウェイウーシエン》の説明を聞いて、藍景儀《ランジンイー》がぽかんとしたまま言った。

「俺たち、この話を書き留めて残しておいた方がいいんじゃないか？」

「それはいい心がけだな。でも、夜狩の時に読み返す暇なんてないだろう。しっかり心に刻んでおけ」

「彷屍だけでも十分異常なのに、なんで活屍みたいなモノまでいるんだ！」

金凌《ジンリン》はそう言って歯を食いしばった。

「活屍が自然にでき上がるなんて、まずあり得ないことだ。大抵は人為的に作られるし、この老婆も例外じゃないだろう」

魏無羨《ウェイウーシエン》がそう言うと、少年たちは愕然とした顔になった。

「作られる!?　いったいなんのためにですか!?」

「死人には欠点がたくさんある。体が硬直していて、動きも遅いとかいろいろな。でも、利点もたくさんあるんだ。傷や痛みを恐れないし、自我がないから操りやすい。というわけで、どこかの誰かがその欠点を改良して、生きた人間を使って完璧な傀儡を作れないかと考えたんだ。そして、活屍が生み出された」

魏無羨《ウェイウーシエン》が淡々と語るのを聞いて、少年たちは口にこそ出さなかったが、その顔には大きな字ではっきりと書いてあった。

『作った人は絶対、魏《ウェイ》！　無《ウー》！　羨《シエン》！』

それを見て魏無羨《ウェイウーシエン》は複雑な気持ちになって、思わず苦笑した。

（俺は、これまでに一度もそんなもの作ったことはないぞ！）

だが、活屍が生み出された経緯からすれば、いかにも彼がやりそうなことではある。

「ゴホン、はいはいそうだね。確かに、一番最初にそういうことをやり始めたのは魏無羨《ウェイウーシエン》だ。でも、彼は温寧《ウェンニン》、つまり鬼将軍という完璧な傀儡を作り出すことに成功してる。そういやずっと聞きたかったんだけど、このあだ名って誰がつけたんだ？　バカらしい。ええとそれで、彼の真似をしようとした連中がいたが、どうやっても遠く及ばず邪法外道に手を出した。その結果、生きた人間の体を使うようになって、活屍みたいなモノが生み出されたってわけだ」

彼は活屍を「いわば模倣品の失敗作だな」と結論づけた。

魏無羨《ウェイウーシエン》の名が出ると、金凌《ジンリン》の表情は途端に冷ややかになり、鼻を鳴らす。

「魏嬰《ウェイイン》の奴はもともと外道だろうが」

「うん、そうだな。そしたら活屍を作り出した連中は、外道の中の外道だ」

「莫《モー》先輩、では私たちはどうすればいいんでしょう？」

藍思追《ランスージュイ》が困り果てたように聞いた。

「活屍の中には、自分の体がもう死んでいることに気づいていない者もいる。俺が思うに、この老婆も自分の状況を理解していないようだから、今のところはそっとしておけばいい」

魏無羨《ウェイウーシエン》が答えた、ちょうどその時だ。

竹竿が地面をつつく軽快な音が再び鳴り響いてきた。

それを聞いて、部屋にいる世家公子たち全員の顔色が真っ青になった。彼らは町に入ってからずっとこの音に悩まされ、延々とまとわりつかれてきたため、もはや聞くだけで怯える始末だ。

その音は窓のすぐ外側から響いてきたが、窓には黒い木の板が打ちつけられて開かないようになっている。

魏無羨《ウェイウーシエン》が声を出すなと手で合図をする。皆はすぐさま息を潜め、彼が窓に近づいて板の隙間から外を覗く様子を見守った。

そっと慎重に歩み寄り、覗き込んだ魏無羨《ウェイウーシエン》の目には辺り一面の白が見えた。屋外の迷霧が濃すぎて何も見えないだけかと思った次の瞬間、その白がぱっと素早く飛びのいた。

すると、ひどく凶悪な目つきをした真っ白な両目が、憎々しげにこちらを睨んでいるのが見えた――先ほど彼が目にした白は迷霧ではなく、その瞳のない両目だったのだ。

一方、彼を見守っている金凌《ジンリン》たちの胸の鼓動は激しくなるばかりだった。魏無羨《ウェイウーシエン》が外を覗いている時に、突然何かの武器や毒が飛んできたりして、彼が目を手で押さえて倒れるのではないかと気が気でなかったのだ。だから、魏無羨《ウェイウーシエン》が「あっ」と声を漏らしただけで、少年たち全員の心臓は飛び出しそうになった。

「どうしました！」

「しっ、静かにしろ。今見てるから」

一斉に聞かれて、魏無羨《ウェイウーシエン》は声を潜めて少年たちを制した。

金凌《ジンリン》は彼よりも声を落として囁く。

「なんか見えたのか？　外にいったい何が？」

「うんうん……うん……すごい、すごいぞ」

魏無羨《ウェイウーシエン》は隙間から目を離さず曖昧に答える。

彼の横顔は歓喜に溢れ、その声は目に映った何かを賛美しているように聞こえる。彼の反応を目の当たりにして、世家公子たちの好奇心は一瞬で緊張を上回った。

「……莫《モー》先輩、何がそんなにすごいんですか？」

藍思追《ランスージュイ》がうずうずして我慢できずに思わず尋ねた。

「うわっ、これは本当に綺麗だ！　……おい、お前ら静かにしてろよ。怖がって逃げちゃうだろ？　俺はまだ見足りないんだから」

魏無羨《ウェイウーシエン》が隙間に顔をくっつけたまま、もったいぶるように言った。

「どけ！　俺も見たい」

金凌《ジンリン》が焦れたように言うなり、他の世家公子たちが次々と「私も！」と声を上げ始める。

「本当に見たいか？」

「はい！」

その答えを聞いて、魏無羨《ウェイウーシエン》はひどく不本意そうに、ゆっくりと彼らに場所を譲った。金凌《ジンリン》が一番乗りで近づいてきて、板の隙間から外を覗く。

辺りは既に日が落ち、夜になると肌寒さを感じる。義城に立ちこめる迷霧もどうやら少し薄くなったようで、辛うじて数丈先の通りまで見通せるようになっていた。金凌《ジンリン》はしばらくの間覗いていたが、魏無《ウェイウー》羨《シエン》の言う「すごい、綺麗」なものはどこにも見当たらない。

（まさか、さっき俺が喋ったから怖がって逃げたのか？）

　期待が外れて少しがっかりしていた時、突然、小柄で痩せ細った人影が目前にぱっと現れた。

　不意を突かれ、予想だにしなかった相手の姿を目にした金凌《ジンリン》は、衝撃のあまり頭皮が凍りついて痺れるような感覚に包まれた。危うく大声で叫ぶところだったが、他の世家公子たちに情けないところを見せるわけにはいかないという自尊心からか、無意識のうちにみぞおちにぐっと力が入り、どうにか抑え込む。彼は身を強張らせたまま覗き込む姿勢を保ち、頭皮の痺れが治まるのを待った。そしてその感覚が消えるなり、すぐさま魏無羨《ウェイウーシエン》の方に目をやる。窓辺に寄りかかって立つその男は、憎らしいことに片方の口角を上げて眉を跳ね上げ、いかにも意味深長な笑みを金凌《ジンリン》に向けていた。

「どうだ、すごく綺麗だろう？」

　金凌《ジンリン》は彼がわざと自分たちをからかったのだと気づき、忌々しげにキッと魏無羨《ウェイウーシエン》を睨んで歯噛みした。

「そうだな……」

　しかし、すぐに気を取り直すと、金凌《ジンリン》は体を真っすぐに起こして言い放った。

「でも、お前が言うほど大したことはなかったな！」

　それから、さっと窓から離れ、そばで次に誰かが騙されるのを待った。魏無羨《ウェイウーシエン》と金凌《ジンリン》に二人して騙され、他の少年たちの好奇心は限界まで膨らむ。すると、藍思追《ランスージュイ》が我慢できず窓に近づいた。

　しかし隙間から外を覗いた瞬間、彼は率直に「あ！」と叫んで思わず後ろに飛びのいた。顔中を驚きと恐怖でいっぱいにして、慌てふためきながら辺りをきょろきょろと二周見回してから、やっと魏《ウェイ》無羨《ウーシエン》を見つけると必死で彼に訴えた。

「莫《モー》先輩！　外にあれが……あれが……」

「ああ、あれだろう？　皆まで言うな。言ったら楽しみがなくなるだろ。皆に自分の目で見せてやらなきゃ」

　魏無羨《ウェイウーシエン》はしたり顔で頷いた。

だが、他の少年たちは藍思追《ランスージュイ》の驚きようを目の当たりにして、もう誰も窓に近づこうとはしなかった。彼らはやっと魏無羨《ウェイウーシエン》の意図に気づき、何が楽しみだ、ただ自分たちをびっくりさせたいだけだろうと思って、「いえいえ、大丈夫です！」と言いながらしきりに手を振る。

金凌《ジンリン》はやれやれという顔で吐き捨てるように言った。

「こんな時に人をからかって遊ぶなんて、本当にお前は何を考えてるんだ！」

「お前の叔父貴みたいな言い方をするな。お前だって一緒になって皆を騙しただろう？　思追《スージュイ》、さっきのあれ、怖かったか？」

魏無羨《ウェイウーシエン》が尋ねると、藍思追《ランスージュイ》は頷いて正直に答えた。

「怖かったです」

「それならちょうどいい。これは修行のいい機会だぞ。例えば、幽霊はなんで人を驚かすと思う？　それは、人は驚かされると心が傷つき、魂が激しく動揺して最も精気を吸い取りやすい状態になるからだ。だから、幽霊っていうのは度胸のある人が一番苦手なんだ。怖がってくれないんじゃ、つけ入る隙がないから、為す術《すべ》もなくなる。つまり、仙門世家の弟子として何よりも重要なのは、度胸を鍛えることなんだ！」

魏無羨《ウェイウーシエン》がそう説明すると、藍景儀《ランジンイー》が不満げに声を上げた。

「そんなの生まれつきのものだろう？　性格は変えようがないじゃないか」

彼は動けない状態だったおかげで、皆のように興味本位で外を覗かずに済んだことを幸運に思いながらも、文句を言わずにはいられなかったようだ。

「じゃあ聞くけど、お前は生まれつき御剣して空を飛べたのか？　全部修行を重ねてできるようになったんだろう。度胸だってそれと同じだよ。何度も驚く経験を重ねて慣れていけば次第に身につくものだ。そうだな……例えば、厠《かわや》は臭いだろう？　気持ち悪いだろう？　でも、俺を信じろ。一か月も厠に住んでみれば、飯だって中でいつも通りに食えるようになるから」

魏無羨《ウェイウーシエン》は胸を張って言いきったが、少年たちは皆ぞっとして鳥肌を立てた。

「できません！　そんなの信じられません！」

彼らは口を揃えて魏無羨《ウェイウーシエン》の言い分を拒む。

「ただの例え話だろ？　わかったわかった、認めるって。俺は厠に住んだことなんかないから、本当に飯が食えるようになるかどうかはわからないし、さっきのは確かにただのでたらめだよ。でも、外のあれは絶対に試した方がいい。ただ見るだけじゃなくて、じっくり細かく観察するんだ。注意深く目を凝《こ》らして、短時間のうちに相手が隠している弱点を見抜き、危険な状況でも動じずに反撃の機会を探せ。……というわけで、ここまで詳しく説明してやったんだから、お前らちゃんと理解できたよな？　俺から指導を受ける機会なんて滅多にないんだから、無駄にするなよ。こら、下がるなって。さあさあこっちに来て一列に並んで、一人ずつよく見るんだ」

そう言って魏無羨《ウェイウーシエン》は少年たちを促した。

「……本当に見なきゃダメですか？」

「当たり前だ。俺は冗談なんて言わないし、誰かをからかったりするような人間じゃないぞ？　それじゃあ、まずは景儀《ジンイー》から始めようか。金凌《ジンリン》と思追《スージュイ》はさっきもう見たからな」

「えっ？　俺はいいよ。屍毒にあたった奴は動くなって言ったのはあんたじゃないか」

「舌を出してみろ、あ――」

「あ――」

「おめでとう、もう解毒されてるよ。さあ、勇気を出して一歩を踏み出すんだ！」

「もう解毒された!?　嘘だろう!?」

抗議の声もむなしく、彼は仕方なく嫌々窓に近づく。そして隙間から外を一目見るや否や、さっと横の魏無羨《ウェイウーシエン》を見る。さらにもう一目見て、すぐにまた魏無羨《ウェイウーシエン》に目を向けた。

「おいおい、何を怖がってるんだ。俺はここに立ってるし、向こうもむやみに窓を破ってきやしないよ。それにただ見てるだけで、お前の目玉を取って食ったりしないから」

魏無羨《ウェイウーシエン》は呆れて木の板をコンコンと拳で叩く。

「見終わった！」

藍景儀《ランジンイー》は逃げるように後ろへ飛びのいて窓から離れた。

そして次々に残りの少年たちも隙間から外を見る。彼らがそこを覗く時、緊張のあまりか、開いた口からヒューヒューと息を吸う小さな音がした。全員が一通り見たところで、魏無羨《ウェイウーシエン》が声をかけた。

「皆見たな？　じゃあ一人ずつ自分が見たモノの特徴を言ってみろ。それをあとで皆でまとめるんだ」

金凌《ジンリン》が真っ先に答えた。

「目が白い、女、かなり小柄で痩せ型、顔はまあまあ、竹竿を持ってる」

次に、藍思追《ランスージュイ》が少し考えてから口を開いた。

「女の子の背はおそらく私の胸の辺りまで。服はボロボロであまり清潔感がなく、物乞いのような見た目です。あの竹竿はおそらく盲人杖で、彼女の目は死後に白くなったのではなくて、生前から目の不自由な人だったんだと思います」

魏無羨《ウェイウーシエン》は二人をそれぞれ評価した。

「金凌《ジンリン》は短い時間でたくさんのことに気づいた。思追《スージュイ》は一つの点を細部まで観察したようだな」

金凌《ジンリン》はそれを聞いて口をへの字に曲げた。

その次に一人の少年が言った。

「あの女の子はおそらくまだ十五か十六歳、瓜実顔《うりざね》の美人ですが、表情からは活発さも見て取れます。長い髪を木の簪《かんざし》で結い上げていて、簪の端には小さな狐の頭が彫られています。痩せ細っていて体つきは華奢で、身なりは清潔とは言えないけど、遠ざけたいくらい汚くもありません。ちゃんと綺麗な服を着せて、髪を結ってあげたらきっと可愛らしい美人になるはずです」

彼の説明を聞き、魏無羨《ウェイウーシエン》はこの少年は将来有望だと感じて手放しで褒め称えた。

「いいぞいいぞ。細かく観察できているし、着眼点も独特だ。お前は将来きっと恋多き男になるな」

頬を赤らめた少年は顔を隠して壁の方を向き、仲間たちの笑い声に聞こえないふりをした。

ふと、また別の少年が言った。

「つまりあの竹竿で地面をつつく音は、彼女が歩いている時に発していた音だったんですね。もし生前から目が不自由だったのなら、死後に幽霊と化しても見えないままだから、盲人杖が必要ですもんね」

さらに違う少年が口を挟む。

「でも変だよ。盲人がどんなふうか、お前らも見たことくらいあるだろう？　普通は何かにぶつからないように、ゆっくり動くものじゃないか。だけど、外にいる幽霊はかなり素早かった。あんなに俊敏な盲人は見たことがない」

「うん、いいところに目をつけたな。彼みたいにどんな疑問点も見逃さないで分析すべきだ。それじゃあ今から彼女を迎え入れて、今までの疑問の答えをはっきりさせようじゃないか」

そう言って笑うと、魏無羨《ウェイウーシエン》は、窓に打ちつけられていた木の板を一枚、手で力任せに外した。中にいる少年たちはもちろん、窓の外にいるあの幽霊も彼の突然の行動に驚いたらしく、竹竿を持ち上げて警戒している。

すると魏無羨《ウェイウーシエン》は、まず外の幽霊に挨拶をしてから問いかけた。

「お嬢さん、君がずっとこいつらにつきまとっていたのは、何か用があるからかな？」

少女は目をまん丸くした。もし彼女が生きていたら、その様子はきっとこの上なく可愛らしかったことだろう。しかし、彼女には瞳がなく、しかもそこから二筋の血涙《けつるい》が流れている。頬にはその跡もくっきりと残っているせいで、ますます凶悪で恐ろしく見えた。その様子に、後ろでまた誰かが小さく息を呑む。

「そんなに怖いか？　顔中の穴から血が流れる顔を、これから数えきれないくらいたくさん見る羽目になるのに、両目だけでもう怖いのかよ？　おいおい、だからお前らにはもっと鍛錬が必要だって言ったんだ」

魏無羨《ウェイウーシエン》はやれやれというように呆れ顔になった。

少女の幽霊はこれまでの間ずっと、焦ったように窓の前をぐるぐる回り、竹竿で地面をつついたり足を踏み鳴らしたり、目をカッと見開いたり、腕を振りかざしたりなどしていたが、突然動きを変えた。今度は身振り手振りをし始めて、どうも彼らに何かを伝えたいようだ。

「変だな。まさかこいつ話せないのか？」

金凌《ジンリン》が訝しげに言うのを聞いて、少女はぴたりと動きを止め、彼らに向かってぱかっと口を大きく開けた。

すると、真っ赤な血が彼女の何もない口内から溢れ出た。なるほど、彼女の舌は既に根こそぎ抜き取られていたらしい。

世家公子たちは一斉にぞっとして全身に鳥肌を立たせたものの、皆彼女に同情を抱き始めた。

（どうりで話せないわけだ。目が見えない上に口もきけないなんて、かわいそうすぎる）

「彼女がさっきやっていたのは手話か？　誰かわかる奴はいるか？」

魏無羨《ウェイウーシェン》が声をかけたが、少年たちの中にわかる者はいなかった。少女は焦れてしきりに地団駄を踏み、竹竿で地面にいろいろと文字を書いたり、絵を描いたりし始めた。しかし彼女は明らかに良家の出身ではなく読み書きができるわけではないようで、文字は形を成していない。ごちゃごちゃとした人のような絵もあれこれと描いていたが、結局、その場にいた誰も彼女が伝えたいことを何一つ理解できなかった。

ちょうどその時、通りのずっと先の方から、慌ただしく走る足音と苦し気な息が聞こえてきた。

すると、少女の幽霊が突然ふっと消えた。とはいえ、彼女ならおそらくまた現れるだろうと、魏無《ウェイウー》羨《シェン》は特に心配はしなかった。彼は一旦外した木の板を素早く元に戻すと、またその細い隙間から外を覗いた。世家公子たちも外の状況が気になって、皆窓に近づいて覗き込む。上から下まですべての隙間が、一列に頭を重ねた少年たちの目で塞がれた。

霧は先ほどよりもかなり薄くなっていたが、まただんだんと濃くなり始めている。ふいにその白い霧の中から追い詰められた様子の人影が抜け出て、こちらに走ってくるのが見えた。

　全身黒ずくめのその人は、よろめきながら走っている。どうやら怪我をしているようだ。その腰には、服と同じように黒い布を巻きつけた一本の剣を佩いている。

「例の覆面の男か？」

　問いかけた藍景儀《ランジンイー》に、藍思追《ランスージュイ》が声を落として答えた。

「違うと思う。あの男とは身のこなしが全然違う」

　後ろからは彷屍の群れが追いかけてきている。その動きは非常に素早く、すぐに追いつかれてしまった。男が剣を抜いて応戦すると、清らかで澄んだ剣芒が迷霧を切り裂いた。魏無羨《ウェイウーシエン》は思わず心の中で、

「いい剣だな！」と喝采した。

　しかし、彷屍が剣で薙ぎ払われるなり、またあの聞き覚えのある「プシュプシュ」という奇妙な音が聞こえてきた。切り裂かれた彷屍の肢体の切断面から、あの赤黒い粉が噴き出したのだ。黒ずくめの人影は彷屍たちに包囲されて逃げ場をなくし、ただその場に立ちすくんだまま、四方八方から噴きつけられる屍毒の粉をまともに受けてしまったようだ。

「莫《モー》先輩、私たち、あの人を……」

　状況を見かねた藍思追《ランスージュイ》が小声で言いかけたその時、また新たな彷屍の群れが近づいてきた。標的を取り囲むその輪がどんどん小さくなり、彼が苦し紛れにまた剣を一振りして斬ると、さらに大量の屍毒の粉が、今度は爆発したかのように一気に噴き出した。かなりの量を吸い込んでしまったらしく、彼はもう立っているのがやっとのようだ。

　その様子を見て、魏無羨《ウェイウーシエン》が口を開いた。

「あの人を助けるぞ」

「どうやって？　こんなに屍毒が漂ってるんだ、今外に出て近づいたら絶対毒にあたるぞ」

　金凌《ジンリン》がすかさず言い返す。

　少し考えたあと、魏無羨《ウェイウーシエン》は窓から離れて部屋の奥まで歩いていく。少年たちが彼を目で追って振り返

ると、そこには多種多様な見た目をした紙人形たちが、二つの大きな葬儀用花輪の間に静かに立っているのが見えた。魏無羨《ウェイウーシエン》はゆっくりとそれらの前を歩いて、対になっている女の紙人形の前で足を止めた。

紙人形たちは皆、体型も容貌も異なる作りをしていたが、この二体はおそらく双子の姉妹として作られたのだろう。二人は施された化粧も、服装も、顔立ちも、すべてがまったく同じだった。眉と目は弧を描き、その表情は微笑んでいる。今にも「ふふふっ」と楽しく談笑している声が聞こえてきそうだ。髪型は双鬟、耳には赤い玉状の耳飾りを、手首には金の腕輪をつけ、足に刺繍の入った靴を履いている。どう見ても金持ちの家の侍女だ。

「この二人にしよう」

彼は近くにいた少年の鞘から少し抜かれた剣に、さっと無造作に手を掠め、親指に一本の傷口を作る。そのまま振り返って、彼女たちの両目に自らの血で瞳を入れた。

すぐさま後ろに一歩下がると、彼は小さく微笑んだ。

「明眸《めいぼう》は恥じらい閉じて、赤い唇は笑みにほころぶ。善悪問わず、点睛《てんせい》の招きに応えよ」

すると、どこからか陰気を帯びた風が吹き込んできて一瞬で店の中を満たし、少年たちは思わず手に持った剣をぎゅっと握りしめた。

唐突に、先ほどの双子の紙人形姉妹が、激しく一回全身を震わせた。

次の瞬間、本当に「ふふふっ」という笑い声が、彼女たちの真っ赤に塗られた唇の間から響いてきた！

——点睛召将術《てんせいしょうしょう》！

まるで何かひどく可笑しいことでも見聞きしたかのように、二体の紙人形は楽しげに笑う。その笑い声が室内に響き渡り、血で描かれた瞳は彼女たちの目の中でぐるぐると回っていた。その光景はとてもなまめかしく、同時にかなり不気味なものだった。

魏無羨《ウェイウーシエン》は彼女たちの前に立つと、浅く頭を下げて一礼した。

同じく、二体の紙人形も彼に向かって身を屈めて、彼より深く恭《うやうや》しいお辞儀を返す。

「生きている人間だけ中に連れてこい——その他は残らず消せ」

魏無羨《ウェイウーシエン》はそう命じると、すっと扉を指さす。

すると、紙人形たちの口から一際大きくて甲高い笑い声が響き、再び吹き込んだ陰気交じりの風に店の扉が弾かれて、左右にバンと大きく開いた！

二人は肩を並べて、地面からほんのわずかに浮いたつま先で滑るかのようにすーっと店から飛び出すと、先ほどの彷屍の群れの中に乱入した。

手の込んだ刺繍入りの靴を履いた彼女たちは、軽やかにひらひらと袖を振り回す。その一振りで彷屍の腕を斬り落とし、もう一振りで頭の半分を斬り落とす。紙の袖がまるで鋭利な刀と化したようだ。ただの紙で作られた人形にまさかここまで凶猛な殺傷力があるなんて、誰も想像できないだろう。その間、なまめかしい笑い声はこの長い通り中に響き渡っていた。その声は人の心を激しく震わせるものでもあり、同時に身の毛がよだつほどの恐怖も呼び起こす。

そうかからないうちに、十五、六体いた彷屍は、なんとたった二体の紙人形によって、どこがどの部位だかさっぱりわからないほどバラバラの肉塊にされ、一面に散らばっていた！

彷屍たちに完膚なきまで勝利すると、紙人形姉妹は命令通り、屍毒を受けて戦えなくなった黒ずくめの男を店の中に運び込んだ。そして再び外に飛び出すと、自然と閉じた扉の右に一人、左に一人と、まるで屋敷を守る石獣のように佇み、元通り沈黙した。

屋内にいた世家公子たちは、一連の出来事に呆然として言葉もなく目を瞠るばかりだった。

彼らは今まで、邪道に関する話は書物や先輩たちの口から聞いたことしかなかった。その時はただ「過ちだとわかっているのに、なぜあんなにたくさんの人たちが修行したがる？　なぜ夷陵老祖を真似る人があとを絶たないんだ？」と理解に苦しんだが、今初めてその業《わざ》を目の当たりにして、確かに人を魅了する計り知れない何かがあることを知った。ましてや、そのうちの氷山の一角にすぎないのだ――彼らが目撃した「点睛召将《てんせいしょうしょう》術」は。

我に返ったあと、ほとんどの少年たちの顔には嫌悪どころか隠しきれない興奮がありありと表れていた。家に戻ったら、自分の見聞を広めることができたこの出来事を、先輩や後輩たちに話そうとうずうずしているようだ。そんな中で、金凌《ジンリン》の表情だけがひどく強張っていた。

藍思追《ランスージュイ》は率先して手伝おうと、助け出した黒ずくめの男を支えるため近づいたが、すぐに魏無羨《ウェイウーシェン》に止められた。

「誰も近づくなよ。皆、屍毒の粉に触れないように気をつけろ。皮膚に付着しただけでも毒にあたるかもしれないから」

紙人形に運び込まれた時には、彼は半ば失神した状態だったが、だんだん意識がはっきりしてきたらしく、何度か咳き込むと口元を手で覆った。咳と一緒に屍毒の粉末を吐き出せば、周囲に被害が及ぶかもしれないと危惧したらしい。彼は手で口を塞ぎつつ、「あなた方は、どちら様ですか？」と消え入りそうな声で聞いた。

疲れきった声音でその質問をしたのは、ここにいるのが見知らぬ者ばかりだったからではない――彼は目が見えないのだ。

彼の目の辺りには分厚く白い包帯が巻かれている。おそらく盲人なのだろう。

目元は隠れているものの、目鼻立ちは非常に整っているのがわかる。鼻筋はすっと細く通って高く、薄い唇にはうっすらと紅色が滲み出ていて、秀麗な顔立ちをしているようだ。容貌から見てもかなり若く、まだ少年と青年の間の年齢のようで、その目が見えないことを惜しまずにはいられなかった。

（なんだか最近よく盲人が出てくるな？　話でも聞くし、こうして直接出くわすし……生きているのにも、死んでいるのにも）

その時、突然金凌《ジンリン》が口を開いた。

「あのさ、俺たちはまだそいつの正体を知らないし、そもそも敵か味方かもわからない。それなのに、なんで闇雲に助けたりしたんだ？　万が一悪党だったら、わざわざ毒蛇を招き入れたようなもんじゃないか」

確かにその通りだが、本人の目の前であまりにも正直に考えを言いすぎて、公子たちの間に気まずい空気が流れる。しかし、言われた本人は怒ることもなく、まるで外に放り出されることなど気にしていないかのように、左右の小さな八重歯《やえば》を覗かせてうっすらと笑った。

「そちらの若公子の言う通りです。私はここから出ていった方がいいでしょう」

金凌《ジンリン》は、彼がまさかそんな反応をするとは思わず、逆に呆気に取られた。なんと答えたらいいかわからず、仕方なく「ふん」と鼻を鳴らして動揺を誤魔化す。

藍思追《ランスージュイ》が慌てて場を取りなすように言った。

「でも、この方が悪人じゃない可能性もありますし、とにかく、見殺しにするのは藍《ラン》家の家訓に反します」

「あっそう。お前らがお人好《よ》しなのは勝手だが、殺されても俺のせいにするなよ」

強情を張る金凌《ジンリン》に藍景儀《ランジンイー》がカッとなって「お前な……」と言いかけた。だが言葉の途中で、彼の舌は凍りついたように回らなくなった。

なぜなら、黒ずくめの彼が卓の横に立てかけた剣が目に入ったからだ。巻きつけられていた黒い布が下にずれ、その布の中から、鞘に納められた剣が半ばまで現れていた。

その剣は非常に精巧な造りで、青銅色の鞘の上には霜花《そうか》の模様が透かし彫りされている。そこから覗く剣身は、まるで銀の星々が雪花の形の光を放っているかのようだ。氷のように清く、また燦々《さんさん》と輝く高貴な美しさがあった。

藍景儀《ランジンイー》は両目を見開き、とっさに何か口走りそうになった。魏無羨《ウェイウーシエン》には彼が何と言おうとしたかはわからなかったが、布で剣を隠しているからにはきっとこの剣を人に見せたくないのだろう。魏無羨《ウェイウーシエン》は本能的に藪蛇《やぶへび》にならないようにと、さっと手を伸ばして藍景儀《ランジンイー》の口を塞いでから、同時に人さし指を唇の前にかざす。同じく驚いた表情をしている他の少年たちにも声を出さないように合図した。

金凌《ジンリン》は声には出さず、口の形で彼にある言葉を伝え、そして埃まみれの卓にその文字を書いた。

『霜華《シャンホワ》』

（……霜華《シャンホワ》だって？）

魏無羨《ウェイウーシエン》も同じように声に出さず、口の形だけで聞き返した。

「暁星塵《シャオシンチェン》の剣——霜華《シャンホワ》か？」

金凌《ジンリン》たちは一斉に頷いた。

彼らは暁星塵《シャオシンチェン》本人に会ったことはなかったが、「霜華《シャンホワ》」は非常に得難《えがた》い名剣だ。霊力が強いだけでなく、その外見は風変わりで美しい。昔から数多《あまた》の仙剣図録や名剣図鑑に載せられていて、一度見たら忘れられないほどに印象深い剣だった。もしこの剣が霜華《シャンホワ》で、彼が本当に盲人だったら……と魏無羨《ウェイウーシエン》は考えていた。

少年の一人も同じことを考えたようで、とっさにその人の顔に手を伸ばした。その目に巻きつけられている包帯を外せば、彼の目がそこにあるかどうかを確かめることができる。しかし、少年の手が包帯に触れた瞬間、彼の顔には明らかな苦痛の色が現れた。目を触られることをひどく恐れているようで、無意識に少し後ずさる。

少年は自分の失礼な行動に気づいて我に返ると、慌てて手を引っ込めた。

「すみません、すみません……わざとじゃないんです」

彼は黒の薄い手袋をはめた左手で目を覆い隠そうとしたが、自分の手ですら目元に触れるのが怖いらしい。どうも、軽く触るだけでも我慢できないほど痛むようで、額にはうっすらと汗が滲んでいた。

「大丈夫です……」

答えたその声は、微かに震えている。

その様子から、この場にいる者は皆、この人が櫟《れき》陽《よう》常《チャン》氏の事件のあとに失踪した暁星塵《シャオシンチェン》だろうという確信を持った。

暁星塵《シャオシンチェン》はまだ自分の正体を見破られているとは知らずに、目の痛みが落ち着くのを待ってから手探りで霜華《シャンホワ》を取ろうとした。魏無羨《ウェイウーシエン》は機転を利かせ、素早くずり落ちた黒い布を元に戻す。

霜華《シャンホワ》を手に取ると、彼は丁寧に一礼した。

「助けてくださってありがとうございました。では失礼いたします」

「そう急がないでください。あなたは屍毒にあたっているんですよ」

魏無羨《ウェイウーシエン》が声をかけると、暁星塵《シャオシンチェン》が尋ねてきた。

「そんなに深刻なのでしょうか？」

「ええ、かなり深刻です」

その答えを聞いて、暁星塵《シャオシンチェン》が静かに言った。

「それなら、なおさら残るわけにはいきません。どうせ治せる薬もないのです。いっそのこと屍変する前に、一体でも多くの彷屍を退治します」

彼が自分の生死を度外視する決意を聞いて、その場にいた少年たちは皆胸を熱くした。

藍景儀《ランジンイー》が我慢できずに口を挟む。

「誰が治せる薬がないと言ったんですか？ ここに残ってください！ その人がきっとあなたを治してくれます！」

「えっ、俺？ ごめん、その人って俺のことを言ってる？」

魏無羨《ウェイウーシエン》には、事実を伝えることが憚られた。暁星塵《シャオシンチェン》は屍毒の粉を吸い込みすぎている。毒が回り頬も微かに赤黒くなっていて、おそらくもち米の粥では、もう解毒することが難しいだろう。

「私はこの町で多くの彷屍を殺してきました。奴らはずっと私につきまとっていますから、しばらくしたらまた新たな彷屍が追ってくるはずです。私がここに残れば、あなた方を巻き込んでしまうでしょう」

「この義城がなぜこんなふうになったのかご存じですか？」

魏無羨《ウェイウーシエン》が問いかけると、暁星塵《シャオシンチェン》は静かに首を横に振った。

「いいえ。私はただの雲遊道じ……旅の者で、この町に異象があると聞き夜狩をしにやって来ただけです。この町にいる活屍や彷屍の数と強さを、あなたたちはまだ知らないでしょう。動きが俊敏で簡単には防ぎきれないもの。斬り殺したあとに体から屍毒の粉末を噴き出すもの。しかも、斬り殺さない限り、奴らはまた襲いかかってきて引っかいたり噛みついたりするので、どうやっても毒から逃れることはできない。実に厄介なのです。声から察するに、あなた方の中にはまだ若い公子が何人もいますよね？一刻も早くここを離れた方がいい」

彼が言い終えた次の瞬間、扉の外からあの紙人形姉妹の不気味な笑い声が聞こえてきた。しかも、今度の笑い声は、今までにないほどけたたましい。

藍景儀《ランジンイー》が扉の隙間にへばりついて外を覗く。しかし、一目見ただけですぐさま振り返り、自分の体でその隙間を塞いだ。

「す……す、すごい数だ！」

それだけを言うと、彼は目を見開いたまま言葉の続きが出なくなった。

「彷屍か？　すごい数ってどれくらいだよ？」

魏無羨《ウェイウーシエン》に問われて、藍景儀《ランジンイー》は強張った舌で必死に答える。

「わ、わからない！　通りを埋め尽くすくらい、何百といる！　しかも、まだ増え続けているみたいだ！　外の紙人形だけじゃ、もう持ち堪えられない！」

二体の紙人形がもし守りきれなかったら、通り中の彷屍たちがこの店になだれ込むだろう。斬れば屍毒にあたり、全力で殺し合うほど、毒はあっという間に体中を巡ってしまう。かといって、斬らずにいれば、そのまま噛みちぎられて死ぬことになる。

暁星塵《シャオシンチェン》は剣を持つと、よろめきながら外に出ようとした。最後の力を振り絞り、なんとか彷屍を撃退しようと思ったのだろうが、既に彼の頬は赤黒い色に染まっており、結局膝から崩れ落ちてその場に座り込むしかなかった。

魏無羨《ウェイウーシエン》は、再び意識が朦朧《もうろう》としている様子の彼にそっと言った。

「安心して座っていてください。すぐに片づけますから」

それから、また無造作に藍景儀《ランジンイー》の剣を指先で掠める。魏無羨《ウェイウーシエン》の右手の人さし指から、ぽたりと一滴の血が落ちた。

それを見て、藍景儀《ランジンイー》がはっとして申し出た。

「また点睛召将術《てんせいしょうしょうじゅつ》を使うのか？　でも、全部の紙人形に両目を入れるとしたら、かなりの血が必要だろ？　俺の血も少し使うか？」

別の少年もすぐさま袖をまくり上げる。

「僕のも良かったら……」

魏無羨《ウェイウーシエン》は苦笑いを浮かべた。

「ありがとな、でも大丈夫だ。誰か、白紙の呪符とか持ってるか？」

ここにいる世家公子たちはまだ年も若く、その場でとっさに呪符を描いてすぐに使うには修練が足りないため、常備していたのは完成した呪符のみだった。

「ありません」と藍思追《ランスージュイ》がすまなそうに首を横に振ると、魏無羨《ウェイウーシエン》は構わずに言った。

「じゃあ、描いてあるものでもいい」

藍思追《ランスージュイ》が乾坤袋から黄色い呪符の束を取り出すと、魏無羨《ウェイウーシエン》はそこから一枚だけを抜き取った。その呪符をざっと眺めたあと、右手の人さし指と中指を揃えて、丹砂で描かれた呪文の上に勢い良く何やら描き加えていく。あっという間にそれは、赤黒い血と真っ赤な丹砂が融合した新しい呪文となった。

その呪符を宙に浮かすと、黄色い呪符と赤い呪文が空中で自ら燃え上がる。魏無羨《ウェイウーシエン》は左手を伸ばし、舞い落ちる呪符の燃えかすを手のひらで受けると、そっと握りしめて微かに俯いた。そうして次に手を開くと同時に、手のひらにあった黒い燃えかすを、目の前に並び立つ紙人形たちに向けてふーっと軽く吹きつけた。

「野火焼けども尽きず、春風吹いてまた生ず」

魏無羨《ウェイウーシエン》が命令を下すと同時に、呪符の燃えかすが紙人形たちの顔に触れる。すると、最前列にいた陰力士が足元の大鉈を突然持ち上げて肩に担いだ。

彼の隣では、髪を高く結い上げて豪奢《ごうしゃ》な服と装飾品を身につけた紙美人がゆっくりと右手を上げた。彼女はまるで、怠惰な貴婦人が自分の真っ赤に塗られた長い爪を眺めてでもいるかのように、華奢で長い五本の指をゆったりと動かしている。

その美人の足元には、男女一体ずつの稚児《ちご》がいる。男の子はいたずらをして女の子のおさげを引っ張り、女の子の方も彼に向かって舌をべーっと出す。すると、九寸ほどもある長い舌が彼女の小さな口から毒蛇のように伸びて、男の子の胸のところを突き刺し大きな穴を開けてから、すぐさま口の中に引っ込んだ。見た目こそ子供だが、その様子は悪辣だ。今度は男の子が口を大きく開け、ぎっしりと二列生えた白い歯で彼女の腕にがぶりと噛みつく。なんと紙稚児たちは仲間同士で戦いを始めてしまった。

カサコソという音が部屋の中に響き、二、三十体はいる紙人形が次々に動き始める。彼らはまるで準備運動をしているみたいに、もぞもぞしながらお互いにひそひそ話をしている。本物の人間ではないのに、その様子は実際の人間よりも不思議なほど人間らしかった。

「息を止めろ」

唐突に魏無羨《ウェイウーシエン》が少年たちに指示をした。

彼はさっと体を脇に避けると、扉へと続く道を開けて会釈し、先を促すように手を伸ばした。

すると扉が再び弾かれたように左右に開いて、屍毒のあの甘く腐ったような臭いが一気に流れ込んできた。全員がすぐさま袖で口元を覆う。陰力士が大きく吠えて真っ先に外に飛び出すと、その他の紙人形たちもぞろりと彼のあとについて出ていく。

そして扉は、最後の紙人形の後ろでひとりでに閉じた。

「誰も吸い込んでないよな？」

全員の無事を確認すると、魏無羨《ウェイウーシエン》は暁星塵《シャオシンチェン》を支え、彼が横になれる場所を探した。しかし室内にはちょうどいい場所が見つからず、やむなく冷たくて埃だらけの床に座らせるしかなかった。霜華《シャンホワ》をきつく握りしめたままの暁星塵《シャオシンチェン》は、曖昧だった意識をようやく少し取り戻すと、何度か咳き込んだ。

「先ほど使ったのは……点睛召将《てんせいしょうしょう》術ですか？」

「ええ。ちょっとかじった程度ですが」

弱々しい声で問われて魏無羨《ウェイウーシエン》が答えると、暁星《シャオシン》塵《チェン》は少し考えてから微笑んだ。

「そうですか……あの彷屍たちを退治するのには、確かに妙手ですね」

彼はしばしの間を挟み、また続ける。

「ですが、その道を修練していけば、最後には手下にした悪鬼凶霊たちの暴走によって身を滅ぼすのが常です。その道の開祖である夷陵老祖、魏無羨《ウェイウーシエン》ですら免れることはできませんでした。私個人の意見ですが、今後はできるだけ控えて、もっと違う道を修練された方がいいと思います……」

魏無羨《ウェイウーシエン》は心の中でため息をついてから、「ご助言ありがとうございます」と答えた。

名の知れた修士たちのほとんどは、自らの主義主張を明確に示し、邪道を修練するような不倶戴天《ふぐたいてん》の相手とは一線を画すのが普通だ。しかし、魏無羨《ウェイウーシエン》のこの師叔は、自分の命が危うい状況下でもやんわりと忠告を与え、術の反動に気をつけるよう諭してくる。この言動から、彼の性格が非常に穏やかで心優しく、情に厚い人だということが伝わってきた。

暁星塵《シャオシンチェン》の目に巻きつけられている分厚い包帯を見ながら、彼の過去を思い、魏無羨《ウェイウーシエン》は内心で密かに嘆かずにはいられなかった。

まだ経験の浅い少年修士たちは、邪道に対する嫌悪や非難よりも、好奇心の方が勝っている。ずっと表情が硬いままの金凌《ジンリン》を除いた他の少年たちは、皆扉の前に集まり、その隙間から鈴なりになって外の戦いを熱心に眺めていた。

「すごい……あの女紙人形の爪はなんて恐ろしいんだ。一回引っかかれただけで、体に溝が五本も！」

「あの女の子の舌、なんであんなに長くて硬いんだ？　もしかして、首つり鬼なのか？」

「あっちの男の力、強すぎるよ！　あれほど一気に大量の彷屍を持ち上げられるなんて。あ、もうすぐ下に落とすぞ！　見ろ見ろ！　ほら、落としたよ！

すごい、バラバラになったぞ！」

暁星塵《シャオシンチェン》に温かい言葉をかけられたあと、魏無羨《ウェイウーシエン》は卓に置いてあった残り一杯のもち米の粥が入った茶碗を手に取った。

「毒は既にあなたの全身に流れていますが、このお粥で、もしかしたらその症状を多少は緩和できるかもしれない。全然効かない可能性もあるし、味はかなり不味いみたいなんですけど、試してみますか？　もし生き延びたくなければ、無理にとは言いませんが」

「もちろん、生きたいです。助かる可能性があるのなら、できることはすべてやります」

そう言って、暁星塵《シャオシンチェン》は茶碗を受け取った。

俯いて一口食べると、彼の口元は辛さのあまりにか小刻みに震えたが、きつく口を結んでなんとか吐き出さないよう堪えた。しばらく経ってから、彼は「ありがとうございます」と礼儀正しく感謝の言葉を述べた。

「おい聞いたか？　聞いたよな？　今なんて言ったかわかるか？　お前らみたいな温室育ちときたら、人が作ったお粥を食べておいてあれこれと文句ばかり言って」

魏無羨《ウェイウーシエン》が少年たちを振り向いて言い募ると、金凌《ジンリン》が顔を顰める。

「あれで作ったって言えるか？　ただ最後に鍋に変なものを大量に突っ込んだだけで、他には何もしてないじゃないか」

すると、ふいに暁星塵《シャオシンチェン》が言った。

「改めて考えてみたのですが、もしこれを毎日食べることになったら、確かに私も死を選ぶでしょうね」

それを聞いて、金凌《ジンリン》は容赦なく皮肉な笑い声を上げ、つられて藍思追《ランスージュイ》までもが我慢できずに「ぷっ」と小さく吹き出した。魏無羨《ウェイウーシエン》が無言で彼らを見つめていると、それに気づいた藍思追《ランスージュイ》は慌てて真面目な表情に戻る。

ちょうどその時、藍景儀《ランジンイー》が嬉しそうな声を上げた。

「やったぞ、紙人形たちが彷屍を全滅させた。勝ったんだ！」

「まだ扉を開けないでください。気をつけて、おそらくまた来ますから……」

暁星塵《シャオシンチェン》は皆に訴えつつ、急いで茶碗を置く。

「茶碗を持って、全部食べてください」

魏無羨《ウェイウーシエン》は彼にそう言いながら扉に近づくと、隙間から外を覗いた。先ほどの彷屍と紙人形との殺し合いによって、希薄になった白い霧に赤黒い屍毒の粉が交ざり、通り中に漂っていた。次第に屍毒が薄れていく中を、紙人形たちがゆっくりと行き来しつつ、周囲を警戒している。彼らは辺り一面に散らばった肉塊からまだ動くものを発見する度に、容赦なく踏み潰し、それがただの腐ったひき肉になるまで徹底的に繰り返していた。

その音を除けば通りは静寂に包まれている。そして、まだ新たな彷屍はやって来ていない。

魏無羨《ウェイウーシエン》が気を緩めようとしたその時、彼の頭上からほんの微かな音がした。

どうやら誰かが屋根の上を素早く通ったようだが、その音はあまりにも小さく気づきにくいものだった。相手の身のこなしは異常なほど軽く、その足音は無に等しい。しかし、魏無羨《ウェイウーシエン》の際立って鋭敏な五感は、屋根瓦同士がわずかにぶつかる些細な音をも拾った。

そして当然、盲人である暁星塵《シャオシンチェン》の耳にはさらに鮮明に届き、鋭く声を上げて皆に注意を促す。

「上です！」

魏無羨《ウェイウーシエン》もとっさに「離れろ！」と叫んだ。

次の瞬間、部屋の天井に大きな穴が開き、砕けた瓦と埃、それから枯れ葉が雨のようにばらばらと降ってくる。幸い少年たちは素早く周りに散開したため、皆に怪我はなかった。

そのぽっかりと開いた天井の穴から現れたのは、黒い人影だった。

その男は全身黒い道服を着ていて、すらりと背が高い。真っすぐに背筋を伸ばしたその立ち姿は、まるで青々と茂る松のように力強く、その背中に払子を差し、手には長剣を持っていた。目鼻立ちは涼やかで気品があり、微かに頭を上げたさまは威厳すら感じさせ、近寄り難い雰囲気を全身に纏わせている。

しかし、彼の両目には瞳がなく、ただ死人のような白い目だけがそこにある。

――凶屍だ！

皆が確信した次の瞬間、彼は剣を突き出した。

狙われたのは、一番近くにいた金凌《ジンリン》だ。金凌《ジンリン》の方もすぐに剣で防御したが、手元から伝わってきた衝撃は非常に重く、その振動で腕が痺れるほどだった。もし彼の剣「歳華《スイホワ》」が並々ならぬ霊力を持つ仙剣でなければ、おそらく剣を折られて既に命はなかっただろう。

金凌《ジンリン》を仕留め損ねた黒ずくめの凶屍は、さらに行《こう》雲流水《うんりゅうすい》の如く絶え間なく剣を振り続ける。まるで海のように深い恨みでもあるかのように、繰り出す剣の動きは容赦なく残忍だった。凶屍はふいに金凌《ジンリン》の腕を狙ったが、とっさに暁星塵《シャオシンチェン》が剣を抜いてその一撃を防ぐ。だが、とうとう屍毒が回ったらしく、金凌《ジンリン》を助けたあと、暁星塵《シャオシンチェン》はぐったりと倒れて動かなくなってしまった。

藍景儀《ランジンイー》が驚きに震えながら声を上げる。

「こいつ、死んでるんじゃないのか!? 見たことないぞ、こんなに……」

こんなに動きが機敏で、見事な剣さばきの凶屍なんて！

彼が途中で言葉を呑み込んだのは、似た光景を以前にも見たことがあったと思い出したからだ。

――鬼将軍もそうだった！

魏無羨《ウェイウーシエン》は黒ずくめの道士から一瞬たりとも目を離さずにいたが、ふいに腰から竹笛を抜くと、凄まじく甲高い旋律を吹いた。そのあまりにも耳障りな音に、思わずその場にいる全員が耳を塞いだ。その笛《てき》音《おん》を聞くなり、道士の体は少しふらつき、剣を持っている手も震えだしたが、なおも彼は剣を突き出してくる！

(制御できない……つまり、この凶屍には別の主がいるんだ！)

魏無羨《ウェイウーシエン》は風雷の如く瞬く間に突き出される剣をかわしながら、冷静にまた別の旋律を吹き始めた。すると、外で警戒していた紙人形たちが屋根の上まで飛び上がり、道士と同じように天井の穴から部屋の中に降りてきた。

異変に気づいた道士が右手で素早く後ろに剣を二回振ると、二体の紙人形は頭から真っ二つに斬り裂かれてしまう。さらに、左手で背中から払子を抜いて一振りすると、千万本もの柔らかくて細い糸がまるで鋼の毒針と化したかのように突き刺さり、紙人形の頭は木っ端微塵に吹き飛び、手足は外れて落ちた。その鋭さたるや、もしなんの気なしに振るったとしても、おそらくその相手は血まみれの人間篩《ふるい》のように全身穴だらけになることとだろう。

「誰も来るな。大人しく隅でじっとしてろ！」

魏無羨《ウェイウーシエン》は忙しなく戦いながらも皆に命じ、引き続き紙人形たちを操った。笛の音は時に軽快で、時に怒ったように甲高く響き渡る。両手を同時に振るう道士は極めて凶猛だったが、上から絶え間なく紙人形が飛び降りてきて、彼を取り囲んで襲いかかる。

右を撃退しても、また左から攻撃され、前を斬り裂いても背後から襲われてと、次第に道士の劣勢が明らかになってきた。その時、突然天井に空いた穴から一体の陰力士が飛び降りてきて、彼に直撃した。そのまま肩を踏みつけて、床に押さえつける。

続けて、三体の陰力士がその穴から飛び降りて、次から次へと彼の上にのしかかった。

言い伝えによると、陰力士の力に限りはないとされている。しかも、職人が陰力士を作る時には、重りをつけて目方《めかた》を増やすのだ。今はその体に怨霊を召喚しているのだから、さらにひどく重く、一体だけでも既に山に押し潰されているようなものだろう。それが一気に四体も降ってきたのだから、口から内臓が飛び出ないだけでも大したものだ。道士は四体の陰力士にがっちりと押さえつけられ、身動き一つできなくなった。

彼に近づいた魏無羨《ウェイウーシエン》は、その背中に一か所衣服が破れているところを見つけた。めくってよく調べると、左肩甲骨《けんこうこつ》の辺りに傷口が一つあるのに気づく。細くて狭い傷口だ。

「仰向けにさせろ」

命令に従って四体の陰力士は彼の体をひっくり返し、調べやすいように仰向けにさせた。魏無羨《ウェイウーシエン》は傷口のある指を陰力士たちに近づけ、ご褒美として、彼らの唇に順番に血を塗りつけてやる。陰力士たちは真っ赤な紙の舌を伸ばし、いかにも美味しそうに、ゆっくりと、そして大切に味わって唇の血を舐めた。

魏無羨《ウェイウーシエン》は再び俯くと、改めて道士の体を丹念に調べ始めた。

この道士の左胸の心臓に近いところにも、背中側と同じように衣服の破れと細く狭い傷口があった。どうやら誰かに心臓を一突きにされて殺されたようだ。

道士は喉の奥から低い唸り声を上げ、口元から黒い血を流しながら抜け出そうと必死にもがき続けている。魏無羨《ウェイウーシエン》が顎を掴んで、無理やり口を開けさせて中を覗くと、なんと彼の舌も根こそぎ抜き取られていた。

――盲人、そして抜かれた舌。

なぜ、この二つの特徴はこんなにも頻繁に現れるのか？

魏無羨《ウェイウーシエン》はしばらく調べると、この凶屍の状態が、温寧《ウェンニン》が黒い釘に操られていた時と酷似していることに気づく。瞬時に閃いて、手を伸ばして彼のこめかみ辺りを探ってみると、なんと本当に、彼の頭には釘の頭らしき金属の小さな突起が二つあるではないか！

この黒い釘は、高級の凶屍を操るためのもので、凶屍の自我と自ら思考する能力を奪う。この凶屍の正体も人柄もわからない状況では、むやみに釘を抜くのは危険だ。まずは詳しく尋問をする必要があったが、舌が既に抜かれている以上、たとえこの凶屍が自我を取り戻したとしても、会話をすることはできない。

そこまで考え、魏無羨《ウェイウーシエン》は藍《ラン》家の少年たちに声をかけた。

「お前らの中で問霊を修行した奴はいるか？」

「はい。修行しました」

藍思追《ランスージュイ》が手を上げた。

「琴は持ってきてるか?」

「あります」

藍思追《ランスージュイ》はすぐさま乾坤袋の中から、艶やかな木肌の古琴を取り出した。魏無羨《ウェイウーシエン》の目には、その素朴な琴は新品のように見え、「琴語はどの程度習得した? 実践したことはあるか? 招いた霊は嘘をつかないか?」と一応確認した。

すると藍景儀《ランジンイー》が横から口を挟んだ。

「思追《スージュイ》の琴語、含光君は及第点だって言ってたぞ」

藍忘機《ランワンジー》が「及第点」と言ったなら、その通り悪くない出来なのだろう。彼は決して過大評価はしないし、もちろん過小評価することもない。魏無羨《ウェイウーシエン》はそれを聞いて安堵した。

「含光君は私に回数よりも精度を重視して修行するようにおっしゃいました。招いた霊は黙秘することもできますが、絶対に嘘はつけません。つまり霊が答えてくれるならば、その内容は確実に真実です」

藍思追《ランスージュイ》がつけ加えるのを聞いて、魏無羨《ウェイウーシエン》は彼を促した。

「わかった。じゃあ始めようか」

仰向けになっている道士の頭のそばに古琴を置き、藍思追《ランスージュイ》は床に座る。彼は裾を綺麗に整え、試しに音を二回鳴らしてから頷いた。

「最初の問いだ。まず彼が誰なのかを聞いてくれ」

藍思追《ランスージュイ》は少し考えたあと、呪文を口の中で唱えてから、指で琴の弦を弾いた。

しばらくして、弦が勝手に震え、まるで岩が砕けるかのような硬く力強い音が二回鳴る。それを聞いて、藍思追《ランスージュイ》は両目を大きく見開いた。

「なんて言ったんだ?」

藍景儀《ランジンイー》の催促に、藍思追《ランスージュイ》が答えた。

「宋嵐《ソンラン》!」

――暁星塵《シャオシンチェン》の友、宋嵐《ソンラン》!?

示し合わせたわけではなく、その場にいた全員が同時に、意識を失い床に倒れている暁星塵《シャオシンチェン》に目を向けた。

「彼は、襲ってきたこの凶屍が宋嵐《ソンラン》だと知っていたのでしょうか……」

藍思追《ランスージュイ》が声を潜めて話すと、金凌《ジンリン》も抑えた声で言った。

「多分知らないだろうな。彼は盲人だし……それに、宋嵐《ソンラン》は口がきけない上に、自我をなくした凶屍になっただなんて……知らない方がましだ」

「二つ目の問いだ。彼は誰に殺された？」

魏無羨《ウェイウーシエン》の問いかけを受け、藍思追《ランスージュイ》は真剣な目で一節を弾いた。

今度の静寂は、先ほどの三倍はあった。

皆が、おそらく宋嵐《ソンラン》の魂魄はこの問いに答えたくないのだろうと思い始めた、ちょうどその時だ。琴の弦が震え、沈痛な音が三回響いた。

藍思追《ランスージュイ》は思わず「あり得ません！」と口走った。

「彼はなんて答えた？」

魏無羨《ウェイウーシエン》が問い質すと、藍思追《ランスージュイ》は信じられない様子で答える。

「暁星塵《シャオシンチェン》……だと」

――宋嵐《ソンラン》を殺したのは、暁星塵《シャオシンチェン》だった⁉

まだたった二つしか尋ねていないというのに、問いに答える度に、宋嵐《ソンラン》はこの場にいる全員を驚愕させた。

「弾き間違ったんじゃないか？」

金凌《ジンリン》が疑いの目を向ける。

「でも、『あなたの名前は』と『誰に殺された』の二つは、『問霊』の中でも最も簡単で、一番よく使われる問いです。『問霊』を初めて修行する時、誰もが一番最初に習うのがこの二つなんです。練習は数えきれないほどやってきましたし、さっきも繰り返して何度も確認しましたから、絶対に弾き間違いではありません」

藍思追《ランスージュイ》がきっぱりと言った。

「弾き間違いじゃないなら、琴語を解読し間違えたんだろう」

訝しげな様子のまま一歩も引かない金凌《ジンリン》に、藍思《ランスー》追《ジュイ》はゆっくりと首を横に振る。

「解読を間違えるなんて、もっとあり得ません。『暁星塵《シャオシンチェン》』の三文字はそもそも名前に使われることの少ない文字ですし、今まで招いた霊たちの中でも際立って珍しい名前です。もし彼の回答が違う名前だったのだとしても、よりによってこの名前と取り違えることなんて絶対にあり得ません」

ふいに、藍景儀《ランジンイー》がぶつぶつと呟いた。

「……宋嵐《ソンラン》は失踪した暁星塵《シャオシンチェン》を捜していたのに、暁星塵《シャオシンチェン》がそんな彼を殺したなんて……なんで自分の親友を殺したりするんだ？　この人がそんな人だとは思えない」

「それは今は置いておこう。思追《スージュイ》、三つ目の問いだ……彼は誰に操られている？」

藍思追《ランスージュイ》は緊張した面持ちで、極めて慎重に三つ目の問いを弾いた。皆がじっと琴の弦を見つめ、宋嵐《ソンラン》の答えを待つ。

そして藍思追《ランスージュイ》は、響いたその音を一文字ずつ解読した。

「う、し、ろ、に、い、る、ひ、と」

全員がとっさに後ろを振り向く。すると、床に倒れていたはずの暁星塵《シャオシンチェン》は片手で頬杖をついて座り、微かな笑みを浮かべていた。

そして彼は黒い手袋をはめた左手を上げると、パチンと指を鳴らした。

——続く——

-ダリアシリーズ　既刊案内-

俺が
泣き虫だってことを、
きっときみは
永遠に
知らないままだろう。
Heaven's Rain
天国の雨
Limited Edition
朝丘 戻
Illustration yoco
病弱な凜は会社員の藤岡瑛仁と不毛な関係にある。
そんな折り、瑛仁の弟・暁天に「兄から手を引いて俺のところへおいで」
と告げられ――…。
天使だった男と紡ぐ、永遠に続く幸福への旅路。

大好評発売中!!

Daria Series uni

魔道祖師 1

2021年 5月30日 第一刷発行
2024年 5月20日 第六刷発行

著 者 ── 墨香銅臭

翻 訳 ── 鄭穎馨(デジタル職人株式会社)

制作協力 ── 動物
釘宮つかさ

発行者 ── 辻 政英

発行所 ── 株式会社フロンティアワークス
〒170-0013 東京都豊島区東池袋3-22-17
東池袋セントラルプレイス5F
[営業] TEL 03-5957-1030
https://www.fwinc.jp/daria/

印刷所 ── 図書印刷株式会社

装 丁 ── nob